#6

Utan eko

ANNE HOLT
& BERIT REISS-ANDERSEN

Utan eko

EN KRIMINALROMAN

ÖVERSATT AV MAJ SJÖWALL

AV SAMMA FÖRFATTARE

Blind gudinna 1995
Saliga äro de som törsta... 1995
Demonens död 1996
Mea culpa 1998
I lejonets gap, med Berit Reiss-Andersen 1998
Död joker 2000

ISBN 91-642-0017-5

© Anne Holt och Berit Reiss-Anderssen 2001

Originalets titel: Uten ekko

Utgiven av Piratförlaget

Omslag: Arne Öström/Ateljén

Tryckt hos Nørhaven Paperback A/S, Danmark 2002

1

MARRY KOM TILL världen på flaket till en lastbil i januari 1945. Mamman var ett sexton år gammalt föräldralöst flickebarn. Nio månader tidigare hade hon sålt sig till en tysk soldat för två paket cigaretter och en chokladkaka. Nu var hon på väg mot Tromsø. Finnmark stod i brand. Barnet pressade sig ut i tjugotvå graders kyla, blev insvept i en maläten yllefilt och därefter överlämnat till ett gift par från Kirkenes. De kom gående på vägen med en femåring vid handen och hann knappt samla sig förrän lastbilen med sextonåringen var borta. Den två timmar gamla flickan fick inte med sig något annat från sin biologiska mor än namnet. Marry. Med två r. Det hade hon sedan varit mycket noga med.

Kirkenesfamiljen hade otroligt nog lyckats hålla liv i spädbarnet. De behöll henne i ett och ett halvt år. Innan Marry fyllt tio hade hon lagt fyra nya fosterfamiljer bakom sig. Marry var kvick i huvudet, anmärkningsvärt föga tilltalande att se på, och hade dessutom ådragit sig en skada i ena benet under födelsen. Hon haltade. Kroppen vred sig halvvägs runt varje gång hon satte ner höger fot, som om hon var rädd för att någon förföljde henne. Om hon hade svårt att röra sig var hon desto rappare i käften. Efter två stridslystna år på ett barnhem i Fredrikstad stack Marry till Oslo för att klara sig själv. Då var hon tolv år gammal.

Marry klarade sig förvisso själv.

Nu var hon Oslos äldsta gatuhora.

Hon var en märklig kvinna, på många sätt. Kanske bar hon på en hårdnackad gen som hade hjälpt henne att överleva nästan ett halvt sekel i branschen. Det kunde lika gärna vara rent trots.

De första femton åren var det spriten som hade hållit henne igång. 1972 blev hon beroende av heroin. Eftersom Marry var så gammal var hon bland de första som erbjöds metadon i Norge.

– Deförsent, sa Marry och haltade vidare.

I början av sjuttiotalet hade hon sin första och sista kontakt med socialvården. Hon måste ha pengar till mat efter att ha svultit i sexton dagar. Några kronor bara, hon gick omkring och svimmade stup i ett. Det var inte bra för affärerna. Canossavandringen från kurator till kurator, som bara resulterade i ett erbjudande om tre dagars avgiftning, fick henne att aldrig sätta sin fot på en socialbyrå igen. Till och med när hon blev beviljad förtidspension 1992 ordnades det genom läkaren. Doktorn var sjyst. Han var lika gammal som hon och sa aldrig ett ont ord när hon kom till honom med värkande knän och frostknölar. En och annan könssjukdom hade det också blivit genom åren utan att det hade gjort hans leende mindre hjärtligt när hon haltade in i den varma mottagningen på Schous Plass. Pensionen räckte precis till hyra, el och kabelteve. Pengarna från gnoendet på gatan gick till knark. Marry hade aldrig haft någon hushållskassa. När tillvaron blev lite väl stökig glömde hon räkningarna. Utmätningsmannen kom. Hon var aldrig hemma och protesterade aldrig. Dörren plomberades och hennes ägodelar togs i mät. Att hitta en ny bostad var knepigt. Så det blev härbärge en vinter eller två.

Nu var hon trött, trött överallt. Natten var bitande kall. Marry var klädd i lårkort rosa kjol, trasiga nätstrumpor och en höftlång jacka av silverlamé. Hon försökte dra kläderna tätare omkring sig. Det hjälpte inte mycket. Hon måste inomhus. Stadsmissionens natthärbärge var trots allt det bästa alternativet. Visserligen var det tillträde förbjudet för berusade, men Marry hade varit i gamet så många år att ingen kunde avgöra om hon var nykter eller ej.

Hon tog till höger vid Polishuset.

Parken kring den bågformade byggnaden vid Grønlands-leiret 44 var Marrys fristad. Respektabla medborgare höll sig på avstånd. En och annan svartskalle med tant och ett otal barn satt kanske där på eftermiddagarna medan ungarna spelade boll och vettskrämt pep när Marry närmade sig. Fyllona var av den hygg-liga sorten. Snuten var inte heller plågsam, det var länge sedan de bråkade med en hederlig hora.

Den här natten var parken tom. Marry sjavade ut ur ljus-käglan från lampan över ingången till häktet. Nattens ärligt för-tjänade spruta låg i fickan. Hon måste bara hitta en plats att ta den på. På Polishusets norra sida fanns hennes trappa. Den var inte belyst och användes aldrig.

– Fan. Helvete.

Någon hade tagit trappan.

Det var där hon tänkte ta sin sil. Det var där hon skulle sitta och vänta tills heroinet hade kommit ordentligt i balans i krop-pen. Trappan på baksidan av Polishuset, ett knappt stenkast från muren kring fängelset, var hennes trappa. Någon hade tagit den.

– Hej. Dö!

Mannen gjorde inget tecken på att ha hört henne. Hon strut-tade närmare. De höga klackarna grävde sig ner i ruttna löv och hundskit. Mannen sov som en stock.

Killen var kanske snygg. Det var svårt att säga även när hon böjde sig över honom. Det var för mörkt. Ut ur bröstet stack en stor kniv.

Marry var en praktisk människa. Hon klev över mannen, sat-te sig på översta trappsteget och tog fram sprutan. Den sköna, värmande oundvikliga känslan kom redan innan hon dragit ut kanylen.

Mannen var död. Förmodligen mördad. Marry hade sett mordoffer förr även om de aldrig hade varit så dyrt klädda som det här. Antagligen ett överfall. Rån. Eller kanske var han en fikus som hade tagit sig för stora friheter mot en av de där småkillarna som sålde sig för fem gånger så mycket som Marry tog för en avsugning.

Hon reste sig stelt och svajade lite. Hon blev stående ett ögonblick och granskade liket. Mannen hade en handske på ena handen. Maken låg bredvid. Utan att tveka nämnvärt böjde sig Marry ner och lirkade till sig handskarna. De var för stora men av äkta skinn med yllefoder. Karln hade ingen användning för dem längre. Hon drog dem på sig och började gå för att hinna med sista bussen till natthärbärget. Några meter från liket låg en scarf. Marry hade tur i kväll. Hon lindade scarfen om halsen. Om det var de nya klädesplaggen, eller om det var heroinet som hjälpte, visste hon inte. I alla fall kände hon sig inte fullt så kall. Kanske skulle hon till och med kosta på sig en taxi. Och kanske skulle hon ringa polisen och säga att de hade ett lik liggande på bakgården.

Det viktigaste var ändå att hitta en säng. Hon kunde inte komma på vilken dag det var och hon behövde sova.

2

MARIA, JESU MODER.

Tavlan på väggen över sängen påminde om ett gammalt bokmärke. Ett fromt ansikte slog ner blicken över händer knäppta i bön. Glorian runt huvudet hade för länge sedan bleknat till ett vagt dammoln.

När Hanne Wilhelmsen öppnade ögonen insåg hon att de veka dragen, den smala näsryggen och det mörka håret i stram mittbena över pannan hade vilselett henne. Nu såg hon det, utan att förstå varför det hade tagit så lång tid. Det var Jesus själv som hade vakat över henne varenda natt i snart ett halvår.

Marias son fick en strimma morgonljus över ena axeln. Hanne satte sig upp. Ögonen kisade mot solen som trängde in genom glipan i gardinerna. Hon strök sig över korsryggen och undrade varför hon låg på tvären över sängen. Hon kunde inte minnas när en hel natt hade försvunnit i djup och obruten sömn.

Stenplattornas kyla mot fotsulorna fick henne att kippa efter andan. I dörröppningen till badrummet vände hon sig om för att granska tavlan på nytt. Blicken strök över golvet och stannade tvärt.

Badrumsgolvet var blått. Det hade hon aldrig lagt märke till. Hon satte pekfingerknogen mot ena ögat och stirrade ner med det andra.

Hanne Wilhelmsen hade bott i det spartanska rummet i Villa Monasteria sedan mitten av sommaren. Det närmade sig jul. Dagarna hade varit bruna; alla andra färger var frånvarande i och omkring den stora stenbyggnaden. Till och med under sommaren hade Valpolicellas landskap utanför det stora fönstret

9

på andra våningen varit enformigt fritt från riktiga färger. Vinrankorna klamrade sig till gulbruna stockar, gräset stod svett av solen mot väggarna av sten.

En kylig doft av december slog emot henne när hon en halvtimme senare öppnade dubbeldörrarna mot Villa Monasterias grusbelagda gårdsplan. Hon släntrade håglöst bort mot bambuskogen på andra sidan, kanske tjugo meter bort. Två nunnor stod i ivrigt samtal mitt på stigen som delade skogspartiet i två delar. Rösterna dämpades vartefter Hanne närmade sig. När hon passerade de två äldre gråklädda kvinnorna, böjde de huvudena och teg.

Bambun på ena sidan stigen var svart. På den andra var stammarna gröna. Nunnorna var försvunna när Hanne vände sig om, förbluffad över den oförklarliga färgskillnaden mellan de smäckra, fingertunna plantorna på var sida om stigen. Hanne hade inte hört det välkända ljudet av steg över grusplanen. För ett ögonblick undrade hon vart nunnorna hade tagit vägen. Sedan lät hon fingrarna löpa över bambustammarna medan hon småsprang upp mot karpdammen.

Det var något på gång. Någonting höll på att hända.

Den första tiden hade nunnorna varit vänliga. Naturligtvis inte särskilt pratsamma; Villa Monasteria var en plats för kontemplation och tystnad. Då och då ett snabbt leende, under måltiden kanske, en frågande blick över händer som gärna hällde mer vin i glaset, ett och annat mjukt yttrande som Hanne inte förstod. I augusti hade hon till och med funderat på att lära sig italienska. Men det slog hon bort. Hon var inte här för att lära sig någonting.

Efterhand hade nunnorna förstått att Hanne ville vara alldeles i fred. Även den energiske direktören. Han tog emot hennes pengar var tredje vecka utan något annat än ett affärsmässigt *grazie*. De glada studenterna från Verona, som då och då spelade plattor så högt att det bara tog någon minut innan nunnorna kom springande, hade sett en likasinnad i Hanne. Men bara i början.

Hanne Wilhelmsen hade använt ett halvår till att vara alldeles ensam.

Hon hade i stort sett fått vara i fred med sin dagliga kamp för att inte bry sig om någonting. Den senaste tiden hade hon likväl inte klarat av att hålla nyfikenheten borta från det uppenbara faktum att någonting höll på att hända i Villa Monasteria. *Il direttore*, en slank och allestädes närvarande man i fyrtioårsåldern, höjde allt oftare rösten mot de nervöst viskande nunnorna. Hans steg smällde hårdare i stengolvet än förr. Han hastade från det ena oförståeliga göromålet till det andra, oklanderligt klädd och med ett doftstråk av svett och rakvatten efter sig. Nunnorna log inte längre och det var färre av dem som visade sig till måltiderna. I gengäld satt de allt oftare i tyst bön på träbänkarna i det lilla kapellet från trettonhundratalet, även när det inte var mässa. Hanne kunde se dem från fönstret, där de två och två stultade ut och in genom de tjocka trädörrarna.

Det var svårt att säga hur djup karpdammen var. Vattnet var ovanligt klart. Fiskarnas loja rörelser längs bottnen var frånstötande och Hanne kände sig smått illamående vid tanken på att de simmade omkring i klostrets dricksvatten.

Hon satte sig på muren som omgärdade dammen. Kraftiga ekar avtecknade sig halvnakna mot förjulshimlen. På åsen i norr betade en flock får. En hund gläfste långt borta och fåren tryckte sig tätare tillsammans.

Hanne längtade hem.

Hon hade ingenting att längta hem till. Ändå hade något hänt. Hon visste inte vad och inte heller varför. Det var som om hennes sinnen, bedövade genom en medveten process, inte längre ville finna sig i den påtvingade dvalan. Hon hade börjat lägga märke till saker och ting.

Det hade gått ett halvår sedan Cecilie Vibe dog. Hanne hade inte ens gått på begravningen av sin sambo genom nästan tjugo

11

år. I stället hade hon stängt in sig i lägenheten. Som avtrubbad registrerade hon att alla lät henne vara i fred. Ingen ringde på dörren. Ingen hade försökt att ta sig in. Telefonen var stum. I brevlådan låg bara reklam och räkningar. Och så småningom ett besked från ett försäkringsbolag. Hanne hade ingen aning om försäkringen som Cecilie hade tecknat för flera år sedan. Hon ringde bolaget och fick pengarna insatta på ett högräntekonto, skrev ett brev till polismästaren och bad om permission året ut. Alternativt kunde brevet betraktas som en uppsägning.

Hon hade inte väntat på svar, bara packat en ryggsäck och satt sig på tåget till Köpenhamn. Strängt taget visste hon inte om hon fortfarande hade ett jobb. Det angick henne inte; inte då. Hon visste inte vart hon skulle och inte hur länge hon skulle vara borta. Efter två veckor på måfå genom Europa hade hon hittat Villa Monasteria, ett nedslitet klosterhotell på kullarna norr om Verona. Nunnorna kunde erbjuda henne tystnad och hemgjort vin. Hon skrev in sig en sen julikväll och trodde hon skulle resa vidare nästa dag.

Det fanns räkor i dammen. Visserligen små, men dock räkor, genomskinliga och ryckvis pilande på flykt undan de lömska karparna. Hanne Wilhelmsen hade aldrig hört talas om färskvattenräkor. Hon snörvlade, torkade sig under näsan med jackärmen och lät blicken följa *il direttores* bil genom allén. Fyra gråklädda kvinnor stod under en poppel och stirrade bort mot henne. Trots avståndet kunde hon känna deras blickar mot sitt ansikte, skarpa som knivar i den fuktiga luften. När direktörens bil försvann ut på huvudleden vände sig nunnorna snabbt om och småsprang mot Villa Monasteria utan att se sig om. Hanne reste sig från muren. Hon kände sig kall och utvilad. En stor korp kretsade i ovala cirklar under molntäcket och fick henne att rysa.

Det var dags att åka hem.

3

FÖRLAGET HÖRDE TILL De Tre Stora. Trots det låg den anonyma byggnaden försynt inklämd på en bakgata i stadens mest otrivsamma kvarter. Kontorsrummen var små och likadana. Det fanns ingen förlagshistoria i korridorerna, inga mörka möbler eller tjocka mattor. Längs glasväggarna, som skilde kontorsbåsen från de evighetslånga korridorerna, hängde tidningsurklipp och affischer som vittnade om ett minne som bara sträckte sig några år tillbaka i tiden.

Litterära redaktionens sammanträdesrum låg på tredje våningen och påminde om lunchrummet på ett socialkontor. Borden i ljust faner var av enklaste kontorsstandard, stolarna hade orange klädsel som mer hörde hemma i sjuttiotalet. Förlaget var Norges äldsta, grundat 1829. Förlaget *hade* historia. Tung litterär historia. Böckerna i de billiga IKEA-hyllorna längs ena väggen liknade mest av allt billighetsromaner. Ett godtyckligt urval av höstens utgivning stod med framsidan utåt och såg ut att när som helst kunna tippa över och ramla ner på den ljusgula linoleummattan.

Idun Franck stirrade tomt på Ambjørnsens sista Ellingbok. Någon hade vänt den upp och ned och omslaget var trasigt.

– Idun?

Förlagsdirektören höjde rösten. De fem andra mötesdeltagarna satt med uttryckslösa ansikten vända mot Idun Franck.

– Förlåt...

Hon bläddrade planlöst bland pappren framför sig och pillade med en kulspetspenna.

– Frågan är väl strängt taget inte hur mycket det här projektet hittills har kostat oss men om boken överhuvudtaget kan ges ut. Det blir en etisk fråga av… Kan vi ge ut en kokbok av en kock som har stuckits ihjäl med en slaktarkniv?

De andra i rummet verkade osäkra på om Idun Franck skämtade. En av dem gav ifrån sig ett litet fniss. Han kvävde det snabbt och såg rodnande i bordet.

– Ja, vi vet ju inte om det var en slaktarkniv, la Idun Franck till. Men knivstucken ska han tydligen ha blivit. Enligt tidningarna. I alla fall skulle det kunna uppfattas som tämligen smaklöst att följa upp ett blodigt mord med att ge ut ett porträtt av offret och hans kokkonst.

– Och smaklösa vill vi inte vara. Det handlar ju trots allt om en kokbok, sa Frederik Krøger och visade tänderna.

– Ärligt talat, mumlade Samir Zeta, en mörkhyad ung man som hade börjat på informationsavdelningen för tre veckor sedan.

Krøger, en kortväxt förlagsdirektör med blank hjässa som han försökt dölja med en beundransvärd överkamning, gjorde en beklagande gest med höger hand.

– Om vi för ett ögonblick går tillbaka och ser på själva idén, fortsatte Idun Franck opåkallat, så var vi definitivt på rätt spår. En vidareutveckling av kokbokstrenden, så att säga. En sorts kulinarisk biografi. Blandning av kokbok och personligt porträtt. Eftersom Brede Ziegler i flera år har varit den bäste…

– I alla fall mest profilerade, avbröt Samir Zeta.

– … den mest profilerade norska kocken, var han ett naturligt val för ett sådant projekt. Och vi hade kommit ganska långt.

– Hur långt?

Idun Franck visste mycket väl vad Frederik Krøgers fråga gällde. Han ville veta hur mycket det hela hade kostat. Hur mycket pengar Förlaget hade kastat ut genom fönstret på ett projekt som i bästa fall måste läggas på is ett bra tag.

– De allra flesta bilderna finns i burken. Recepten också. Men det återstår betydligt mycket mer arbete när det gäller Brede Zieglers liv och person. Han insisterade på att först koncentrera sej på maten, därefter skulle vi ägna oss åt anekdoter och livsbetraktelser med anknytning till varje rätt. Vi har naturligtvis pratat mycket med varandra och jag har… anteckningar, ett par kassettband och sånt. Men… Som jag ser det i dagens läge… Kan du räcka mej kannan?

Hon försökte hälla kaffe i en öronlös kopp med Teletubbies på. Handen darrade, eller kanske var termoskannan för tung. Det rann kaffe över bordskivan. Någon gav henne ett blankt pappersark. När hon la det över fläcken spred sig den bruna vätskan ut under arket och rann över bordskanten ned på byxlåret.

– Det var då… Vi kunde förstås använda det vi har till en ren kokbok. En bland många. Bilderna är ganska fina. Recepten är läckra. Men är det vad vi ville? Mitt svar är…

– Nej, sa Samir Zeta, lite väl varm i kläderna.

Frederik Krøger nöp sig över näsroten och hickade.

– Jag vill gärna att du får ned det här på pappret, Idun. Med siffror och allt. Vi tar det därifrån. Okej?

Ingen väntade på svar. Stolsbenen skrapade mot golvet när alla skyndade ut ur mötesrummet. Bara Idun blev sittande kvar med blicken fäst på ett svartvitt foto av ett torskhuvud.

– Jag såg dej på bio i går, hörde hon och såg upp.

– Va?

Samir Zeta log och strök över dörrkarmen med handflatan.

– Du hade bråttom. Vad tyckte du?

– Tyckte?

– Om filmen. *Shakespeare in love.*

Idun lyfte koppen till munnen och svalde.

– Å. Filmen. Bra.

– Lite för mycket teater för mej. Film ska vara film, liksom.

Även om de har kostymer från femtonhundratalet behöver de väl inte snacka så.

Idun Franck ställde ifrån sig Teletubbykoppen, reste sig från stolen och gned lönlöst på en mörk fläck på låret. Sedan tittade hon upp, log svagt och samlade ihop papper och fotografier utan att bry sig om kaffet som fick två stora bilder av fänkål och vårlök att klibba ihop.

– Jag tyckte faktiskt väldigt bra om filmen, sa hon. Den var… Varm. Kärleksfull. Färgrik.

– Romantiker, flinade Samir. Du är en fullkomligt hopplös romantiker, Idun.

– Det är jag verkligen långt ifrån, sa Idun Franck och stängde lugnt dörren bakom sig. Men hur som helst borde det vara tillåtet i min ålder.

4

BILLY T. VAR FASCINERAD. Han höll upp glaset mot ljuset
och studerade en rubinröd punkt inklämd i rosa skruvis. Russian
slush var långt ifrån den bästa drink han hade smakat. Men den
var vacker. Han vred glaset mot lampkronan i taket och måste
kisa.

– Ursäkta…

Billy T. räckte ut armen mot en kypare i blå byxor och vit
kraglös skjorta.

– Vad är det här egentligen?

– Russian slush?

Servitören drog nästan omärkligt på en mungipa som om
han inte riktigt vågade le.

– Krossad is, vodka och lingon, min herre.

– Åh. Tack.

Billy T. drack trots att han strängt taget kunde sägas vara i
tjänst. Han hade inga planer på att presentera notan för ekonomi-
avdelningen, klockan var sju måndag kväll den sjätte december
och han gav blanka fan i allt. Han satt för sig själv och fingrade
på glaset medan han lät blicken fara runt i lokalen.

Entré var stans nya och obestridliga inneställe.

Billy T. var född och uppväxt i Grünerløkka. I en tvårums-
lägenhet på Fossveien hade hans mamma hållit både honom och
hans tre år äldre syster i strama tyglar medan hon gnodde skin-
net av sig på tvätteriet längre upp på gatan och använde nätterna
till att laga kläder mot extra betalning. Fadern hade Billy T. ald-
rig träffat. Han var fortfarande inte klar över om mannen hade
gett sig iväg eller om modern hade kört honom på dörren innan

sonen kom till världen. I vilket fall nämndes aldrig fadern. Det enda Billy T. visste om mannen var att han hade varit två meter i strumplästen, en kvinnotjusare av guds nåde och att han dessutom var helt alkoholiserad. Vilket antagligen hade förorsakat en alltför tidig död. Långt tillbaka i minnet hade Billy T. en föreställning om att mamman en dag kom överraskande tidigt hem från jobbet. Själv kunde han ha varit sju år; han var hemma från skolan i en svår förkylning.

– Han är död, sa mamman. Han du vet.

Hennes blick förbjöd honom att fråga. Hon hade gått och lagt sig och inte stigit upp förrän nästa dag.

Det fanns bara ett foto av fadern i lägenheten vid Fossveien, ett bröllopskort av föräldrarna som konstigt nog fick hänga framme. Billy T. misstänkte modern för att använda det som bevis för att barnen var födda inom äktenskapet, om någon skulle vara fräck nog att tro något annat. Om någon främmande skulle komma innanför dörren till den överbelamrade lägenheten var bröllopsfotot det första de fick syn på. Ända till den dagen då Billy T. kom hem i full uniform och hade avlagt examen i det som då hette Polisskolan. Han hade sprungit hela vägen. Svetten rann i de syntetiska kläderna. Mamman ville inte släppa honom. Hennes tunna armar låste sig kring sonens hals. I vardagsrummet satt systern och skrattade medan hon öppnade en flaska billigt mousserande vin. Hon hade tagit sjuksköterskeexamen två år tidigare. Samma dag försvann bröllopsfotot.

Billy T. hade inte tyckt om alkohol förrän han var trettio.

Nu hade han passerat fyrtio och det kunde fortfarande gå veckor mellan de gånger han drack annat än Coca-Cola och mjölk.

Mamman bodde fortfarande på Fossveien. Systern hade flyttat till Asker med man och efterhand tre barn, men Billy hade blivit kvar på Løkka. Han hade upplevt stadsdelens alla upp- och nedgångar sedan början av sextiotalet. Han hade vuxit upp med torrdass och varit hemma den dagen då modern gråtfärdig och stolt hade strukit med händerna över en nyinstallerad vatten-klosett i det som tidigare varit en garderob. Han hade sett stads-saneringen knäcka bostadsrättsförening efter bostadsrättsföre-ning på åttiotalet, han hade upplevt trender och moderiktningar komma och gå som flyttfåglar på Kuba.

Billy T:s kärlek till Grünerløkka var inte trendig. Han var inte nyförälskad i Thorvald Meyers gates små trånga överfyllda barer och kaféer. Billy T. levde på utkanten av det Løkkasamhälle som tagit form under loppet av de senaste fyra, fem åren. Det fick ho-nom att känna sig gammal. Han hade aldrig varit på Sult och väntat en timme på bord i baren. På Bar Boca, dit han hade dris-tat sig in för att dricka ett glas Cola, sved ögonen efter några mi-nuters klaustrofobisk upplevelse vid bardisken. Billy T. tog i stäl-let med sig ungarna till McDonald's tvärs över gatan. Världen utanför fönstren hade blivit något som inte angick honom.

Billy T:s kärlek till Grünerløkka var knuten till byggnaderna. Till husen rätt och slätt; de gamla arbetarkvarteren. Nedanför Grüners gate stod de på lergrund och hade sprickor mitt på fasa-den. När han var liten tyckte han att husen hade rynkor för att de var så gamla. Han älskade gatorna, särskilt de små. Bergverks-gata var bara några meter lång och ledde ut i backen ned mot Akerselva. Strömmen kan ta dej, mindes han; du får inte bada, strömmarna kan ta dej! Kroppen blev röd av eksem varje som-mar. Mamman klagade och grälade och smorde med ilskna hän-der liniment på hans rygg. Pojken hoppade i alla fall ut i det för-orenade vattnet nästa dag. Sommar efter sommar. Det var som-marlov så gott som något.

Entré låg i det sydvästra hörnet av korsningen mellan Thor-vald Meyers gate och Sofienberggata. En butik full av gammal-modiga damkläder som aldrig såldes hade hållit stånd mot tvångsmoderniseringen av Løkka i många år. Kapitalet hade vunnit till slut.

Han satt ensam vid ett bord alldeles vid dörren. Restaurangen var helt full trots att det var måndag. Den provisoriska skylten på dörren var skriven med tusch som hade gått igenom pappret. Billy T. kunde läsa det spegelvänt från sin plats.

KÄLLARMÄSTARE BREDE ZIEGLER HAR GÅTT BORT. TILL MINNE AV HANS LIV OCH VERK HÅLLER RESTAURANG ENTRÉ ÖPPET I AFTON

– Fy fan, sa Billy T. och sörplade i sig en isbit.

Han borde inte sitta här. Han borde vara hemma. I alla fall borde Tone-Marit ha varit med när han för en gångs skull skulle äta på krog. De hade inte varit ute tillsammans sedan Jenny föddes. Det var snart nio månader sedan.

En oxeltand gjorde fruktansvärt ont. Billy T. spottade ut isbiten i en halvt knuten näve och försökte släppa den obemärkt på golvet.

– Är allting till belåtenhet?

Kyparen bugade lätt och ställde ett glas Chablis på duken framför honom.

– Jodå. Det är okej. Ni... Ni håller öppet i dag. Är det inte många som uppfattar det som... stötande, liksom?

– *The show must go on.* Brede skulle ha velat ha det så.

Tallriken som just hade landat framför Billy T. såg ut som en konstinstallation. Han stirrade tafatt på maten, lyfte kniv och gaffel, men visste inte var han skulle börja.

– Anklever på en bädd av skogssvamp, med sparris och en touche av körsbär, förklarade kyparen. *Bon appétit!*

Sparrisen stod som ett indiantält över levern.

– Maten sitter i fängelse, mumlade Billy T. Och var fan är touchen?

Ett ensligt körsbär tronade längst ut på tallriken. Billy T. föste

20

det inåt och suckade lättad när sparristältet rasade. Tveksamt skar han en bit av anklevern.

Först nu fick han syn på bordet alldeles vid den gedigna trappan upp till andra våningen. På en kritvit duk med två ljusstakar i silver stod ett stort fotografi av Brede Ziegler. Ena hörnet var draperat med ett svart sidenband. En kvinna med uppsatt hår närmade sig bordet. Hon tog en penna och skrev något i en bok. Därefter tog hon sig för pannan som om hon var nära gråten.

– Man kunde tro att karln var kunglig, mumlade Billy T. Han har väl för fan inte gjort sig förtjänt av kondoleanslista.

Brede Ziegler hade sett allt annat än kunglig ut när polisen fann honom. Någon hade ringt till kommunikationscentralen och snörvlat att de borde kolla baktrappan. Två aspiranter hade gjort sig besvär med att följa rådet. Strax därpå kom de störtande tillbaka till jourroteln.

– Han är död! Det är en snubbe där. Död som en...

Aspiranten hade hejdat sig vid synen av Billy T. som av en tillfällighet var där för att hämta några papper, barbent och endast iförd shorts och linne.

– Sill, hade han fullföljt för den unge mannen i uniform. Död som en sill. Jag har varit och *tränat*, förstår du. Du borde inte stirra så för det.

Det låg arton timmar tillbaka i tiden. Billy T. hade gått raka vägen hem utan att vänta på att få veta mer om den döde mannen. Hemma hade han duschat, sovit i nio timmar och kommit till jobbet en timme för sent på måndag morgon i fåfäng förhoppning om att fallet hade hamnat på någon annan kriminalkommissaries bord.

– Två själar och en tanke.

Billy T. tittade upp medan han försökte svälja en sparris som aldrig kunde ha varit i närheten av kokande vatten. Severin Heger pekade på stolen bredvid Billy T. och höjde på ögonbrynen.

Utan att vänta på svar damp han ner och såg skeptiskt på tall-
riken.

– Vad är det där?

– Sätt dej på andra sidan, fräste Billy T.

– Varför det? Jag sitter bra här.

– Fan heller. Flytta på dej. Det ser ut som om vi är...

– Ett kärlekspar! Du har väl aldrig haft homofobi, Billy T. Ta
det lugnt.

– *Flytta på dej!*

Severin Heger skrattade och lyfte långsamt baken från sitsen.
Han tvekade ett ögonblick innan han satte sig igen. Billy T. fäk-
tade med gaffeln och satte något i halsen.

– Jag bara skojade, sa Severin Heger och reste sig igen.

– Vad gör du här, sa Billy T. när han klarat strupen och Seve-
rin satt tryggt på andra sidan bordet.

– Samma som du antar jag. Tänkte att det kunde vara bra att
skaffa sej ett intryck av stället. Karianne har förhört en hel hög
med folk här i dag...

Han pekade obestämt med tummen över axeln, som om de
anställda stod på led bakom honom.

– ...men det är bra att få se plejset. Inandas atmosfären, så att
säga. Vad är det du äter?

Maten hade reducerats till en konturlös sörja i brunt och
grönt.

– Anklever. Vad tycker du?

– Blä!

– Jag menar inte maten. Stället!

Severin Heger såg sig hastigt omkring. Det var som om de
många åren i POT, polisens säkerhetstjänst, hade gett honom en
förmåga att se sig omkring utan att någon kunde upptäcka att
han överhuvudtaget flyttade blicken. Han höll huvudet alldeles
stilla och knep ihop ögonen. Bara ögonfransarnas nästan

omärkliga darrning avslöjade att ögongloben faktiskt rörde sig.

– Konstigt ställe. Fancy. Hipt. Trendigt och nästan gammal-dags mondänt på samma gång. Inte i min smak. Jag var tvungen att visa polisleget för att komma in. Ryktet påstår att det är en väntetid på flera veckor för att få bord under veckosluten.

– Ärligt talat. Den här maten är äcklig.

– Men det är inte heller meningen att du ska röra ihop den till en enda gröt.

Billy T. sköt ifrån sig tallriken och klunkade i sig vitt vin från ett enormt glas med en slurk vätska i botten.

– Vad ska man säga, mumlade han. Vem kan ha haft intresse av att mörda den här Brede Ziegler?

– Ha! Otaliga kandidater. Se bara på karln! Han är... Brede Ziegler var fyrtiosju och har varit en streber i hela sitt liv. För det första hade han en märklig favorithobby; att lägga sej i allt och absolut alla inom norsk kokkonst. För det andra har han haft stor framgång med allt han har företagit sej...

– Vet vi egentligen det?

– ... både ekonomiskt och yrkesmässigt. Det här stället...

Nu såg de sig ordentligt omkring bägge två.

Restaurang *Entré* representerade modependelns tillbakagång från det minimalistiskt funktionella som hade dominerat bran-schen under de senaste åren. Dukarna var enorma, vita och släpa-de i golvet. Ljusstakarna var av silver. Borden stod asymmetriskt placerade i rummet, en del av dem på små podier tio femton cen-timeter högre än de andra. En trappa svepte ned från andra vå-ningen; den var som tagen ur en Fitzgeraldroman. Inrednings-arkitekten hade insett att ingenting borde stå i vägen för det mas-siva flödet av slitet ädelträ och hade skapat en bred korridor av öp-pet golvutrymme ända fram till ingången. I taket hängde fyra kristallkronor av varierande storlek. Billy T. pillade på en regnbågs-färgad ljusreflex som dallrade på duken framför honom.

– ...det var en succé från första dagen. Maten, interiören, miljön... Har du inte läst skriverierna?

– Frun, sa Billy T. trött. Är det nån som har pratat med frun?

– Farris, tack. Blå. Utan is.

Severin Heger nickade åt kyparen.

– Hon är i Hamar. Åkte hem till mamma innan nån av oss hann prata ordentligt med damen. Prästen kom, flickan grät och en timme senare satt hon på tåget. Men jag kan i viss mån förstå att hon behöver lite moderlig tröst. Hon är bara tjugofem.

– Tjugofyra, rättade Billy T. och drack sista skvätten ur glaset. Vilde Veierland Ziegler är bara tjugofyra.

– Vilket innebär att vår vän Brede ganska precis är... Dubbelt så gammal.

– Nästan.

Kyparen, som just hade avlägsnat de katastrofala resterna efter förrätten, gjorde ett nytt försök. Tallriken var större den här gången, men maten var lika svårangripbar. Öar av potatismos hade arrangerats som försvarsfort kring en bit sjötunga som bar tunna strimlor av något som måste vara morot och något odefinierbart grönt på ryggen.

– Det ser ut som ett jävla plockepinn, sa Billy T. uppgivet. Hur *äter* man sån här mat? Vad fan är det för fel med biff och pommes frites?

– Jag äter det gärna, erbjöd sig Severin. Tack.

Kyparen ställde ett glas Farris med en kvist mynta på kanten framför honom och försvann.

– Fan heller. Den här tallriken kostar *trehundra kronor!* Vad är det för gröna ränder i såsen? Karamellfärg?

– Pesto skulle jag tro. Smaka då. De hade bara varit gifta i sex, sju månader.

– Ja, jag vet. Vet vi nåt om förmögenhet, arv, testamente och sånt? Går alltihop till frun?

24

Severin Heger flyttade blicken till ett par i fyrtioårsåldern som hade stått länge vid kondoleansboken. Mannen var klädd i smoking, kvinnan i äggskalsfärgad klänning som hade passat bättre en annan årstid. Huden såg grådaskig och blek ut mot det tjocka sidentyget. När hon vände sig om kunde Severin se att hon grät. Han slog ner blicken när deras ögon möttes.

– Du har väl inte beställt *rödvin* till sjötunga?

Kyparen hällde i ett nytt glas utan att blinka.

– Min syster säger att man kan dricka rödvin till vit fisk, sa Billy T. buttert och drack demonstrativt en stor klunk.

– Torsk, ja! Helleflundra, kanske… Men sjötunga? Det är din sak. Och nej, vi vet väldigt lite om pengar och sånt. Karianne och Karl jobbar allt de kan. Vi vet åtskilligt mer i morgon.

– Visste du att han egentligen heter Freddy Johansen, flinade Billy T.

– Vem?

– Brede Ziegler. Han hette fan ta mej Freddy Johansen till långt upp i vuxen ålder. Vilken tönt. Patetiskt. Byta namn, jisses. Särskilt för en karl…

– Ska du säga som strök ditt efternamn för tjugo år sen!

– Det är en annan sak. En helt annan sak. Det här var faktiskt gott.

– Jag ser det. Torka dej om hakan.

Billy T. vecklade ut den styva tygservetten och gnodde sig om hakan.

– Jag snackade med rättsmedicin i eftermiddags. Ziegler hade maximal otur. Knivhugget…

Han lyfte sin egen kniv och förde bladet mot bröstet.

– Det tog precis här. Hade det tagit bara ett par *millimeter* längre till höger så hade Ziegler fortfarande varit vid liv.

– Oh shit.

– Det kan man säga.

– Visste de nåt mer? Styrka, menar jag, uppifrån och ned, bakvänt, vänsterhänt gärningsman, liten man, stark man. Kvinna? Sånt.

– Nä, inget sånt. De är väl inte synska heller. Men *något* mer kommer det ju. Så småningom. Ska du inte äta alls?

– Jag har ätit. Men du… Jisses, där är Wenche Foss!

Severin Heger viskade och försökte se åt andra hållet.

– Och vad då, sa Billy T. Hon har väl lov att gå ut hon också. Vad menade du med att alla kunde ha motiv att döda Brede Ziegler? Annat än att karln gjorde karriär, menar jag.

– Jag trodde att hon bara gick på Theatercafeen, jag.

– Hal-lå.

– Förlåt. Jag har snackat med Karianne…

Severin försökte hålla blicken kvar på Billy T.

– Och fått ett slags sammandrag av vittnesförhören fram till nu. Vi är vana vid att alla babblar på om "oj vilken chock" och "nej jag kan inte tänka mej nån som skulle önska livet av honom" och… I det här fallet är det annorlunda. Vittnena verkar förstås skakade och så, men de är ändå inte riktigt chockade. Inte som vi är vana vid. Alla har sina idéer om vem som kan ha gjort det. De spekulerar vilt utan att blinka.

– Det kan väl bero mer på vittnena än på mordoffret. Många människor kring en kille som Ziegler vill väl ha uppmärksamhet. De gör sej bara intressanta.

Nationaltheatrets första dam hade gått bort till kondoleanslistan tillsammans med en ung, manlig skådespelare med krulligt hår.

– Får man läsa vad folk skriver i den där boken, undrade Severin Heger.

– Nej. Det var fan vad du har blivit kändisfixerad. Skärp dej.

– Vi skulle haft Hanne Wilhelmsen här, sa Severin Heger plötsligt medan han rätade på ryggen. Det här ett typiskt fall för henne.

Billy T. la ifrån sig besticken, knöt nävarna och slog dem lätt i bordet på var sida om tallriken.

– Hon är inte här, sa han långsamt utan att se Severin i ögonen. Hon kommer inte heller. Det är du, jag, Karianne, Karl plus fem, sex andra utredare om det skulle behövas. Vi behöver inte Hanne Wilhelmsen.

– Okej. Jag försöker bara vara bussig.

– Bra, sa Billy T. trött. Sprutan. Har ni kommit på nåt mer om den?

– Nej. Den låg alldeles bredvid liket, såg ut som om den just hade placerats där. Den behöver inte ha nåt med mordet att göra. Eller har du hört nåt annat från rättsmedicin?

– Nej.

Desserten var mikroskopisk. Den var uppäten på trettio sekunder. Billy T. viftade efter notan.

– Vi går, sa han och betalade kontant. Det här stället är ingenting för oss.

Vid utgången tvärstannade han.

– Suzanne, sa han lågt. Suzanne, är det du?

Severin Heger stannade också och mätte kvinnan med blicken. Hon var lång, slank på gränsen till sjukligt mager, och dramatiskt klädd i blått och svart. Ansiktet var blekt och smalt, håret struket från pannan. Hon såg ut att vilja räcka Billy T. handen, men ändrade sig och nickade lite i stället.

– B. T., sa hon lugnt. Länge sen sist.

– Ja, jag… Vad gör… Fint att se dej.

– Vill ni vara så vänliga att flytta er ut eller in, log hovmästaren, en person med egendomligt utseende och alltför stort huvud. Ni blockerar dörren där ni står.

– Jag ska in, sa kvinnan.

– Jag ska ut, sa Billy T.

– Hej, sa Severin Heger.

– Vi kanske ses nån gång, sa kvinnan och försvann in i lokalen.

Decemberkvällen var ovanligt mild. Billy T. lyfte ansiktet mot den svarta himlen.

– Du ser ut som om du har sett ett spöke, sa Severin Heger. Ett som får lov att kalla dej B.T. Ha!

Billy T. svarade inte.

Han hade fullt sjå att hålla kroppen i styr. Han höll andan för att inte dra hörbart efter den. Plötsligt började han springa.

– Ha det bra, ropade Severin. Vi ses i morgon bitti.

Billy T. var redan för långt bort för att höra honom.

Ingen av de två polismännen la märke till en ung man som stod och kikade in i restaurangen genom fönstret mot Sofienberggata. Han höll händerna som en tratt kring ögonen och hade stått där en bra stund.

Severin Heger vände ryggen mot Billy T. och började gå österut. Hade han gått i motsatt riktning, skulle hans intuition kanske fått honom att prata med ynglingen.

I alla fall om han hade sett den unge mannens ansikte.

Vittnesförhör med Sebastian Kvie, redigerat utdrag.
Förhörsledare krimass Silje Sørensen. Utskrift av kanslist Rita
Lyngåsen. Det finns endast en kassett av det här förhöret. Förhöret
är upptaget på band måndag 6 december 1999 på Polishuset i
Oslo.
Vittne: Kvie, Sebastian, 161179 48062
Bostad: Herslebsgate 4, 0561 Oslo
Arbete: Restaurang Entré, Oslo
Vittnet har underrättats om vittnesansvaret, förklarat sig villigt att
vittna. Vittnet har meddelats att förhöret tas upp på band och att
det senare skrivs ut.

Förhörsledaren: Kan du först berätta lite om vad du sysslar med?
Vad du står i för förhållande till den döde och så vidare (*host-
ning, otydligt tal*).

Vittnet: Jag har jobbat på *Entré* sedan öppnandet. Det var första
mars i år. (*papprasprassel, mummel i bakgrunden*) Jag gick ut
kock- och stewardlinjen på Sogn Yrkesskola våren nittioåtta. Di-
rekt efter det jobbade jag några månader på Continental. Dess-
utom var jag på en längre resa i Latinamerika. Nio veckor, fak-
tiskt. Brede Ziegler sa att han hade hört talas om mig och ville ha
mig till *Entré.* Klart att jag hade en jävla lust att jobba där. Jag
blev väl ganska glad att en sån snubbe redan hade hört talas om
mig också. Lönen är skitdålig, men det är den alltid när du inte
har hunnit bli känd.

Förhörsledaren: Hur… trivs du?

Vittnet: Jag har i stort sett jobbat i ett kör sedan jag började.
Hade till exempel ingen semester i år. Jag ska egentligen vara le-
dig varje måndag och varannan onsdag. Men bara principiellt.

Men vad fan, jag stortrivs. *Entré* har stans mest spännande kök just nu. Både för att... Jag menar... (*otydligt tal*) Även om jag bara får göra det jag blir tillsagd så lär jag mig en jävla massa. Köksmästaren är duktig och berömmer gärna oss som lägger på ett extra kol. Det gör vi väl i stort sett allihop. Brede är inte rädd för att hugga i, han heller. Han har jobbat i köket själv, i alla fall en fem, sex gånger. Det är jävligt stiligt, när man tänker på hur mycket han har att stå i annars. Jag menar, han äger ju för fan hela stället. Större delen av det, i varje fall. Det har i alla fall jag fått intryck av. Jag har hört att han äger en massa annat också, men jag är inte helt säker på vad.

Förhörsledaren: Det är inte för att vara pryd, men det vore bra om du inte svor så mycket. Det här förhöret ska skrivas ner ordagrant från bandet. Det ser faktiskt ganska dumt ut i tryck.

Vittnet: Å ja. Förlåt. Sorry. Jag ska skärpa mig.

Förhörsledaren: Kände du Brede Ziegler väl?

Vittnet: Väl och väl. Han var ju min chef. Det hände att jag pratade med honom, på jobbet menar jag. Men kände... (*längre paus*) Han var ju äldre än jag. Mycket äldre. Så vi var liksom inte vänner. Det kan jag inte påstå. Det var inte så att vi tog en öl eller gick på fotboll tillsammans. (*skratt*) Nej. Inte så.

Förhörsledaren: Vet du något om vad den döde egentligen hade för vänner?

Vittnet: Alla! *You name them!* (*högt skratt*) Det vimlade av kändisar kring Brede. De klistrade sig kring mannen. Det var något med... Jag blev förstås ganska chockad när jag hörde att Brede var mördad. Men han var ju ganska omstridd. I kretsarna, menar jag. Han var så jävla… Så förbannat framgångsrik. (*svagt skratt*) Förlåt. Jag ska inte svära. Sorry. (*paus*) Brede var den bäste, ska du veta. Det måste ha varit otroligt många som var missunnsamma. Allt han tog i blev till guld, liksom. Och många människor är ju ganska småsinta. I vår bransch finns det mycket avundsjuka. Mer än annars, nästan. Så upplever jag det i alla fall.

Förhörsledaren: Tolkar jag det rätt när det verkar som om du… beundrade Brede Ziegler? Så där lite som en filmstjärna?

Vittnet: (*lätt skratt, övergår i hosta*) Jag läste en artikel om Brede Ziegler i en av mammas veckotidningar när jag var elva. Han har liksom alltid varit min hjälte. Min största önskan är att bli som han var. Jätteduktig och generös. Jag har till exempel hört att han hade tänkt ge oss varsin Masahirokniv i julklapp. Med namn på också. Ingraverat i skaftet alltså. Det kanske bara är rykten, men det har jag i alla fall hört. Det skulle vara likt Brede. (*lång paus, pappersprassel*) Han kom alltid ihåg namn. Till och med dem som kommer och går i disken pratade han med som om han kände dem väl. Jag skulle vilja säga att Brede Ziegler hade stor människokännedom. Och han var Norges bästa kock. Utan tvivel, om du frågar mig.

Förhörsledaren: Kände du den dödes fru?

Vittnet: Jag träffade henne bara en gång. Tror jag. Hon heter Vilde eller Vibeke eller något sådant. Mycket yngre än Brede. Snygg. Hon kom in för ett par månader sedan för att hämta honom. Fick inte något speciellt intryck av henne. Jag har ingen aning om hon brukar äta på *Entré*, jag står ju i köket hela kvällen och det är ganska sällan jag har tid att titta ut i matsalen. Den gången när hon kom för att hämta Brede hade vi inte öppnat för dagen. Jag stod och pratade med Claudio, hovmästaren. Hon hälsade inte på oss. Verkade kanske lite arrogant. Kanske hade hon bara väldigt bråttom.

Förhörsledaren: Har du...

Vittnet (avbryter): Man ska ju inte lyssna på rykten. Men jag har hört att Brede snodde sin brud från en kille som inte är så mycket äldre än jag. Tjugofem, tjugosex, kanske. Jag känner inte killen, men han heter Sindre någonting och jobbar på Stadtholdergaarden. En bra grabb, har jag hört. Men det är alltså bara rykten.
Förhörsledaren: Vad tror du då?

(*paus, där man hör stolsben skrapa, någon som kommer in i rummet, ljudet av något som hälls i ett glas e. dyl.*)

Vittnet: Om vad?

Förhörsledaren: Om hela den här saken.

Vittnet: Jag har ingen aning om vem som dödade Brede. Men om jag skulle gissa, så är det troligast att det handlar om avundsjuka. Knäppt, förstås, helknäppt att mörda någon bara för att man inte tycker om att de lyckas med saker och ting, men det är i alla fall vad jag tror. Själv stod jag i köket på *Entré* i söndags kväll. Jag kom vid tretiden på eftermiddagen och gick inte hem förrän efter två på natten. Jag var tillsammans med andra hela tiden, bortsett från de tre, fyra gånger som jag var tvungen att pissa.

Förhörsledarens anmärkning: Vittnet uttalade sig tydligt och sammanhängande. Vittnet fick kaffe och vatten under förhöret.

5

– *Stazione termini. Il treno per Milano.*

Direktören hade följt henne till taxin som väntade vid stenmuren utanför porten. Han smågrälade på chauffören och var bekymrad över Hanne Wilhelmsens plötsliga avresa.

– *Signora, why can´t you wait – very good flight from Verona tomorrow!*

Men Hanne kunde inte vänta. Från Milano gick ett plan till Gardermoen redan samma dag. Tåget från Verona till Milano tog knappa två timmar. Hundratjugo minuter närmare hemmet.

I passkontrollen fick hon yrsel. Kanske var det resjackan. Den hade tillhört Cecilie. Som en svag erinran kände hon en doft hon trodde var borta. Hon lutade sig mot skranket och viftade förbi människor bakom sig.

Lägenheten.

Cecilies saker.

Cecilies grav, som hon inte ens visste var den fanns.

En passpolis räckte henne passet. Hon orkade inte ta emot det. Armen ville inte lyfta sig. Det gjorde ont i armbågen mot skranket. Hon räknade till tjugo, tog sig samman, snappade åt sig det vinröda häftet och sprang. Ut ur kön, ut ur flygterminalen, bort från vägen hem.

Hanne Wilhelmsen var kvar i Verona. Hon hade följt sin allra första impuls. Från Verona gick ett flyg till Oslo via München i morgon.

Hon hade knappt sett staden. Hon hade hållit sig i Villa Monasteria och kullarna kring det gamla klostret sedan hon kom i juli. I början hade studenterna försökt locka med henne till Verona i veckohelgerna; det tog knappt en kvart med bil. Hanne hade aldrig gett efter.

Den långa raden av dagar från gulbrun sommar till våt december hade dövat något av smärtan som förlamade henne den natten när Cecilie dog. På ett sätt hade Hanne kommit vidare. Ändå behövde hon mer tid. Ett dygn bara. Om ett dygn skulle hon sätta sig på planet till Norge.

Hon skulle hem till lägenheten med Cecilies alla mer eller mindre färdiga renoveringsprojekt. Hanne skulle hem till Cecilies kläder, som fortfarande låg prydligt hopvikta och sorterade i ena halvan av klädskåpet, bredvid Hannes planlösa kaos av byxor och tröjor.

Hon skulle leta upp Cecilies grav.

Hanne stod på *Piazza Bra* i Verona och försökte stänga öronen mot stadens larm. När hon ofrivilligt lyssnade hörde hon bara röster. Biltrafiken var utestängd från det stora torget. Rösterna skallade mot de urgamla marmorväggarna kring *Arena di Verona* mitt i staden och kastades tillbaka mot alla marknadsstånd där hundratals försäljare ropade ut skinka och serviser, bildammsugare och allsköns krafs *per la donna*.

Ryggsäcken skavde mot skulderbladen. Hon gick på måfå, bort från det vimlande folklivet, in i skuggan, en sidogata. Hon måste hitta ett hotell. Ett ställe där hon kunde lägga ifrån sig bagaget, sova en natt och förbereda sig inför den långa resan hem. Hon var inte säker på om den redan hade börjat.

6

MORGONSAMLINGEN SKULLE ha börjat för tolv minuter
sedan. Billy T. hade ännu inte visat sig. Karianne Holbeck fäste
blicken på en krok som hade skruvats in i taket alldeles ovanför
dörren. Hon försökte undvika att se på klockan. Kriminal-
inspektör Karl Sommarøy tog fram en Swiss Army-kniv och täljde
försiktigt på ett piphuvud.

– Alldeles för stort, förklarade han för den som brydde sig.
Ligger inte bra i handen.

– Kör du med eller utan dubbar?

– Va?

Karl Sommarøy såg upp och strök bort några spån från byx-
låret.

– Jag slutar i alla fall inte med dubbdäck, sa Severin Heger. Jag
kommer att få betala de jävla böterna så länge lagen finns. I går
morse till exempel, när jag skulle ut…

– Gomorron, allihop.

Billy T. släntrade in genom dörren och kastade en pärm på
bordet.

– Kaffe.

– *Say the magic word*, befallde Severin.

– Kaffe, för helvete!

– Jadå. Jadå. Här! Du kan ta mitt. Jag har inte rört det.

Billy T. lyfte koppen halvvägs mot munnen, men ställde den
ifrån sig med ett flin.

– Låt oss summera vad vi har och sen fördela uppgifterna för
de närmaste två dygnen. Nåt sånt. Severin. Du börjar.

Severin Heger hade verkat i Polishusets allra översta våningar i många år. Han hade trivts i POT; jobbet i säkerhetstjänsten var spännande, varierat och gav honom en känsla av att betyda något. En slitsam period med skandaler och bombardemang från en samlad norsk journalistkår hade inte tagit ifrån honom entusiasmen över det jobb han hade strävat mot ända sedan han var tillräckligt stor för att förstå vad hans far höll på med. Severin Heger trivdes med arbetet men var ändå alltid rädd.

I artonårsåldern försonade han sig motvilligt med att han var homosexuell. Det skulle inte hindra honom från att uppnå de mål han hade föresatt sig. På tjugoårsdagen – efter en pubertet full av kampsport, fotboll och oupphörligt runkande – bestämde han sig för att aldrig berätta något, aldrig visa något som kunde avslöja det som hans far skulle ta livet av sig om han fick veta. Fadern hade seglat med Shetlands-Larsen under kriget och var rikt dekorerad för sin insats för fäderneslandet. På femtio- och sextiotalet jobbade han själv i säkerhetstjänsten. Det var på den tiden då kommunisterna lurade i varenda fackförening och det kalla kriget verkligen var bottenfruset. Severin var enda barnet och pappagris och bara en gång hade fasaden spruckit. Han hade försökt stöta på Billy T. Han blev omsorgsfullt avvisad och Billy T. hade sedan aldrig nämnt episoden med ett enda ord.

När säkerhetschefen måste avgå efter Furreskandalen fick POT sin första kvinnliga chef. Tjänsten blev kortvarig. Innan hon slutade hann hon i alla fall kalla in Severin Heger på sitt kontor och säga:

– Det är ingen säkerhetsrisk att du är homo, Severin. Det är värre att du använder så mycket energi på att dölja det. Ge dej. Se dej omkring. Vi närmar oss ett nytt årtusende.

Severin mindes att han reste sig utan att svara. Sedan gick han hem, sov länge, gick upp, duschade och begav sig väldoftande iväg till gayklubben Castro samma kväll. Efter en natt när han gjorde sitt bästa för att ta igen allt det han förlorat ansökte han om förflyttning till utredningsroteln. Fadern var död sedan två år. Severin Heger kände sig äntligen fri.

– Det enda säkra vi har är följande…

Han slog fingrarna, ett efter ett, i bordskanten.

– Liket är Brede Ziegler. Född femtiotre. Nygift. Barnlös. När han blev mördad hade han en plånbok med över sextontusen i kontanter på sej. Sextontusenfyrahundraåttio kronor och femtio öre, för att vara petnoga.

– Sextontus…

– Plus fyra kreditkort. Minst. AmEx, VISA, Diners och Master Card. Guld och silver och platina och fan vet allt.

– Där rök rånmotivet, mumlade Karianne.

– Inte nödvändigtvis.

Severin Heger rättade till glasögonen.

– Rånaren kan ha blivit överraskad av förbipasserande innan han fick tag i bytet. Men om det *var* en rånare så valde han ett märkligt mordvapen. En Masahiro 210.

– En vaförnåt?

Karianne svalde sockerbiten som hon hade sugit på.

– Han blev veterligen knivhuggen. En Massavaförnåt?

– Masahiro 210. En kniv. En dyr och flott kockkniv. Den borde egentligen vara registrerad i vapenregistret. Ett särdeles farligt redskap.

– Det var det han kökskillen pratade om, sa Silje Sørensen ivrigt. De skulle få en sån i julklapp eller nåt!

Billy T. såg surt på Karianne.

– Om du inte orkar komma på mötena utan är mer upptagen av att förhöra perifera vittnen, så får du fan ta mej ta reda på vad som har sagts.

– Men… Det var ju faktiskt *du* som kom för sent…

– Lägg av. Det där fick vi veta i går.

Han tvingade fram ett leende. Karianne valde att tolka det

som en sorts ursäkt, men släppte inte hans blick förrän han själv slog ner sin och fortsatte:

– Redan i går morse kom det besked från rättsmedicinska att det stod Masahiro 210 på knivbladet. Vi skulle fått den uppgiften omedelbart. Söndag natt. Så snart de drog kniven ur bröstkorgen på honom. Kanske att vi nån gång nästa århundrade kan få läkarna att inse att de måste kommunicera med oss.

– Du låg ju och sov då, mumlade Karianne, knappt hörbart.

Severin Heger reste sig från stolen och slog dramatiskt ut med armarna.

– Mina vänner. Högt ärade kolleger. Hur ska vi kunna lösa det här fallet om vi är upptagna av att slita strupen av varandra.

– Själv är jag bara glad jag!

Silje Sørensen log brett och lyfte kaffekoppen till en skål. Hon var assistent från årets kull och lycklig över att ha hamnat direkt på krim. Kurskamraterna traskade på gatorna i ordningspolisens tjänst.

– Du ja. Men kriminalkommissarien här…

Han la handen på Billy T:s axel. Som drog sig undan.

– … han är på dåligt humör. Inte vet jag varför, men särskilt fruktbart kan man inte säga att det är. Och du, vackra kvinna…

Han riktade fingret mot Karianne Holbeck och ritade en spiral i luften.

– … du tycks genomgå nåt slags försenat auktoritetsuppror nu för tiden. Kan det bero på hormonerna? Kanske PMS?

Karianne rodnade kraftigt och tänkte protestera. Billy T. log, mycket mer äkta den här gången.

– Törs jag föreslå att vi bilägger tvisten, att Karl lägger sitt lilla handarbete åt sidan, att någon sätter på mer kaffe, drickbart den här gången, och att jag därefter kan tillåtas att sätta mej ner för att i lugn och ro dela med mej lite mer av min kunskap om mordvapnet till denna egentligen eminenta, om än något lättstötta, grupp utredare?

Han log mot var och en av de sex andra i rummet. Karianne var fortfarande illröd i ansiktet. Silje Sørensen dolde ett fniss med handen; på ringfingret glimmade en diamant som måste vara värd en halv assistentårslön. Karl tvekade, men fällde till slut ihop kniven och stoppade pipan i jackfickan. Annmari Skar, polisjuristen, som hittills hade suttit fördjupad i sina papper och uppenbarligen struntat i hela bråket, stirrade på honom med en blick som han inte riktigt visste hur han skulle tolka. Sedan skrattade hon plötsligt, skarpt och överraskande.

– Du är ett fynd, Severin. Du är verkligen ett fynd.

Kriminalinspektör Klaus Veierød hade redan gått bort till kaffemaskinen.

– Hur många ska ha?

– Alla, sa Severin milt. Vi ska ha kaffe allihop. Såja...

Han satte sig och drog djupt efter andan.

– Det står något mer på knivbladet.

Han rotade bland papperna och lyfte en gul lapp mot ansiktet.

– Jag måste verkligen lära mej att använda mina glasögon. "Molybdenum Vanadium Stainless Steel". På hederlig norska skulle det bli nånting i stil med rymdskeppsstål. Starkt och otroligt lätt. Helgjutet. Alla finare restaurangkök har såna här knivar. De är liksom inne nu. Det bästa. Den kostar ettusentjugofem kronor och åttiotvå öre hos GG Storkök på Torggata. Med andra ord en typ av kniv som man knappast hittar uppe i vår kantin.

Han pekade med tummen mot taket.

– Entré däremot, använder bara såna knivar. Problemet är att det gör tio, tolv andra restauranger här i stan också. Minst. Knivbladet är för övrigt tvåhundratio millimeter. Åttiotvå av dem var inne i Zieglers kropp. Spetsen hade perforerat hjärtsäcken, med knapp nöd.

Han blev tyst. Ingen sa något. Suset från en sliten ventilationsanläggning gav Billy T. en lätt huvudvärk och han gned sig över näsroten.

– Lätt, suckade han. Kniven är alltså ovanligt lätt?

– Japp. Jag var inne hos GG i går för att känna på en. Den faller dessvärre utanför min budget, men *fy fan* vilken kniv! Jag har alltid trott att *Sabatier* var det enda saliggörande, men nu vet jag bättre.

– Lätt, upprepade Billy T. med en grimas. Vi kan med andra ord inte utesluta en kvinnlig mördare.

– Det kan vi väl ändå inte göra, sa Karianne; hon ansträngde sig uppenbarligen för att inte låta tvär. Jag menar, en kniv väger väl i vilket fall som helst inte så mycket att inte en kvinna kan använda den som mord…

– Eller ett barn, avbröt Billy T. eftertänksamt.

– Precis. Vapnet säger oss egentligen väldigt lite, annat än att mördaren antingen är välbeställd eller hör hemma i restaurangbranschen.

Rodnaden steg igen i Kariannes ansikte. Hon gned sig hårt över ena kinden, som för att sudda bort den.

– Restaurangbranschen, återtog Karl. Eller nån som bara vill att det ska se så ut.

– Som vanligt.

Billy T. strök sitt leg upp över halsen som om han rakade sig.

– Men det är ju lite uppmuntrande, eftersom…

Silje Sørensen hade alldeles i onödan räckt upp handen.

– Jag menar, det hade väl varit värre för oss om kniven kom från IKEA eller nåt sånt. Det måste trots allt finnas ett mer begränsat antal av de här knivarna här i landet. Vet vi något om fingeravtryck?

– Ja, sa Severin Heger. Om rättsmedicin som vanligt är tröga, så har jag i alla fall satt en raket i arslet på tekniska rotteln. Ännu inget fynd. Skaftet är rent, bortsett från lite blod och små fibrer av tunt papper. Avtorkat med pappersnäsduk, om du frågar mej.

– Och det gör jag, sa Billy T. Hur lång tid kommer DNA-analysen att ta?

– För lång. Sex veckor, säger de nu. Men jag ska få den tiden nedkortad så mycket som möjligt. Dessutom har de inte hittat andra stickmärken på Zieglers kropp. Det fanns förresten finger-avtryck på sprutan. Tekniska kör dem mot registret. Jag tror inte vi ska ha alltför stora förväntningar. Men apropå ingenting så sa rättsmedicin nånting om att Ziegler hade en konstig ansiktsfärg. Läkaren frågade om han drack mycket. Vet vi nåt om det?

Alla tittade på Karianne, som hade fått ansvaret att samordna den taktiska utredningen. Hon skakade svagt på huvudet.

– Vi har hållit tjugofyra förhör och jag kan ändå inte svara på om mannen drack eller ej. Det nya systemet med att ta upp för-hören på band är väl bra, men det blir ju ganska dumt när det inte finns folk till att skriva ut dem. Hittills finns det bara tre ut-skrifter. Silje och Klaus har gjort ett jättejobb och vi har hunnit med flera förhör på en dag än jag kan minnas att vi nånsin har klarat av. Men vad hjälper det när de bara ligger på band. Nu kla-rar jag inte att ta fler förhör förrän vi får dem vi har utskrivna.

– Det klarar du visst.

Billy T. såg direkt på henne och fortsatte:

– Jag förstår problemet. Jag ska se vad jag kan göra. Men du fortsätter med förhören så länge jag säger till om det. Förstått?

– Hörni, sa Severin Heger uppfordrande. Nu fortsätter vi ju inte där vi var. Vad säger du Karianne, vet du absolut ingenting om Zieglers alkoholvanor?

Kariannes käkmuskler stramades till knutar innan hon fort-satte:

– En del säger att han drack varje dag. Inte så han blev skit-full, men med mer... kontinentala dryckesvanor. Några säger att han i stor sett var nykterist och andra att han bälgade i sej.

Dörren öppnades. En fläkt av friskare luft svepte in i det fönsterlösa rummet och polismästare Hans Christian Mykland följde efter. Det skrapades med stolsben.

– Sitt bara, mumlade han och satte sig på en stol vid kaffeapparaten efter att ha sänt ett flyktigt leende i Billy T:s riktning.

Kriminalkommissarien rätade omärkligt på ryggen och gjorde en handrörelse mot Karianne för att be henne fortsätta.

– Nu har jag alltså inte *läst* förhören, sa hon innan hon såg åt polismästarens håll och tillfogade:

– Det finns inte folk att skriva ut förhören, så…

– Det har vi hört, sa Billy T. bistert. Fortsätt.

– Men jag har gjort mej en sorts bild av mannen. Det vill säga, det har jag *inte.*

Hon tog sig om halsen och vred huvudet från sida till sida.

– Det är så svårt att få grepp om vem han egentligen var. Till exempel… Minst hälften av vittnena påstår att de var nära vänner till Ziegler. Men när man synar dem närmare i sömmarna så visar det sej att de har träffat honom, så där ordentligt menar jag, kanske ett par, tre gånger de senaste åren. Och så är det det där med frun. Nästan ingen visste ens att de var tillsammans förrän de kom hem från Milano med breda guldringar och plötsligt var gifta.

– Var den pladuskan en *vigselring*, frågade Billy T. förvånat. Den där svarta grejen med en röd sten i? Har vi… Finns det en norsk ambassad i Milano?

– Kanske italienarna har andra regler än vi, sa Karianne torrt. Kanske kräver de till exempel inte uppehållstillstånd. Man kanske bara kan åka till Italien och gifta sej. Om man bor i ett EU-land, kanske. Du vet kanske att vi är med i den europeiska…

– Sluta!

Annmarie Skar hade skärpt sig märkbart under polismästarens närvaro.

– Fortsätt med det du höll på med.

– Jaadå, sa Karianne medan hon andades in. Jag svarar bara på chefens frågor, jag. När det gäller frun, Vilde Veierland Ziegler så har jag ärligt talat nästan gett upp. Jag pratade med henne i telefon två gånger i går. Bägge gångerna lovade hon att komma in till Oslo så snart som möjligt. Hon har ännu inte dykt upp. Om hon inte kommer som avtalat klockan tolv i dag så åker jag till Hamar för att prata med henne där. Men…

Hon lyste upp och satte pekfingret i luften.

– Jag har kollat äktenskapsförord med registret i Brønnøysund. Det finns ingenting registrerat på äkta paret Ziegler.

– Gemensam egendom, sa Annmarie Skar långsamt. Frun ärver allt. Han har inga barn.

Olika varianter av *aha* blandade sig i ett surr av röster kring bordet.

– Fel, sa Karianne. I alla fall inte helt rätt. Den unga änkan blir kanske inte särskilt glad, för krogen får hon inte.

– Inte?

Polismästare Mykland höjde rösten för första gången sedan han kom.

– Varför inte?

– Nej…

Karianne Holbeck drog på det.

– Den här juridiken är jag inte särskilt bra på, men… Det ska finnas nåt som kallas stiftelseurkund för bolag. Kan det stämma?

Annmarie Skar och polismästaren nickade.

– Den säger i alla fall följande.

Karianne tog ett blankt pappersark och rev det i två delar. Hon viftade med den ena biten och fortsatte:

– Ziegler ägde femtioen procent av *Entré*. Resten, alltså fyrtionio procent…

Karianne fladdrade med det andra pappret.

– ...ägdes av hovmästare Claudio...

Hon måste titta efter.

– Claudio Gagliostro. Ett sånt namn. Det var nästan inga av vittnena som hade en aning om vad han hette i efternamn. Ingen har egentligen vetat att han hade så stor del i ägandet heller. Claudio är hovmästare och arbetsledare och i bolagsordningen står det att den ene ärver den andres aktier om dödsfallet inträffar före den trettioförsta december tvåtusenfem.

– Det är alltså kamrat Claudio som blir rik, sa Karl Sommarøy, som i ren distraktion hade börjat karva på piphuvudet igen.

– Tja, sa Karianne, vi vet inte än vad stället egentligen är värt. I alla fall finns det mycket kvar till frun. Lägenheten på Niels Juels gate köptes nittiosju för fem miljoner. Lånet är på tre mille, men vi har inte hunnit kolla med banken hur mycket av summan som faktiskt är betald. Det blir en vacker summa över i alla fall. Banken har förresten inte varit särskilt samarbetsvillig. Det är möjligt att vi måste be om rättslig hjälp.

– Varför kniv, sa Silje lågt, som om hon egentligen inte ville att någon skulle höra vad hon sa.

– Va?

Karl Sommarøy kastade en blick åt hennes håll.

– Jag menar... Brede Ziegler mördades med kniv. En väldigt speciell kniv. Och med bara ett stick. Knivmord brukar vara våldsamma. Fyrtio hugg, läste jag i ett fall nyligen. Gärningsmannen är rasande och hugger gång på gång. Vanligtvis, menar jag. Den här mannen har bara huggit en gång. Med en helt speciell kniv. Det måste väl innebära nånting?

– Fan, mumlade Billy T. och skakade häftigt på huvudet. Det är obegripligt att man inte kan få den här ventilationen att funka. Man får huvudvärk av att tänka här inne. Fortsätt med det ni håller på med. Severin... Du och jag tar en vända till Zieglers lägenhet. Karl, kör på lite med tekniska och rättsmedicin...

– Jag har glömt en sak, sa Karl Sommarøy och tappade pipan på golvet. Bagateller, kanske, men...

Han lyfte på baken och drog fram ett hopvikt A4-ark som hade format sig i bakfickan.

– Övriga fynd på brottsplatsen, läste han. Två använda kondomer. Sexton cigarettfimpar av varierande märken. Fyra ölburkar, Tuborg och Ringnes. En näsduk, gul och använd. En stor bit presentpapper med snöre, blått. Ett glasspapper, typ Pin-up.

Han vek ihop pappret och stoppade belåtet tillbaks det där det hade legat.

– Tack för ingenting, sa Billy T. Har du arkiv i röven, eller?

Sedan nickade han till Severin Heger att följa med, lyfte handen till hälsning mot polismästaren och försvann ut ur rummet.

– Vad är det egentligen för fel på honom, sa Karianne innan hon själv svarade. Han lider av ett post-Wilhelmsen-syndrom. Är det inte på tiden att han kommer över henne?

Ingen svarade. Hon ångrade bittert sitt utbrott när hon kände polismästarens blick.

– Jag tror du ska hålla dej till sånt som du vet nånting om, sa han lugnt. Det skulle inte skada.

Det var tisdagen den sjunde december 1999 och ute hade det börjat snöa.

7

HANNE WILHELMSEN klädde sig inte i svart för att hon hade sorg. Det var bara så praktiskt. Skinnjackan hade fyra stora fickor. Det gjorde att hon slapp ha handväska. När hon reste hemifrån slängde hon ner två svarta jeans och fyra mörka T-tröjor i ryggsäcken tillsammans med trosor och sockor. Det var först och främst för att hon inte hade något annat rent, men dessutom för att hon inte visste när hon skulle få tillfälle att tvätta på resan.

Hon fick syn på sig själv i ett skyltfönster.

Håret hade blivit långt igen. För några månader sedan hade hon börjat kamma luggen bakåt. Till slut hade den blivit tillräckligt lång för att hålla sig kvar i den nya frisyren. Spegelbilden visade henne en människa som hon knappt kände igen.

Hon flyttade blickens fokus från den främmande reflexen in i affärslokalen. Det var en modebutik. De hade inte särskilt mycket att sälja. Interiören var enkel och stram med några få plagg hängande på ett stålstativ. Två trådsmala, huvudlösa dockor var klädda i smala byxor och navelkorta tröjor. På ett litet högbent bord mitt i lokalen låg ett par knallröda handskar.

Hon gick in.

Det var de rödaste handskar Hanne någonsin hade sett.

Långsamt, utan att bry sig om den unga kvinnan som antagligen frågade om hon ville ha hjälp, drog hon dem på sig.

De var som gjorda för henne. Det var som om de omslöt händerna som en extra hud. Hanne kände en värme sprida sig upp genom armarna och hon tog sig över ansiktet.

– *Duecento mila lire*, hörde hon någon säga.

Utan att svara och utan att ta av sig handskarna tog hon fram plånboken. Hon lämnade sitt VISA-kort. Kvinnan log mångtydigt och sa något som möjligen var en komplimang över kundens smak och val. Hanne hade fortfarande handskarna på när hon signerade kvittot.

När hon kom ut ur butiken la hon för första gången märke till den milda vinden som svepte genom de trånga gatorna. Högt över de terrakottafärgade husen kunde hon se att himlen höll på att bli blå; en främmande och sommaraktig färg som inte hörde till december. Hon såg på handskarna och började gå.

Handskarna var allt hon tänkte på.

Plötsligt öppnade sig ett avlångt torg framför henne med en marmorfontän omgiven av trottoarkaféer som fortfarande var öppna, en bra bit in i advent. Hon satte sig vid ett bord närmast väggen och beställde en cappuccino.

Med ens kände hon något som påminde om frid. Upprymda röster, skratt och gräl, glasklirr och knastrande operamusik från högtalaren över hennes huvud blandade ihop sig till något som var Italien; det Italien som hon hade sökt asyl ifrån under månaderna bortom allfarvägen. Hon halade fram en cigarett, fortfarande med handskarna på. När hon fick eld på tändaren hörde hon en röst:

– *Scusi*...

Hanne lyfte långsamt blicken från sin egen cigarett. Den hejdade sig vid ett par röda händer. Hon kände ett ögonblicks förvirring. Hon måste känna efter, ta reda på var hennes egna händer var, om de fortfarande var hennes.

En person höll en cigarett mellan två fingrar och bad om eld. Händerna var klädda i likadana handskar som Hannes. Exakt samma tättsittande, illröda kalvskinnshandskar som hon just hade betalat en mindre förmögenhet för.

– *Scusi*, hörde hon åter och lyfte blicken.

Kvinnan som såg på henne log. När Hanne inte gjorde tecken till att ge henne eld, tog den främmande kvinnan tändaren ur hennes hand och tände åt sig själv. Hon blev stående. Hanne stirrade. Kvinnan log inte längre. I stället blev hon stående med cigaretten i handen, utan att röka, tills den inte var mycket mer än en askpelare.

– *Can I sit here,* frågade den främmande till slut och släppte fimpen på marken. *Just for a minute?*

– *Of course,* svarade Hanne och drog ut stolen bredvid sig. *Please do. Sit. Please.*

Sedan drog hon långsamt av sig handskarna och stoppade dem i fickan.

8

BREDE ZIEGLERS LÄGENHET på Niels Juels gate låg i ett gråvitt och anonymt funkishus från trettiotalet. Billy T. krånglade sig ur tjänstebilen och tittade uppåt fasaden. En knapp lossnade ur skepparkavajen och försvann i slasket under bilen.

– Vi kan inte parkera här, sa Severin Heger.

– Hjälp mej då. Knappen ligger där under nånstans.

Billy T. stönade och reste sig igen. Han torkade handen på byxorna.

– Satan också. Nu kommer Tone-Marit att byta alla knapparna. Jag gillar de här. Kan inte du se om du kan hitta den?

– Vi kan inte stå här, upprepade Severin. Bilen blockerar infarten!

– Jag står var fan jag vill, sa Billy T. surt. Dessutom är det mitt på blanka förmiddagen. Det här är ett bostadshus. Det är ingen som ska ut eller in vid den här tiden på dygnet.

Han slängde leget på instrumentbrädan, väl synligt genom vindrutan, och låste bilen.

– Hur många lägenheter finns det här egentligen?

Severin Heger ryckte på axlarna och såg ut som om han övervägde att själv flytta bilen.

– En, två, tre…

Billy T:s högra pekfinger flyttade sig från fönster till fönster. Flera av dem var utan gardiner; huset verkade bländat i den låga vintersolen som just hade brutit igenom molntäcket.

– Jag tippar två på varje våning, sa han och började småspringa uppför den asfalterade uppfarten. Det blir åtta lägenheter plus Zieglers stora högst upp.

Bredvid de dubbla glasdörrarna på husets baksida var ringklockorna märkta med namnskyltar i mässing.

– Inte några provisoriska papperslappar här inte.

Billy T. fumlade med en omfångsrik nyckelknippa. Till slut hittade han rätt nyckel och låste upp. Hallen påminde om en mindre hotellreception. Golvet bestod av stenplattor i himmelsblått och grått och det luktade svagt av rengöringsmedel. Väggarna var ljusgula; den ena med tre grafiska blad i strama, svarta ramar. På motsatta sidan var brevlådorna infällda i väggen och märkta med mässingsskyltar i samma stil som vid ringklockorna. En stor öronlappsfåtölj med sidobord stod uppenbarligen där för att hyresgästerna skulle kunna sortera posten innan de gick ut eller hem. Papperskorgen av kartong var halvfull med reklam och tomma kuvert. Den välte när Billy T. försökte gå igenom innehållet. Han ställde vårdslöst upp den igen; tre färgsprakande broschyrer från ICA låg kvar på golvet. Därefter sträckte han sig mot en liten låda som satt där vägg och tak möttes alldeles ovanför stolen.

– Videoövervakning, sa han ivrigt. Se till att nån tar hand om banden, Severin. I dag.

– Det borde finnas en dekal på dörren. Dels för att det är lag på det och dessutom för att det måste vara en poäng med att skrämma bort busarna redan innan de har försökt ta sej in. Och medan vi är inne på lag och ordning, Billy T., har vi egentligen lov till det här?

Severin Heger stod lutad mot väggen med de grafiska bladen och hade händerna djupt begravda i fickorna, som för att reservera sig mot hela uppdraget. Billy T. viftade med nyckelknippan.

– Frun sa ja. Ziegler själv är det lite svårt att fråga.

– Sa frun verkligen ja till att vi kunde ta oss in i lägenheten utan att hon är med? Det är väl Zieglers egen nyckelknippa du har där?

– Japp. Men jag ringde frun. På mobilen. Hon var på väg till Oslo. Hon sa att det var okej.

Severin tog av sig glasögonen och la dem i ett fodral av borstad metall.

– Jag vänjer mej aldrig vid de här, sa han uppgivet och gick in i hissen som hade öppnats. Jag skulle aldrig ha släppt in såna som oss i min lägenhet om jag inte var så illa tvungen. Har du koden så vi kommer ända upp?

En liten metallplatta satt på nyckelringen. Billy T. kisade mot de små siffrorna och tryckte ett femsiffrigt nummer på panelen vid dörren.

– Idiotiskt att ha numret tillsammans med nycklarna.

– Det var som fan, sa Severin och Billy T. visslade långdraget när dörrarna ljudlöst öppnades.

Hissen gick rakt upp i lägenheten. Från där de två poliserna stod måste det vara minst trettio meter till motsatta väggen. Golvet var blankt och becksvart och Billy T. kunde räkna till fyra dörrar på var sida om den breda gången som mynnade ut i något som måste vara vardagsrummet.

– Båtlack, utbröt han begeistrat. Karln har fan ta mej lackat golvet med båtlack!

– Golvfärg, mumlade Severin. Det är vanlig golvfärg. Jag har aldrig i mitt liv sett ett kolsvart golv i ett privathem.

– Snyggt! Skitsnyggt!

Billy T. traskade in i lägenheten med kängorna på. Fotspåren avtecknade sig tydligt i ljuset från spotskenorna längs mittbjälken i det höga taket. Det hade tänts av sig själv när hissdörren öppnades. Severin Heger tog av sig skorna.

– Kolla det här köket, hörde han Billy T. ropa. Minikök! Jag trodde kockar hade jättestora kök.

Severin kom på sig med att smyga när han gick genom korridoren. Han tyckte det var lika obehagligt varje gång.

– Å fan, sa han när han rundade hörnet och kikade in i den lilla tarmen till kök. Litet, kanske. Men här har man inte sparat på nåt.

Kylskåpet påminde om ett bankvalv. Det var gjort av massivt stål, med frys till vänster och kyl till höger. I frysdelen var en panel infälld med knappar för is, krossad is, vatten och vatten med kolsyra. Kylskåpet gav intryck av att vara en borg kring en veritabel livsmedelsdepå, men visade sig innehålla tre filmrullar, en bordsförpackning med smör och två flaskor champagne.

– *Besserat de Bellefon*, läste Billy T. *Brut. Grande Tradition.*

– Helt okej dricka. Men se där då!

Severin pekade på själva köksinredningen, medan Billy T. obemärkt stoppade filmrullarna i fickan.

– Jag slår vad om att det där är tyskt.

Severin tog tag om stålbygeln och drog ut en låda.

– Det känns dyrt, sa han och tittade på ett märke som satt diskret klistrat på lådans insida. *Poggenpohl*. Det finaste som finns.

– Men det där är mera kantin…

Billy T. rynkade på näsan och pekade på besticken i stål. Allt låg i perfekt ordning, som om en reklamfotograf väntades i vilket ögonblick som helst.

– Det måste i så fall vara kantinen på slottet, sa Severin. Det här är stål i italiensk design. Det finns inte en grej som inte matchar.

Om köket var litet var i gengäld vardagsrummet på över hundra kvadratmeter. Väggar och tak var kritvita, takbjälkarna svarta som golvet. Hela rummet var centrerat kring en sittgrupp med två femsitsiga soffor som stod vända mot varandra med minst fyra meters mellanrum. Soffbordet var av stål och glas och ovanligt stort. Billy T. tog upp ett praktverk om indiska tempelapor från bordet och bläddrade ointresserat. Han kastade den

ifrån sig med en smäll och pekade på en oljemålning på kort-
väggen bakom den ena soffan.

– Se på den röda färgen längst ner. Den matchar soffan! Han
har köpt en jävla tavla som matchar möblerna!

– Eller tvärtom, sa Severin som hade närmat sig den stora
nonfigurativa målningen. Gunvor Advocaat. Jag tror att det är
tvärtom, Billy T. Först tavlan, sen möblerna. Vansinnigt läckert
med det röda mot det svarta!

Billy T. svarade inte. Han kämpade med att försöka öppna en
dörr i glasväggen mot söder, ut mot en storslagen takterrass.

– Låst, sa han i onödan och gav upp. Låt oss ta en titt på bad-
rummet. Badrum är alltid spännande.

Han klampade tillbaka mot den långa korridoren mellan var-
dagsrummet och hissen. Plötsligt stannade han och tittade på en
serie på femton, tjugo fotografier i glas och ram som hängde i tre
rader på väggen.

– Brede Ziegler och… Det här är nåt för dej, Severin. Brede
och Wenche Foss!

Severin Heger flinade och pekade på nästa bild.

– Catherine Deneuve! Det är Brede och Catherine Deneuve!

– Och Brede som äter tillsammans med Jens Stoltenberg!

– Och där är… Vem fan är det?

– Björk, sa Severin. Det är Ziegler och Björk i en bil!

– Jaguar, mumlade Billy T. Vem är Björk?

Severin skrattade så han började hicka.

– Och du kallar *mej* kändis-*hick*-fixerad!

Billy T. dunkade honom i ryggen och lutade sig längre fram
mot den nedersta bilden till höger.

– Det är inte möjligt, utbrast han och daskade pekfingret mot
glaset.

– Ser du vem det är som Brede står och skakar hand med så
där?

Severin försökte hålla andan och prata samtidigt.

– Påven, stönade han. Brede häls-*hick*-ar på påven.

– Ta dej ett glas vatten. Den där grejen på kylskåpet såg fiffig ut.

Billy T. lät händerna glida över väggen till den första dörren bortom fotografierna. Dörrhandtaget kändes kallt och tungt mot handen. Han sköt den försiktigt nedåt och knuffade upp dörren.

Sovrummet gick i stil med resten av lägenheten. Golvet var lackerat kritvitt. Mitt i rummet stod en dubbelsäng med ram av blästrat stål. Sängkläderna var borttagna, kuddar och täcken låg prydligt hopvikta vid fotändan på den kolossala madrassen. Nattduksborden var också vita, med lådor av frostat glas. På det ena låg en bok av en författare som Billy T. inte kände till. Det andra var tomt, bortsett från en bordslampa med kupa i samma stil som fronten på lådorna. Sovrumsväggarna var kala. Garderoben hade skjutdörrar av tonat spegelglas. Billy T. stirrade på sin spegelbild ett ögonblick. Sedan drog han den ena dörren åt sidan.

– Det här är perverst, sa han halvhögt till Severin, som stod i dörröppningen och klunkade i sig ett glas vatten. Det måste vara minst femtio.

Ett brett torn av skokartonger var märkta med polaroidbilder. Billy T. öppnade den översta asken. Bilden på gaveln visade ett par röda, högklackade damskor. Det stämde. Nästa kartong var märkt med en bild av svarta herrlackskor. Innehållet var som det skulle.

– Ett skoarkiv, sa Severin imponerat. Han hade ordningssinne, den gode Brede.

– Men titta här…

Billy T. hade öppnat skåpet intill. Tre staplar med trådkorgar stod bredvid varandra.

– Bara två korgar med damgrejer, sa Billy T. och lyfte en svart behå mellan tummen och pekfingret. Resten är herrkläder. Skulle nästan kunna tro att damen inte bodde här. Titta här...

Han öppnade nästa del av skåpet. På en garderobstång som måste var minst tre meter lång hängde det tätt med kostymer, byxor, kavajer och skjortor. Innerst mot skokartongerna hängde en florstunn aftonklänning, en lång kjol och två blusar.

– Är det jag eller är det nåt sjukt över det här stället, sa Billy T. Allt ser ut som i nån dyr tidskrift. Det enda som liknar nåt personligt i hela lägenheten är en helknasig vägg med kändisbilder och en garderob som kunde säljas på Ferner Jacobsen. Var han aldrig hemma, eller? Och Vilde då... Bodde hon överhuvudtaget inte här?

– Det här är inte Ferner Jacobsen, sa Severin och lät handen stryka över en kashmirkavaj. Det här är inte ens köpt i Norge. Badrummet. Du sa att vi borde se på badrummet.

– Om vi hittar det, mumlade Billy T. och stängde dörren till sovrummet bakom sig. Vad tror du om den här dörren?

Att komma in i Brede Zieglers arbetsrum var som att förflytta sig från en värld till en annan. Väggarna var klädda med en djupröd sidentapet i ett mönster som Severin valde att kalla lejonfötter. Femton, tjugo grafiska blad och tre oljor hängde tätt, tätt, några i halvmörker, andra under egna lampor i mässing. Brädgolvet var mörkt och delvis täckt av en orientalisk matta. I hörnet längst bort från dörren stod en halvannan meter hög marmorstaty av Afrodite på ett musselskal. Skrivbordet var i en sorts rokokostil; blanklackerat trä med infälld grön filt som skrivunderlag. En Mont Blanc-reservoarpenna låg snett över filten bredvid ett matchande bläckhorn i glas, svart och guld. En telefon med kåpa i mahogny stod bredvid en telefonsvarare som såg ut att vara från någon gång på sjuttiotalet. Luften var tung och tät. Severin satte upp näsan och sniffade kraftigt.

– Känner du?

– Mmm. Pot.

–Just det, marijuana, för du menar ju inte vår säkerhetstjänst. Jag har slutat att hicka.

– *Good for you.* Vad har vi här?

Billy T. lyfte upp en uggla av onyx, ställde den åt sidan och bläddrade raskt igenom papperna som låg under.

– En räkning från Telenor, åttahundrafemton och femtio…

– Inte särskilt snacksalig med andra ord.

– En invitation till… Den kinesiska ambassaden. Middag. Och det här…

Han bredde ut ett A4-ark.

– Va?

– Det här är inte klokt, sa Severin.

– En sorts…

– Ett hotelsebrev. Det är fan ta mej ett hotelsebrev.

Billy T. vrålade av skratt.

– Det löjligaste hotelsebrev jag har sett. Kolla.

Han la försiktigt pappret ifrån sig på den gröna filten och drog upp ett par tunna plasthandskar ur fickan. Arket var gult med påklistrade bokstäver som vid första ögonkastet såg ut att vara klippta ur en veckotidning. Avsändaren hade varit generös med klister, vissa bokstäver hade nästan drunknat i lim.

KoCKeNS döD, DeN anDreS BRÖd
HälSNinGAr
ProPer näVE

– Vänd er om med händerna synliga. Lugnt och stilla.

Rösten skar genom den tunga, marijuanadoftande luften. Billy T. snodde blixtsnabbt runt och kastade sig reflexmässigt åt sidan när rörelsen var fullföljd.

– Stå still, röt rösten från dörröppningen. Jag sa att ni skulle stå stilla!

– Det är Securitas, sa Severin uppgivet och sträckte ut händerna åt sidan.

– Securitas?

Billy T. strök sig över skallen och flinade mot den livrädde unge mannen som höll en Maglitelampa framför sig i brist på annat vapen.

– Ta det lugnt. Vi är från polisen.

Billy T. tog ett steg framåt.

– Stanna, ropade Securitasvakten. Få se legitimation! Lugnt nu!

– Ta det lugnt för faan! Billy T. klappade sig på jackfickorna. *Shit*. Leget ligger i bilen. Bilen här utanför. Du kanske såg den? Alldeles framför ingången?

Severin Heger halade fram ett plastkort ur plånboken och höll fram det. Väktaren tvekade innan han tog tre steg in i rummet och snappade till sig leget.

– Det stämmer, sa han spakt leende till kollegan. Han är från polisen. Ni borde ha slagit av larmet.

– Larmet? Jag har inte hört ett skit.

Billy T. drog på sig plasthandskarna och vek ihop det märkliga brevet innan han la det i en påse och stoppade det i innerfickan.

– Tyst alarm. Det är inte meningen att ni ska höra nåt. Ska ni stanna länge?

– Nej, sa Billy T. surt. Vi går nu. Så kan ni ordna med den där larmskiten på vägen ut. Severin, ge mej bandet från telefonsvararen.

Bilen stod där de hade lämnat den. Någon hade satt en böteslapp under den ena vindrutetorkaren. Längre upp i gatan stod två parkeringsvakter med block och penna framför en lastbil med framhjulen på trottoaren.

– Du, skrek Billy T. Du där uppe! *Såg du inte leget va?*

– Glöm det, sa Severin Heger och dunkade otåligt i biltaket. Vi har i alla fall inte rätt att stå här.

Parkeringsvakterna tittade knappt upp innan de fortsatte skriva ut böteslappar. Billy T. svor en lång ramsa från det att han öppnade bildörren tills han fick igång motorn.

– Jag *hatar* folk i uniform, fräste han. Antingen det är Securitas-jävlar eller…

Han rullade rasande ner fönsterrutan på Severins sida när de passerade parkeringsvakterna.

– … de jävla *arslena* från trafikavdelningen, vrålade han.

Det var på vippen att han krockade med en citrongul Polo.

– Har Brede Ziegler anmält nån för hot tidigare, frågade Severin Heger och torkade imma från vindrutan.

– Parkometeridioter, svarade Billy T.

9

DANIEL ÅNGRADE ATT han hade låtit vinterstövlarna stå. Det var tisdag kväll den sjunde december och temperaturen hade fallit igen. De senaste dygnen hade växelvis bjudit på snö, regn och uppehåll med sol. Nu la sig slasket iskallt kring hans inneskor och han slog fötterna mot varandra för att hålla värmen.

Det började bli ont om tid.

IKEA-bussen kom. Människorna omkring honom på hållplatsen framför Juridiska fakulteten skyndade in i värmen och Daniel såg på klockan.

Hon tålde inte att han kom för sent. Så hade det varit från det han var gammal nog att gå på teatern. Thale ville alltid att han skulle se tredje föreställningen efter premiären. Då hade föreställningen fortfarande något som modern kallade "kreativt anspänt" över sig. Samtidigt var premiärnervositeten borta och fel som märktes först i mötet med en riktig publik hade slipats bort.

Att se Thales föreställningar var en plikt.

Det hörde till samma kategori som att tvättmaskinen skulle tömmas efter skolan och att golven skulle skuras varje fredag. Trappstädningen bortföll när han flyttade till en studentbostad för två år sedan. De obligatoriska teaterbesöken skulle han inte slippa ifrån så länge hans mor kunde stå upprätt på en scen. Stekta ägg och varm choklad vid köksbordet efter föreställningen var också så självklart att han aldrig hade vågat protestera. Inte ens den gången hans flickvän fyllde tjugo år samma dag som tredje föreställningen ägde rum.

– Hon kan ju komma med dej, sa Thale lugnt. Du kommer i alla fall.

När han var yngre hade han trott att mamman gjorde det för hans skull. Det var vad hon sa. Det var nyttigt för honom att gå på teater, hävdade hon. Först nyligen hade han förstått att det hela var en tradition som egentligen skulle tillgodose hennes eget behov av att ha någon att prata med.

Thale talade alltid intensivt efter föreställningarna. Hon förhöll sig till rollerna, till personerna i pjäsen, som om de var nära vänner. Annars pratade hon inte gärna om andra. Hon sa i stort sett inte mycket, annat än de nätter när de drack kakao med skinn och åt ägg och tomater och rostat bröd tills han inte orkade mer och måste sova.

Daniel slog jackkragen tätare om öronen när han kände den våta snön mot nacken. Han kände sig barnslig som väntade sig att hon skulle säga något. Å andra sidan kände han ett slags växande trots; hon borde förstå att han hade det svårt. Hon hade inte nämnt händelsen med ett ord. När han ringde henne tidigare på dagen var det enda hon brydde sig om att han måste komma i tid till föreställningen.

– Egoist, sa han halvhögt och hoppade till vid sina egna ord.

Nu hade han verkligen bråttom. Han tittade uppför och nedför Karl Johan men såg inte den han letade efter. Återigen såg han på klockan. Om fem minuter *måste* han gå.

Daniel hade alltid vetat att hans mamma inte var som andra mödrar. Bara det faktum att hon insisterade på att han skulle kalla henne Thale och inte mamma, hade fått honom att känna sig annorlunda redan i dagis. I stort sett lät hon honom vara i fred. Hon frågade aldrig om skolarbetet. Hon la sig sällan i vilka han umgicks med. Under uppväxten hade hon varit sträng med tider och teaterbesök och hade dessutom lärt honom att han alltid skulle hålla vad han hade lovat. För övrigt fick han göra som han ville.

Hon hade inte sagt något.

Det var inte konstigt, men han kände sig ändå kränkt.

Ännu värre var att Taffa inte hade ringt. Det var dessutom mycket mer uppseendeväckande. Kanske skulle han ringa henne i morgon. Eller sticka dit.

– Hej. Förlåt att jag är sen.

Daniel ryckte till och tappade kuvertet som han stod och höll hårt om. Blixtsnabbt böjde han sig ned och fiskade upp det ur snöslasket.

– Okej. Här. Tusen kronor. Du får mer om två veckor.

– Tusen…

Den andre unge mannen rynkade på näsan.

– Jag har inte mer just nu, sa Daniel och drog djupt efter andan. Och dessutom måste jag springa. Två veckor. Jag lovar.

Han klappade den andre lätt på axeln och sprang över gatan. Det klafsade i skorna. Han hann precis hitta sin plats på Nationaltheatret innan ridån gick upp och han visste att han skulle bli ordentligt förkyld.

10

SNÖN HADE KOMMIT samma natt. Allt var tyst. Gårdagens sorl av röster, barnskrik och klapprande steg mot gatstenarna var borta. Hanne slöt ögonen och lyssnade men hörde inget annat än ett jämnt tickande ljud från rören i badrummet.

Hon hade gått.

Klockan måste ha varit kring sex när hon slog igen dörren bakom sig. Hanne var inte helt säker. Det betydde ingenting. Hon hade varit där. Doften efter henne hängde kvar i sängkläderna. Hon försvann vid sextiden.

– *It's not true, you know,* sa hon innan hon gick. *That Venus doesn't smile in a house of tears. She does!*

Hanne reste sig från sängen och drog gardinerna åt sidan. Solljuset stack i ögonen från de starka reflexerna i snön. Hon var yr. Hon kände sig lätt. Allt var vitt och hon tänkte på Cecilie.

Nefis Özbabacan hette hon och hade strukit fingret lätt över hennes läppar till avsked.

Hanne klädde sig utan att duscha och knycklade ner resten av bagaget i ryggsäcken. I dag skulle hon klara det. Nefis gjorde det möjligt att resa hem till allt som var Cecilie. Hanne Wilhelmsen snappade åt sig nyckeln från nattduksbordet och slängde ryggsäcken över axeln. Hon tänkte på Nefis sista ord och drog på sig de röda handskarna när hon satte sig i taxin till flygplatsen.

Vittnesförhör med Vilde Veierland Ziegler.
Förhörsledare krinsp Karianne Holbeck. Utskrift av kanslist Rita
Lyngåsen. Det finns allt som allt två kassetter av detta förhör. Förhö-
ret har tagits upp på band tisdag 7 december 1999 i Polishuset i Oslo.
Vittne: Ziegler, Vilde Veierland, 200576 40991
Bostad: Niels Juels gate 1, 0272 Oslo
Vittnet har underrättats om vittnesansvaret, förklarat sig villigt att
vittna. Vittnet har meddelats att förhöret tas upp på band och att
det senare skrivs ut.

Förhörsledaren: Låt mig först få beklaga (*hostning, otydligt tal*)
sorgen. Vi jobbar hårt för att lösa den här saken och vi är bero-
ende av… Om vi ska hitta gärningsmannen måste vi veta så
mycket som det överhuvudtaget är möjligt om din man. Det kan
verka obehagligt, men det är dessvärre (*skrapljud, otydligt tal*) …
Äh… Det kan säkert vara svårt när…

Vittnet (avbryter): Ja, jag förstår det. Det är okej.

Förhörsledaren: Då kan vi börja. Först lite om dig själv, kanske.
Vad jobbar du med?

Vittnet: Ja… Nej… (*harkling*) Lite modelljobb. Visar brudklän-
ningar och sånt. Och så ska jag söka in till universitetet i vår.

Förhörsledaren: Tjänar du något? Jag menar, vad tjänar du på
det?

Vittnet: Inte så väldigt mycket. Brede… (*otydligt tal, hosta?*)
…det jag behöver. Sextiotusen kanske? Jag tror att jag tjänade
något sånt i fjol.

Förhörsledaren: Vem har du jobbat för? Som modell, menar jag.

Vittnet: Olika. Jag hade ett jobb för Tique i somras. KK, till exempel. Jag var i ett slags stall hos Head&Bodies innan. Det är en modellbyrå. Men nu… Jag får liksom mer direkta förfrågningar. Det är inte så viktigt, egentligen. Jag satsar inte ordentligt, liksom. Det är bara på skoj. Jag ska studera språk. Franska och italienska, hade jag tänkt. Eller spanska, kanske. Har inte bestämt mig riktigt.

Förhörsledaren: Hade du något med restaurangskötseln att göra?

Vittnet: Nej. Brede ville inte det. Jag sa flera gånger att jag kunde jobba lite där… Och så. Han ville inte det.

Förhörsledaren: Hur länge har du känt Brede?

Vittnet: Så där i två år tror jag. Jag har ju liksom vetat vem han var. Länge. I mer än två år, menar jag. Men det är ungefär två år sedan vi träffades. På riktigt, menar jag.

Förhörsledaren: När gifte ni er?

Vittnet: I maj. Nittonde maj. I år, alltså. Det var dagen före min födelsedag. Jag blev lite… lite sur på Brede. Han glömde min födelsedag. Han sa alltid att det var barnsligt. Med födelsedagar, menar jag. Han ville inte fira eller bry sig om den på något sätt. Inte sin egen heller. Det var för barn, tyckte han.

Förhörsledaren: Barnslig… (*harkling*) Sa han ofta det? Att du var barnslig? Det var ju ganska stor åldersskillnad och…

Vittnet (avbryter): Nej. Inte precis det. Men han bestämde ju mycket. Det var ju naturligt, tycker jag. Han hade ju levt… Han hade pengar och så. Han jobbade väldigt mycket och hårt, medan jag… *(paus)*

Förhörsledaren: Hur träffade ni varandra?

Vittnet: På en fest. Eller mottagning, egentligen. Det var en av hans vänner som jag var tillsammans med förut som skulle öppna ett nytt ställe och så… *(ohörbart)*… blev det slut mellan mig och Sindre. Han blev ganska sur eftersom… *(längre paus)* jag blev ihop med Brede efter den festen. *(kort skratt, fniss)*

Förhörsledare: Känner du någon i Bredes familj?

Vittnet: Fru Johansen. Mamman, alltså. Eller… *(paus)* Jag känner henne egentligen inte. Men jag har träffat henne några få gånger.

Förhörsledaren: Kom ni bra överens?

Vittnet: Överens? Vad menar du? Överens? Jo, bra antagligen.

Förhörsledaren: Bra? Antagligen?

Vittnet: Jag menar… Hon var… Är, menar jag. Hon är en riktig hönsmamma. Sån som verkar förälskad i sin egen son. Du förstår nog vad jag menar.

Förhörsledaren: Inte riktigt.

Vittnet: Jo… Allt var liksom halleluja med Brede. Som hon såg det så kunde han bara inte göra något fel. Hon… Jag skulle vilja påstå att hon dyrkade sin son. Och då blev det inte så lätt för mig att... (*lång paus*) Men det gick bra, alltså.

Förhörsledaren: (*bläddring i papper*) Bredes far dog när han var liten och efter vad som står här var Brede både enda barnet och barnlös. Hade han överhuvudtaget några andra släktingar som du känner till?

Vittnet: Nej. Kan jag ta en tablett?

Förhörsledaren: Var så god. Inga släktingar. Vänner då?

Vittnet: Massor.

Förhörsledaren: Som vilka till exempel?

Vittnet: Listan är skitlång. Ska jag skriva ner dem?

Förhörsledaren: Vi får se. Men vem stod han närmast, så som du ser det?

Vittnet: Har ingen aning.

Förhörsledaren: Har du ingen aning om vilka som var din mans närmaste vänner?

Vittnet (*höjer rösten påtagligt*): Han kände alla. Alla. Han hade otroligt många vänner. Det var inte så lätt att... Claudio, då. Om du absolut måste ha ett namn.

Förhörsledaren: Claudio? Hovmästaren? Claudio Gagliostro?

Vittnet: Ja. Han leder det dagliga arbetet på *Entré*. Han har känt Brede… alltid, verkar det som. Han äger en del av restaurangen också, tror jag. Han gör det. Jag vet att han äger en del av *Entré*. Han var i alla fall den ende som visste att vi skulle gifta oss i Milano innan vi gjorde det. Förutom de två från Se och Hör, förstås. De som var med för att göra reportaget. De betalade hela grejen.

Förhörsledaren: Betalade Se och Hör ditt bröllop? (*paus*) Vad tycker du om det?

Vittnet: Jag vet inte… (*ohörbart*) Brede var beroende av publicitet. Han sa alltid att han måste bjuda på sig själv, annars skulle ingen vilja ha maten han hade att bjuda på. Det var så han sa. Men det var okej. De bara tog en del bilder. Brede känner en hel massa folk i Milano som vi träffade där nere. De snackade ju italienska allihop så det var egentligen bra för mig att ha någon att prata med.

Förhörsledaren: Nu när din man har gått bort… Vet du något om de mer… ekonomiska konsekvenserna för dig själv? Jag beklagar, men…

Vittnet: Nej, jag… (*snyftning, gråt*) Han sa en gång att vi skulle ha äktenskapsförord, men… (*paus, otydligt tal och snyftning*). Jag är inte säker på att det är ordnat än. Han hade en del papper som han ville att jag skulle skriva under, men jag vet egentligen inte vad det var. (*paus*) Vet du vad som händer nu? Med lägenheten och sånt?

Förhörsledaren: Du… Brede Ziegler hade säkert en advokat som ordnade hans affärer. Vet du vem det kan vara?

Vittnet: Nej, han kände många advokater. Kändisar. De... (*mer gråt*)

Förhörsledaren: Hör här. Du tar själv kontakt med en advokat. En som kan vara bara din, liksom. Så ordnar nog det här sig. (*våldsam gråt, förmodligen från vittnet*) Vi tar en paus va? Så får du lite kaffe och kanske lite att äta. Låter det bra?

Vittnet: Mmm. Ja. (*fortsatt våldsam gråt*)

11

DET VAR FLERA sekunder sedan han sagt ursäkta och dunkat knogen i den öppna dörren. Kvinnan vid skrivbordet satt med ryggen till och hade ännu inte gjort tecken till att vända sig om. Hon måste ha hört honom.

– Ursäkta, upprepade Billy T. Får jag komma in?

Hon var klädd i en äppelgrön tröja och såg ut att hålla andan.

– Du skrämde mej, sa hon till slut och vände sig långsamt om. Du skrämde mej verkligen.

– Förlåt.

Billy T. räckte henne handen. Hon reste sig och tog den. Handslaget var fast, nästan för hårt.

– Billy T., sa han. Jag kommer från polisen. Och du är Idun Franck?

Han pekade på dörrskylten på glasväggen mot korridoren.

– Ja. Sätt dej.

Det fanns knappt plats för honom. Den ena långväggen var klädd från golv till tak med proppfulla bokhyllor. På golvet vid dörren låg en diger stapel böcker som kontoret var för litet för. På det omfångsrika skrivbordet vid fönstret låg en ofattbar mängd papper bland kringströdda pennor och pennburkar. En Muminpappa i sliten plysch satt ytterst på bordskanten. Brämet på sammetshatten var trasigt och han stirrade tomt på en färgrik affisch av Gustav Klimt. En anslagstavla full av skämtteckningar, ett par fotografier och tre tidningsurklipp hängde på snedden ovanför Billy T:s huvud. Idun Franck tog av sig ett par guldbågade glasögon och putsade dem med tröjärmen.

– Vad kan jag hjälpa dej med?

– Brede Ziegler.

Billy T. kände sig instängd. Han försökte nå handtaget till dörren som han just hade stängt bakom sig.

– Jag kan öppna fönstret, log Idun Franck. Det blir gärna lite instängt här.

En pust av kall avgaslukt trängde in i rummet.

– Inte särskilt mycket bättre, är jag rädd.

Hon lät ändå fönstret stå öppet.

– Jag tänkte väl att det handlade om Brede Ziegler, sa hon långsamt och satte på sig glasögonen igen.

– Ja. Jag har fått veta att du håller på med en bok. Om Ziegler, menar jag.

– Brukar ni förhöra vittnen på arbetsplatsen? Jag hade väntat mej nån form av kallelse. Jag inbillade mej att det var så ni vanligtvis gick till väga.

Kvinnan verkade inte fientlig trots den berättigade kommentaren. Billy T. granskade henne medan han kliade sig på låret. Hon måste vara kring femtio. Även om man inte kunde påstå att hon var tjock så var hon välmående. Brösten spände under den gröna tröjan; maskorna utvidgades och avslöjade att behån var svart. Hon såg på honom över glasögonen som om hon inte riktigt visste vad hon skulle tycka.

– Du har rätt, flinade Billy T. Det är lite utanför reglerna. Men jag var i närheten och tänkte att jag kunde titta in och se om du var här. Du behöver överhuvudtaget inte prata med mej. I så fall blir du kallad. Till ett ordentligt förhör, menar jag. Och om du...

Han reste sig till hälften från stolen.

– Sitt kvar.

Hennes röst påminde om hans mammas. Han visste inte om han tyckte bra eller illa om det. Han satte sig igen.

– Polisinspektören, började hon.

– Kommissarie. Det är inte så viktigt.

– Jag uppfattade inte efternamnet.

– Inte så viktigt det heller. Billy T. räcker utmärkt. Är det riktigt att du skulle skriva en bok om Ziegler?

Idun Franck lossade spännet som höll håret på plats i en hästsvans i nacken. Först nu la Billy T. märke till att hon hade markanta inslag av grå strimmor i det askblonda. Men ansiktet blev ändå yngre med håret utslaget; kindbenen verkade inte längre så lärarinneaktigt strama under de ovanligt stora ögonen.

– Tja, sa hon med ett drag över munnen som kunde vara ett slags leende.

– Tja?

– Jag skulle knappast skriva en bok om Brede Ziegler. Jag är *redaktör*, inte skribent eller författare.

– Men...

Billy T. tog fram ett tidningsurklipp ur innerfickan och bredde ut det på knäet.

– Det stod i Aftenposten för tre veckor sen eller...

– Det är riktigt. Vi hade planer på att utge en kulinarisk biografi. Ett slags resa i Zieglers liv och verksamhet, om du vill. Med recept och anekdoter, livshistoria och bilder. För ovanlighetens skull var det jag som skulle stå för skrivandet, men planen var att det skulle bli en sorts självbiografi. En hybrid, kan man säga. På flera ställen skulle texten vara i jagform. Är det här viktigt?

Återigen drog hon upp vänster mungipa i något som kanske kunde vara ett leende. Ansiktet fick något retsamt över sig och Billy T. kände att han svettades under armarna. Han krängde av sig jackan utan att veta var han skulle göra av den.

– Kände du Ziegler tidigare, sa han och släppte jackan på golvet.

– Nej. Inte förrän jag träffade honom i förbindelse med det här projektet.

– Men nu känner du honom väl, eller? Jag menar, hur långt hade ni hunnit med den här... kokboken?

Idun Franck reste sig snabbt och strök över tweedkjolen med bägge händer.

– Jag skulle förstås bjudit dej på kaffe. Förlåt. Svart?

Hon tog sin egen mugg och försvann utan att vänta på svar. Telefonen började ringa. Billy T. stirrade på apparaten. Ljudet var ovanligt obehagligt, en gammaldags och intensiv ringning som fick honom att resa sig för att lyfta luren. Han tvekade ett ögonblick och det blev tyst.

– Letar du efter nåt, hörde han bakom sig och han vände sig snabbt.

Idun Franck var tillbaka med två koppar kaffe. Hon såg på honom med ett uttryck som han uppfattade som något mittemellan irritation och nyfikenhet.

– Telefonen, sa han och pekade. Den ringde så jävligt. Tänkte att jag skulle svara, men då slutade den. För jävligt ljud.

Idun Francks skratt var oväntat djupt och hest. Hon ålade sig förbi Billy T., räckte honom muggen och fiskade fram ett paket beige Barclay ur en låda.

– Stör det dej, frågade hon och tände cigaretten.

– Nej. Det är okej.

– Var var vi?

Återigen tittade hon på honom över glasögonen. För första gången slog det Billy T. att han fann denna smått överviktiga femtio år gamla kvinna attraktiv. Hon gjorde honom osäker och tafatt. Han måste ta sig samman för att inte fästa blicken vid hennes byst.

– Hur väl kände du honom, återtog han och la benen i kors. Hur långt hade ni kommit med arbetet med den där boken?

– Det är egentligen svårt att säga. Folk har en tendens att tro att ett bokprojekt är som... som fem mil på skidor, till exempel.

Hon drog ett halsbloss som avslöjade att hon var van vid mycket starkare cigaretter.

– Det är förbluffande hur många som tror att en bok gör man färdig genom att lägga sten på sten. Så är det vanligtvis inte. Processen är mer... organisk, kan man nästan säga. Osystematisk. Så jag kan inte...

Återigen kände Billy T. den där blicken ovanför glasögonen som tvingade honom att se på Muminpappan, som nu hade trillat på rygg och stirrade i taket.

– ...säga hur långt vi har kommit.

– Okej, sa Billy T. och harklade sig. Det är bra. Men kan du säga mej om du genom det arbete du hittills har gjort har fått veta nåt om vem... Eller vad... Om han hade problem med någon? Konflikter utöver det helt normala?

Idun Franck drack en klunk kaffe och tog ett sista bloss på cigaretten innan hon fimpade den i en Farrisflaska. Sedan lutade hon sig över skrivbordet och stängde fönstret. Därefter blev hon sittande med halvslutna ögon som om hon tänkte igenom ett längre resonemang.

– Billy T., sa hon frågande.

Han nickade.

– Kriminalkommissarie Billy T., sa hon långsamt. Du är inne på ett mycket problematiskt område nu. Jag är faktiskt redaktör. Som du helt säkert känner till så har jag därmed ett redaktörsansvar. Jag kan inte säga vad som helst till vem som helst. Du frågar mej om saker som jag eventuellt skulle ha fått veta från en källa som jag har samarbetat med om en hittills opublicerad bok.

– Och vad?

Billy T. slog ut med armarna och höll på att riva ned en hemtrevnad som stod på sidobordet bredvid honom.

– Meddelarskydd, sa Idun Franck och log. Förlagsetik.

– Meddelarskydd!

Billy T. gick upp i falsett.

– Mannen är död, och du jobbar för fan inte på VG! Av alla sinnessjuka saker jag har hört – och tro mej, det är en jävla massa genom åren – så ska du komma här och hänvisa till meddelarskydd i samband med en *kokbok*! Vad fan handlar det om för slags bok egentligen? Är den full av hemliga recept, eller?

Idun Franck värmde händerna på kaffekoppen, breda händer med kortklippta naglar. På vänster hand bar hon en stor ring med vikingamönster. Hon slog den mot koppen med ett taktfast, irriterande ljud.

– Om du tänker dej för så tror jag att du förstår problemet. Jag har inlett ett samarbete med en man som ska berätta för mej om sitt liv så att jag ska få tillräckligt med material för att ge ut en bok. Vad som skulle publiceras av det han har berättat för mej skulle bestämmas långt senare i processen. Alla som vi hämtar stoff ifrån, vare sej det är författare eller andra, ska vara säkra på att det som publiceras sker i full överenskommelse med dem. Jag tillåter mej att hänvisa till både rättegångsbalkens paragraf etthundratjugofem och den europeiska konventionen för mänskliga rättigheter. Artikel tio, om jag inte tar helt fel. Om jag gav dej upplysningar nu i ljuset av det faktum att Brede Ziegler knappast skulle kunna protestera...

Hon blev tyst och höll andan ett litet ögonblick innan hon fortsatte:

– ...så skulle ingen av mina författare kunna lita på mej i framtiden. Så enkelt är det. Jag hade ett rent professionellt förhållande till Ziegler. Prata hellre med dem som kände honom personligen.

Billy T. hade tyckt sig ana något sårbart över gestalten som suttit med ryggen till och blivit skrämd när han kom.

– Så fel man kan ta, sa han och plockade upp jackan. Du vill spela med hårda puckar. Okej. Vi har jurister till sånt, vi också.

Här fanns det inte mer att hämta. När han skulle gå ringde telefonen igen. Fönstret slogs upp av sig självt och ett vinddrag lyfte fyra ark från bordet. Billy T. anade plötsligt en pust av parfym från Idun Franck; en doft han inte hade känt på väldigt många år. Den gjorde honom yr. När han bistert lyfte handen som en sorts hälsning till den telefonpratande förlagsredaktören höll han på att kollidera med en ung man. Billy T. tyckte att han kände igen pojken.

– Författarna blir bara yngre och yngre, mumlade han och drog på sig jackan medan han gick.

12

THOMAS MÅSTE KISSA. Om han inte tänkte för mycket på det skulle han hinna ända hem innan det gick på tok. Trots att han var sju och ett halvt så kissade han ibland i byxorna. I går hade han träffat en gubbe med blå näsa. Gubben var jätte-gammal och luktade illa ända bort till kiosken där Erik, Lars och Thomas hade skrattat och skrikit och gömt sig, medan de tittade på näsan som var stor och knallblå. När gubben hade korsat Suhms gate vid bensinstationen stod Thomas kvar med en våt fläck framtill på byxorna och en gul pöl vid fötterna. Han sprang hem med kamraternas skratt i ryggen och höll på att bli påkörd.

Nu stod han på tå i porten med benen i kors. Mamma ville helst att han skulle ha nyckeln runt halsen. Pappa hade gett ho-nom en sådan där vaktmästargrej i julklapp; en nyckelkedja med metallhake som kunde fästats i bältet. Thomas måste stå på tå för att kedjan skulle nå upp. Äntligen gled nyckeln in och porten upp. Thomas rusade in i trapphallen.

– Sommarglass, solstrimma, sunnanvind.

Det brukade hjälpa. Långa ramsor med svåra ord på S. Han hade hängt upp en lista med nya och ännu svårare ord som han kunde plugga.

Han tvärstannade innan han nådde fram till ytterdörren. Häxan var ute. Thomas Gråfjell Berntsen gick inte frivilligt förbi Tussi Gruer Helmersen. Fru Helmersen på två trappor var det enda i hela världen som Thomas verkligen var rädd för. En gång hade hon knuffat honom så han ramlade i trappan. Inte så att han slog sig så mycket, men sedan dess hade han haft mardröm-mar om hennes gula ögon. Om hon kom plötsligt och överras-

76

kande på honom, något som hände alltmer sällan, brukade hon nypa honom hårt i kinden medan hon liksom skulle hälsa.

Thomas klarade inte att hålla sig längre. Han stod bakom soptunnan och vågade inte röra sig. Tårarna trängde fram.

Fru Helmersen hade morgonrock på sig, trots att det var ganska kallt. Då skulle hon väl direkt upp igen. Thomas blundade och snyftade mellan sammanbitna tänder:

– Gå din väg. Gå din väg!

Men fru Helmersen stod stilla. Det var bara hennes huvud som rörde sig, som om hon tittade efter någon.

– Kissen! Kiiissseeen! Kom då, kissen.

Fru Helmersen hade ingen katt. Hon hatade katter. Thomas visste att hon hade klagat för värden. På Helmer, en röd hankatt som farmor hade gett Thomas i julklapp för två år sedan. Egentligen hade han önskat sig en hund, men hundar fick man inte ha.

– Duktig kisse, hörde han fru Helmersen säga. Drick upp alltihop, du.

Thomas höll andan och kikade fram bakom soptunnan. Fru Helmersen stod böjd över Helmer som lapade mjölk från en skål.

Äntligen reste hon sig. Det var precis som om hon inte var mänsklig. Hon påminde om en sorts robot, rörelserna var stela och skrämmande. Thomas hackade tänder, men ville inte krypa fram från sitt gömställe förrän han var säker på att fru Helmersen hade hunnit ända upp till sin lägenhet.

Till slut kände han sig någorlunda säker. Byxorna skavde i grenen när han smög fram till Helmer, som fortfarande slickade tallriken med små blommor på. Han lyfte upp katten.

– Gav fru Helmersen dej mat?

Det mjuka kattörat mot munnen fick honom att gråta på riktigt. När han kom upp till lägenheten och kunde klä av sig, frös han fortfarande. Han visste att han borde tvätta sig, men ville vänta på mamma. Han kröp upp i sängen och drog täcket ordentligt över sig och Helmer. Katten gnydde lite. Thomas somnade.

När han vaknade strax före fem av att mamma kom hem var Helmer död.

13

FÖRST SENARE SÅG han varningstexten på asken. För en timme sedan tog han två Paracet. Nu hade han tagit två till. Den bittra smaken sved i matstrupen. Han läste varningen ytterligare en gång och skakade på huvudet.

– Bara den jävla tanden ger sej.

Den ville inte ge sig. På senaste tiden hade det ilat ordentligt varje gång han drack eller åt något som var under eller över kroppstemperatur. I kväll hade tandvärken satt igång för fullt. Billy T. ville inte gå till tandläkaren. Säkert var tanden förlorad. Tandläkaren skulle kasta en blick på den och föreslå krona. Tretusenfyrahundra kronor för en krona. Det kom inte på tal. Billy T. hade rätt och slätt inte råd. Jenny måste ha sittvagn snart. Fyra underhållsbidrag förutom Jenny gjorde honom illamående varje gång lönebeskedet kom. Påslaget som följde med befordran till kriminalkommissarie försvann i ett nafs.

Han behövde pengar. Så långt tillbaka han kunde minnas hade han haft ont om pengar.

Tandvärken kröp upp längs vänstra ansiktshalvan och slutade i en stickande smärta någonstans inne i huvudet. Han blötte en lortig trasa och la den mot ögonen. Den svaga lukten av barnbajs fick honom att slita bort den igen.

– Shit. *Shit!*

Han fräste mot spegelbilden. Lysröret gjorde honom blekare än han egentligen var och han blev stående och gned sig över tinningarna medan han försökte grimasera bort påsarna under ögonen. Klockan var över midnatt och han borde sova medan Jenny tillät det.

Försiktigt öppnade han dörren till sovrummet.

Jenny låg på rygg i barnsängen med armarna rakt ut och täcket hopknölat nere vid fotändan. Hon liknade en solbadare i blå pyjamas. Billy T. la täcket försiktigt över henne och stoppade den smutsgula kaninen på plats i hörnet.

Han kände Tone-Marits värme i ryggen när han försiktigt la sig tillrätta i dubbelsängen. Tandvärken gav sig inte. Den blev värre.

Trots att han redan tidigare hade fyra barn, var de två flickorna i sovrummet hans första egentliga familj. I alla fall sedan han flyttade hemifrån. Just nu skulle han helst av allt vilja vara ensam. Han skulle ha tänt överallt, druckit sig halvfull på konjaken som stod orörd efter en tjänsteresa till Kiel för två år sedan, satt på *Il Trittico* på full volym och väntat tills smärtorna gav med sig.

Han ville vara ensam.

Livet som ungkarl och helgpappa hade varit okomplicerat. Efter lite krångel med den yngstes mor de första månaderna, hade samvaron gått utmärkt. Han la sig inte i hur pojkarna hade det hos sina fyra olika mödrar. De å sin sida blandade sig ytterst lite i hur pojkarna hade det hos honom. Så länge sönerna verkade harmoniska och friska såg han ingen anledning att rucka på ett system som fungerade. Då och då kunde pojkarna tjura lite över att han inte kom på skolavslutningar och liknande. Men med tiden hade de vant sig vid det. Om de hade fotbollsmatcher eller andra aktiviteter medan de bodde hos sin pappa ställde han självklart upp. I grund och botten hade han haft det förträffligt.

Det här var något annat.

Jenny hade inte sovit en enda obruten natt sedan hon föddes. Hon vrålade och skrek och skulle ha mat. Så snart hungern var stillad rann den förra måltiden ut i andra ändan. Lägenheten var för liten för att man skulle kunna slippa delta. Några få gånger hade han övernattat hos vänner för att få vara i fred, men då låg han i stort sett och tänkte på att Tone-Marit måste ta hand om alltihop ensam.

Lägenheten var helt enkelt för liten.

De hade inte råd att göra något åt det.

Sovrummet var kallt och han drog upp täcket ända till hakan. Fötterna stack ut vid fotändan och han kröp ihop. Jenny gav ifrån sig några gurglande ljud och som i ett eko hörde han ett gnyende från Tone-Marit.

Den enda kvinna han egentligen aldrig hade lämnat var hans mor. Varje gång det gnisslade lite i förhållandet till henne låg han bara lågt ett tag. Så gick det över. Billy T. hade aldrig förstått uttrycket "att jobba med förhållandet". Ett förhållande var inget jobb. Antingen stämde saker och ting eller så stämde de inte.

Mötet med Suzanne var precis vad han inte behövde.

När han rusade hem från *Entré* på måndagen hade han haft lust att gråta. I stället hade han skyllt på tandvärken och lagt sig före Tone-Marit. Även då blev han liggande vaken.

Det måste vara tjugo år sedan han såg henne sist.

Han reste sig försiktigt och drog med sig täcket.

Pojkarnas sängar var för små.

Han la sig i soffan. Truls hade haft sönder hörlurarna förra helgen när ungarna skulle leka Star Wars och Truls måste vara prinsessan Leia eftersom han var yngst.

Det var arton år sedan han senast hade hört av henne, när han tänkte närmare efter. Han ville inte, han ville tänka på något annat.

Han var tjugotvå den gången. Det första året på polisskolan var nästan över. Hon hade ringt honom för att få hjälp med att komma tillbaka till den slutna avdelningen. De hade tvingat ut henne i en försökslägenhet. Sedan hade hon bara försvunnit. Så vitt han visste hade hon senare flyttat till Frankrike. Det angick honom inte och han hade glömt henne.

Alexander önskade sig bara PlayStation. Han var den ende pojken i klassen som inte hade det. En PlayStation kostade precis lika mycket som Billy T. hade till alla fyra sönerna tillsammans.

Han blundade och bet ihop käkarna för att lindra tandvärken. Det blev värre. Nu hade smärtan bitit sig fast i bakhuvudet; det kändes som om halva huvudet höll på att lossna från kroppen.

Hanne Wilhelmsen hade lämnat honom.

Det var hon som hade lämnat honom, inte tvärtom.

Han ville inte tänka.

Telefonen ringde.

Billy T. spratt upp, sprang genom hallen och kastade sig över apparaten innan den hann ringa en gång till. Han blev stelt stående och lyssnade efter ljud från sovrummet.

– Hallå, väste han i luren.

– Hej. Det är Severin.

– Klockan är… Klockan är *snart ett, för fan*!

– Förlåt, men…

– Jag har ju en liten *unge* här vet du väl!

– Jag har sagt förlåt men det är något jag var säker på att du ville veta med detsamma.

– Vadå?

Billy T. satte tummen i ögonhålan och tryckte hårt.

– Brede Ziegler blev mördad två gånger.

Det tjöt från bilbromsar utanför fönstret, följt av ljudet från en kraftig kollision. Billy T. höll andan och bad en stilla bön.

Jenny vrålade.

– Shit, sa han. Ungen vaknade. Vad sa du?

Han flyttade sig till fönstret och tittade ut. En taxichaufför stod och skällde på en ung kvinna som storgrät. Två Mercor hade glufsat i sig en rejäl bit av varandras framparti.

Jenny skrek som en stucken gris.

– Vänta lite, fräste Billy T. i luren.

Tone-Marit höll på att plocka upp ungen när han kom in i sovrummet. Hon var halvt medvetslös och överlät barnet till honom utan att protestera innan hon bokstavligen stöp tillbaka i sängen.

– Hysch, lilla vännen. Pappa är här. Det är inget farligt.

Han höll dottern mot sitt bröst medan han tassade tillbaka till vardagsrummet och tog upp luren igen.

– Vad sa du, mumlade han.

– Brede Ziegler mördades faktiskt två gånger. Ha!

Jenny gurglade och famlade efter pappans näsa.

– Två gånger, sa han tonlöst. Han blev mördad två gånger. Jaha.

– Minns du att rättsmedicin undrade om mannen drack? För att han hade en konstig ansiktsfärg?

– Jo, när du säger det så.

Ljudet av ylande sirener närmade sig och Jenny klamrade sig om hans hals. Hon började gråta igen. Billy T. stoppade en napp i det gapande hålet.

– Det var inte alkohol. Det var paracetamol. Brede Ziegler blev förgiftad. Proppfull med paracetamol.

– Paracetamol? Du menar... Sån där vanlig Paracet, i orange ask?

– Livsfarligt i större mängder. Det är därför du inte får köpa mer än en ask i taget på apoteket.

– Men... *Dog* han av det? Var han redan död när han blev knivhuggen?

– Nej. Tvärtom. Han dog av knivhugget men skulle sannolikt ha dött av förgiftning senare. Om han inte hade fått behandling på sjukhus alltså. I tid.

– Å fan.

– Det kan man säga.

– Vi hörs i morgon bitti.

– Bra. Hoppas att jag inte har förstört natten för dej.

– Förstörda nätter är min specialitet, mumlade Billy T. och tappade luren i golvet.

När bilarna utanför hade bogserats bort och Jenny till slut hade somnat var klockan tio över fem på morgonen torsdag den nionde december. Billy T. la ifrån sig barnet i sängen och gick ut i badrummet. Han hällde upp badvatten och bestämde sig för att gå till jobbet så snart han hade gjort sig i ordning. Det var lika bra. Somnade han nu kom han aldrig upp mer. Medan karet fylldes tryckte han ut nio resterande Paracet ur folien och ned i toalettskålen. De försvann i ett brus av blått vatten.

Tandvärken hade i alla fall gått över.

14

EN AV MÅNGA upplysningar som Vilde Veierland Ziegler hade undanhållit polisen, var att hon i stort sett bodde på Sinsen. Hon hade en lägenhet på ett och ett halvt rum på Siloveien. Det halva rummet var strängt taget bara ett hål i väggen med plats för en bred enkelsäng. Lägenheten hade toalett men duschrummet låg i korridoren och delades av tre hushåll.

Brede behövde lugn och ro ibland, hade han sagt. Han var trots allt konstnär. I början hade arrangemanget verkat så genomtänkt. Han bad henne bara snällt att få vara i fred då och då, varannan vecka ungefär. Ett par dagar bara. Sedan blev det fler. De senaste tre månaderna hade hon lagt märke till att hon, utan att egentligen tänka på det, hade flyttat allt hon ägde av kläder och personliga ägodelar till den lilla trånga lägenheten. Det var här hon bodde. Hon hade fortfarande nyckel och koden till Niels Juels gate, men hon hade knappt övernattat där på flera veckor.

Vilde hade ingen aning om vem som ägde lägenheten hon bodde i. Brede hade skött allting. Det spelade ingen roll, han hade alltid tagit hand om allt. Nu var det värre. Hon satt uppkrupen i sängen med knäna under hakan och hade ingen aning om vem som ägde hennes hem. Polisen skulle säkert ta reda på var hon egentligen bodde. Kanske borde hon flytta ner till Niels Juels gate meddetsamma. Hon hade tänkt tanken redan när hon lämnade Polishuset, men någonting hindrade henne. Niels Juels gate var mer som en utställningslokal. Brede hade varit så hysteriskt rädd för att hon skulle ändra något i inredningen. Hon hade känt det som om till och med hennes garderob var i vägen för det som Brede brukade kalla "ett enhetligt estetiskt utryck".

Vilde hade det bäst på Sinsen.

När hon nu ärvde Niels Juels gate skulle hon sälja den stora lägenheten. Hon skulle köpa sig ett litet hus, ett radhus kanske, i Asker eller Bærum, med en liten trädgård och få pengar över. Hon skulle studera. Resa lite. Ganska mycket, när hon tänkte efter. Det bästa sättet att lära sig språk var att resa.

Vilde började gråta och omfamnade krampaktigt sina knän medan hon vaggade fram och tillbaka. Brede var död. Poliskvinnan hade varit hygglig, men det var precis som om hon kunde se tvärs igenom henne. Hon hade sett orden som satt fast nere i halsen och fått henne att börja ljuga. De hade tagit paus tre gånger och varje gång hade Vilde blivit bjuden på kaffe och bullar. Hon fick inte ner en bit.

Ljudet av dörrklockan kom henne att slå knäna mot hakan. Hon bet sig i kinden och kände smaken av blod. Den digitala väckarklockan visade att torsdagen knappt hade börjat; klockan var tjugo minuter i sex. Hon blev sittande stilla. Det var säkert någon som hade tryckt på fel knapp, det hände rätt som det var. Det ringde igen.

Hon tänkte inte öppna.

Om hon satt alldeles stilla och låtsades att hon inte var hemma skulle den eller de som försökte få tag i henne försvinna.

Någon satte fingret på ringknappen och ville inte släppa. Signalen skar genom hela lägenheten, länge. Vilde blundade och höll sig för öronen.

Efter ett par minuter kunde hon resa sig och gå bort till fönstret. Långsamt och försiktigt, för att inte själv bli sedd, kikade hon ut mellan fönsterkarmen och de fördragna gardinerna. En mansfigur vinglade bort på gångstigen. Han var uppenbarligen full. När han kom till bänken vid vägen, stödde han sig mot den och vände sig om mot hyreshuset. Vilde drog sig blixtsnabbt tillbaka. Hon hade känt igen mannens jacka. Det var inte ett dugg konstigt, hon hade gett honom den i present för knappt två år sedan; på den tiden när de var tillsammans och snart skulle gifta sig.

HON HADE MEST lust att vända. Ett ögonblick ångrade hon att hon inte hade tagit rocken med den stora kragen som kunde fällas upp, eller kanske en mössa. Något att gömma sig bakom.

Grønlandsleiret 44 var precis som förr. I ett och annat fönster hade en optimistisk polis, som fortfarande trodde på julen, tänt ett stearinljus för att skapa något som påminde om adventsstämning. Annars var allt grått. Så hade det alltid varit. Backen till Polishusets huvudingång var lika seg som förr och hon knäppte upp jackan medan hon gick. Vid de tunga, välbekanta dörrarna av stål stannade hon. Hon kunde fortfarande vända, men hon visste att det bara skulle innebära ett uppskov av något ofrånkomligt. Hon drog djupt efter andan. Sedan sköt hon upp porten och gick in i foajén.

Lukten fick henne att flämta.

Hanne Wilhelmsen hade aldrig tänkt på att Polishuset luktade; en nästan omärklig lukt av kontorsbyggnad och svett, av rädsla och arrogans, papper, metall och bonvax. Det luktade polis och hon gick mot hissen.

– Hanne? Hanne? Är det du?

Erik Henriksens röda hår stod på ända och han gapade.

– *The one and only.*

Hanne försökte verkligen le. Hon kände att skinnjackan klistrade sig mot skjortryggen och ville åter mest av allt vända om och försvinna.

– Var har du... Var har du varit? Är du tillbaka... för gott, menar jag? Hur är det med dej?

Hissen plingade. Hanne ålade sig förbi sin före detta kollega och bad en stilla bön att dörrarna måtte stänga sig innan han kom på att göra sällskap.

– Vi hörs, mumlade hon och blev bönhörd.

Det var som om ryktet gick snabbare än hissen. På sjunde våningen fick hon en känsla av att alla stirrade på henne. Vid ingången till kantinen stod fem människor som inte sa något och inte heller gjorde intryck av att de skulle in till lunch. Hon nickade halvhjärtat till den ena av dem när hon passerade. Deras blickar brände i ryggen när hon fortsatte mot polismästarens tjänsterum. Den svaga viskningen steg till ett livligt samtal vartefter hon avlägsnade sig.

Till slut kunde hon inte låta bli. Hon vände sig tvärt och de fem fick plötsligt bråttom.

När hennes blick svepte ned över gallerierna på andra sidan den sju våningar höga foajén, såg hon honom. På tredje våningen, blå sektor. Han tvärstannade, lutade sig mot räcket och såg mot henne. Han var för långt bort för att hon skulle kunna avläsa ansiktsuttrycket.

Men ändå var det omöjligt att ta fel.

Billy T. ryckte på axlarna och vände ryggen till.

Själv gick hon in till polismästaren för att höra om hon fortfarande hade ett jobb.

16

– Jag trodde människan hade blivit sinnessjuk. Det var i alla fall vad jag har hört. Blev inlagd på Gaustad och allt. Tvångsinlagd, hörde jag.

Beate från receptionen rättade till kjollinningen med en fnissning. Sedan tog hon en alltför stor klunk snaps. En fin dusch alkohol sprutade över bordet och Karianne drog sig snabbt undan.

– Nån sa att hon hade rest till Kina för att adoptera en unge. Nån som verkligen känner henne, alltså. Så jag räkna med att hon kanske var barnledig eller vad det nu heter...

Karianne Holbeck hade genomgått en utseendemässig förvandling, som fick ett par av aspiranterna att tränga sig ner vid bordet. Till vardags lufsade hon omkring i Lindexkläder, som inte avslöjade annat än att hon var kraftigt byggd. Hon sminkade sig aldrig. Ansiktet var som regel blekt, med nästan vita ögonbryn och fransar. Den plågsamma rodnaden hade haft fritt spelrum. Kollegerna hade börjat kalla henne Rödljuset när de trodde att hon inte hörde.

Hon var knappt att känna igen. En åtsittande klänning i grå sammet slöt sig om hennes fylliga höfter och lår. Brösten var stora och höga. Håret hängde vanligtvis utslaget, antagligen för att det var det enda hon kunde gömma sig bakom när rodnaden kom. Nu hade hon varit hos frissan. Den konstfulla frisyren kunde omöjligt vara hennes eget verk. Inte sminkningen heller; det såg ut som om hon just hade deltagit i en stort upplagd underhållningsshow på teve.

– Jag tror jag har klätt upp mej för mycket, viskade hon

till Severin Heger och klamrade sig till ölglaset. Titta på folk!

Han satte sig bredvid henne och la armen kring de bara axlarna. Karl Sommarøy stod vid bardisken och diskuterade bilar med en kollega. Han hade just köpt en fyra år gammal Audi A6 och klagade över att det kom rök ur turbon redan efter två dagar. Skjortan hängde utanför och han var klädd i manchesterbyxor. Visserligen hade han för en gångs skull slips, men den hade han redan lossat på och skulle åka av inom en timme.

– Du är jättefin, viskade Severin i hennes öra. Den snyggaste tjejen här. De andra gör sej bara löjliga. Inte du. Du är... skitsnygg! Skål.

Hennes ansiktsfärg närmade sig lila och hon höll ännu hårdare om glaset.

– Det här stället är lite annorlunda än jag... hade väntat mej, liksom.

Hon stammade och såg sig förstulet omkring med nedböjt huvud.

– Det är inte precis Festiviteten. Du! Du, Karl!

Sommarøy vände sig irriterat om.

– Har du inga andra kläder än de där?

– Nu får du ge dej. Jag trodde vi skulle käka pizza!

Den nedslitna restaurangen på Brugata låg bara fyra, fem sirentjut från Polishuset. Julbordskommittén hade valt stället av ren lättja. Bruna bord, rödrutiga dukar och stearinljus som stod nedstuckna i gamla Matheusflaskor skulle antagligen antyda fransk bistro.

Karl Sommarøy stack pipan i munnen och satte sig vid bordet.

– Apropå mat, vad tycker ni?

Ingen kände sig kallad att kommentera de svartbrända fårhuvudena. De var i stort sett orörda när de för en dryg halvtimme sedan bars tillbaka till köket.

– Men såg ni inte Hanne Wilhelmsen i dag då?

Beate från receptionen hade börjat sluddra.

– Ja schåna ja.

Billy T. satt och tjurade vid bordsändan. Han hade knappt sagt ett ord sedan han kom, halvvägs in i måltiden. Han drack inget och såg på klockan var tionde minut. Nu lutade han sig tillbaka och la armarna i kors över bröstet.

Kriminalinspektör Klaus Veierød skrattade plötsligt.

– Jag har hört att hon skriver på en kriminalroman. Är det inte vad alla i stort sett gör nu för tiden?

Veierød var antagligen den mest erfarne kriminalpolisen av dem alla. Han hade tjänstgjort på samtliga avdelningar som fanns i huset. För tre år sedan blev han förflyttad från ekoroteln till utredningsroteln. Han var grundlig, noggrann och fullkomligt fantasilös. Det var bra länge sedan han hade insett att han inte skulle bli kommissarie. Det spelade ingen roll. Han kunde avgå med pension om sex år om han ville. Då kunde han viga hela sin tid till samlingen av gamla krigsföremål. Han tänkte så smått på att bygga ett litet museum i den gamla ladan vid stugan. Då skulle han vara sin egen, utan inblandning av andra.

Klaus Veierød tyckte inte om den tuffa stilen på krim. Allra minst tyckte han om den inre kretsen kring Hanne Wilhelmsen, Billy T. och Håkon Sand. När klicken upplöstes – först genom att Sand blev utnämnd till åklagare, sedan genom att Wilhelmsen försvann efter att fallet med den mordåtalade chefsåklagaren Halvorsrud blev löst – var Klaus Veierød bara glad. Han hade visserligen aldrig ifrågasatt Hanne Wilhelmsens begåvning. I sitt stilla sinne räknade han henne som den bästa utredaren som Oslopolisen någonsin haft. Det var känslan av att hållas utanför som han inte kunde tåla. Så länge Billy T. och Hanne Wilhelmsen bara var inspektörer var allt gott och väl. Som kommissarier var de bägge odugliga. Gick där och tisslade och tasslade och hade alla möjliga hemligheter. Det var inte som det skulle vara.

– Billy T., sa Klaus Veierød och lutade sig över bordet. Kan du inte tala om var hon har hållit hus? Du känner ju henne.

Kommissarien såg återigen på klockan. Sedan tittade han frånvarande ner i glaset. Det var halvfullt av avslaget öl.

– Vet ni, sa Silje Sørensen och damp ner i knät på den ena aspiranten. Jag tror att vi snart kan lägga ner hela förunder-sökningen. Jag tror att Brede Ziegler begick självmord.

En pinsam tystnad spred sig kring bordet, där det nu satt åtta personer på sex stolar.

– Precis, mumlade Severin.

– Jodå, sa Karl Sommarøy och puffade på pipan.

– Men tänk efter, insisterade Silje. Han var ju full av…

– Ärligt talat, avbröt Karianne. Du menar inte att nån begår självmord genom att sticka en kniv i sitt eget hjärta på trappan till Polishuset, om man säger så.

Silje viftade med höger hand. Diamantringen gnistrade i det dämpade ljuset.

– Vad är det vi har då? Kniven hade Ziegler själv köpt. Var det inte det du kom underfund med i förmiddags, Karl?

Karl Sommarøy nickade och försökte få glöd i pipan igen.

– Alltså, sa Silje och drog efter andan. Brede hade köpt sitt eget mordvapen två dagar innan han dog. Expediten kände igen honom och de hade inte sålt en sån kniv på flera veckor.

– Vi *vet* ju inte om det är samma kniv, protesterade Severin. Även om de är livsfarliga är de trots allt inte numrerade eller nåt sånt.

– Hal-lå!

Silje himlade med ögonen.

– Ganska troligt i alla fall.

– Och sen så ska karln ha torkat av sina fingeravtryck, sa Severin in i ölglaset. Efter att han hade dött, liksom…

– Jag önskar att ni inte rökte så mycket.

Silje rotade i handväskan efter en näsduk; en ensam tår rann från hennes vänstra öga. Hon verkade allvarligt besvärad. Den blonde aspiranten, som uppenbarligen tyckte om att ha henne i knät, vrålade en order att någon måste öppna dörren för att vädra. Ingen reagerade.

– Bredes fingeravtryck fanns i alla fall på knivbladet, fortsatte Silje Sørensen. Så han hade tagit i den, det är bortom varje tvivel. Han kan ha haft handskar, till exempel, han…

– …var barhänt.

Severin vinkade på kyparen efter mer öl.

– Okej, sa Silje. Men… Det är väl konstigt att karln var full med paracetamol? Jag menar, enligt rättsmedicin hade han stoppat i sej nånting kring femton gram. Det är det bara självmordskandidater som gör. Jag tippar att han ville dö och så var han så omtöcknad att han stack kniven i sej själv. Av misstag, kanske. Eller för att vara säker på att dö. Vem vet.

Karl strök sig över det lilla han hade av haka. Hela nedre delen av ansiktet tycktes försvinna bakom tummen.

– Hon har ju en poäng där. Brede Zieglers lever var på väg att totalkollapsa och han måste haft ont i flera timmar, kanske ett dygn eller två. Konstigt att han inte gick till doktorn.

– Det vet vi inte om han gjorde.

Det var det första Billy T. hade sagt på hela kvällen. Han reste sig och försvann i riktning mot toaletten.

– Mannen som dog två gånger, mumlade Klaus Veierød. Var inte det en film? Med han australiensaren som spelade i Törnfåglarna mot henne den snygga, hon… Och så han den stora, han som alltid spelar deckare. Eller skurk. Han…

– Brian Dennehy, sa Severin Heger och såg ut som om han tänkte gå. Jag tror ni har fått spader allihop. Fan också, jag…

– Vänta nu lite, sa Karl försonligt och drog ner honom igen.

94

Allt tyder i alla fall på att Ziegler var i området av fri vilja. Hans bil påträffades i närheten. På Sverres gate, prydligt parkerad och låst utan tecken på inbrott eller tjuvkoppling.

Karianne Holbeck ångrade inte längre sin klänning och frisyr. Alla ville skåla med henne. Flera gånger hade hon känt någon i förbifarten varsamt stryka henne över nacken. Någon bedrev en försiktig benflört under bordet. Hon vågade inte ta reda på vem.

– Nu får ni skärpa er, sa hon med ovanligt fast stämma och la handen på Severins axel. Ingen, absolut *ingen*, har hävdat att Brede Ziegler var deprimerad. Vi har hållit trettiosju eller trettioåtta förhör hittills och ordet deprimerad eller ens ledsen finns inte nämnt i ett enda av dem.

Det blev tyst kring bordet. Billy T. kom överraskande tillbaka och satte sig. Det såg fortfarande inte ut som om han tänkte delta i diskussionen.

– Tvärtemot, la Karianne till. Trots att det är nästintill omöjligt att göra sej en föreställning om karln genom förhören…

Hon rättade till en hårlock och smuttade på sin snaps.

– Är det möjligt att få lite rödvin i stället, sa hon och log mot Klaus Veierød som satt rätt till i förhållande till benflörten.

Han ryckte på axlarna.

– Du ska få rödvin, flinade Severin och tog tag i en förbipasserande servitör. Rödvin till damen! Jag betalar.

– Det är precis som om han hade varit en… En amöba. Eller en… En bild i en sån där kikare vi hade som barn, ni vet. Sån som visar en bild men när man ger den till nån för att den ska se samma som du så har allt förändrat sej.

– Kaleidoskop, mumlade Severin. Jag vet vad du menar.

Karianne sköt glaset ifrån sig med en grimas och kastade en blick mot baren där någon vrålade av skratt åt en fräck historia om chefen för roteln.

– Under förhören har vi förstås också koncentrerat oss på att kartlägga Zieglers sista förehavanden. Vi vet att han lämnade lägenheten fyra minuter i åtta. Det kan man avläsa på det avancerade larmsystemet. Men inte en käft har sett honom efter det. När vi frågar folk om hans vanor, om han tyckte om att gå på bio, om han spöade sina kvinnor...

– Om han drack, hjälpte Severin till.

– Just det. Då får vi precis lika många svar som dem vi frågar. För att vara ärlig så har jag lärt mej mer om karln genom att läsa alla intervjuer med honom. Såna finns det en ofattbar mängd av. Där svarar han i alla fall själv.

– Apropå det, Billy T., har du pratat nåt mer med den där förlagsdamen?

Severin log mot ovädersmolnet nere vid bordsändan.

– Jag tycker inte en julfest är rätta tillfället att diskutera en mordutredning, sa han och reste sig medan han tömde ölglaset i en klunk. Jag drar.

– Jisses, sa Klaus Veierød. Var den förgiftad den där fårskallen?

Billy T. var den enda som faktiskt hade ätit huvudet ända in till benen, inklusive det arma djurets ögon.

– Håll i alla fall med om att det var en okej teori, sa Silje Sørensen och bytte knä. Det är viktigt att hålla alla möjligheter öppna, tycker jag.

Ett brak fick dem alla att vända sig mot baren.

– ...inte *faan*!

En av aspiranterna for ut mot en lika ung kollega som just hade rest sig efter att ha fallit över ett bord fullt av glas och askfat. Han borstade glasskärvor och fimpar från jackan och sög i sig blodet som strömmade från näsan.

– ...och *inte* därför, vrålade den andre och ramlade sidlänges mot bardisken.

– Och du ska hem, tror jag.

Severin Heger grep grabben bakifrån om axlarna och låste hans armar. Karl Sommarøy knuffade den andre tämligen hårdhänt mot toaletten.

– *Släpp mej, ditt jävla arsel!*

– Så, så. Ta det lugnt, min vän.

Severin stramade åt greppet och ynglingen skrek ännu högre.

– Jag är *för helvete* inte din vän!

– Du ångrar dej bara i morgon, sa Severin och manövrerade aspiranten mot ytterdörren. Håll nu käft. Det är bäst så.

Två minuter senare kom han in igen.

– Fick tag i en taxi, sa han leende och slog ihop händerna i en triumferande gest. Han kommer inte att må bra i morgon.

– Det här börjar äntligen likna en julfest, sa Karl förnöjt. Ett par timmar till och vi kommer att få saker att skvallra om ända till mars.

– Ni får skvallra vidare utan mej, sa Severin och tog Kariannes hand. Ska jag följa prinsessan hem, eller klarar hon sej själv?

Karianne skrattade och lät honom kyssa hennes hand.

– Jag tror jag stannar en stund, sa hon. Men tusen tack för erbjudandet.

När hon drog handen till sig satt hon en stund och höll den mot näsan. Handleden doftade svagt av *Sergio Tacchini*. Nu var hon den enda som hade klätt sig till fest och hon kände sig behagligt varm. Hon ville inte gå hem än. Fortfarande kunde mycket hända. Karianne Holbeck ville också vara med på allt skvaller; ända tills våren kom.

Vittnesförhör med Sindre Sand.

Förhörsledare krinsp Klaus Veierød. Utskrift av kanslist Pernille Jacobsen. Det finns endast en kassett av det här förhöret. Förhöret är upptaget på band lördag 11 december 1999 klockan 10.00 på Polishuset i Oslo.

Vittne: Sand, Sindre, 121072 88992

Bostad: Fredensborgveien 2, 0177 Oslo

Arbete: Kock på Restaurang Stadtholdergaarden, Oslo.

Vittnet är villigt att höras.

Förhörsledaren: Ja, nu är bandspelaren på så vi kan börja. Har du hörts av polisen vid något tidigare tillfälle... ähh... vet du hur det går till?

Vittnet: Nej, jag har aldrig varit i kontakt med polisen förr. Annat än att jag har anmält en cykel stulen ett par gånger alltså... (*oklart tal*) ...kan fråga vad du vill. Men jag är ganska trött, alltså. Jobbade sent i går och så blev det lite efteråt.

Förhörsledaren: Som du vet så gäller det mordet på Brede Ziegler. Vi försöker prata med alla som kände honom eller...

Vittnet (avbryter): Jag förstår det.

Förhörsledaren: Fint. Du... (*telefonsignal*) Jag måste bara skru... Förhöret börjar igen klockan 10.15. Vittnet har fått kaffe. Förlåt det där samtalet, nu har jag sagt till så vi inte blir störda. Var var vi... Du kände Brede Ziegler, eller hur?

Vittnet: Ja.

Förhörsledaren: Hur länge då?

Vittnet: Väldigt länge. Jag började i lära hos Brede när jag var sjutton.

Förhörsledaren: Och nu är du... Född 1972, ja. Det blir väl...

Vittnet: Jag blir tjugosju i oktober.

Förhörsledaren: Hur väl kände du Ziegler?

Vittnet: (*kort skratt*) Det beror på vad du menar med väl.

Förhörsledaren: Tja... var det som chef du kände honom eller hade ni någon form av socialt umgänge? Han var ju betydligt äldre än du.

Vittnet: Jag tror inte det betydde så väldigt mycket för Brede, direkt. Förresten kan vi lika bra gå rakt på sak. Brede var en skitstövel. En riktig, gammaldags skitstövel. Av värsta sort.

Förhörsledaren: Skitstövel. Det var då... Rök bara. Du kan använda kaffekoppen som askfat. Hur... Vad menar du egentligen med skitstövel?

Vittnet: Det finns väl inte så många sätt att vara skitstövel på. Jag menar hela skiten. Brede Ziegler utnyttjade folk, trampade på dem, bedrog dem, lurade dem. Gav fan i alla andra utom sig själv. Bara Brede fick som han ville var allt okej. (*paus, harkling, otydligt tal*) ...snål. Han var otroligt snål.

Förhörsledaren: Jaha. (*paus*) Vad tycker du om att han är död?

Vittnet: Passar mig utmärkt. Jag ska vara helt ärlig mot dig. När jag fick höra att någon hade tagit livet av Brede kände jag först ingenting. Jag blev inte ens chockad. Sedan blev jag faktiskt ... (*lång paus, skrapljud*) inte precis glad... Mer nöjd, på sätt och vis. Hade jag vetat vem mördaren var, hade jag skickat blommor till honom.

Förhörsledaren: Honom? Är du så säker på att det var en man?

Vittnet: Vilket som. Har ingen aning.

Förhörsledaren: Jag tror vi ska ta det här ända från början. Hur träffade du Brede Ziegler?

Vittnet: Det sa jag ju. Jag gick i lära. Han var köksmästare på Continental. Först blev jag utplacerad av skolan och sedan fick jag lärlingsplats där. Alla ville jobba med Brede på den tiden. Han var liksom det hottaste i stan. Det första året var det mycket skitjobb. Skrubba. Skära. Rensa. Som vanligt. Men så dog min pappa. (*något otydligt*) ... jag fick ledigt en vecka och alla var sjysta när jag kom tillbaka. Särskilt Brede. Då kallade han mig *begåvad* (*tillgjord/förvrängd röst*). Det var först långt senare som jag förstod anledningen.

Förhörsledaren: Anledningen? Var han...

Vittnet (*avbryter*): (*kort skratt*) Nej. Han var inte ute efter mig. Inte efter pojkar överhuvudtaget, så vitt jag vet. Han var ute efter pengar. Mina pengar, dessutom. (*paus*)

Förhörsledaren: Hade du pengar? När du var... arton år?

Vittnet: Nitton. Pappa dog och jag blev rik. Min mamma dog när jag var fem och jag har inga syskon. Pappa hade sålt två stora livsmedelsaffärer och en herrekipering i Lillehammar tre månader innan han dog. Han var bara sextio år och hade över tolv miljoner. Han hade gnidit och sparat och jobbat vansinnigt hårt hela sitt liv. (*paus*) Skulle ha det bra på ålderdomen. Och så skulle han lämna något efter sig, brukade han säga. Men då hade han redan arbetat ihjäl sig… (*mycket lång paus*)

Förhörsledaren: Och då när…

Vittnet: Brede hade på något sätt fått veta om de där pengarna. Skvallret gick, så det var väl inte så konstigt. Det var flera på jobbet som visste att min pappa hade pengar, liksom. Så en dag bjöd Brede ut mig på middag. Jag var jättelycklig. Kände mig… stilig, liksom. Han pratade och spenderade. Så… (*otydligt tal, gäspning?*) …ett projekt i Italien. Milano. Tillsammans med de stora grabbarna, liksom. Han skulle sätta tjugo mille själv, sa han. Om jag ville kunde jag få vara med. Det skulle vara helt riskfritt. Jag var ung och dum och… (*paus, sedan smäll, handflata mot bordet?*) Det är förresten inget mer att säga. Annat än att Brede kom tillbaka fyra månader senare och sa att vi hade förlorat pengarna. Alltihop. Han beklagade och hade sig, men så var det bara. Och så log han. Han hade ett helt speciellt leende som fick folk att… Jag vet inte riktigt. Känna sig underlägsna. Det värsta är att jag aldrig fick något bevis för att han verkligen hade satsat tjugo mille själv. Han sa det. Men så vitt jag… Jag borde ha gått till advokat. Jag borde ha ställt till ett helvete för honom. Men jag var egentligen jävligt… förtvivlad. Jättedeppig. (*lång paus*)

Förhörsledaren: Jag börjar förstå varför du inte var så förtjust i mannen. Har du någon gång…

101

Vittnet (avbryter): Han stal min tjej också. Det vet ni säkert.

Förhörsledaren: Nej, jag...

Vittnet (avbryter): I vilket fall som helst så kommer ni på det. Det finns säkert minst hundra människor bara i Norge som kunde ha mördat Brede. Men det finns säkert inte särskilt många som hade lika goda skäl som jag. Han tog mina pengar och han tog min flickvän alldeles innan vi skulle gifta oss. Dessutom är jag ganska säker på att han gradvis gjorde det svårt för mig att få nya jobb. Han... Kan jag få en ny kopp? Med kaffe i, menar jag.

Förhörsledaren: Naturligtvis. Här. Ta den här. Jag har inte rört den.

Vittnet: Tack.

Förhörsledaren: Vad skulle du säga... Om du skulle... Skulle du säga att du hatade Brede Ziegler?

Vittnet: (skratt) Det spelar väl ingen roll vad jag känner. Det handlar om att Brede var en snyltare och en charletan...

Förhörsledaren: Charlatan.

Vittnet: Hur som helst. Som jag sa redan från början: Han var en skitstövel.

Förhörsledaren: Du verkar i alla fall ärlig. Det är många som inte vågar säga att de inte tyckte om någon som är mördad förrän...

Vittnet: Förrän mördaren är fast, liksom? Det förstår jag mycket väl. Poängen är att jag har alibi. (*högt skratt*) Vattentätt, alltså. Brede blev mördad söndag kväll stod det i tidningen. Jag var på NRK från klockan åtta den kvällen. Vi hade inspelning av ett teveprogram som ska sändas nästa fredag. Ett sådant där mat-underhållningsprogram. Jag kom dit klockan åtta tillsammans med en kompis, blev sminkad klockan nio, inspelningen börja-de kvart i tio och vi var färdiga halv tolv. Eftersom vi… Vi var sex kockar i två lag, liksom och… I alla fall, vi hade lagat en jävla massa mat så vi hade en sorts fest efteråt. Åt upp maten tillsam-mans med teknikerna. Fotograferna och programledaren och så. Var inte klara förrän vid ett ungefär. Då gick jag och tre andra ut på stan. Jag var tillsammans med dem ända till fyra på morgo-nen. En av dem övernattade hos mig, han bor och jobbar i Ber-gen. Petter Lien, om du vill kolla det.

Förhörsledaren: Det må jag säga.

Vittnet: Jag har mitt på det torra.

Förhörsledaren: När såg du honom senast?

Vittnet: Såg Brede?

Förhörsledaren: Ja. Har du sett honom på sistone överhuvud-taget.

Vittnet: Tja, det beror på vad du menar med på sistone. Jag minns inte. Det är ett bra tag sedan, tror jag.

Förhörsledaren: Tror du? Minns du inte? (*telefonen ringer, paus, otydligt tal, i telefonen?*) Förlåt igen. Jag har sagt till, men det är något som brådskar. Är det okej för dig... Har du möjlighet att komma tillbaka om ett par timmar?

Vittnet: Egentligen inte. Jag är jävligt trött och ska jobba i kväll. Borde sova lite, egentligen. Det var tillräckligt jobbigt att behöva släpa sig hit så pass tidigt en lördag.

Förhörsledaren: Då ses vi... (*paus*) ...klockan två, till exempel?

Vittnet: (*lång gäspning? Suck?*) Okej då. Klockan två.

Förhörsledarens anmärkning: Förhöret avslutades på grund av andra pressande uppgifter. Vittnet var samarbetsvilligt men uppenbart präglat av trötthet. Han verkade delvis upprörd när han talade om den döde. Vid ett tillfälle – när han talade om pengarna som han efter egen utsago frånlurats – hade han tårar i ögonen. Förhöret återupptas klockan två.

17

DET HJÄLPTE INTE stort att vintersolen plötsligt bröt igenom det tunga molntäcket. Rummet låg fortfarande i mörker. En enslig 25-wattslampa utan skärm hängde i en ledning mitt i taket. Thale klev över pappkartongerna på golvet och satte sig på sängen. Den gnisslade med ett skärande ljud.

– Jag förstår inte varför du inte lika gärna flyttar hem. Det här stället är milt uttryckt dötrist. Fem trappor utan hiss och här finns ju nästan inga möbler. Dessutom luktar det...

Hon vädrade i luften.

– Mögel. Det här stället måste vara hälsofarligt.

Hon gned skosulan mot den smutsiga heltäckningsmattan och gjorde en ny grimas. Daniel suckade demonstrativt och ställde ifrån sig den sista lådan. Han var svettig efter allt bärande och strök pekfingret längs överläppen.

– Thale, hör här. Det var knas med hyreskontraktet på Bogstadsveien och...

– Jag kunde åtminstone känna mej lugn för dej där. Snyggt och ljust och ordentligt. Varför du när du är tjugotvå år gammal ska finna dej i en hyresvärdinna som säger nej till dambesök och användning av toaletten efter klockan nio övergår mitt förstånd, Daniel. Du är hjärtligt välkommen att flytta hem. När som helst. Billigare blir det också. Det här miserabla rummet är så... Du är alltid så opraktisk, Daniel. Det har du egentligen alltid varit.

– Det här är billigt. Och det är praktiskt att inte lägga ner så mycket pengar på att bo.

Det lät lite skarpare än han hade tänkt. Han log och la till:

– Dessutom är det patetiskt att flytta tillbaka till pojkrummet igen när man väl har flyttat hemifrån.

Thale stod i sängen med skorna på och var i färd med att ta ner en tavla med en zigenerska som log förföriskt över kanten på en tamburin.

– Den här kan du bara inte ha hängande.

Hon hakade ner tavlan från kroken utan att lägga märke till sonens irritation. Daniel var inte speciellt förtjust i vare sig zigenerskan eller älgen i solnedgång som hängde på väggen mitt emot, men hans mamma kunde i alla fall fråga. Han svalde en protest och kliade sig i nacken. Så hade det alltid varit. Thale bestämde. Modern var inte speciellt mycket för att bråka. Hon var bara totalt osentimental och extremt praktiskt lagd. Det var som om alla hennes känslor förbrukades på teatern; som om hon måste gå på sparlåga resten av dagen för att kunna blomma ut på scenen. Till och med när han var fjorton år och trodde att han skulle dö, hade Thale bara pratat om hur saker och ting skulle ordnas. Hon hade bestämt att pojken skulle bli frisk, och då blev det så. Hon styrde och ställde med läkarna och Daniel blev frisk igen. Mamman tog det hela som en självklarhet. Daniel hade efteråt många gånger undrat varför hon inte visade Taffa mer tacksamhet. Visserligen var Taffa hennes syster, men det var väl ändå inte självklart att hon skulle ställa upp så som hon gjorde. Det var Taffa som hade suttit vid hans säng om kvällarna, som hade tröstat honom och läst för honom och strukit honom över håret trots att han gick i nian. Bara vid ett tillfälle hade han kunnat avläsa uppriktig rädsla i moderns ansikte. Det var mitt i natten, efter en föreställning. Thale hade smugit sig in på sjukhuset och trodde att Daniel sov. Han hade sett hennes ansikte i ljuset från den svaga nattlampan och förstått att hans mamma var livrädd. Han tog hennes hand och kallade henne mamma för första och sista gången. Hon släppte honom, log uppmuntrande och gick sin väg. Strax efter kom Taffa och stannade tills han somnade.

Modern höll på att ta på sig kappan.

– Det är väl inte mer jag kan göra här. Men jag förstår fortfarande inte hur du kan ha så ont om pengar att du måste bo här. Är det tre eller fyra jobb du har vid sidan om studierna nu?

– Två, Thale. Jag har två sjysta deltidsjobb.

– Jaha. Då måste du väl kunna skaffa dej en anständig bostad.

Thale såg alltid på något annat när hon talade med honom. Hon hade dragit på sig kappan och stod och rotade i en låda.

– Är det här morfars böcker?

Hon tog upp en liten bok.

– *Catilina*. Hopplös pjäs. Inga bra kvinnoroller.

Handskarna, som hon hade klämt fast under armen medan hon bläddrade i boken, föll ner i lådan. Hon märkte det inte.

– Det här är förstautgåvan. Den riktiga, från artonhundrafemtio. Är du medveten om hur mycket den är värd? Det var gudskelov inte han som gjorde bouppteckningen.

Hon la ifrån sig boken och fick syn på handskarna. Daniel kände att han helst av allt ville gråta. Han bet sig i kinden och höjde rösten.

– Jag säljer ingenting av morfars saker. Okej. Han ville att jag skulle ha det som var kvar efter honom. Och så visade det sig att huset i Heggeli var belånat över taknockarna. Men vadå? Morfar hade i alla fall de här böckerna och han vänder sej i sin grav över det du säger. Han älskade sin boksamling. *Älskade*, fattar du?

Thale slog uppgivet ut med armarna

– Han hade lovat dej värdet av en jättevilla, Daniel. Han svek dej, det gjorde han. I stället för att säkra sitt enda barnbarns framtid så valde han att... *spela bort*...

Hon spottade ut orden som om blotta tanken på att hennes egen köttslige far var en notorisk spelare gjorde henne illamående.

– Thale, kan vi inte gå ut och äta en bit. Prata lite.

Daniel strök sig lätt över ögonen och försökte ta henne i armen. Hon vred sig undan och drog på sig handskarna.

– Gå på krogen nu? Nej, jag måste hem och sova lite. Jag har föreställning i kväll, det vet du mycket väl.

Hon kysste ut i luften. Sedan försvann hon utan att säga något mer. Dörren stod öppen efter henne. Daniel tog upp Ibsens första skådespel. Han visste att boken var värdefull men hade aldrig vågat undersöka närmare vad han kunde få för den. Gudarna skulle veta att han behövde pengar.

Han behövde dem desperat.

18

POLISMÄSTAREN HADE RÄTT. Naturligtvis borde hon ha kommit med någon sorts förvarning. Hon kunde bara ha ringt, hade han sagt medan den undvikande blicken såg milt förebrående på henne. Han hade självfallet rätt, objektivt sett. Hon kunde ha skrivit ett brev eller ringt. Polismästaren kunde inte veta att något sådant hade varit omöjligt. Inte innan hon befann sig i Norge i alla fall och då kunde hon lika gärna komma själv.

Det nya tjänsterummet låg nederst i röd sektor, långt bort från alla andra på avdelningen. Hon hade tagit emot nyckeln utan att knota. Rummet var tömt på allt utom ett skrivbord med en stol bakom och en hylla i skavd emaljerad metall. På golvet intill en vas stod en pc med ledningar som inte var kopplade någonstans. En nästan omärklig lukt av rengöringsmedel och damm sa henne att det var länge sedan någon flyttat ut. Fönstret gick inte att öppna. Ramen hade antagligen slagit sig. Hon tände ändå en cigarett. Det fanns ingenting som liknade en askkopp så hon använde golvet.

Arbetsuppgiften var uppenbarligen konstruerad av Billy T. för att hålla henne på plats. Hanne Wilhelmsen skulle läsa igenom allt skriftligt material i Zieglerfallet. Analysera det. Komma med förslag till ytterligare förhör eller andra utredningsåtgärder. Skriva kommentarer. I bästa fall behövde de knappt träffas. Hon hade burit en halvmeterhög trave med dokument korridoren ned från receptionen utan att någon hade sett åt hennes håll. Nu låg papperna som en vacklande modell av Postgirobygget på ena sidan av skrivbordet. Hanne tände ytterligare en cigarett och strök sig över ögonen. Det var lördagen den elfte december och hon hade använt sex timmar på att skumma igenom det hela.

Kanske behövde hon glasögon.

Lägenheten var som ett mausoleum. Hon hade stått ut i tio minuter; tillräckligt länge för att rafsa ihop lite kläder, fylla en väska och ta in på hotell. Royal Christiania låg på gångavstånd till Polishuset. Det var bäst att ta en sak i taget. Först hade hon funderat på att resa upp till Håkon och Karen i Vinderen. De hade stort hus och gott om plats. Men någonting hejdade henne. Efter att ha sett Billy T. vända henne ryggen, insåg hon vad det var.

Hon hade aldrig tänkt på dem.

När Cecilie dog var de andra ingenting. Till och med Cecilies föräldrar var betydelselösa. Cecilies död var Hannes sorg, Hannes nederlag. De andra kunde ställa till med begravning, gravsten och annons i Aftenposten. Hanne visste inte ens om hon var nämnd i den. Antagligen var hon det; Cecilies föräldrar hade alltid varit vänliga, aldrig fördömande. I sina klaraste stunder kunde Hanne inse att allt de hade önskat genom nästan tjugo år var att *hon* skulle acceptera *dem*.

Hanne hade inte ägnat dem en tanke. Inte föräldrarna, inte vännerna. Cecilies död var hennes död. Det fanns inte plats för andra. Att föräldrarna kanske önskade sig något efter dottern, ett smycke eller en tavla; den gamla hårvattenflaskan som Cecilie hade ärvt efter sin farmor och som var det käraste hon ägde, eller fotot av Cecilie som färdig läkare i vit rock, stetoskop och examensdiplomet triumferande över huvudet; tanken hade aldrig slagit henne. Lägenheten var orörd. Cecilies föräldrar hade nycklar, de hade fått en uppsättning när Cecilie var som sjukast. De kunde ha gått in och tagit vad de ville. Ingen hade varit där. Det kände Hanne med en gång när hon öppnade ytterdörren. Det var hennes egen sorg som fyllde rummen; orörd av alla andra.

Det knackade på dörren.

Hanne trodde att hon hade hört fel och öppnade en pärm utan att svara.

Det knackade igen och dörren öppnades långsamt. En kvinna stack tveksamt in huvudet.

– Förlåt. Stör jag?

Hanne Wilhelmsen såg upp och blåste ut rök genom sammanbitna tänder.

– Nej då. Kom in om du tål rök.

– Det gör jag egentligen inte, alltså.

Kvinnan var ung och späd, nästan bräcklig. När hon skyndade bort till fönstret på de högsta klackar Hanne hade sett utanför Italien, slog det henne att den unga kvinnan knappast kunde vara polis. Kontorist, antagligen. Eller en av de där kanslisterna som skrev ut förhör och sådant.

Fönstret gick att öppna.

– Det är ett trick, alltså. Det är nåt med att hela huset har satt sej. Du trycker bara här...

Hon daskade lätt mot det nedersta hörnet med knytnäven. Sedan öppnade hon den smala handen och räckte den mot Hanne.

– Silje Sørensen. Kriminalassistent. Trevligt att träffas.

Hanne reste sig till hälften och tog henne i hand.

– Hanne Wilhelmsen. Kommissarie. Till namnet i alla fall om än inte till gagnet.

– Jag vet. Jag har ju hört talas om dej. Det har väl alla.

– Säkert.

Hanne tände demonstrativt en ny cigarett på den gamla.

– Jag skulle egentligen bara leverera de här, sa Silje Sørensen och släppte ner en grön mapp på skrivbordet. Har de inte ens gett dej en besöksstol? Jag ska hämta en.

– Nej, nej. Jag gör det senare. Här, ta den här.

Hanne sköt sin stol halvvägs runt bordet och satte sig själv i fönsterkarmen.

– Det var inte meningen, sa Silje Sørensen och blev stående. Jag skulle som sagt bara ge dej de här...

Hon pekade på pappren i grönt omslag.

– Nya förhör. Och så ville jag bara säga att... det är fint att du är tillbaka, alltså. Jag är ju ny och så, men... Det var bara det. Välkommen.

Hon gick mot dörren men vände sig om efter ett par steg.

– Säg mej, var har du egentligen varit?

Hanne började skratta. Hon lyfte ansiktet, vände sig mot snö-ovädret utanför fönstret och skrattade högt. Länge. Så torkade hon ögonen och vände sig inåt rummet igen.

– Du frågar, du. Det må jag säga. Jag har inte pratat med så många sedan jag kom hem, men de har i alla fall haft större an-ledning att fråga än du. Men du är den första. Faktiskt.

Hon kippade efter andan och försökte ta sig samman.

Silje Sørensen satte sig. Hon la det ena benet över det andra, skakade på huvudet och frågade igen.

– Men var har du varit då? Jag har hört så mycket konstigt.

– Säkert.

Hanne fortsatte att skratta. Hon flämtade och tårarna rann. Plötsligt blev det tyst. Hon höll andan och blundade mot en våldsam huvudvärk som illavarslande snabbt kröp uppför nack-en. Den skulle sätta sig direkt om hon inte slappnade av.

– Vad har du hört, frågade hon till slut.

– En massa konstigt. Lite olika.

– Vad då?

– Var har du varit? Kan du inte bara säga det?

Hanne öppnade ögonen igen. Silje Sørensens ansikte var ännu inte synligt präglat av polisarbetet. Hon gömde sig inte. De stora blå ögonen var genuint nyfikna. Leendet var äkta. Det fanns inte en gnutta cynism i de fina ansiktsdragen.

– Jesus, mumlade Hanne.

– Va?

– Det var inget. Du påminner om en tavla jag… Det var inget. Fin ring.

Hon pekade på Silje Sørensens högra hand.

– Jag har fått den av min man.

Silje viskade, som om ringen var en pinsam hemlighet.

– Det är okej. Bry dej inte om folk här i huset. De är kroniskt sura över lönenivåerna och tål inte att andra har pengar. Jag har varit i kloster.

Hanne satte klackarna i golvet. Sedan gick hon sin väg. Först gick hon in på toaletten för att svälja tre Paracet med ett glas vatten. Därefter kollade hon fyra kontorsrum innan hon hittade en stol som hon kunde ta med utan alltför dåligt samvete. På tillbakavägen balanserade hon ett askfat av keramik ovanpå en halvfull kaffekopp i ena handen medan hon drog stolen efter sig med den andra.

– Är du kvar, sa hon lite skamset till Silje Sørensen och stängde dörren bakom sig.

– Kloster, sa Silje långsamt. Är det sant? Har du varit… Har du blivit nunna, liksom?

– Nej, inte riktigt. Jag har bott på ett klosterhotell. I Italien. Det är helt enkelt ett ställe där man kan ta sej tid till att… ha tid. Tänka. Läsa. Hinna ikapp sej själv. Äta enkel mat och dricka enkelt vin. Försöka hitta tillbaka till… det enkla.

–Åh.

– Det var väl inte vad du har hört, antar jag. Lektion nummer ett för alla utredare: Tro inte på allt du hör. Inte på allt du ser heller. Fattar du?

När Silje inte svarade öppnade Hanne en av mapparna framför sig.

– Silje, sa hon sakta, som om hon inte var säker på om hon tyckte om namnet. Vi jobbar ju med samma fall, ser jag. Har det slagit dej att den här utredningen spricker hela vägen?

– Va? Förlåt?

– Jag får liksom inte tag i… De *säger* så lite, de här vittnena. Det slår mej att det inte bara är för att de har så lite att berätta, men mer att… De får ju inga *frågor*!

– Men det är…

– Ta det inte personligt. Du är alldeles ny och dina förhör är okej, men titta… Titta på det här, till exempel. Det här förhöret har Billy T. gjort själv.

Hanne Wilhelmsen släppte fimpen på golvet innan hon kom ihåg att hon hade hämtat ett askfat. Utan att låtsas om att Silje böjde sig fram för att titta under bordet, tog hon fram rapporten från samtalet med Idun Franck medan hon trampade fimpen mot linoleummattan.

– Den här damen Franck är enligt min mening det viktigaste vittnet vi har i det här fallet. Hon har talat ingående med den döde under en period på flera månader och sitter på anteckningar, bandinspelningar och gud vet vad. Och så kommer hon med den här grejen om meddelarskydd. Billy T. måtte ha blivit väldigt intresserad av juridik på sista tiden. Hans rapport liknar ju mest av allt en juridisk avhandling. Han låter damen babbla på om rättegångsbalkens paragraf hundratjugofem och sin rätt att slippa uttala sej och bla bla bla. Det verkar lite konstigt, tycker jag, att en förlagsredaktör, som väl först och främst kan nåt om språk och litteratur, börjar hänvisa till den europeiska konventionen för mänskliga rättigheter…

Hanne smackade med tungan och skakade på huvudet medan hon lät fingret löpa över pappret.

– Här. Paragraf tio. Hur vet hon allt det? Polisjurist Skar sitter fortfarande och finläser för att komma underfund med den här juridiska gröten och hon är trots allt jurist! Idun Franck kunde väl inte veta… Avancerade kunskaper för en förlagsredaktör, måste jag säga. Och här…

Hanne tog fram en cigarett till, men lät bli att tända den.

– Varför frågade han inte hur de jobbar på förlaget? Om det är fler som haft kontakt med Brede? Det framgår att det har tagits en massa bilder på krogen, men Billy T. har inte frågat vem som har tagit dem. Sådana upplysningar kan väl i alla fall inte omfattas av det här *meddelarskyddet!* Dessutom: varför har inte människan inkallats till ett riktigt förhör?

Hon knackade cigarettfiltret mot bordet.

– Är jag väldigt mästrande nu? sa hon och log mot Silje.

Silje skakade på huvudet och såg ut som om hon tänkte ställa en fråga. Men hon stängde munnen med en liten smäll.

– Och här, sa Hanne och öppnade ett brunt kuvert.

Hon drog fram tre A4-ark.

– Det här är kopior av hotelsebreven som Brede Ziegler fick. De hittades i en låda tillsammans med en anmälan nånstans i blå sektor i går. I går! Fem dar efter mordet! Och så visade det sej att de blev vederbörligt omskrivna i Se och Hör för mindre än två månader sen. Är det ingen som följer med här, eller?

Hon viftade med skvallertidningen där en djupt bekymrad Brede Ziegler prydde halva första sidan under rubriken "Mordhotad gång på gång".

– Vi läser ju inte precis Se och Hör regelbundet heller.

Silje Sørensen drog sig i det mörka håret och lutade sig närmare bordet för att se på kopiorna.

– Gör ni säkert, mumlade Hanne Wilhelmsen. Titta på de här löjliga texterna: *"Ju flera kockar ju sämre soppa, men en av kockarna ska jag stoppa". "Dumma kock, nu är det nok".* Och så den här signaturen, *"Proper Näve".* Vad är det här? Poängen är… Alla kända människor får hotelsebrev av ett eller annat slag. Det är ytterst sällan man behöver bry sej om det. Det finns tillräckligt många dårar där ute, om man säger så. Den här rimsmeden kan mycket väl vara en av dem. Men vi måste väl för sjutton ha

115

ett system som tar hand om såna här anmälningar när folk faktiskt går och blir mördade!

– Bli inte förbannad på mej!

Silje Sørensen log flickaktigt, som om hon fråntog sig allt ansvar för allting. Hanne fattade inte varför hon pratade med den här assistenten. Hittills hade hon inte bevisat annat än att hon var en söt och antagligen bortskämd tjej. Men det var något med hennes ögon. De påminde Hanne om något hon hade glömt eller förlorat för länge sedan.

– En annan sak.

Hanne lät den fortfarande otända cigaretten rulla mellan högra handens pek- och långfinger.

– Varför har ingen gjort nåt mer för att hitta den som fann liket?

– Fann liket? Det var vi som fann det. Två poliser som…

– Nej. Nån ringde.

– Ja, men det var bara ett helt kort meddelande och…

– Vederbörande kan ha nåt att berätta. Han eller hon kan ha…

– Det var en hon. Vi har förstås hört på bandet och det är en kvinna. Med all sannolikhet.

– Jaha. Och vet vi nåt mer? Ålder, bakgrund, dialekt? Kvinnan kan ha sett nåt. Hittat nåt. Stulit nåt. Människan kan så vitt vi vet vara mördaren. Och i det här materialet…

Hon gned sig över näsan och tittade på Silje.

– …finns det ingenting som tyder på att nån har gjort något för att hitta henne.

Dörren for upp med ett brak.

– Så det är här du är, sa Billy T. surt till Silje och stod med händerna på höfterna i dörröppningen. Jag har letat efter dej. Tror du det här är nåt kafferep? Men du har väl redan varit på Bostadsförsäkringar och hämtat videokassetterna från Niels Juels gate?

Silje reste sig och blev villrådigt stående. Billy T. blockerade dörren.

– Nej, men jag är på väg dit och… Jag har bara pratat lite med Hanne.

– Se till att få arslet ur vagnen, Silje. Det här fallet löser vi inte med prat.

Silje rusade på dörren när Billy T. gick åt sidan och gjorde en gest som om han ville sopa ut henne ur det lilla rummet.

– Smart, Billy T., sa Hanne Wilhelmsen torrt. Härja med Silje när det är mej du är förbannad på.

– *Ground rules*, sa han sammanbitet och slog nävarna i bordet; hans ansikte var bara femton, tjugo centimeter från Hannes när han fortsatte: *Ett*: Jag låter dej vara i fred. *Två*: Du låter mej vara i fred. *Tre*: Och så låter du *fan i mej* mina utredare vara i fred också, så de kan göra sitt jobb.

Hanne släppte inte hans blick.

Efter den olycksaliga natten när de fann varandra i gemensam sorg över Cecilie – bara ett par månader innan hon dog – hade han gått omkring som en kuvad hund. Hon hade inte ens sett åt hans håll. Hon hade straffat honom hårt för ett brott som hon själv var ansvarig för. Det var nödvändigt; det fanns ingenting tillräckligt smärtsamt för att själv göra bot. Först när Cecilie dog kunde hon börja att själv sona. Han hade bett om försoning innan hon reste. Nu avvisade han henne i allt han gjorde, i allt han var.

– Är det överhuvudtaget möjligt för oss två att prata med varann, viskade hon.

– Nej! Du stack, Hanne. Du rymde. Du sket i mej och alla andra, du bara… Vem var det som måste… Nej! Vi har ingenting att prata om.

Det ringde i hennes öron när han slängde igen dörren efter sig.

Hon lyckades inte ens börja gråta.

– Vi måste anmäla det. Ärligt talat.

Kattliket var ordentligt begravt under en högtidlig ceremoni hos Thomas farmor. Vid en vinterkal ek låg Helmers jordiska kvarlevor under en knapp decimeter frusen jord. Thomas hade själv snickrat korset och målat det grönt med röda ränder.

– För vad då?

– Vad menar du? För vad? För kattmord ju!

Sonja Gråfjell smällde tidningen mot knät och fortsatte:

– Kärringen är spritt språngande galen. Tänk att ta livet av… Tänk att *förgifta* Helmer! Nästa gång kan det vara…

– Vi *vet* ju inte om Helmer blev förgiftad.

Bjørn Berntsen viskade och pekade på dörren till pojkrummet där Thomas skulle ha sovit för länge sedan. Upprepade skrapljud avslöjade att han inte ens låg i sängen där inne.

– Naturligtvis blev han förgiftad. Thomas såg ju själv att fru Helmersen lockade till sej Helmer för att ge honom mat. Varför i all världen skulle hon göra det? Hon *hatade* den katten.

– Hon kanske hade kommit på att de var släkt, sa Bjørn Berntsen torrt. De har ju nästan samma namn.

– Skoja inte nu.

Sonja Gråfjell tittade skeptiskt på sitt rödvinsglas som om hon misstänkte Tussi Helmersen för att ha fifflat med det också.

– Hittills har jag bara betraktat henne som en jobbig, excentrisk gammal tant. Men *mord*!

– Sonja! Det handlar om en katt!

– En levande varelse som Thomas älskade högt. Jag blir så… förbannad.

Bjørn Berntsen flyttade sig närmare i soffan. Han kysste sin fru på hjässan och höll kvar läpparna mot henne hår.

– Det är jag också, vännen min. Du har alldeles rätt i att det antagligen var fru Helmersen som förgiftade Helmer. Men låt oss inte blåsa upp det till orimliga proportioner. Det handlar om en gammal, bräcklig dam som har tröttnat på att Helmer skriker och pissar i trappen. Vi kan ju inte heller bevisa någonting alls. Tallriken är borta och Helmer död och begraven. Det var ju du som insisterade på den där ceremonin.

– Den var viktig för Thomas, sa hon tvärt och flyttade sig bort. Om du inte vill följa med så går jag ensam till polisen.

– Med vad då? Tror du verkligen att polisen kan prioritera en död katt i en stad där folk blir mördade och våldtagna och…

– Du har rätt.

Sonja Gråfjell reste sig. Thomas hade öppnat dörren och stod i öppningen och drog i pyjamasjackan.

– Jag kan inte sova, muttrade han. Kan jag inte få vara uppe lite?

– Det är klart, sa hans mamma och tog honom i handen. Kom hit du, så ser vi om det är nåt bra på teve.

När familjen Gråfjell Berntsen vaknade på söndagsmorgonen, var det inte längre någon som talade om att gå till polisen. I stället åkte de till Bygdøy och hämtade en ny kattunge som mamman hade lovat. Katten var röd, precis som Helmer.

– Det ska heta Tigerungen, sa Thomas.

20

IDUN FRANCK SÅG skeptiskt på sin egen spegelbild. Hon hade svarta byxor och en grå v-ringad tröja. Allt gick i grått och svart nu för tiden. Det klädde henne inte. Ändå orkade hon inte göra någonting åt det. Hon orkade knappt med tanken på att gå på teatern. Hon drog handen genom det fuktiga håret och bestämde sig för tredje gången.

– Raka vägen till teatern, raka vägen hem.

Hon drog på sig fårskinnspälsen och tryckte en yllemössa över håret. Väggklockan visade kvart över fem. Om hon skyndade sig kunde hon promenera i stället för att ta spårvagnen. Egentligen tyckte hon inte om lördagsföreställningarna. De började redan klockan sex, så att publiken skulle kunna äta middag efteråt; feststämda människor som applåderade ivrigt oavsett om föreställningen var bra eller dålig. Idun gick in i sovrummet för att hämta ett par sockor. Hon hade tagit på sig ytterkläderna och glömt att hon fortfarande var barfota efter duschen.

– Raka vägen till teatern. Raka vägen hem.

Den indiska sidenscarfen i grönt och lila skulle bryta det trista bruna, grå och svarta. En svag doft av parfym kunde anas från den tomma flaskan som hade stoppats ned mellan trosor, sockor och halsdukar. Idun rafsade åt sig ett par bruna frottésockor. Hon höll på att ramla omkull när hon drog dem på sig. Händerna letade igenom resten av lådans innehåll. Den indiska scarfen var borta. Irriterat slet hon till sig en annan i rött och guld som hon hade köpt i Paris för några månader sedan. När hon äntligen stängde dörren bakom sig kom hon på att hon hade lagt biljetten på köksbänken.

Tårarna hotade att svämma över när hon slutligen kunde springa nerför trappan med biljetten i handen.

– Raka vägen hem, upprepade hon halvhögt och kom på att hon hade glömt plånboken.

Det spelade ingen roll. Hon skulle i alla fall promenera åt båda hållen.

Vittnesförhör med Signe Elise Johansen.
Förhörsledare polisass Silje Sørensen. Utskrift av kanslist Pernille
Sørensen. Det finns en kassett av detta förhör. Förhöret är upptaget
på band söndag 12 december på Polishuset i Oslo.
Vittne: Johansen, Signe Elise 110619 73452
Bostad: Nordbergveien 14, 0875 Oslo
Pensionär
Vittnet har underrättats om vittnesansvaret och förklarat sig villigt
att vittna. Vittnet är mor till offret.

Förhörsledaren: Ja, nu har jag tryckt på knappen så nu sätter vi i
gång. Klockan är... 14.17. Som jag sa till dig så är det väldigt
praktiskt för oss att få det du säger upptaget på bandet här. Då
slipper jag skriva medan vi pratar. Polisen är väldigt glad...
hm...jag menar tacksam att du kunde komma. Jag vet att det
här måste vara svårt för dig.

Vittnet: Det är helt förfärligt. (*mycket höjt röstläge*)

Förhörsledaren: (*skrapljud*) ...flyttar lite på den här. Det är bra
ljud på den här... Du behöver inte prata rakt in i mikrofonen,
fru Johansen. Du kan prata med normal röst.

Vittnet: Åh, förlåt. Jag är inte van vid sådana där moderna saker.
Men det är fullkomligt förfärligt... Jag kan inte fatta det (*tyst
gråt*) ... att Brede är död. Han som aldrig gjort något ont!

Förhörsledaren: Du kan kanske prata något lägre. Jag vill bara
säga... att vi jobbar hårt med att finna den som har gjort det här.
Men vi kanske skulle börja...

Vittnet (avbryter): Och så får jag inte veta någonting. Jag har ännu inte fått besked om när han kan begravas. Det är visst någon från medicin… Jag har glömt vad det heter. De som bestämmer det, menar jag.

Förhörsledaren: Rättsmedicinska. De måste först bli färdiga med obduktionen innan begravningsbyrån kan ta över. Det tar dessvärre lite tid.

Vittnet: Men det är ju förfärligt. Att tänka på var han är nu… Jag orkar inte… (*gråt*) Begravningsbyrån säger att de måste prata med Vilde för att få alltihop ordnat. Men hon svarar inte i telefon.

Förhörsledaren: Svarar hon inte i telefon? Har hon inte ringt dig?

Vittnet: Det är så hemskt. Plötsligt måste jag avtala med en vilt främmande människa hur jag ska begrava min egen son!

Förhörsledaren: Men Vilde Veierland är väl inte en vilt främmande människa. Hon är ju din svärdotter.

Vittnet: Hon är lite över tjugo år och jag har träffat henne tre gånger. Jag har tänkt igenom det de senaste dagarna. Jag har träffat henne tre gånger. (*paus*) Men jag har ju förstått på Brede att allt inte var som det skulle i äktenskapet. Att plötsligt komma hem så där och vara gift. Det är inte likt min Brede. Det måste ha varit något… annat. En hederssak, om ni förstår vad jag menar. Han hade aldrig gift sig med henne om han inte var tvungen. Men så blev det väl ingenting av det… Det är inte första gången en man har blivit lurad på det sättet.

Förhörsledaren: Ja, hm… Menar du att Brede gifte sig med Vilde för att de väntade barn?

Vittnet: Ja, nej… Han har ju aldrig sagt något. Men det skulle Brede aldrig ha gjort. Det som var svårt, det höll han alltid för sig själv. Men jag har ju levt så länge att jag förstår ett och annat. Det var inte så svårt att se att han inte hade det så lätt. Brede hade alltid så mycket ansvar. Men jag kunde inte förstå att han absolut skulle ta på sig ansvaret för den där jäntan också.

Förhörsledaren: Men om han inte sa något, hur visste du… Ja, jag menar… Hur visste du hur de hade det tillsammans?

Vittnet: Det är ju lätt för en mor att se att något är på tok. Till exempel så kom hon aldrig på besök tillsammans med honom. En enda gång har hon varit på Nordbergveien! (*tyst, harkling*) Brede var alltid så omtänksam. Varje söndag kom han. Ja, om inte varje söndag, så… (*rossling, astma?*) På middag, alltså. Han tyckte så mycket om att jag dukade till söndagsmiddag, precis som förr i tiden. När Brede var pojke och… Ja, stackars Brede, det var inte alltid så lätt för honom att komma ifrån. Ändå kom han troget varje söndag. Ja, vet ni… Med så många anställda och andra som alltid skulle ha tag i honom, så var det inte så lätt för honom alla gånger. Men han visste att allt stod klart till honom. Hemlagad fläskstek med sviskon och brylépudding. Jag ville gärna att det skulle vara så. Att han alltid var väntad, menar jag, om han hade en ledig stund.

Förhörsledaren: Men hur ofta kom han då?

Vittnet: Ja, nej, det blev ju inte *så* ofta. Ofta, naturligtvis, men kanske inte *varje* söndag. Det var ju så mycket annat han måste göra. Sköta sin hälsa. Han brukade simma på söndagar. På Grand Hotel. Och då hände det väl att han träffade affärsbekanta eller andra konstnärer. Människor han måste prata med. Då var det ju inte så lätt för honom att hinna med mamma, även om han så gärna ville.

Förhörsledaren: Jag förstår. Men du sa hälsan... Hade Brede problem med hälsan?

Vittnet: Överhuvudtaget inte! Han var lika frisk och sund innan han... (*otydlig röst*) ...som när han var tjugo. Han har alltid varit stark, Brede. Var noga med hälsan. Höll sig i form, är det inte så man säger? Han rökte inte och tyckte inte om att andra gjorde det. Ja, själv tycker jag om en cigarett då och då, men jag lät ju bli när Brede var i närheten. Eftersom det besvärade honom, menar jag. När jag visste att han skulle komma på besök vädrade jag ordentligt och lät bli att röka.

Förhörsledaren: Satt du där röksugen och vädrade även om han inte kom?

Vittnet: Det hände ju att han kom. Ofta. Men Brede var så noga med saker. Han var så estetisk. Pressen har ju också alltid framhävt just det. Det har ni säkert läst. Det vackra och det rena, det var liksom hans credo. (*lång paus*) Brede hade en sådan säker smak. Han engagerade sig så i att det skulle vara snyggt och ordentligt hemma hos mig också. Dålig konst, till exempel... Det gav honom rysningar. (*vittnet skrattar lite*) Jag hade en Alexander Schultz-tavla hemma, det var förresten ett porträtt av Bredes far. Ja, dessvärre, Brede förlorade sin far när han var helt liten; det har inte varit lätt för honom. Men Brede sa alltid att det var en så dålig målning. Far förtjänade bättre, tyckte Brede. Det blev faktiskt trevligare i rummet när vi hade tagit bort den. Han köpte ett sådant där modernt silkscreentryck till mig i stället.

Förhörsledaren: Ja, hans far... hette din man Ziegler?

Vittnet: Åh, du tänker på varför jag inte heter Ziegler? Jag är född Kareliussen och gift Johansen. Men Brede var så kreativ och tog namnet Ziegler när han var lite över tjugo år. Han bytte både för- och efternamn, faktiskt. Han var ju döpt till Fredrik, men min avlidne man... (*kort skratt?*) Han hann... förkorta det, kan man kanske säga. Till Freddy (*otydligt tal*) ...innan han dog. Inte särskilt snyggt om jag får säga min mening. Jag använde det förstås aldrig, men hans kamrater och i skolan... Jag föreslog att han skulle ta tillbaka Fredrik, det är både vackert och... I alla fall. Jag tänkte att jag också skulle ta namnet Ziegler, för att liksom hålla på familjen... (*otydligt tal, hostning, astmaflås?*) ... det tyckte han var en dålig idé. Det var lite ovant i början... Jag menar att kalla sin egen son för något annat än det man hade gjort i alla år. Hela hans uppväxt. Jag bad att få hålla mig till det gamla, men... Brede ville heta Brede. Han insisterade. Jag vande mig så småningom. Det är ju också ett vackert namn.

Förhörsledaren: Men är du alldeles säker på att Brede inte hade problem med hälsan. Huvudvärk, till exempel? Tog han några mediciner?

Vittnet: Nej, aldrig. Det kan jag säga alldeles bestämt. Han sa ofta till mig att jag inte fick ta sådana saker. Piller och sådant. Han var så principfast. Ansåg att det var bättre att stå ut med lite smärta. Allt går ju över till slut. Även om jag faktiskt kan ha lite ont av och till. Ja, lederna... De plågar mig lite. Men han sa alltid "det är bättre om du inte tar någonting, mamma".

Förhörsledaren: Kände du hans vänner? Vilka var liksom hans närmaste vänner?

Vittnet: Åh, det var så många!

Förhörsledaren: Men var det några som du kände väl, barndomsvänner till exempel?

Vittnet: Nej, Brede var inte sådan. Han såg framåt, Brede. Aldrig tillbaka. Jo, han hade många vänner i skolan, men Brede har alltid gått sina egna vägar. När vännerna blev gifta och hämtade barn på dagis och sådant som män gör nu för tiden, så var inte det någonting för Brede. Han var alltid tillsammans med intressanta människor. Han berättade så många roliga historier om dem han umgicks med.

Förhörsledaren: Men var det inga du kände?

Vittnet: Nej, Brede var alltid väldigt privat.

Förhörsledaren: Hade han några ovänner?

Vittnet: Nej, överhuvudtaget inte. Alla tyckte om Brede, det kan man ju se på allt som de skriver om honom i tidningar och allt möjligt.

Förhörsledaren: Känner du till att han fick hotelsebrev?

Vittnet: Hotelsebrev? Åh, ja, de där förfärliga breven som det stod något om i en av de där tidningarna, jag minns det inte riktigt. Det är ju förskräckligt. Det måste vara någon som inte tålde att Brede var så begåvad. Han var helt enastående. Den som har gjort det här förfärliga… (*grötig röst, otydligt*) … Det är säkert en sjukligt missunnsam person.

Förhörsledaren: Vad sa han själv om breven?

Vittnet: Sa själv… (*harkling*) Jag kan faktiskt inte minnas att vi någonsin talade om just det. Nej, det tror jag inte.

Förhörsledaren: Varför inte?

Vittnet: Det var väl inte något trevligt samtalsämne vid söndagsmiddagen, tycker ni det?

Förhörsledaren: När träffade du egentligen din son senast, fru Johansen?

Vittnet: Senast… Det kan jag sannerligen inte komma ihåg. Det kan omöjligt vara så länge sedan.

Förhörsledaren: Var han här förra söndagen? För en vecka sedan, den dagen han…

Vittnet: (*lång paus, gråt, ljud som påminner om astma*) Nej. Han var inte det. Han… (*mycket oklart tal, hostning och gråt*)

Förhörsledaren: Men är det möjligt att säga när du såg honom senast? Vad pratade ni om då? (*fortfarande häftig gråt*) Nu är vi snart klara, fru Johansen. Vi kan i varje fall ta en paus (*prassel*) … jag vill gärna att du tittar på den här beslagsrapporten tillsammans med mig. Här står det vad din son hade på sig när han… Kan du titta på det här och se om det är något ovanligt? Någonting som eventuellt saknas?

Vittnet: (*tårkvävt*) Ja, jag ska göra så gott jag kan. Kan jag förresten få lite vatten? (*prassel, otydliga ljud*)

Förhörsledaren: Jag tror vi stänger av lite, så kan vi återkomma när du har sett på det här. Förhöret avbryts klockan… ska vi se 14.48.

Förhörsledaren: Förhöret fortsätter, klockan är 15.12. Vittnet har fått en paus och gått på toaletten. Hon har sett på beslagsrapporten. Har du några kommentarer till kläderna och föremålen som fanns hos Brede?

Vittnet: Nej, det verkar helt vanligt. Kamelhårsulstern såg han alltid väldigt bra ut i. (*mummel*) …Slipsnålen, klockan… Det är förresten en sak. Han brukade alltid ha handskar. Han var så noga med att ha handskar, till och med långt fram på våren. Tyckte inte om att bli smutsig, Brede. Det står halsduk här, men inga handskar.

Förhörsledaren: Tack, fru Johansen, ni har varit till stor hjälp. Förhöret avslutas klockan 15.16.

21

DANIEL HÖLL SIG HEMMA. Det var söndag kväll och han borde plugga. Han låg långt efter och hade delexamen i januari. Böckerna låg i en oöppnad kartong bakom dörren. Daniel låg på rygg i sängen och försökte stänga ute mögellukten. Det kändes som om den fuktiga instängdheten hade förvärrats sedan han flyttade in; nu tvingade den sig på honom som en stank av förruttnelse. Hela veckan hade gått till ingen nytta. Ingenting annat än flyttningen. Eftersom han inte ägde mer än en stereoanläggning och några kartonger med böcker och cd-skivor, var det hela undanstökat på lördag förmiddag. Egentligen skulle han varit på jobb både tisdag och torsdag, men han hade sjukanmält sig. Eftersom han inte var fast anställd på något av ställena förlorade han pengar. Han behövde pengar.

Det hade gått en vecka efter mordet på Brede Ziegler och Daniel började gråta. Först kom tårarna ganska lugnt. Sedan stockade det sig i halsen. Han snyftade och la händerna över ansiktet.

Att Thale inte begrep någonting var okej. Så var det alltid. Daniel satte sig upp i sängen för att kunna andas. Snoret rann och han drog handen under näsan och kippade efter andan. Sedan stack han handen under T-tröjan och lät pekfingret glida över den torra huden, han borde smörja in sig bättre. Han fick eksem när han glömde de förbannade krämerna.

Taffa brukade förstå. Taffa avläste honom som andras mödrar brukade kunna göra. Han hade sökt upp henne och fångat hennes blick så som han alltid gjorde när han ville att hon skulle se.

Kanske ville hon inte.

Kanske förstod hon inte, hon heller.

Daniel kastade sig runt i sängen, la armarna över huvudet och grät sig igenom ännu en natt.

22

DET HADE BLIVIT måndag morgon den trettonde december när Hanne Wilhelmsen spolade tillbaka bandet för tjugoförsta gången.

– *Polisen. Kommunikationscentralen.*

– *Heh, hömm...*

Ljudet av en kraftig och långvarig hosta knastrade i högtalaren.

– *Hallå? Hallå? Vad gäller det? Vem är det som ringer?*

– *... dö kar. På eran trappa.*

– *Kan du tala tydligare?*

– *Utanför. Äh fan!*

Någonting föll i golvet.

– *Helvete. Utanför er, sa ja ju. Du kante va så korkad. Dö kar. Utanför hos er. Gå runt Polishuset, vetja.*

Det var allt. Hanne stängde av bandspelaren. Hon vände sig mot universitetslektor Even Hareide, som hade svårt att dölja sin begeistring över uppdraget. Han hade anmält sig i receptionen bara en halvtimme efter att Hanne hade ringt.

– Vikamål, sa han bestämt och knäppte händerna över knät. Gammal hederlig östkantdialekt. "Du kante va" är typiskt och svårt att lära sej i vuxen ålder.

Hanne blundade under den långa föreläsningen som följde, om målforskning och sociolingvistik, dialekter och sociolekter.

Mannen kom inte med någonting som Hanne inte själv hade upptäckt vid första genomlyssningen. Räkningen för språkforskarens onödiga insats skulle få Billy T. att gå i taket.

– Tack, avbröt hon honom plötsligt. Har du nån uppfattning om hur gammal den här människan kan vara?

– En trött gammal människa. Uppenbarligen.

– Ja, det hör jag också. Hur gammal, tror du?

– Hon har levt ett tag.

– Du ska få höra vad jag tror, sa Hanne uppgivet. Och så kan du säga om du håller med. För det första…

Hon snörvlade och motstod frestelsen att tända en cigarett. Universitetslektorn såg ut som om han kom direkt från skogen med gammaldags studentglasögon och flanellskjorta öppen i halsen, militärstövlar och en stor dykarklocka kring höger handled.

– …människan röker. Rød Mix eller Teddy utan filter. Tjäran ligger tjock på stämbanden.

Even Hareide nickade förnöjt, som om Hanne var en elev som var uppe på muntan.

– Hon går antagligen på heroin, fortsatte hon.

Hareide spärrade upp ögonen, men sa inget.

– Det hör jag på den karaktäristiska… pressen. Kan man kalla det så?

Hanne knep fingrarna om sitt eget struphuvud och stönade fram nästa mening.

– Rösten täpps liksom till och går då och då upp i falsett. Man hör det särskilt när hon svär. Där när hon tappar nåt.

– Jo. Ja.

Universitetslektorn verkade inte längre så säker.

– Snörvlandet kan bero på alkoholberusning eller heroinpåverkan eller bägge delarna, sa Hanne. Är vi överens?

– Jo, samtyckte Hareide. Då har vi alltså en till åren kommen heroinist som är kvinna och bor i Oslo. Det blir väl…

– En gammal hora, helt enkelt. Eftersom vi vet att samtalet kom från… Tack, Hareide. Du har varit till stor hjälp.

133

När mannen väl var utanför dörren efter att ha försäkrat sig om vart han skulle skicka räkningen, mådde Hanne bättre. Lyckligtvis hade ett ljushuvud på sambandscentralen sparat banden när Brede Ziegler hittats död. Någon hade lyssnat på bandet på måndagsmorgonen, dagen efter mordet på Ziegler. Sedan hade det legat gömt, orört och felarkiverat i beslagsrummet. Det hade tagit Hanne två timmar att hitta det.

– En gammal hora, viskade hon tyst.

23

DEN BASTANTA STENVILLAN låg på en liten höjd, en bit in från gatan. En syrenbuske stod vid ytterdörren och dolde gatunumret. Ingen skylt talade om vad huset innehöll, inget namn stod under ringklockan. Grosshandlaren som lät bygga huset på trettiotalet hade haft sina middagsbjudningar i skydd av tjocka stenväggar och blyinfattade fönster. Sedan hade en präst med fru och tre småflickor flyttat in. De hade knappast kunnat föreställa sig att huset skulle sluta som värmestuga för Oslos mest nedgångna horor.

Hanne Wilhelmsen småsprang uppför de sista trappstegen.

Polisen kände naturligtvis till adressen till Stadsmissionens natthärbärge. Men de kom sällan på besök. För en tid sedan hade grannarna tröttnat på att hitta kanyler i trädgårdar och på grusgångar. Polisen företog till slut en razzia. De passade på att komma vid elvatiden på förmiddagen. Alla övernattningsgäster hade för länge sedan gått ut, endast städpersonalen sysslade med sitt.

– Det vet du mycket väl att jag inte kan svara på. Jag kan gärna ge dej de bestämmelser jag har att hålla mej till. Men du känner väl till dem.

Föreståndaren hade visat in Hanne i ett av de stora rummen, skilt från det andra med en skjutdörr. Rummet var ljust och hemtrevligt, trots att inredningen präglades av en begränsad budget. Skinnsoffan och liggstolen passade illa ihop och golvet hade försetts med korkmatta sedan grosshandlarens dagar. Men blomkrukorna i fönsterkarmen och en bokhylla fullproppad med de senaste tio årens bokklubbsutgåvor gav ändå rummet värme. Hanne såg på föreståndaren över kaffekoppen.

– Det här är ett mordfall. Jag vill påminna om det.

– Det spelar ingen roll. Det vet du mycket väl.

Kvinnan som hade ansvar för natthärbärgets verksamhet kom för många år sedan i offentlighetens ljus som ledare av de prostituerades intresseorganisation. Det tycktes länge roa henne att journalisterna trodde att hon var fnask. I alla fall hade hon inte gjort något för att få tyst på ryktet. Nu var det knappt någon som spekulerade längre.

– Tjejerna måste kunna lita på mej. Det förstår du väl. Dessutom vet vi inte alltid vilka som är här.

– Vet ni inte?

Hanne ställde ifrån sig koppen och knep ihop ögonen.

– Har ni inte någon sorts registrering?

– Jo, tjejerna har både namn och nummer. Men om de har registrerat sej under namnet Lena så godtar vi att de heter Lena. Även om det står nåt annat i födelseattesten, så att säga.

– Men du måste ju med tiden ha lärt känna de här flickorna.

Föreståndaren log. Det blanktvättade ansiktet solbelystes från den bleka vinterdagen där ute. Ett litet luftdrag från fönsterglipan förde med sig doften av granbarr. I trädgården var två personer i färd med att byta glödlampor på en julgran på rot.

– Många av dem. De är stamgäster.

– Hör nu här. Någon måste ha...

Rösterna från dem som julpyntade i trädgården trängde in i rummet och Hanne reste sig för att stänga fönstret.

– Vi vet att samtalet kom från personaltelefonen. Nån måste ha släppt in en av dem för att ringa på kontoret. Om inte den som ringde var en...

– En anställd?

Föreståndarens leende och låga sørlandsröst började irritera Hanne.

– Till exempel. Nej. Det lät inte så. Om ni inte har väldigt skröpliga anställda. Väldigt skröpliga.

– Jag kan inte ge dej några upplysningar. Jag… Min lojalitet ligger hos tjejerna. Det måste den göra. Om du får ett rättsligt beslut som gör att vi måste säga mer så ska jag förstås tänka på saken. Men det är inte säkert. Inte då heller, menar jag.

Hanne Wilhelmsen suckade demonstrativt.

– Har alla vittnen i det här fallet läst juridik på fritiden, eller?

– Förlåt?

– Det var inget. Glöm det.

Hanne tittade mot soffan och tvekade. Sedan sträckte hon sig snabbt och tog ytterjackan som hängde över karmen.

– Fina handskar, sa föreståndaren. Röda. Originellt. Jag beklagar att du kom hit i onödan.

Hon följde Hanne ut och stängde dörren bakom henne. När Hanne hörde låset slå igen hejdade hon sig tvärt och kisade mot himlen. Det verkade faktiskt som om fru Justitia hade bestämt sig för att plåga henne. Först hade Idun Franck knäppt igen käften med paragrafer och nu kom den här stadsmissionären och åberopade allt som fanns av lagar och lite till för att slippa ge ifrån sig ett ljud.

– Inger Andersen, sa Hanne långsamt utan att veta varför.

Inger Andersen hade gått ut polisskolan två år före Hanne. Sedan hade hon läst juridik. Efter halvannat år som polisjurist ändrade hon sig. Utled på paragrafer ville hon tillbaka till det hon kallade rejält polisarbete. Efter en tid blev hon ledare av prostitutionsgruppen – Prosspan. Det var innan polisen resignerade och la ned hela avdelningen i slutet av åttiotalet. Alla hade protesterat. Utredningsroteln hade ihärdigt försökt argumentera för att bibehålla gruppen; utredningar därifrån hade visat sig nyttiga också för dem. Barnomsorgen, som hade tagit emot debutanter och i alla fall lyckats hålla dem från horstråken tills de fick ytterligare ett par år på nacken, hade närmast skrikit sig hesa. Till och med hororna hade protesterat. Ingenting hjälpte.

Prosspan las ner och Inger Andersen och hennes kolleger tilldelades andra uppgifter. Inger Andersen kunde miljön bättre än någon annan. Senast Hanne hade hört talas om henne så jobbade hon på Manglerud polisstation.

Hanne satte sig i bilen och pluggade in öronproppen till mobiltelefonen. Sedan halade hon fram en adressbok från innerfickan. Efter en enerverande rad vidarekopplingar fick hon till slut tag i Inger Andersen. Kriminalinspektören var överförd till Stovner, där hon jobbade med förebyggande arbete bland barn och ungdom.

– Den äldsta horan i stan, upprepade Inger Andersen på Hannes fråga. Marry. Marry Olsen. Hon var äldst redan på den tiden och den tanten har nio liv. Om hon är kvar i gamet så måste hon vara norra Europas äldsta gathora. Det skulle inte förvåna mej det minsta.

– Marry, upprepade Hanne långsamt. Var hittar jag henne?

Inger Andersen skrattade så högt att Hanne måste lätta på öronsnäckan.

– Hittar henne? På stritan, förstår. Om Marry fortfarande lever så hittar du henne där. Lycka till.

138

24

– Det tog en himla tid. Vi fick vänta i över en timme på sista vitt-net. Har vi några strumpor på lager?

Advokat Karen Borg haltade bort mot skranket medan hon granskade baksidan på sitt vänstra ben. Tre maskor hade gått och lämnat ett brett spår från knävecket ned till skorna.

– Och de där papperna från Brønnøysund som jag bad om, har de kommit?

Telefonen ringde.

– Advokat Borgs kontor. Nej, hon har tyvärr inte kommit än. Vill ni lämna ett meddelande?

Sekreteraren höll handen över luren och viskade medan hon nickade mot ett arkivskåp i hörnet.

– Tredje lådan till vänster. Strumpor. Papperna ligger på ditt bord. Och här…

Hon räckte fram en bunt Post-It.

– Tack, fortsatte hon i luren. Jag har antecknat numret.

Sekreteraren la på. Karen Borg bläddrade snabbt igenom lap-parna.

– Fyra meddelanden från Claudio Gagliostro. Otålig typ.

– Jag skulle hellre säga rasande, är jag rädd. Han har ringt åtta gånger. Till slut orkade jag inte skriva fler lappar. Det skulle nog vara klokt att ringa honom före nästa besök. Det är…

Hon kikade på armbandsuret genom ett par glasögon som balanserade ytterst på den imponerande näsan.

– …sexton minuter till Vilde Veierland Ziegler kommer. Den här Gagli… Galci…

– Gagliostro.

– Just det. Han hotar med att anmäla dej för advokatsamfundet.

Karen Borg fnös.

– Han kan anmäla mej till kungen om han vill, bara han svarar på mina frågor. Jag ska ringa honom. Och du...

Hon försökte bogsera ämbetskappan, portföljen, ytterrocken, ett par nya strumpor och en kaffekopp in till sitt rum. Koppen föll i golvet.

– *Jävlar*. Förlåt.

– Jag fixar det. Gå in till dej du bara.

Johanne Duckert var mer än tjugo år äldre än sin chef. Hon var advokatens närmaste granne i Vinderen och hade tagit emot erbjudandet om ett tio-till-tre-jobb under en trädgårdsfest förra sommaren. Fru Duckert hade aldrig jobbat utanför hemmet, men det fanns gränser för hur mycket tid som kunde ödslas på den välhållna trädgården. Efter att mannen dött för två år sedan, hade hon ofta tänkt på att skaffa sig något annat att göra. Det blev ingenting av förrän Karen kom att nämna att hon hade stort behov av hjälp, men ganska ont om pengar.

– Pengar har jag tillräckligt, sa fru Duckert lyckligt och ryckte in på C.J.Hambros plass med sina blomkrukor och foton av barnbarnen.

När Karen Borg för många år sedan var partner i en stor affärsjuridisk firma på Aker Brygge hade hon två sekreterare. De var unga, hade betyg och utbildning, behärskade fyra olika ordbehandlingsprogram och flörtade diskret med klienterna. Fru Duckert hade knappt tagit i en skrivmaskin innan hon var sextioett, men hade en beundransvärd ortografi, ett färgrikt språk, som det hade tagit Karen en viss tid att vänja sig vid och satt dessutom kvar på jobbet tills klockan var både sex och sju på kvällen utan att någonsin be om extra betalning. Fru Duckert hade blommat upp i takt med rosorna som stod i krukor och byttor överallt i förrummet.

Karen Borgs klienter var inte längre män i skräddarsydda kostymer. Deras fruar, däremot, kom till henne. De tassade in på kontoret, upplösta i snor och tårar. Efter trettio års äktenskap skulle de bytas ut mot någon som var yngre, smartare och vackrare; de föll ihop över ett bodelningskrav från den äkta mannen som ville rycka upp dem med roten och i bästa fall placera dem i en lägenhet i Groruddalen. De satt i advokat Borgs besöksstol med en kartong Kleenex i knät och hade just fått veta att maken efter ett långt liv och tre vuxna barn äntligen ansåg sig ha mött kärleken i en tjugoåttaåring.

Dessa klienter behövde ingen flört. De behövde fru Duckerts småkakor och kaffe med en liten skvätt i, bara så där för nerverna. De behövde fru Duckerts varma hand i sin och ett förtroligt samtal om trädgårdsskötsel och svärdöttrar och tänk bara på de underbara barnbarnen!

Männen som kom till advokat Borg visste knappt vad en flört var. De hade tunna ben i trånga byxor och armarna fulla av stickmärken. Också de fick kaffe och kakor och småprat hos fru Duckert, men skvätten höll hon på.

– De mår helt enkelt inte bra av ädel vara, sa hon ofta. De blir sjuka.

Karen Borg hade lyssnat länge på rösten i telefonen. Mannen var upprörd och det var bäst att låta honom tala ut. Så småningom lugnade han väl ner sig.

– Jag kan mycket väl förstå att du tycker att det är obehagligt, Gagliostro, sa hon lugnt. Men det här är faktiskt inte din privatsak. Du kan antingen svara mej nu eller vänta tills arvsmålet kommer upp i rätten.

Gagliostro hetsade upp sig igen och Karen Borg måste avbryta.

– Du kan helt enkelt inte bara påstå att allt är ditt, sa hon lika lugnt. Det håller inte. Vilde har som äkta maka rätt till insyn i sin mans ekonomi. Det står i lagen, Gagliostro. Jag kan…

En våldsam harang fick henne att hålla luren två decimeter från örat.

– Hör här.

Hon rätade på sig i stolen och höjde rösten. Det hjälpte.

– Om du anser att du äger alla aktierna, kan du inte bara faxa beviset på det till mej? Om det är som du säger så finns det väl ingen anledning att bråka? Fint. Då säger vi så.

Karen Borg slog ett nytt nummer.

– Johanne, kan du komma in med faxen från *Entré* så snart den kommer?

Hon sparkade av sig skorna och började dra av sig strumpbyxorna medan hon skummade igenom papperna på skrivbordet. Hon hade knappt hunnit få på sig de nya strumporna förrän Vilde Veierland Ziegler knackade på dörren.

Den unga änkan verkade ovanligt blek, även med hänsyn till årstiden. Karen tyckte att hon hade blivit ännu tunnare på de fyra dagar som gått sedan de träffades senast. Hon hällde upp te från en termoskanna och doppade en liten träslev i en burk med honung.

– Här, sa hon och rörde om ordentligt. Drick det här.

Vilde stirrade apatiskt på koppen utan att göra sken av att vilja ta emot den. Karen insåg att hon inte skulle försöka trösta flickan. Då skulle hon bryta samman. Det var tveksamt om den lilla kvinnan i besöksstolen överhuvudtaget var i stånd att ta emot information. Hon fick göra det enkelt.

– Upp med hakan. Det här ser inte så illa ut. Först är det lägenheten i Sinsen. Den visar sej tillhöra restaurangaktiebolaget *Entré*.

Vilde såg på henne, för första gången.

– Då... då har jag ingenstans att bo, då.

Karen lyfte handen och log uppmuntrande.

– Du har ju lägenheten på Niels Juels gate, och...

– Jag *vill* inte bo där! Jag *hatar* den lägenheten!

Rösten bröts och tårarna hotade att rinna över.

– Ta det lugnt. Ta det alldeles lugnt tills jag har förklarat det här för dej. Det kommer att ta lite tid att få översikt över dödsboet, men det jag kan säga dej helt säkert...

Karen sköt över tekoppen mot henne igen.

– ...är att du kommer att ärva en massa pengar.

Vilde Veierland Ziegler lät långsamt handen lägga sig kring tekoppen.

– Ärver *jag* en massa pengar?

Två röda fläckar syntes på var sin kind och Karen tyckte sig se antydan till ett leende i Vildes ansikte.

– Det är uppenbart att din man hade tänkt att ni skulle ha enskild egendom. Jag har talat med hans advokat, en gammal kollega till mej. Han hade fått i uppdrag att sätta upp ett äktenskapsförord för er, men Brede hade inte avtalat någon tid för att komma och underteckna. Då är det hela väldigt enkelt. Om äktenskapsförordet inte är undertecknat av er bägge så gäller det inte. Då har ni gemensam ägo.

Karen bläddrade bland papperna. Av någon anledning fann hon det stötande att se hur klienten höll på att förändras.

– Eftersom Brede inte hade barn är det du som är hans arvinge. När det gäller restaurangen... *Entré* är ett aktiebolag. Brede och Claudio ägde precis hälften var. De hade ett avtal om vem som bestämde vad i bolaget. Dessutom är det beslutat att om en av dem dör ska den andre överta hela rasket.

Hon tittade återigen på sin klient. Det inåtvända uttrycket var på väg tillbaka.

– Men ett sånt avtal är inte nödvändigtvis bindande. Ett avtal där du... Om man vill bestämma vad som ska hända med ens saker när man dör kallas det en dödsdisposition. Då ställs det vissa formkrav. Det innebär att man måste skriva ett testamente.

Brede hade inte skrivit något sådant. En bolagsordning är inget testamente. Det betyder antagligen att du ärver Bredes aktier i *Entré* samt lägenheten på Niels Juels gate. Även om bägge ställena är något belånade så skulle det ge ganska mycket pengar. Några miljoner.

Karen bläddrade vidare i pappersbunten. I ögonvrån kunde hon se att Vilde hade lyft koppen mot munnen.

– Och dessutom. Det är en del andra aktiva här. Saker, alltså. Tillgångar. Bland annat ganska många aktier i ett italienskt bolag. Känner du till nånting om det?

Vilde skakade på huvudet. Hon var alldeles för ung. Hon lyckades inte dölja det faktum att hon bet sig i läppen för att inte skratta. Karen Borg rös till. Det hade slagit henne redan vid det första mötet för några dagar sedan: Det var någonting som inte stämde med den unga kvinnan.

– Då hörs vi av så snart som möjligt.

Karen tvingade fram ett leende.

Vilde Veierland Ziegler lämnade kontoret och fru Duckert kom in med en kopp kaffe.

– Du måste ha gjort underverk med den unga damen, sa hon och hällde i mjölk från en porslinsmugg. När hon kom såg hon ut som ett spöke. När hon gick log hon det allra vackraste leende till farväl.

25

– Jag var tokig och hade bestämt mej för att bli frisk.

Suzanne la ifrån sig skeden och gav Idun Franck ett flyktigt leende. Förlagsredaktören hade inte rört maten. Det var fortfarande en gåta för Suzanne Klavenæs varför hon var bjuden på middag. De två hade jobbat ihop med Zieglerboken i flera månader nu men aldrig växlat ett personligt ord utöver det rent triviala. Nu, när bokprojektet kanske måste skrinläggas, hade Idun plötsligt inviterat henne på bouillabaisse. Suzannes första ingivelse var att tacka nej. Men Idun hade sagt att de kunde kombinera middagen med jobb, och dessutom var det något särskilt med henne. Idun var sådan som Suzanne mindes – eller snarare föreställde sig – sina landsmän. Hon var reserverat vänlig, leende avmätt, professionellt närvarande. Personligen höll hon avstånd och Suzanne behövde inte hela tiden vara rädd för närgångna frågor. Idun Franck liknade inte kvinnan i passkontrollen på Gardermoen, Tone-nånting. Förtjust hade hon känt igen Suzanne och börjat babbla på om gamla dagar i Katedralskolan. Kön växte bakom Suzanne, som inte kunde slita sig loss förrän hon fick passet tillbaka och bokstavligen snubblade in i Norge.

– Jag var sjuk som tonåring. Riktigt sjuk. Jag blev inlagd på den slutna avdelningen på Gaustad i ett och ett halvt år. Jag måste bort för att bli frisk.

Hon var förvånad över sig själv. Det var visserligen ingen hemlighet att hon hade varit sinnessjuk. Alla hennes vänner i Frankrike visste det, i varje fall de som kände henne tillräckligt väl för att det skulle vara naturligt att prata med dem om sådant som låg över femton år tillbaka i tiden. Men hon talade alltmer sällan om det. Iduns fråga varför hon hade flyttat till Frankrike kom så överraskande att svaret trillade ut av sig själv.

– Jag är faktiskt till hälften fransk, la hon förklarande till. Efternamnet har jag från min pappa. Min mamma var fransyska. Även om hon dog när jag var liten så hade jag familj och vänner som gjorde det naturligt att resa dit när det var dags för mej att dra.

Hon tog mer bouillabaisse. Den var uppenbarligen hemlagad och smakade Marseille. Hon torkade av serveringsskeden med en servett och la märke till att Idun knappt hade rört maten.

– Den här var verkligen god, sa Suzanne. Jag ser inte ut som om jag äter särskilt mycket, men det är fel. Jag älskar mat. Har bara haft tur med… Vad heter det nu igen på norska? Förbränningen?

– Ämnesomsättningen. Eja vore det jag.

När Suzanne blev kontaktad av Förlaget om att ta bilderna till boken om Brede Ziegler och hans kokkonst hade hon tänkt på saken i ett dygn. Från Förlagets sida var förfrågan ett skott i mörkret; Suzanne Klavenæs var fast leverantör av bildreportage för *Paris Match* och hade dessutom året innan gjort ett tiosidigt reportage i *National Geographic* om flyktingströmmen från Centralafrika. Hon var van vid stora uppdrag och motsvarande honorar.

– Hem, sa Suzanne plötsligt. Jag säger av någon anledning fortfarande hem om Norge. Jag sa ja till det här jobbet för att jag ville se om det var möjligt för mej att vistas här. Efter det som hände… Efter… När min far dog kom jag hit med morgonplanet och reste tillbaka en timme efter begravningen. Mina släktingar har aldrig förlåtit mej, tror jag. Men då… Just då visste jag inte om jag kunde stå ut med det här landet. Om jag hade kommit över alltihop.

– Är det möjligt tror du?

Idun Franck hällde i mer vin åt dem bägge och satt och snurrade sitt glas i handen.

– Jag vet ju inte vad du har varit utsatt för och jag tänker inte fråga om det. Men... Så som de där kvinnorna i Bosnien som du berättade om. Våldtagna och... Och flyktingar i Afrika som förlorar sina barn på vägen, det ena efter det andra, av sjukdom och svält och... Är det möjligt att fly ifrån sånt tror du? Kan man överhuvudtaget leva vidare? Ett fullt och äkta liv?

Suzanne la plötsligt märke till att det var Sarah Brightmans röst som ljöd från högtalarna i rummet. Hon kunde inte få sirapssångerskan att stämma med resten av Idun Franck. Lägenheten var visserligen inte särskilt konsekvent inredd, men blandningen av gamla antikviteter och IKEA-möbler bildade ändå en helhet som tydde på säker smak.

– Jag har läst, fortsatte Idun med ett kort skratt, ...att levern är det enda organet i kroppen som kan förnya sej fullständigt. Det skapas så många nya celler att vi under loppet av en femårsperiod har fått en helt ny lever. Om vi inte dricker för mycket förstås.

Hon höjde glaset.

– Är det så med människosjälen, tror du?

Utan att vänta på svar reste hon sig tvärt och samlade ihop tallrikarna.

– Vi måste jobba. Vi dricker kaffet i vardagsrummet. Har du bilderna med dej?

Suzanne följde efter henne och satte sig i skinnsoffan. När hon kom hade hon lagt ifrån sig fotomappen på soffbordet. Det förvånade henne att Idun inte hade lagt märke till den.

– Var la jag det där manuset, mumlade Idun Franck och tittade i tidningskorgen och bakom teven. Jag måste ha glömt det nånstans. Jag *vet* att jag tog med det från jobbet.

Sökandet hade blivit meningslöst; Idun Franck lyfte på stolsdynor och kikade ner i tomma blomvaser. Suzanne hällde upp kaffe åt sig från en keramikkanna och tänkte att Idun Franck måste vara den sortens person som förbrukade allt sitt ordningssinne under arbetstiden.

– Vi får klara oss utan, sa Idun matt. Låt oss se på bilderna.

De jobbade koncentrerat i två timmar.

– Mat och landskap är tydligen inte något problem, sammanfattade Idun Franck och lät handen fara genom håret. Jag föreslår att du fortsätter. Jag ska prata med Claudio så du får fotografera de rätter som är nämnda i den text vi har.

– Innebär det att ni har bestämt er för att ge ut boken, frågade Suzanne och drack ur kaffekopp nummer fyra. Det är väl kanske okej att planera utifrån det vi har, men ska jag *fortsätta* att ta bilder?

– Vi tar inget beslut om själva utgivningen förrän polisutredningen är klar. Men vi har kommit fram till att vi försöker att driva fram boken så långt som möjligt innan vi bestämmer oss. Det är inte mitt beslut. Jag är underordnad en chef som är… Glöm det. Förlåt. Jag ska ta reda på de rätter som är omnämnda i texten och ge dej en aktuell lista. Den där är fin!

Hon plockade upp en svartvit bild av Brede Ziegler.

– Den är så… omedelbar, liksom! Såg han dej inte?

– Nej, jag håller med dej. Den är bra, om inte till och med smickrande.

Suzanne började samla ihop bilderna. Hon såg omsorgsfullt till att alla de otalig små Post-It-lapparna satt klistrade på rätt foto. Idun rafsade ihop anteckningarna hon hade gjort under kvällens lopp och stack in dem i Unni Lindells senaste kriminalroman, som låg på ett sidobord bredvid teven.

– Dem ska jag i alla fall inte glömma, log hon matt. Förresten…

Hon kastade en blick på boken, som om den påminde henne om något.

– Har polisen pratat med dej?

– Polisen? Nej. Jag måste väl stå långt ner på listan över intressanta vittnen… Varför frågar du? Har de pratat med dej?

Hon stängde fotomappen och började gå mot tamburen. När Idun inte gjorde sken av att följa efter, vände hon sig om igen.

– Ja, sa Idun. De har pratat med mej. Jag har haft en konflikt med en av dem om insyn i opublicerat material. Meddelarskydd. Det är som att prata med en vägg. Vet du att poliser inte längre ser ut som poliser? Den här polisen som jag pratade med påstod att han bara hade ett förnamn. Han såg ut som en… nynazist! Upp-och-nedvänt kors i örat och…

Idun strök handen över hjässan som om hon rakade av sig håret. Suzanne höll på att tappa fotomappen och stödde sig mot dörrkarmen.

– *Mon Dieu*, sa hon tyst. Det här landet är verkligen som en… bondby?

– Vet du vem jag pratar om?

– B.T. Han heter… Jag kallade honom alltid B.T.

– Nej. Han heter Bobby eller Billy eller nåt sånt. Kan det vara samma? Känner du honom?

– Han var en av dem jag ville resa ifrån. På den tiden när jag var tokig och hade bestämt mej för att bli frisk.

Suzanne Klavenæs började gå mot tamburen. När hon var färdigklädd kom Idun efter. De två kvinnorna stod i var sin ände av den långa gången, den ena lång, mörk och närmast mager, den andra liten, knubbig och askblond.

– Du ska ha tack för att du kom, viskade Idun. Ska jag ringa efter en taxi?

Suzanne ville hellre gå. När hon hade kommit trettio meter bort på Myklegardsgate och närmade sig gångvägen som hon skulle ta genom parken och ned till Grønlandsleiret, vände hon sig om. Alla lampor i Idun Francks lägenhet var släckta. Bara i köksfönstret kunde hon se skimret från ett stearinljus. Plötsligt tyckte hon sig se Idun Francks ansikte mot rutan. Det kunde vara inbillning. Ändå rös hon till och det slog henne att Idun Franck var den enda människa hon någonsin träffat som hon aldrig hade tänkt på att fotografera. Hon förstod det inte. Hon kunde inte alls få det att gå ihop.

26

FEM MÄNNISKOR KNOGADE på i köket. Rörelserna var snabba och effektiva. Ändå var det förbluffande tyst i rummet, bara ett och annat klånk från metall mot metall bröt igenom den svaga susningen från en enorm fläktkåpa över gasspisen. Billy T. hade varit vid flottan. Han hade tjänstgjort i kustbevakningen och varit på fiskeritillsyn i Norska havet. Köket på *Entré* påminde honom om kabyssen. Lite större förstås, men ändå trångt, och dominerat av rostfritt stål.

– Dagens lunch, sa den ene kocken muntert och vippade ut en ångande plåt ur ugnen. Fjällröding. Vi lägger dem på en bädd av äggröra, gjord i vattenbad, med finhackad tryffel i.

Han pekade på en lärling som stod djupt koncentrerad och vispade i en stor skål av rostfritt stål. Billy T. böjde sig en aning över skålen och sniffade.

– Luktar redan gott, sa han. Är inte tryffel vansinnigt dyrt?

– Här, sa kocken och pekade med en kniv mot en liten svart klump på en skärbräda. Den där kostar hundrasextio kronor. Men i gengäld får man jävligt mycket ut av den.

Billy T. hade bestämt sig för att få tillbaka mustaschen som Tone-Marit hade tiggt och bett honom ta bort för ett halvår sedan. Han kliade sig i stubben och undrade om han kanske skulle ändra sig.

– Det liknar hasch. Samma pris också. Men var är Claudio?

Kocken ryckte ointresserat på axlarna.

– Är han här eller är han inte här?

Ingen svarade. Ingen verkade generad över att inte ha något att säga. Var och en av de fem som arbetade i köket visste vad de skulle göra och de fortsatte att hacka, röra, skölja och steka utan att så mycket som se åt Billy T:s håll. Han tog rödingkocken i armen, onödigt hårt.

– Är det meningen att jag ska stå här hela dan och titta på när ni lagar lunch, eller är det meningen att din chef ska behaga infinna sej? Kan du vara vänlig och meddela din den där Gaglifiguren, var han än befinner sej, att det behagar polisen att han infinner sej *nu*!

Han ångrade sig innan han talat färdigt. Kocken hade varit nog så vänlig och han hade naturligtvis inte ansvar för att Claudio Gagliostro redan hade uteblivit från två kallelser till förhör. Billy T. måste skärpa sig. Det hade kommit klagomål. Polismästaren hade tittat in på hans rum i går kväll och vänligt sagt till kommissarien att han borde uppföra sig som folk. Det var på inget sätt en varning. Ett gott råd bara.

Kanske hade utbrottet i alla fall haft sin verkan. En man som knappt kunde vara mer än en och sextiofem lång stod plötsligt i dörröppningen. Han hade pepitarutiga byxor under ett enormt, vitt förkläde. Ansiktet verkade tungt och uppsvällt, i skarp kontrast till den späda, axelsmala kroppen. Ögonen var närmast helt utan fransar och det svarta håret klistrade sig till pannan i feta testar. Billy T. kom på att han hade sett mannen förut, måndagen efter att Brede Ziegler blev mördad, när han stötte på Suzanne på väg ut från *Entré*. Det måste ha varit chocken över att träffa henne som gjorde att han inte la märke till den aparta figuren.

– Det är mej du söker, sa mannen. Följ med mej.

Billy T. glömde alla föresatser.

– Skulle du inte ha varit hos mej klockan…

– Sschh, sa mannen. Inte här. Följ med till kontoret.

Trots att Claudio Gagliostro knappt nådde Billy T. till bröstet, lät kommissarien leda sig vid armen som ett barn. Han stirrade fascinerat på Gagliostros huvud. Det måste vara något fel.

Vattenskalle, kanske. I alla fall var proportionerna fullständigt på tok.

Kontoret visade sig vara ett stort kvadratiskt arbetsbord i vinkällaren. Bordet stod intill väggen med en högryggad stol bakom. En arkitektlampa kastade ljus över fyra tjocka buntar papper, en telefon och en salig röra av gula lappar och kuvert.

– Jävligt kallt här, sa Billy T. surt.

– Elva grader. Eller elva och en halv, faktiskt.

Äntligen såg Gagliostro ut att må bättre. De feta hårlockarna började släppa taget mot pannan. Han torkade sig lätt med en kritvit näsduk, satte sig i kontorsstolen och log stramt.

– Jag beklagar att…

Billy T. såg sig omkring efter en annan stol. Det fanns ingen. I stället vippade han en låda äppelmust på högkant och satte sig på den. Han stirrade ned mellan benen.

– Säljer ni sånt?

– Vad är det du vill?

– Vad jag vill?

Billy T. lät blicken vandra över väggarna i källaren. Det måste finnas flera tusen flaskor här nere. Den ena halvan av rummet var uppdelad med fristående hyllor som i ett gammaldags arkiv, den andra hade ställningar från golv till tak. Det var halvmörkt. Han frös.

– Jag har kallat dej till förhör två gånger, sa han och drog djupt efter andan. Och fortfarande undrar du vad jag vill dej. Jaha. Öppnar du din post?

Han daskade näven på en bunt oöppnade kuvert.

– Jag skiter i vad du gör med dina brev. Men när det står Oslo Polisdistrikt på ett av dem så *öppnar du det*! Du skulle ha varit hos mej för tre timmar sen!

Gagliostros vita förkläde hade fått en grön fläck utan att Billy T. kunde begripa var den kom ifrån. Mannen spottade på fingret och gned det mot tyget. Fläcken blev större och blekare.

– Jag har helt enkelt inte tid, mumlade han. Förstår du inte det? Jag jobbar för två!

– Och jag jobbar för polisen.

Billy T. reste sig långsamt. Han tog ett steg mot vinhyllorna och lät pekfingret svepa över flaskhalsarna.

– Det du egentligen säger, sa han torrt. Är att det är viktigare att servera tryffelröding till dina fisförnäma gäster än att reda ut mordet på din kompanjon. Herrebevaremejväl.

Han gned sig i ansiktet med båda händerna och snörvlade högljutt. Sedan skakade han snabbt på huvudet och pressade fram ett leende.

– Det verkar som om alla skiter i vem som mördade Brede Ziegler. Men jag kan inte skita i det. Fattar du det? Va?

Han grep en butelj på måfå ur väggstället och pekade på Gagliostro med flaskhalsen.

– Mest av allt har jag lust att kalla på en piket och köra dej till Grønlandsleiret fyrtiofyra omedelbart. Men eftersom du inte har anmälningsplikt, så avstår jag. Jag frågar snällt, en gång till. Vill du bli hörd av mej eller vill du att jag ska få häktnings-domstolen att plocka in dej till förhör? Då kan du ju försöka få domaren att förstå att du inte har tid! Och sen kan du gå canossa-vandring bort till Tinghuset mellan pressfotografer och skandal-hungriga journalister. Du väljer.

Gagliostro stirrade med vild blick på vinflaskan.

– Lägg tillbaks den, viskade han. Snälla. Lägg tillbaks den.

– Jaså?

Billy T. lyfte flaskan mot ögonen och kisade i det dåliga ljuset mot etiketten.

– Är det en ögonsten, det här? Ooops…

Han släppte flaskan med höger hand och fångade upp den med den vänstra.

– Där var det nära att det hände en liten olycka.

– Är det här ett förhör?

Gagliostro hade mycket påfallande börjat svettas igen. Dropparna stod tätt på pannan och Billy T. började undra om han var allvarligt sjuk.

– Hör här, sa han försonligt. Nu tar vi ett litet förhör här meddetsamma...

Han halade fram en bandspelare ur fickan och höll fram den mot Gagliostro.

– Så ger du mej en tidpunkt när du under loppet av de nästa tjugofyra timmarna faktiskt har möjlighet att komma ner till Polishuset. Klockan sex på morron för min del. Okej?

Gagliostro pillade på fläcken på förklädet som nu var stor som en gammaldags femma. Det var möjligt att huvudrörelsen skulle vara en nickning. Billy T. slog på bandspelaren och drog utantilläxan med formalia. Att förhöret skedde i en vinkällare i Grünerløkka, sa han ingenting om.

En och en halv timme senare hackade Billy T. tänder. Rumstemperaturen var då också det enda som höll honom från att explodera ytterligare en gång. Mannen på andra sidan bordet satt och fingrade på allt som fanns inom räckhåll; fläcken på förklädet, en penna som läckte och färgade hans fingrar blå, en elefant av glas som han plockat fram ur en låda och en pennkniv av silver med röda stenar i skaftet. Svaren han gav var oftast korta, aldrig fullständiga. Billy T. kände sig uppriktigt utsliten när han försökte sammanfatta.

– Du träffade alltså Brede för elva år sen i Milano. Sen flyttade du till Norge. Bra norska förresten. Helt flytande.

– Va?

– Du pratar b-r-a n-o-r-s-k-a.

– Åh. Min mormor var norska. Jag brukade vara här på sommarloven när jag var liten.

– Brede jobbade på en restaurang...

Han vevade med höger hand för att få det motsträviga vittnet att hjälpa till.

– Santini.

– Santini, ja. I Milano. Så blev ni kompisar och du flyttade strax efter till Norge. Efter att ha sålt ett ställe i Verona, är det så?

– Mmm.

Elefantens snabel gick av. Gagliostro blev tafatt sittande och höll ihop brottytorna, som om han väntade sig att glasbiten skulle växa fast igen bara han hade tillräckligt med tålamod.

– Så du tog pengarna med dej och drog till Norge för att tjäna ännu mer. Tillsammans med Brede.

– Ja.

– Men det tog ganska lång tid. Innan ni öppnade det här stället, menar jag. Och under tiden verkar det som om du ändrade dej. För du och Brede gick in i ett projekt i Italien för sju, åtta år sen, eller hur?

– Jo.

– Kan du inte *lägga ifrån* dej det där djuret!

Gagliostro la tjurigt elefanten på bordet med snabeln mellan benen. Billy T. strök ena handen över korsryggen och stängde av bandspelaren med den andra.

– Vi byter plats, sa han och reste sig.

– Va?

– Byter plats, sa jag. Min rygg går snart av. Kom igen. Sätt dej på lådan. Hit med stolen.

Gagliostro protesterade inte nämnvärt mot att överlämna sin bekväma sittplats. I stället för att sätta sig på äppelmustlådan, slog han ner en klappstol som var infälld i väggen; omöjlig att få syn på om man inte visste om den. Billy T. blundade. Han blev sittande bakåtlutad på stolen i flera minuter. Det enda ljud som hördes var ett fjärran skrammel med kastruller och ett plötsligt, gällt skratt från en kvinna i våningen ovanför.

– Sindre Sand, sa Billy T. utan att slå på bandspelaren igen. Känner du honom?

– Ja.

– Hur väl?

– Lite.

– Lite väl eller känner lite?

Gagliostro svarade inte. Han drog sig i örsnibben och öppnade munnen en aning, för att stänga den igen med en liten smäll. Han tittade i golvet.

Billy T. hade knappt sovit på fyra dygn. Hanne Wilhelmsens återkomst hade skakat honom mer än han trodde var möjligt. Han hade gått i egna tankar och hade fortfarande ingen aning om vilken ingivelse som fick honom att titta upp mot galleriet på sjunde våningen. När han såg henne luta sig över räcket och kände hennes blick, för långt bort för att han skulle kunna se vad den innehöll, men stark nog för att han skulle känna den gamla intimiteten som han hade ägnat ett drygt halvår åt att försöka glömma, höll han på att falla omkull. Han kände sig sjuk; faktiskt och verkligen sjuk. Illamåendet gav inte med sig förrän han hade kräkts i papperskorgen inne på sitt rum, bakom låst dörr. Sedan hade han försökt tränga bort tanken på henne. På hennes lukt, parfymen, ovanan att gnida sig över höger tinning när hon funderade på något, det ena ögat halvslutet; han ville inte minnas hennes händer, tummarna som roterade mellan hans skulderblad när hon stod bakom honom i kantinen och kysste honom på huvudet medan hon retade honom för att han stönade; han vägrade att höra klackarna på hennes boots, alltid boots, mot det outslitliga linoleumgolvet i Grønlandsleiret 44; han hörde ljudet av Hannes steg mot golvet och han hatade henne.

Han älskade henne och hade aldrig egentligen förstått det förrän nu.

– Känner du Sindre Sand bra, halvbra, dåligt eller inte alls. A, B, C eller D. Kryssa för.

Han orkade inte öppna ögonen och han visste att han höll på att tappa greppet. Han satt i en kall källare och försökte dra sanningen ur ett motvilligt vittne som kanske var en mördare. Han gjorde inga anteckningar. Han orkade inte lyfta armen för att slå på bandspelaren. Det var inte här han ville vara. Han ville hem.

– Sova, sa han sakta.

– Så där halvbra, svarade Gagliostro. Det var egentligen Brede som kände honom. Han är duktig. Har fått gott renommé med tiden. Han är hos Stiansen nu, och det går bra för honom där.

– Pengarna, då? Vet du nåt om dem?

Billy T. viskade nästan.

– Du menar de som skulle investeras i Italien?

– Ja.

– Jag var också inblandad i den affären. Jag hade inte så väldigt mycket att bidra med, bara ett par miljoner. Jag är fortfarande osäker på hur mycket Brede satsade, men Sindre… Han var ju bara grabben på den tiden. Han slängde fyra, fem miljoner i potten. Nåt sånt.

– Tio, tänkte Billy T. för sig själv, men sa i stället: Vad hände?

– Det gick åt pipan. Det slog fel helt enkelt. Pengarna försvann i det allmänna raset. Mina också. Brede klarade sej väl någorlunda ur det, tror jag. I varje fall var han inte barskrapad efteråt, som vi andra. Jag var tvungen att börja på nytt. Det är orsaken till att det tog tid att komma så långt med *Entré*.

Billy T. öppnade ögonen. Claudio Gagliostro gjorde tummen upp mot taket och log för första gången. Tänderna var anmärkningsvärt vita och jämna i det fula ansiktet.

– Varför talar du plötsligt, sa Billy T. och försökte lyfta handen.

Det gick inte. Han genomfors av en våldsam ångestattack. Långt borta kunde han höra Gagliostro säga:

– Du skrämmer mej inte fullt så mycket längre. Du kan verka farlig. Är du medveten om det?

– Tror du att jag kan få ett glas vatten, pressade Billy T. fram. Snälla du, ett glas vatten.

Han var inte törstig. Han ville vara ensam. Han trodde att han skulle dö.

Han koncentrerade sig på att andas. Slappna av.

– Andas, sa han och drog in luft. Andas ut.

Ut med luften.

In igen.

Blodet strömmade till huvudet. Han skulle inte dö. Han lyckades spärra upp ögonen och lyfta handen. När Gagliostro kom tillbaka med ett glas vatten – Billy T. hörde klirrandet av isbitar ända uppifrån toppen av källartrappan – orkade han ta emot och dricka en klunk vatten utan att spilla.

– Mår du inte bra?

– Lite trött, bara. Vi måste bli färdiga. Varför tog ni inte hit Sindre Sand då? Som en sorts kompensation för alla pengar som försvann?

– Jag nämnde det för Brede. Han ville inte. Han var nog lite störd över det där med Vilde. Det verkade egentligen inte så, men kanske… Vet inte riktigt.

Ångesten lättade lite till. Billy T. hade lust att resa sig men vågade inte.

– Ska du behålla Bredes aktier nu, eller får du in en ny ägare?

– Behålla… Det är ju det som är problemet! Det visar sej att det är *Vilde* som antagligen ärver aktierna. Visste ni inte det?

Billy T. rynkade på näsan och drack lite mer vatten.

– Visste vad då?

– Brede och jag hade ett kristallklart avtal. Inte för att vi trodde att någon av oss skulle dö, men jag menar… Flygplanskrascher och bilolyckor och sånt… Det händer ju. Vi ville säkra oss. Brede och jag har alltid jobbat bra tillsammans och fördelningen av arbetet på *Entré* har gått fint, men nu kommer alltså den här tjejen som inte har en aning om nånting, allra minst hur man sköter en krog, och ska...

Nu var det Gagliostro som hade problem. Han tog sig mot bröstbenet.

– När fick du veta det?

– I går. Nej, i förra veckan egentligen. En advokat ringde och förde ett jävla liv och jag vet inte...

– Men när Brede blev mördad så var du övertygad om att du skulle ärva allt.

– Inte allt! Restaurangen. Brede äger en massa annat och det är klart att Vilde ska ha resten, men...

En ung man i helvitt kom dundrande nedför trappan. Han tappade kockmössan när han nådde källargolvet.

– Nu måste du komma, Claudio! Matsedeln är fel och Karoline säger att det är du som har sagt att...

– Han kommer snart, sa Billy T. och viftade bort grabben. Ge oss fem minuter till.

– Det är okej för mej, mumlade ynglingen och borstade av mössan medan han lunkade uppför trappan igen. Det är inte jag som har ansvaret.

– Jag måste bara ha en sak klar innan vi går, sa Billy T. lågt och lutade sig över bordet. På kvällen den femte december när Brede blev mördad... Vid *den tidpunkten* trodde du att du skulle ta över restaurangen om Brede dog.

– Men...

– Ja eller nej.

– Ja. Men...

– Och var var du? På kvällen söndagen den femte december?

– Söndag kväll. Jag var... låt mej tänka.

– Snack, sa Billy T. lugnt och försökte andas djupare. Försök

inte inbilla mej att du måste tänka efter var du var den kväll då
din bäste vän och kompanjon mördades. Jag minns fortfarande
var jag var när Palme blev skjuten. Det är fan ta mej snart fem-
ton år sen och jag kände inte ens karln!

– Hemma.

– Hemma. Trots att *Entré* har öppet på söndagar. Jaha.

– Jag hade inte haft en ledig dag på fem veckor.

– Vad gjorde du?

Gagliostro hade börjat svettas igen. Han måste lida av nån
sjukdom, och Billy T. tänkte slött att det måste vara ett allvarligt
handikapp för en hovmästare och krogägare att ha vattenskalle
och svettas så det stänker i elva graders värme.

– Jag såg på teve och la mej tidigt.

– Ensam?

Det desperata ansiktsuttrycket var svar nog. Billy T. dristade
sig att resa sig från stolen. Benen var ostadiga och han skakade
dem försiktigt innan han stoppade bandspelaren i fickan och
gick mot trappan.

– Klockan nio i morgon bitti. Precis. I Polishuset. Fråga efter
Billy T.

Först nu kom han på att han faktiskt inte hade presenterat
sig.

– Billy T., upprepade han. Det är jag.

27

ISTANBUL VAR ETT grått hav av stenhus inklämt mellan två intensivt blå punkter. Så föreställde hon sig staden. Hon hade aldrig varit där. Ett grått valv mellan Bosporen och Den Blå Moskén, med doft av kryddor och orientaliska mattor. Det var så hon såg staden inför sig.

I denna bild gick en kvinna omkring och tänkte på henne. Det gick en människa omkring i det gamla Konstantinopel, kanske i de berömda basarerna, kanhända med solglasögon mot det starka solljuset, på väg till badet, till mosaiken och det hälsobringande vattnet under ljudet av böneutrop från minareterna som stretade mot himlen, överallt, och denna kvinna tänkte på henne.

Hanne Wilhelmsen öppnade ögonen och läste kortet en gång till.

Hon kunde inte begripa hur det kunde komma fram så snabbt. Hon räknade efter. Det hade gått åtta dagar sedan de skildes. Hon visste att Nefis skulle tillbaka till sitt hemland samma morgon. För en dryg vecka sedan. Senast Hanne hade fått ett kort från Turkiet var när Cecilie var på semester med väninne-klubben från medicinska fakulteten. Cecilie hade redan varit hemma i fem dagar när hälsningen så småningom kom fram.

När hon fick kortet trodde hon inte att det kunde vara till henne. Hon såg på närbilden av en rödbrun matta med ett obe-gripligt mönster och blev närmast irriterad över att posten inte fungerade. Sedan tittade hon på adressaten. "Ms. Hanne Wil-helmsen, Norwegian Police Headquarter, Oslo, Norway, Euro-pe." Nästan som när hon var ung och fullbordade med Världen, Vintergatan, Universum.

I live under the moon, and it is a cold planet. I can never forget, but the stars are not for us? Yours, Nefis.

Signaturen hade fått henne att glömma dagens portion av akter angående Zieglerfallet. Hon hade stängt in sig på kontoret. Texten var vacker och underlig och hon förstod den inte.

Frågetecken.

Vad menade hon?

Hanne hade varit förälskad en gång förr i sitt liv. När hon gick i tredje ring fick hon syn på Cecilie och som en halvtam hund hade hon traskat omkring utan att säga något, utan att ge andra tecken än att hon alltid var utanför, men i närheten. Så fick de varandra, så som de skulle, som meningen var. Där hade de stannat. De var hos varandra tills Cecilie inte längre fanns och också Hanne trodde att hon skulle dö.

Med Nefis var det annorlunda. Nefis och Hanne var vuxna människor med sår och ärr och historia. Cecilie var ny då allt var nytt, då allt var orört och de kunde forma sig efter varandra utan att egentligen någon gång lyckas.

Hanne rörde vid kortet med läpparna. Hon luktade på det.

Hon ville svara. Det värkte i henne av lust att skicka några ord tillbaka och hon förbannade sig själv för att inte ha varit mer framsynt. Nefis Özbabacan kunde så vitt Hanne visste vara det vanligaste namnet i Turkiet. Istanbul var stort. Hur stort? Nefis hade sagt att hon var professor i matematik, men på engelska kunde väl "professor" lika gärna vara en gymnastiklärare. Det fanns ett universitet i Istanbul. Hanne var säker när hon tänkte efter. Men det fanns kanske flera. Istanbul var kanske fullt av universitet, högskolor, läroanstalter. Hon fick inte plats med dem när hon blundade och återigen såg det breda bältet av terrakottahus mellan Den Blå Moskén och Bosporen, men hon skakade på huvudet och visste att hon aldrig hade varit där.

Hanne höll kortet mot läpparna och tänkte på Nefis.

Hon tänkte på Cecilie. Hon tänkte på lägenheten som det verkade så omöjligt att flytta hem till, med Cecilies fingeravtryck överallt; på väggarna i köket som Hanne ville ha blå, men som blev gula för att Cecilie ville ha det så och Hanne hade i alla fall aldrig tid att måla; i soffan som de hade köpt för pengar de inte hade, Cecilie såg den i ett skyltfönster på väg hem från bio och kunde få arbetsgivarlån utan räntor. Cecilie fanns överallt och Hanne visste inte ens var hon var begravd.

Hon tänkte på Cecilies mor och far. De hade suttit tillsammans och hållit varandras händer i det grälla ljuset i sjukhuskorridoren den natten Cecilie dog. Deras dotter. Hanne satt vid sängen utan att någon gång tänka på att det var deras plats, föräldrarnas plats, också.

Hon visste var de bodde.

28

THOMAS TOG VÄL hand om Tigerungen. Fru Helmersen skulle inte få tag i hans katt den här gången. Helmer brukade få gå ut själv, men Tigerungen måste stanna inne ända tills Thomas kom hem från skolan. Då åt han smörgåsarna som mamma hade ställt in på en tallrik i kylskåpet och delade lite med Tigerungen. Det fick han inte göra, men katten var så förtjust i leverpastej.

Han var alltid rädd när han bar Tigerungen nedför trapporna förbi dörren till fru Helmersens lägenhet. Hon kunde komma ut när som helst. Det var nästan som om hon kunde lukta sig till att han kom tassande. Rätt som det var stack hon ut huvudet för att se vem det var. Trots att han smög så tyst han kunde.

Thomas stod på trappavsatsen på tredje våningen och lutade sig ut över ledstången. Han fick inte förlora Tigerungen. Han hörde ingenting annat än trafiken på Kirkeveien. Han sparkade av sig kängorna. De knarrade så hemskt så han bar dem i ena handen och klämde Tigerungen mot sig med den andra.

Halvvägs nere i trappan såg han att dörren till fru Helmersen stod på glänt. Han ville vända, men hade så mycket att bära på att han tappade taget om Tigerungen. Kattungen sprang mjukt och tafatt nedför trappstegen. Sedan försvann den in till fru Helmersen.

Thomas kände att tårarna kom och att han var kissnödig igen. Väldigt, trots att han just varit på toa. Han satt som fastfrusen i trappan och vågade knappt andas. Ingenting hände.

Kanske var fru Helmersen inte hemma. Kanske hade hon tagit en promenad och bara glömt att stänga dörren. Pappa brukade kalla henne en senil gammal kärring när han trodde att Thomas inte hörde. Senil betydde glömsk, och den som var glömsk kunde lätt låta ytterdörren stå öppen efter sig. Det hände rätt som det var att Thomas själv gjorde det, och han var inte ens senil.

Försiktigt smög han sig nedför de sista trappstegen och bort till dörren.

– Hallå, viskade han. Tigerungen...

Varken Tigerungen eller fru Helmersen gav något ljud ifrån sig.

Thomas puffade lite på dörren, bara lite, och den gled upp. Det luktade konstigt i lägenheten. Inte illa, egentligen, bara väldigt mycket. Mat och parfym och gamla saker. Det luktade lite som farmor, men inte lika gott.

Trots att Thomas var rädd var det också ganska spännande att vara i fru Helmersens lägenhet. Han hade aldrig sett något liknande förr. I tamburen fanns det så mycket saker att han måste göra sig smal för att inte stöta till något. Det hängde fyra speglar med breda ramar på väggarna. Han kunde nästan inte se tapeten, för där det inte hängde speglar fanns det tavlor. Och lampor, sådana som hängde på väggen med två armar och tygskärm med små mjuka kulor längs kanten och som mamma tyckte var fula.

Dubbeldörrarna till rummet stod också lite på glänt. Tillräckligt mycket för Tigerungen i alla fall. Thomas stack in huvudet i det stora rummet.

– Tigerungen, sa han lyckligt.

Kattungen satt ovanpå en gammal byrå och tvättade sig. Thomas sprang i sicksack mellan tunga bord och stolar, som stod som fastspikade, och lyfte upp djuret.

– Tigerungen, viskade han in i den varma pälsen.

Sedan såg han sig omkring.

Han hade aldrig någonsin sett så mycket mediciner. Utom på apoteket förstås, där han hade varit två gånger med farmor. Hemma i lägenheten hade mamma och pappa medicinerna i ett skåp i badrummet. Det var låst och hade en bild av en orm som slingrade uppför ett slags svärd på dörren. Allt detta skulle inte få plats i pappas medicinskåp. Askar och burkar och paket stod staplade på byrån där Tigerungen hade suttit. Thomas blev rädd att katten hade fått i sig något, men det såg ut som om alla lock satt på plats. Han såg sig omkring i rummet. På ett bord i hörnet vid teven stod ännu fler mediciner, Och på matbordet. Och på radion. Överallt.

Thomas ville inte vara här. Lukten var för stark och fru Helmersen kunde komma när som helst. Han gick tillbaka till ytterdörren. Då la han märke till fotografierna. Inte sådana familjefoton med ramar som hängde på väggen i tamburen, utan bilder av folk i tidningarna. De hade satts fast på tapeten med häftstift. Han kände igen några av dem. Thorbjørn Jagland var statsminister när Thomas var liten. Bilden var inte särskilt bra och någon hade skrivit något som Thomas inte kunde tyda tvärs över hans ansikte. Kronprins Haakon var klippt ur en veckotidning. Han var i färg och åkte skidor.

Thomas ville gå. Han behövde inte kissa längre, men Tigerungen måste ut. Ett ögonblick undrade han om han skulle låta ytterdörren gå i lås efter sig. Det var bäst att låta den stå öppen. Kanske fru Helmersen hade låtit den vara så med flit.

29

SINDRE SAND VAR inte så säker på vad han egentligen hade väntat sig. Men det var i alla fall inte det här. När han kom in i den lilla lyan, kände han doften av lamm och salvia. Vilde var klädd i svarta byxor och grå chenilletröja med djup urringning. Värmeljusen, säkert tjugo stycken i små glaskoppar överallt i rummet, fick honom att känna det som om klockan hade vridits tillbaka. Ingenting hade hänt. Vilde hade fått en ny bostad men allt var tillfälligt och de skulle gifta sig till sommaren.

– Jag måste bara bli klar innan jag kunde släppa in dej, sa hon och gav honom rödvin i ett enormt glas på fot. Sätt dej.

Han sa ingenting om hur fint det var. Han frågade inte ens hur hon kunde veta att han skulle ringa på just i kväll, just nu. Han såg bara Vilde, som Vilde hade varit före Brede. Han tog av sig ytterjackan, den fina han hade fått av Vilde för länge sedan; före Brede.

Hon fortsatte att klä av honom. Han klädde av henne.

Ingenting var förändrat, och sedan somnade de.

– Jävlar! Lammsteken!

Hon spratt upp från sängen i den lilla alkoven och störtade bort till pentryt. När hon lät vattenstrålen från kranen träffa järngrytan med det förbrända innehållet vältrade röken ut i rummet. Rökvarnaren ylade.

– Öppna fönstret, vrålade hon av skratt och viftade allt hon kunde med en tidning mot apparaten. Luft! Hjälp!

Han slog upp fönstret på vid gavel och hon huttrade i det kalla draget som for in i rummet. Grytan blev stående i vasken och hon sprang tillbaka över golvet och ner under täcket. Hon skrattade fortfarande och vinkade honom till sig med ett finger över kanten på täcket.

Sindre log inte ens. Han började dra på sig plaggen som låg strödda här och där.

– Vad är det med dej, Vilde?

Rösten var trumpen, som om han plötsligt hade kommit på att ingenting egentligen var annorlunda än det hade varit ända sedan Brede kom och försåg sig med det som var hans.

– Du uppför dej som den glada änkan, måste jag säga.

Han nappade till sig sin tröja från stolen och kämpade med att få den trånga halsen över huvudet.

– Kom och sätt dej. Vi kan väl prata.

Även hon var allvarlig nu. Han tvekade men drog på sig byxorna.

– Vi har egentligen ingenting att prata om. Gjort är gjort. Ätet är ätet.

– Det blev ju inte så mycket ätet, sa hon. Varför kom du om du inte vill prata med mej?

– För att se hur du har det. Hur du… tacklar det hela.

Orden blev hängande som en anklagelse framför honom och han stirrade ut i luften.

– Jag ser att du har det bra, sa han plötsligt och spände bältet. Men jag hade ju inte precis väntat mej att bli bjuden på… fest i kväll.

Han böjde sig ner för att plocka upp strumporna. När han reste sig igen verkade det som om Vildes huvud hade krympt nere i kudden.

– Men pengarna, Sindre! Fattar du inte att allt är okej nu och vi har pengar och kan…

Han slängde jackan över armen och gick.

30

HYRBILEN VAR AUTOMATVÄXLAD. Det var ovant; till och med i USA brukade hon insistera på manuell växellåda. På väg genom Oslo tvärbromsade hon varje gång hon skulle växla. En argsint Opel Omega höll på att köra in i henne, hon tyckte sig ha känt en svag puff på stötfångaren. Kanske var det en signal. Men hon vägrade att vända sig om.

Hon la sig i åttio i nittiofilen på E18. Hon hade ingen brådska. En dryg halvtimme efter att hon hade hämtat bilen på Bislett parkerade hon. Inte alldeles vid huset i den lilla fickan som uppenbarligen var avsedd för gäster, utan hundra meter ned i den lugna återvändsvägen. Flerarmade ljusstakar och stjärnor i plast lyste upp mellan gardinerna i villafönstren; en och annan julgran inpackad i nätsäck stod redan lutad mot husväggarna och väntade på helgen. Från familjen Vibes skorsten kom det rök.

Hanne Wilhelmsen blev stående vid grinden.

Hon hade varit där förr. Många gånger. Cecilie hade valt världens längsta skolväg; hon ville gå i Katedralskolan i Oslo trots att hon då måste upp klockan sex varje morgon för att hinna med tåget från Drammen. Hanne hade frågat en enda gång hur allt ordnades, rent formellt. Cecilie hade ryckt på axlarna med ett leende. Cecilies far var rektor i Buskerud och Hanne hade aldrig frågat igen.

Hon såg upp mot det enda fönstret som var mörkt.

De osmorda gångjärnen gnisslade i kylan. Hon stängde försiktigt grinden bakom sig. Temperaturen hade krupit ner till tio minusgrader och gruset knastrade under skosulorna. På ytterdörren hängde en krans av järnek, med röda snören och siden-

med en halvt bortnött bild av Eiffeltornet och kände att tebladen måste vara gamla. Den bruna vätskan smakade lök och peppar och havregryn. Hon klamrade sig till koppen och drog upp benen under sig.

– Fryser du, frågade Inger och la en filt över hennes axlar.

– Nej.

– Det var bra att du kom. Du kunde kanske ha kommit tidigare. Det hade varit bättre för oss alla.

Arne sträckte sig plötsligt över armstödet och lösgjorde hennes vänstra hand från muggen. Han la den i sin egen och strök med tummen över hennes hud. Så vitt hon kunde minnas var det första sta gången han vidrörde henne med annat än ett handslag.

– Vårt problem, började han långsamt. ...är att... Vi har haft så svårt att förstå. Vi har aldrig avvisat Cecilie. Vi har aldrig avvisat dej. Tvärt emot.

– Mitt fel. Alltihop är mitt fel. Allt och alltid.

Inger Vibe reste sig och ställde sig framför det stora panoramafönstret. Hon la pannan mot glaset och blev stående så, lutad mot fönstret med händerna längs sidorna tills hon plötsligt vände sig om.

– Det är ditt största fel, Hanne. Det är så du har svikit.

– Jag vet det.

– Nej. Du vet det inte. Det är det som är problemet. Du tror alltid att allting är ditt fel. Bara du kan ta på dej skulden så känner du dej fritagen från allt. Förlåt, säger du, och tror att allt är bra med det. Skuldkänslan har varit din sköld mot omgivningen. Du har varit...

Hon slog ut med armarna i en gest som fick Hanne att gömma ansiktet bakom tekoppen och blunda.

– Du har skyddat dej för länge. Du har omgett dej med skuld. Du har svept den omkring dej som en... mörk kappa. För att hålla folk undan.

– Cecilie höll sej inte undan.

Inger log och vände sig om igen. Spegelbilden i den mörka rutan gjorde henne större.

– Men så var också Cecilie ganska speciell.

Hennes skratt var ljust och långt, som om hon hade sagt något riktigt roligt, som om Cecilie var väntad när som helst, varje ögonblick; Hanne måste tvinga sig att inte vända sig mot dörren där kanske Cecilie stod.

– Det är ju fullständigt löjligt att du bor på hotell.

Rösten hade fått en bestämd klang. Inger Vibe strök händerna över kjolen och lyfte sedan halssmycket mot ögonen.

– Du har en alldeles utmärkt lägenhet. Vill du att vi ska hjälpa dej att städa undan?

– Nej!

Svaret kom för fort. Kanske ville Inger vara med. Det kunde betyda något för henne att städa undan sin dotters saker.

– Cecilie ska inte städas bort, förklarade Hanne tveksamt. Hon ska vara där. Jag måste bara…

– Prat. Naturligtvis ska det städas undan efter henne. Hon har kläder och sånt som måste bort. Kanske Frälsningsarmén?

– Sen. Kanske. Först måste jag…

– Vill du att *jag* är med?

Arne satt fortfarande och strök hennes hand med tummen.

– Jag måste gå.

Hon hävde sig upp ur den djupa stolen. Hennes ben hade somnat under henne och hon höll på att falla. Arne tog emot henne.

– Det går bra, sa hon. Det går bra nu.

– Bara en sak till, sa Inger när Hanne hade öppnat ytterdörren och kurade ihop sig mot den iskalla luften. Ta emot det du kan få av livet. Vi lever inte så länge, Hanne. Vi har inte råd att slösa med det som är viktigt.

Hanne höjde på axlarna och stängde dörren bakom sig utan att ge någon av dem en kram; hon klarade inte ens att ta dem i hand. När hon kom fram till bilen vände hon sig om. Det lyste fortfarande i alla rum, utom ett enda; gavelrummet.

Det hade blivit tisdag kväll den fjortonde december 1999.

31

LÅNGTRADAREN FRAMFÖR HENNE spärrade det mesta
av utsikten. Tom på last skramlade den in från Tollbugata till
Prinsens gate och Hanne Wilhelmsen följde efter. Av gammal
vana tänkte hon anteckna registreringsnumret. Hon tittade på
instrumentbrädan. Hyrbilen var inte utrustad med någon lättill-
gänglig anteckningsbok. Men lastbilschauffören gjorde inte hel-
ler något olagligt, trots att det var hans tredje runda i Kvadraturen.
Han borde för länge sedan ha parkerat nere vid Havnelageret för
att få sin lagenligt föreskrivna sömn. I stället fyllde han upp hela
gatan och tog god tid på sig att studera det sparsamma utbudet
på trottoaren.

Varje gång långtradaren bromsade kastade också Hanne en
blick på silhuetterna som avtecknade sig mot den gula gatu-
belysningen. Flickorna hon hittills hade sett var för unga. De flesta
av dem kunde betraktas som barn. Hon svängde in mot trottoa-
ren och stannade bilen. Den skramlande långtradaren gav henne
huvudvärk. Hon rullade ned sidorutan och tände en cigarett.

Hon skulle ha hälsat på dem för länge sedan. Hon hade glömt
att fråga om begravningen. Hon visste fortfarande inte var
Cecilies gravsten fanns.

Hon såg på klockan. Kvart över ett.

– *Girls' night?*

Hanne ryckte till och stirrade plötsligt in i ett ansikte som var
smalare än den grova rösten antydde. Personen, som närmast
hade hela huvudet inne i bilen, hade problem med peruken. Den
höll på att glida ner över ögonen.

– *Looking for company?*

Accenten skorrade. Leendet avslöjade en tandrad som verkade nyköpt; eller snarare stulen. Lösgommen passade inte. Orden fick ett sörplande efterljud.

– Pratar du norska, frågade Hanne och lutade sig bort; lukten av dålig andedräkt blandad med ett rikhaltigt urval billig parfym trängde in i bilen.

– Ja snacka alla språk.

Hanne la märke till en svag antydan av skäggstubb under brunkrämen. Hon skakade på huvudet och halade fram en hundralapp ur jackfickan.

– Här. Jag är inte intresserad. Inte av dej.

Hon startade bilen. Transvestiten snappade till sig sedeln och vickade förnärmat med baken. I backspegeln kunde Hanne se de långa benen trippa vidare på tio centimeter höga klackar.

Som alla andra inom polisen hade Hanne börjat sin karriär med att patrullera. Från den tiden visste hon att det var meningslöst att fråga. Hororna kunde slå ihjäl varandra för att försvara en fast plats i ett gathörn, men upplysningar kom inte gratis till någon som luktade snut.

Hanne luktade snut, det visste hon. Hon körde vidare i spåret som den stora långtradaren hade kört upp. Lyckligtvis hade mannen fått napp. Bara en Volvo stationsvagn med synligt barnsäte körde långsamt runt i horstråket; det började dra sig mot en sorts stängningstid. Bilen stannade mjukt i Myntgata, och en liten gestalt i fuskpäls smög sig in på passagerarsidan efter en kort diskussion om pris och produkt. Flickan skulle antagligen kunna få plats i barnsätet.

En figur haltade ensam bort mot Bankplassen. Fasadbelysningen från Gamle Logen reflekterades svagt i en kort jacka av silverlamé. Hanne saktade farten, rullade åter ner vindrutan och sa:

– Hej. Hej du.

Kvinnan vände sig om. Det tog henne några sekunder att fokusera ordentligt.

– Harntetid, sa hon bryskt.

Hanne stannade bilen och var på väg ut.

– Snackarnte me snutar.

Kvinnan fortsatte sin envisa monolog. Hon gick konstigt, som om hon vände sig halvvägs för varje steg.

– Harntetid, harntelust.

– Marry!

Trots att kvinnan inte reagerade på namnet, visste Hanne att hon hade hittat den hon letade efter. Samma förmiddag hade hon gjort en bakgrundskoll på Marry. Hon skulle fylla femtiofem i januari. Den här uppenbarelsen såg ut att kunna närma sig åttio. Ändå fanns det en beundransvärd styrka i hennes rörelser, ett slags mot-alla-odds-trots som hade hållit henne på benen på övertid. Hanne försökte lägga handen på hennes axel.

– Släppme!

Marry fräste och ökade farten. Haltandet blev tydligare, det såg ut som om vänster höftled var förstörd.

– Vill du ha mat? Är du hungrig?

Marry stannade äntligen. Hon plirade på Hanne med en blick som kunde tyda på att hon undrade vad hon menade.

– Mat?

Det verkade som om hon smakade på ordet; hon smackade lätt och kliade sig på låret. Hanne måste vända bort blicken när hon såg den ömma sårskorpan som revs upp genom nätstrumpan av långa, skitiga naglar.

– Mat. Okej.

Marry slösade inte med något, inte heller med bokstäver. Hanne visste att turen var bättre än förnuftet. Att locka kvinnan med mat var idiotiskt. Marry kunde lika gärna ha blivit förnärmad och gjort sig fullkomligt otillgänglig. Nu var Hannes största problem att hitta något att äta till ett utslitet gammalt fnask mitt i natten. Naturligtvis kunde hon köra till en bensinstation, men de ljusstarka storkioskerna var knappast platsen för ett samtal med Marry.

Marry nickade i riktning mot Dronningens gate och började gå. Hanne antog lättad att hon visste vart hon ville. Några minuter senare satt de på var sin stol av röd hårdplast i ett gatukök utan andra gäster än de. Hanne rökte, Marry åt. En rosa sås droppade från hennes mungipa. Blicken for hela tiden bort mot kocken bakom disken, som om hon måste försäkra sig om att det fanns mer där kebaben kom ifrån. Hon satte i sig colan i en enda slurk.

– Mer. Tack.

Hanne tände en ny cigarett och väntade tålmodigt tills ännu en kebab med tillbehör var uppäten. Marry rapade bakom knuten näve och såg för första gången på sin välgörare. Hennes ögon var bruna med gula fläckar i iris. Mindre klädsamt var att också ögonvitorna hade antagit en distinkt gul ton, knappt synlig bakom de tunga ögonlocken.

– Det var du som ringde, sa Hanne.

Det var mer ett påstående än en fråga och hon ångrade sig med detsamma.

– Harnte gjort nåt fel.

– Jag vet det.

Marry var orolig och visade tecken på att vilja gå. Det var som om måltiden hade tappat henne på vad hon måste ha av koncentrationsförmåga.

– Måste jobba. Morsning.

– Vänta lite. Om du hade gjort nåt fel så hade jag ju tagit in dej för länge sen. Det vet du mycket väl. Jag vill bara veta vad du såg.

Maten hade nästan sugit musten ur Marry. Ögonen föll ihop och hela gestalten kröp ihop i något som liknade sömn. Skrapljuden från en stekspade mot grillplattan fick henne att rycka till innan hon nappade till sig en cigarett från paketet på bordet.

– Devagott.

Hon talade ned mot resterna av måltiden och drog ett halsbloss innan ögonen föll ihop igen.

– Jag måste få veta vad du såg. Om det var nån annan där. Om du... Hittade du nåt? Nåt du tog med dej?

– Dö snubbe och en massa sopor. Måste sova snart.

Marry snörvlade nedifrån jackslaget och hostade otäckt. Hanne funderade på möjligheten att få den trötta kvinnan bogserad bort till bilen på Myntgata.

– Var bor du Marry?

Det var som om frågan var så absurd att den för ett kort ögonblick fick Marry att vakna. Hon klippte med ögonen mot de blinkande lysrören i taket.

– Bor? Justnu bojahär.

Sedan somnade hon. Små snarkljud kväkte i strupen, läpparna möttes i korta pustar som fick Hanne att le. Den slitna gestalten satt på sned mot fönsterglaset med händerna sedesamt knäppta i knät. Cigaretten balanserade mellan två fingrar. Hanne tog försiktigt bort den och fimpade den i askkoppen.

– Hon kan inte sova här, sa kocken på svenskturkiska. Do ta hon med.

– Jag ska bara hämta bilen. Okej?

Marry var vältränad i att kliva in och ut ur bilar. Sömngångaraktigt satte hon sig till rätta i passagerarsätet och snarkade vidare tills de passerade Polishuset.

– Varskavi?

– Hem, sa Hanne. Jag ska hem och du ska följa med.

När hon parkerade bilen utanför det låga kvarteret i Tøyen var klockan över två natten till onsdag. Lyckligtvis var det släckt i alla fönster.

32

– Felice. Med italienskt c. Som i cello. Inte Felise.

– Förlåt. Doktor Felice.

Billy T. gned sig på armen och rullade ner skjortärmen.

– Lustigt namn. Øystein Felice. Lite… Blandade karameller, liksom.

Läkaren kastade kanylen i en rondskål av papp innan han grundligt tvättade händerna under kranen.

– Då var inte det besöket alldeles bortkastat. Nu borde du slippa vinterns influensa. Min mamma är norska. Min far italienare. Egentligen skulle jag heta Umberto efter min farfar. Men det blev morfars namn i stället. Han var från Valdres.

Han log frånvarande, som om han var så van vid att förklara det ovanliga namnet att det gick som på räls. Han torkade sig omsorgsfullt på en pappershandduk och la journalen i en plastmapp.

– Här, sa han och räckte den till Billy T. Det här är vad jag kan säga. Eftersom patienten är död kan han inte frita mej från tystnadsplikten. Då blir det upp till mej och min disciplinära bedömning. Utgående från vad du berättade i telefon så finns det ingenting i Brede Zieglers medicinska historia som är av intresse. För polisen, menar jag.

– Vet du, sa Billy T. och tog emot den tunna pärmen. Man skulle tro att det var förbundet med tystnadsplikt att överhuvudtaget ha känt den här Ziegler.

– Va?

– Skit samma. Men…

Han bläddrade snabbt igenom papperna.

– Mannen led av huvudvärk och ett dåligt knä, sammanfattade han. Ingenting annat.

– Det har jag inte alls sagt. Inte motsatsen heller. Det enda jag säger är att...

Billy T. stönade högt, lutade sig fram i den trånga stolen och la huvudet i händerna medan han gungade fram och tillbaka och gav ifrån sig små kvidanden.

– Psykiater är jag dessvärre inte, sa doktor Felice torrt. Men jag kan rekommendera en duktig sån om du...

Billy T. reste sig och drog djupt efter andan.

– Huvudvärken var alltså inte migrän, sa han uppgivet. Och han använde inga mediciner.

– Nej. Han var väl det närmaste jag har träffat på av fanatiska pillermotståndare. Hans knä plågade honom mer än huvudvärken, som kunde vara borta flera månader i sträck. Menisken, däremot, borde ha opererats. Han vägrade. Och smärtstillande ville han inte heller ha.

En kvinna stack in huvudet genom dörröppningen.

– Nu ligger vi en halvtimme efter, sa hon beskt och tittade på Billy T. innan hon smällde igen dörren utan att vänta på svar.

– När såg du honom senast?

Billy T. försökte sätta sig bättre till rätta i stolen, som för att demonstrativt visa att han tänkte använda den tid han behövde. När doktor Felice så arrogant hade vägrat att komma till Polishuset utan att bli formellt kallad, så fick hans patienter i alla fall tåla en extra timme i väntrummet. Doktor Felice öppnade en tablettask och bjöd honom.

– Det är ganska lustigt att du frågar. Han har inte varit här på åtta månader. Då gällde det ett skärsår. Han hade skurit sig när han öppnade ett ostron och hade dumt nog inte åkt till akuten med en gång. Han fick en stelkrampsspruta och en antibiotikakur. Naturligtvis inte så intressant för dej, men...

182

Han tog upp en pastill ur asken och satt och snurrade den mellan tummen och pekfingret.

– Det som *är* intressant, förmodar jag, är att han ringde mej den söndagen han blev mördad.

Billy T. svalde tabletten hel.

– Han ringde dej, upprepade han tonlöst. Söndagen den femte. Jaha. Vad ville han?

– Det vet jag faktiskt inte. Han ringde mej hem. Privat. Det har han aldrig gjort förr. Jag var inte hemma, men han talade in ett meddelande. Han bad mej ringa honom på…

Doktor Felice överblickade det stora skrivbordet som präglades av ett anmärkningsvärt ordningssinne. Tre buntar papper låg prydligt bredvid varandra under vikten av brevpressar i form av aporna som varken kunde se, höra eller tala.

– 22 98 53 99, läste han från en lapp. Jag har senare förstått att det är hans hemnummer.

– När ringde han?

– Det vet jag inte. Jag har en vanlig telefonsvarare och den uppger inte tidpunkten. Det gjorde inte han heller. Han sa inte vad det gällde. Bara att jag måste ringa honom före klockan åtta. Så sa han. Eftersom jag var ute från två på söndag eftermiddag och inte kom tillbaka förrän nästa eftermiddag, kan jag inte fastställa tidpunkten närmare.

Billy T. hade tagit fram ett anteckningsblock ur den omfångsrika jackan och noterade slött.

– Han sa före åtta? Inte när du kommer hem?

– Nej. Före åtta.

– Kan vi få bandet?

– Tyvärr. Det är bortspolat. Ren otur. Jag skulle naturligtvis tagit vara på det, jag läste om Brede Zieglers dödsfall på måndag morgon och blev ganska chockad när jag hörde meddelandet från honom samma eftermiddag. Jag måste ha kommit åt en knapp i uppståndelsen. Men jag kommer tydligt ihåg meddelandet.

Den ilskna sköterskan kom in igen, den här gången utan att knacka på dörren. Hon daskade en pärm i bordet framför doktor Felice och klampade ut ur rummet utan att stänga dörren efter sig.

– Det var värst, sa Billy T. Är det okej för dej att hon uppför sej så där, eller?

Doktor Felice svarade inte. Han knep sig över näsroten med tummen och pekfingret och tvingade hastigt fram ett leende.

– Hon är väldigt duktig. Det är hon som får ta stötarna där ute.

Billy T. knäppte jackan på väg ut.

– Det är mycket möjligt att vi kallar in dej till ett formellt förhör, sa han. Vi får se. Om du under tiden kommer på nåt som du tror kan vara av intresse, så ring. Det räcker med Billy T. Det är jag.

– Jag har förstått det, sa Øystein Felice. Så till vida har vi nåt gemensamt.

– Å?

Billy T. vände sig till hälften om och råkade stöta till en kartong med engångsgummihandskar. Den for i golvet.

– Lustiga namn.

– Precis.

Han satt på huk och plockade upp handskarna. Fingrarna blev fulla av talk och han borstade av dem hårt mot byxlåret.

– Det är kanske en sak.

Doktor Felice verkade trött. Först nu la Billy T. märke till att det kortklippta, mörka håret hade en antydan till grått vid tinningarna och att en aning skäggstubb började synas. Billy T. tog fram sitt fickur och svor över att klockan redan var halv fem.

– Vad då, sa han bryskt.

– Jag… I den där mappen jag gav dej står det ingenting om…

Doktor Felice tog en tablett till. Inte heller den stoppade han i munnen utan satt och rullade den till en mjuk grön ärta.

– Brede Ziegler var steriliserad. Det kommer förstås fram vid obduktionen. Eller… Han är väl redan obducerad. Jag var osäker på om det var av betydelse för utredningen, så jag tog inte med det i…

Han viftade obestämt mot pärmen i Billy T:s högra hand.

– I alla fall. Han ville steriliseras innan han gifte sej. Jag talade naturligtvis igenom det med honom före ingreppet, men han var mycket bestämd. Hans ålder innebar visserligen att jag inte skulle motsätta mej det, men han var barnlös och skulle gifta sej med en ung och förmodligen fertil kvinna, så jag…

Han hade börjat avbryta sig själv. Återigen tryckte han fingrarna mot ögonvrårna, som om han hade problem med att fokusera.

– Det är väl inte alls av intresse.

– Jo, sa Billy T. Jag måste sticka nu, men om inte du ringer mej nån dag snart, så ringer jag. Okej?

Doktor Felice svarade inte. Telefonen ringde; ett modernt, digitalt ljud. Han tog luren och Billy T. stängde dörren bakom sig.

– Hon som alltid frågar efter doktor Lycka är i luren, hörde han mottagningssköterskan säga. Ska jag be henne ringa senare?

Lycka. Billy T. log snett mot en svart kvinna med ett gnälligt barn i tvåårsåldern när han plötsligt kom på vad Felice egentligen betydde.

– Doktor Lycka, mumlade han. Det är ju också ett namn på en läkare.

Han glömde alldeles bort att betala för vaccinationen.

33

OM TVÅ TIMMAR skulle hon vara på repetition på teatern. Hon hade fortfarande knappt någon idé om vad det var för en karaktär hon skulle gestalta. Hon hade som vanligt snabbt lärt sig texten. Det var självfallet inte där problemet låg. Svårigheten lyste emot henne från själva omslaget på rollhäftet, som efterhand solkats av kaffefläckar och hundöron.

"Narcissus på nachspiel".

Fånigt! Thale hade lagt ner flera veckor på textanalysen. Orden förblev meningslösa tecken på en bit papper. Hennes roll var paradoxal och parodisk utan att det var författarens avsikt; hon skulle spela en kärlekskrank, grekisk nymf i en lägenhet på Akers Brygge.

Teaterchefen måste ha gått med på att sätta upp stycket av någon sorts pliktkänsla för ny norsk dramatik. Varför inte något av Jon Fosse? Visserligen hade hon redan spelat i två av hans pjäser, men han gav henne i varje fall något att spela på, en själ att gräva ner sig i. De hade utlyst en tävling i anledning av Nationaltheatrets hundraårsjubileum. En äregirig deckarförfattare – som hade gjort stor succé med brett anlagda mordgåtor i bokform – hade vunnit. Pjäsen var och förblev usel. Under förra repetitionen hade Thale fått en reprimand av regissören. Han var trött, sa han, på att hon använde dyrbar repetitionstid till att klaga över texten i stället för att försöka göra något av den. *Engagemang*, hade han vrålat och sparkat till en strålkastare. Lilltån bröts. Nu hoppade han omkring på kryckor och var surare än någonsin.

Thale la sig på soffan och drog pläden över sig: Hon blundade. Engagemang. Hon måste försöka engagera sig. I en pjäs där den grekiska narcissusmyten var förlagd till en nyrik, norsk miljö år 2000. Tillsynes framgångsrika människor vimsade omkring på scenen och dyrkade tomheten och undgick kärleken till andra än sig själva. Thale kunde formligen höra skratten från publiken när de skulle introduceras för en börsmäklare som hette Narcissus. Det tragiska var att stycket inte var en fars. Att hon själv skulle gå omkring i en Spice Girl-kostym och heta Eko, skulle knappast framkalla annat än medlidsamma leenden.

Hon försökte koncentrera sig och distansera sig från föraktet för pjäsen. Det hjälpte inte. Om hon försökte så mycket hon bara kunde, lyckades hon inte se sammanhanget mellan den rörande narcissusmyten och fem timmars oupphörligt whiskydrickande i en postmodernistisk lägenhet. Den egentliga Narcissus blev förälskad i sin egen spegelbild och avvisade Ekos kärlek. Eftersom spegelbilden blev en älskad som Narcissus aldrig kunde få, blev egenkärleken hans olycka och fall. Börsmäklaren, däremot, var i grund och botten ganska nöjd med att älska sig själv. Det var meningslöst. Det värsta med pjäsen var ändå de friheter författaren hade tagit sig med Eko. I myten vissnar hon bort i sorg över förlorad kärlek, men hennes klagosång, ekot, stannar kvar hos människorna i evighet. I den moderna versionen hade Eko blivit feminist. Thale rös vid tanken på hur hon i sista akten skulle våldta Narcissus i badkaret. Alla skulle få det de ville, om de så skulle ta det med makt.

Det upprörde henne att en författare som uppenbarligen inte hade förstått sitt ämne, skulle tvinga henne att göra sig till tolk för hans skruvade idéer.

Hon måste tänka på något annat. Hon somnade.

En dröm väckte henne tjugo minuter senare. Hon var svettig och andfådd och mindes att hon hade varit i Daniels etta för att hjälpa honom att hänga tavlor. En stor fuktfläck bredde missprydande ut sig på den ena väggen och hon dolde den med ett fotografi. Så snart hon hade hängt upp det blev det sprickor bredvid på väggen. Nytt fotografi, nya sprickor. Hon sprang och sprang, fortare och fortare, och ändå höll hela lägenheten på att rasa ihop.

Thale satte sig upp och såg på klockan. Hon skulle brygga sig en kopp kaffe och sedan promenera till teatern.

Hon var djupt bekymrad för sin son.

Ingenting hade gått som hon hade planerat. Daniel hade inte fått det han var värd. Hon kunde se att pojken inte hade det bra. Han använde mer och mer tid på meningslösa extrajobb än han använde till studierna, och han verkade olycklig. Hon anade att det rörde sig om något betydligt allvarligare än att han måste flytta från Bogstadveien till den mögelluktande lyan utan badrum. När han försökte prata med henne förra lördagen hade hon avvisat honom. Hon ville det egentligen inte, men hans frågor var för rakt på sak, gjorde för ont för att bemöta. Hon ville inte ha dem. Det var inte hennes fel att Daniel blivit sviken. Thale ville inte att sonen skulle hänga upp sig på det som redan hade hänt. Hon ville hjälpa honom att se framåt. Det hade hon alltid gjort.

Hon klunkade i sig en halv kopp kaffe och gick ut i badrummet. Mardrömmen satt kvar som en sur lukt i kläderna och hon vrängde dem av sig och stoppade dem i tvättkorgen. Det skållheta vattnet strömmade över hennes rygg och gjorde henne gott.

Det handlade egentligen om pengar.

Daniel hade inte fått arvet som han hade rätt till, det arv som hon och Idun hade kommit överens om skulle tillfalla Daniel. Daniel skulle ärva morfar. Idun, som Daniel löjligt nog kallade Taffa som han hade gjort sedan han var liten, hade själv inga barn. Idun älskade Daniel som om han var hennes egen son. De två kom överens. Thale hade aldrig låtit sig styras av pengar eller möjligheten att få tag i några. Sedan hon var sjutton hade hon klarat sig själv. Aldrig, inte en enda gång, hade hon bett sin far om pengar. Likväl hade det funnits en trygghet där. Villan i Heggeli var en gemensam familjeförsäkring som till syvende och sist skulle tillfalla Daniel. Det hade aldrig fallit henne in att fadern, som var lagman vid Högsta Domstolen, skulle ha ekonomiska problem. När han dog, efter en kort tids sjukdom åttio år gammal, var boet tomt. Villan var värd sex miljoner, skulden var på nästan sex och en halv. Thale hade inte orkat försöka ta reda på vad som hade hänt. Det var Idun som avslöjade det hela. Fadern hade varit en notorisk spelare. Möjligheten att spela på Internet hade gjort honom totalt utblottad.

Hon kämpade med vattenblandaren. Antagligen var det problem med packningen; rören brummade och det droppade från kranen hur hårt hon än skruvade till. Hon slog i väggen och höll på att ramla omkull.

Daniel hade förlorat sitt arv och hon hade svåra problem med att acceptera det.

Arvet.

Hon stannade i sin rörelse ur badkaret. Att det inte hade slagit henne tidigare kunde bara bero på att hon försökt att undantränga allt. Hon ville alltid se framåt, bara framåt.

Tanken var helt ny och hon strök sig långsamt över det våta håret.

34

UTFRYSNINGSMETODEN VAR noga planlagd, grundligt verkställd och uppenbarligen allmänt accepterad. I alla fall var det ingen som tycktes märka att hon kom efter att mötet hade börjat och att hon satte sig vid änden av det stora sammanträdesbordet med tre lediga stolar mellan sig och grannen. Hanne Wilhelmsen försökte hålla tillbaka en uppgiven suck. För första gången slog det henne att hon inte var förtjänt av den här behandlingen oavsett vad hon kunde ha gjort.

Det var tråkigt att komma för sent till den stora genomgången av Zieglerfallet, men att vakna med Marry i lägenheten var som att plötsligt ha fått en baby i huset. Människan hade förätit sig på köttsoppa klockan halv åtta på morgonen. Det fanns inte annat än konserver i huset och Hanne vaknade av att Marry stod med huvudet i toalettskålen och spydde.

– Herreminje så gott, sa Marry och torkade sig om munnen med ärmen på en pyjamas som hade tillhört Cecilie.

Hanne fick använda en extra halvtimme på grundreglerna; inte knarka, inte stjäla. Inte rota i lådor och skåp, utom i köket. Ät vad du hittar och tycker om, men tänk på magen. När Hanne kom ut från duschen log Marry brett och triumferande.

– Oj vicken flådig tröja.

Tröjan räckte henne till knäna. Den fick hennes huvud att sticka upp som på en kycklinghals ur ett jätteägg och var en present från Cecilie på Hannes trettioårsdag.

– Såret i bröstet visar att hugget har kommit en aning nedifrån.

Hanne försökte koncentrera sig på Severin Hegers redogörelse. Hon fick springa hem i lunchpausen och kolla hur det gick.

– Vilket betyder en av två saker, fortsatte Severin, som stod vid ett blädderblock och viftade i luften med en tuschpenna. Gärningsmannen kan vara kortare än Ziegler, som var en och åttio, eller…

Han ritade en trappa. På det näst nedersta steget placerade han en streckgubbe.

– Ziegler kan ha stått på trappan och gärningsmannen här nere.

På papprets placerades ytterligare en figur, utrustad med en kniv som till storlek och form mest liknade ett svärd.

– När det gäller spår så är de väsentligt reducerade till följd av det mildväder som inträffade samma natt som mordet skedde. Visserligen är den här trappan ganska ändamålslös…

– Vad används den egentligen till, avbröt Silje Sørensen. Jag måste uppriktigt sagt medge att jag inte ens har vetat om den. Konstigt att vi liksom har en baktrappa som aldrig används.

– …men den är uppenbarligen flitigt besökt, fullföljde Severin utan att svara.

Silje gömde diamantringen mot munnen och tittade i golvet.

– Det finns en stenvägg precis här, fortsatte han och ritade trappan sett ur fågelperspektiv. Den kan förstås fungera som ett slags vindskydd om det blåser härifrån…

Han ritade en pil in från Åkebergveien.

– …vilket det sällan gör. Men platsen var full av fotspår i alla storlekar och format. De två aspiranterna som sprang runt för att kolla tipset om ett lik på baktrappan, satte till exempel tydlig prägel på platsen. Om man säger så.

Han teg och stirrade framför sig som om han övervägde lämpligheten i att återge utskällningen han hade gett de två aspiranterna. Han drog djupt efter andan och skakade på huvudet.

– Det låg några snöplättar här och där och de har i alla fall hjälpt oss lite. Summa summarum…

Återigen började han rita, skosulor den här gången. Tre av dem placerades bredvid varandra på bladet. I den första skrev han 44, i nästa 38 och i den tredje 42. Sedan pickade han med pennan på den största.

– Det här avtrycket är Zieglers eget. De här två…

Han slog handflatan mot blocket och vände sig mot de andra i rummet.

– …är förmodligen de färskaste spåren i området. En damsko i storlek trettioåtta och en känga i storlek fyrtiotvå som antagligen tillhörde en man.

– En liten man, mumlade Billy T.

– Eller en tonåring. En inte helt vuxen man.

– Eller en dam med stora fötter.

Silje gjorde ett nytt försök och lät blicken fara mellan Billy T. och Severin.

– Eller en tjej med lånade skor, sa Klaus Veierød surt. Vilka är det som trafikerar vår park? Fnask och annat pack. De är inte precis så noga med om grejerna passar.

– Spårens djup tyder på en kroppsvikt på sjuttio kilo i damskorna, betydligt mindre i de större kängorna. Vi hade tack och lov Brede Zieglers spår att jämföra med.

– En tung och rultig dam, konkluderade Billy T. Och en lätt och spinkig man. Vilket par.

– Två gärningsmän? Snackar vi nu plötsligt om *två* gärningsmän?

Silje Sørensen strök håret bakom örat.

– Hör ni inte vad jag säger?

Severin satte sig och trummade med fingrarna mot bordsskivan.

– Brottsplatsen var en enda röra. Massor av fotspår. Massa skit. Om de här avtrycken är relevanta vet vi faktiskt inte. Men av allt virrvarr som jag har fått av teknikerna så tycks det här vara det närmaste vi kommer fotspår som satts under söndag kväll den femte december. Det kan vara riktigt. Det kan lika gärna vara fel.

– Har vittnena fått uppge vilka skonummer de har?

Hanne Wilhelmsen ställde frågan utan egentlig adress. Ingen svarade. Ingen såg åt hennes håll. Karianne Holbeck skakade till slut långsamt på huvudet och rodnade. Billy T. lyfte handen som tecken på att Severin Heger skulle fortsätta.

– Den verkligt anmärkningsvärda upplysningen i det här fallet fick vi ganska tidigt, sa han. Det riktades två anslag mot Brede Ziegler. Det ena, knivsticket, tog livet av honom. Det andra, förgiftningen, skulle han kanske ha dött av ändå.

Han reste sig på nytt, den här gången för att ta fram en ask Paracet ur bakfickan. Han slätade ut den och höll upp den mot de andra.

– Den här ligger och skräpar i de flesta norska hem. Men har ni nån gång försökt köpa två paket på apoteket? Det går inte. Man får bara ett. Det här är nämligen gift, förstår ni. Som ni ser...

Pekfingret slog mot den svarta texten på orange bakgrund.

– Femhundra milligram. Det är dosen paracetamol i varje tablett. Själv brukar jag ta två. Det blir ett gram, eller hur?

Folk nickade tyst och uppmärksamt runt bordet, det här var matematik som det gick att förstå.

– Inte många av oss *läser* de här varningarna på mediciner som vi använder. Låt mej läsa för er: "Angiven dosering får ej överskridas utan läkares ordination. Högre doser eller långvarigt bruk medför risk för mycket allvarlig leverskada." Det kan man säga, ja! Stoppar man i sej det här paketet, alltså tjugo tabletter, så kan man dö! Det blir tio gram paracetamol. Har man gått till ett apotek till och fått tag i ytterligare en ask så kan man definitivt säga good bye till familjen. Om man blandar det hela med stora doser alkohol eller andra berusningsmedel, så behövs det mindre. Då räcker det gott och väl med det här paketet.

Hanne hade i perioder använt ett paket i veckan. Hon tog sig ofrivilligt mot levern.

– Om man inte kommer under behandling ganska snabbt efter intagandet av stora doser av den här medicinen så är det för sent. Då dör man i alla fall. Brede Ziegler var proppfull med paracetamol och hade dessutom noll komma tre i promille när han dog. Det kan betyda att han tog ett glas vin tidigare på kvällen.

– Vad visar obduktionen, frågade Hanne Wilhelmsen.

Severin svarade inte. Han såg bort mot Billy T.

– Så vitt jag förstår, fortsatte Hanne, så finns det ingenting i maginnehållet som tyder på att Ziegler druckit vin strax innan han dog. Vilket leder oss till en tämligen logisk slutsats. Han var på alla tiders kalas kvällen innan. Så hejdundrande att han fortfarande hade promille på söndag kväll. Kanske var han tillsammans med någon. Mördaren till exempel. En av dem, i alla fall. För mej låter det konstigt att Brede Ziegler skulle ha druckit vin på söndag eftermiddag eller kväll. Han måste ha haft ganska ont i magen. Visserligen finns det uppgifter i det här fallet om att Ziegler hade en ovanligt hög smärttröskel, men att dricka vin när man har ont i magen? *Think not.* Vet vi nåt om var Ziegler befann sig lördag kväll?

Det blev alldeles tyst. Billy T. hade inte sett åt Hannes håll sedan hon kom. Nu tittade han demonstrativt åt andra hållet. Karianne Holbecks ansikte antog en fascinerande lila färg.

– Vi har mest, mest av allt, vi har…

Hon försökte få hjälp av Billy T. Kommissarien kliade sig i örat och granskade skosulorna på blädderblocket.

– Vi vet inte än var Brede var på söndagskvällen innan han mördades, stapplade Karianne vidare. Vi har koncentrerat oss på det. Liksom. Det är ett mysterium. Ingen har sett honom, ingen vet var han var. Det enda vi vet är att han lämnade lägenheten klockan fem i åtta på kvällen. Det framgår av larmet. Videoövervakningen var ur funktion just den kvällen. Det blev nåt fel när de bytte kassett, så vi vet ingenting om vem som gick ut eller in i huset efter klockan fem den eftermiddagen och fram till långt in på måndag förmiddag. Vi har koncentrerat oss på söndagen. Det är ju lite mer... angeläget, menar jag. Det är viktigast att ta reda på vad han gjorde på söndag kväll. Innan han dog.

Hennes röst tilltog i styrka och gick upp i falsett på "dog".

– Billy T.?

Där fanns ingen hjälp att få.

– Kroppen behöver cirka en timme för att förbränna noll komma en till noll komma femton promille alkohol i blodet, sa Hanne torrt.

Hon borde inte föreläsa. Billy T. vred sig i stolen. Karianne kunde rodna hur mycket hon ville; att det här fallet hade körts i botten var inte hennes ansvar. Det var Billy T:s fel.

– Det varierar lite, fortsatte Hanne. Beroende på individuell ämnesomsättning, tolerans för alkohol och såna saker. Av förhören som jag har gått igenom är det svårt att bilda sej en uppfattning om Brede Zieglers förhållande till alkohol. I varje fall var han en ganska storväxt man och vi får anta att han hade en viss tolerans. Låt oss då säga att han klockan fem, bara som ett exempel, på söndagsmorgonen...

Hon skakade på huvudet och tänkte efter. Silje Sørensen var den enda som såg på henne. De andra satt som saltstoder med bortvända ansikten. Ett ögonblick var hon inte säker på om de egentligen hörde på.

– Klockan fem lördag morgon kan han ha haft en promille på två komma fem. Skitfull med andra ord. Då skulle han inte vara promillefri förrän långt fram på söndag natt. Det styrker din teori, Severin. Om att Paraceten faktiskt skulle ha dödat honom, menar jag. Dessutom gör det oss till idioter som inte har tagit reda på vad karln gjorde lördag och fredag och torsd... Hela veckan innan han dog.

Eftersom ingen sa något tog hon gud i hågen och fortsatte:

– Vi kan tänka oss några scenarion. Naturligtvis kan det handla om norsk historias mest överlagda mord. Nån har fått i Ziegler en massa Paracet. Gärningsmannen blir otålig över att det faktiskt tar tid att dö av paracetamolförgiftning och sticker kniven i honom för att påskynda döden. Nå.

Hon gick bort till blädderblocket och rev av arket med skosulorna.

– Var och en av er får ha sin mening om sannolikheten i ett sånt modus. Jag för min del förkastar teorin meddetsamma. Det blir för dumt. Blandningen av stark beslutsamhet och nästan barnslig otålighet stämmer inte. Om vi däremot...

Silje Sørensen log. Hanne fäste blicken på hennes mun. Hon kände ett stigande raseri. En sak var att Billy T. hade all orsak att vara förbannad. Något annat var att sätta upp hela poliskåren mot henne. Silje hade uppenbarligen varit immun. Hennes leende uttryckte både äkta intresse och något som liknade beundran. Hanne vände sig tvärt och ritade två könlösa figurer på det grova pappret.

– Det är på sätt och vis ganska anmärkningsvärt att två personer samtidigt skulle få för sej att Ziegler måste dö. Men i betraktande av mannens mycket höga mediala värde och med hänsyn till alla de stackars människor som mejats ner där han har farit fram...

Hon hejdade sig och knäppte med fingrarna på vänster hand.

– Hallå. Hal-lå!

Det var fortfarande bara Silje som såg upp. Hanne lät sekunderna gå. Severin Heger lyfte till slut ansiktet mot henne. Inga andra.

– Okej, sa Hanne Wilhelmsen tvärt. Ta över du, Billy T. Jag ska hålla käften.

Hon tog lång tid på sig att sätta sig igen. Väl framme nederst vid bordet, för sig själv, med tre tomma stolar mellan sig och Klaus Veierød, la hon armarna i kors och kisade mot Billy T.

– Nåväl, sa Severin Heger överdrivet muntert. Låt oss då se lite närmare på våra misstänkta.

– Men du, Annmari, sa Silje och fick polisjuristen att slita sig från sina anteckningar för ett ögonblick. Om Hanne har rätt och det rör sig om två olika gärningsmän… Han som står för förgiftningen, kan han dömas för mord? Brede Ziegler dog ju faktiskt av knivhugget och då blir ju förgiftningen bara ett mordförsök, eller ett…

– Finjuridiken tar vi senare, avbröt Billy T. Klaus! Har du tagit reda på om nån saknar en kniv, en sån där Masa… Masa-nånting?

– Men skulle vi inte först se på, försökte Silje. Skulle vi inte se på de misstänkta och…

– Har du?

Billy T. nickade mot Klaus Veierød, som skakade på huvudet och uppenbarligen kände sig besvärad.

– Ingen saknar en sån kniv hittills. Ingen på *Entré*, i alla fall. Jag har kollat med elva andra restauranger också. Nix. Allt tyder på att mordvapnet faktiskt är den kniv som Brede köpte själv på lördan. Men vi måste komma ihåg att det faktiskt finns en hel del privatpersoner som också har sådana knivar. Den är till salu. Jävligt dyr, men till salu.

– Vi har alltså ett gift som finns tillgängligt i varje hem och en kniv som är till salu, sa Billy T. surt. Snyggt. Är det nån mer som har värdefull information att dela med mej?

Severin la handen på hans axel. Billy T. vred sig undan.

– Vi kan ju se lite på de misstänkta, återtog Severin och skrev tre rubriker på blocket. Vilde. V-i-l-d-e.

– Det börjar gå upp för henne att hon kommer att ärva en liten förmögenhet, sa Karianne Holbeck. Den lilla änkan har tagit kontakt med en advokat och det ska tydligen vara nåt strul med det där bolagsavtalet vi pratade om tidigare. Hon har visst större rättigheter än vi först trodde.

– Jag vet, sa Billy T. Jag har snackat med Claudio Gagliostro.

– Det var faktiskt jag som rådde Vilde att kontakta advokat, sa Karianne med låg röst. Hon var så förtvivlad och...

– Kanske du kunde vänta med att dela ut råd till höger och vänster tills du är torr bakom öronen, sa Billy T. Advokater är fan ta mej det sista vi behöver i det här fallet. Dessutom har jag själv snackat med Karen Borg.

När han nämnde advokatens namn såg han för första gången på Hanne Wilhelmsen; i oförställd triumf, han var inte ensam bland Hannes tidigare vänner om att vända henne ryggen. Sanningen var att han överhuvudtaget inte hade nämnt Hanne. Det var länge sedan den gamla vänkretsen hade slutat att tala om hennes försvinnande. Karen hade ingen aning om att Hanne var tillbaka i Norge.

– Hon kom med samma jävla mantra som alla andra vittnen i det här fallet. *Tystnadsplikt.*

Han förvred munnen i en ful grimas. Mustaschen hade blivit tydligare de senaste dagarna; Hanne la märke till att den hade fått en grå strimma under näsan.

– Allt som allt kan vi sammanfatta att Vilde Veierland Ziegler ärver rubb och stubb. Nettoavkastningen, som advokat Borg uttryckte det, kommer att bli betydlig.

– Jaha. Jaha. Misstänkt nummer ett.

Severin satte ett utropstecken efter Vildes namn.

– Motiv? Ja. Alibi?

– Hon säger att hon var ute på stan med en väninna, sa Karianne. Det är bekräftat. De var på Smuget från strax före nio och fram till runt tolv. Sen gick de tillsammans till Tostrupkjelleren. Väninnan gick hem klockan tio i ett och då var Vilde fortfarande kvar.

– Fint, sa Severin lamt. Hon har alltså alibi. Och det är grundligt undersökt?

– Grundligt och grundligt, sa Karianne och ritade ilsket på ett tomt ark. Jag har pratat med väninnan och hon bekräftar det hela.

– Bekräftar, vrålade Billy T. Vad fan betyder det? Har du haft den här, denna... *påstådda* väninna inne på förhör?

– Jag ringde.

– *Ringde?*

Karianne kastade ifrån sig pennan och vrålade tillbaka:

– Nu får du fan i mej ge dej, Billy T.! Du ska sluta att snacka till mej som om jag var en medelmåttig skit som du är dömd till att dras med! Det hade kanske varit enklare för oss alla om vi hade haft en chef som kunde sitt jobb. Har du till exempel berättat för nån att du har pratat med Karen Borg före det här mötet? Du har visserligen nämnt i förbigående att du har haft ett förhör med Gagliostro, men var är det? Inte i mina papper i alla fall. Rapporten från ditt och Severins besök på Niels Juels gate har jag heller inte sett röken av. Har du överhuvudtaget gett mej någon som helst anledning att koncentrera utredningen kring en liten tjej som vi andra hittills inte har kunnat knyta till särskilt mycket till motiv utöver ett ospecificerat värde av en belånad lägenhet? Du susar runt i dina egna grejer och är inte ett dugg intresserad av vad vi andra har kommit på. I går, till exempel...

Nu vände hon sig till de andra, som om hon förde vittnesmål i en sluten sekt för misslyckade poliser.

– Min grupp kom på att Alexander Schultz-tavlan, som mamma Johansen var så tacksam för att sonen hade tagit bort av estetiska skäl, senare såldes på auktion hos Blomquist. För

hundranittiotusen kronor. Av Brede Ziegler. Jag la in rapporten
till dej och du har inte ens kommenterat den. Verkligen en inspir-
erande chef!

Nu stirrade hon vilt på Billy T. och hon var inte längre röd.
Kinderna var bleka som papper och ögonen blanka. Munnen
darrade våldsamt som om hon när som helst skulle brista i gråt.
I stället fortsatte hon. Raseriet var inte bara en reaktion på kom-
missariens tvära uppträdande den senaste timmen. Billy T. hade
varit en skitstövel i över ett halvår och Karianne Holbeck hade
fått nog.

– Hela den här utredningen är en skandal! Jag vet det, du vet
det. Alla här inne vet det. Det dröjer *fan ta mej* inte länge förrän
alla andra också vet det. Läser du tidningar, Billy T.?

Att höra Karianne Holbeck svära var nästan lika chockerande
som det faktum att hon skällde ut en överordnad inför alla.
Severin Heger satt med öppen mun. Klaus Veierød skrapade
med fötterna mot golvet och fingrade på en stor vårta på vänster
tumme. Den började blöda. Silje Sørensen rynkade på näsan och
sneglade lite skadeglatt på Hanne Wilhelmsen som fortfarande
satt med armarna i kors utan att säga ett ord. Annmari Skar såg
ut som om hon mest hade lust att packa ihop och gå. Resten av
församlingen satt med böjda nackar och väntade på att stormen
skulle bedarra.

– Tydligen inte, fräste Karianne och höll upp dagens VG
framför ansiktet.

Hela första sidan dominerades av ett citat från en "högt upp-
satt poliskälla": *Vi rotar runt på måfå!*

– De gör oss till åtlöje. Och jag menar *åtlöje!* Och med all rätt
om jag får säga det själv.

Karianne dunsade ned på stolen igen, andfådd och likblek.

Hanne Wilhelmsen var den enda som såg på Billy T. Tiden
hade satt plufsiga spår i hans ansikte och över skuldrorna. De

hade blivit rundare; bröstkorgen verkade paradoxalt nog mindre omfångsrik under den lite för trånga tröjan. Hon försökte fånga hans blick, så som hon alltid gjorde när allt var som det skulle och de var en för bägge, bägge för en. Hon ville ha vapenvila. Hon ville ha mer, och visste att det inte var möjligt; men en vapenvila skulle vara till hjälp för dem båda, och åtminstone för honom. Här och nu var det han som behövde henne. Han såg ingenstans, bara rakt framför sig i en tystnad man inte skulle tro att det fanns plats för i ett rum där tio spanare och en polisjurist försökte få grepp om en utredning som för länge sedan glidit dem ur händerna. Det var tio dagar sedan Brede Ziegler mördades och fallet skulle aldrig bli utrett. Inte på det här sättet. Inte under Billy T:s vacklande regim och godtyckliga tyglar. Hanne Wilhelmsen var den enda som såg på Billy T. Han lyfte aldrig blicken för att möta hennes.

Det gick trettio sekunder; det gick en minut.

Hanne reste sig långsamt. Hon gick bakom ryggen på Severin Heger, Klaus Veierød och Billy T., tätt mot väggen för att inte röra vid någon av dem. Hon böjde sig ner mot Silje Sørensens öra. Den unga assistenten lyssnade koncentrerat, nickade och försvann hastigt ut ur rummet. Smällen när dörren stängdes efter henne skar brutalt genom den tryckande tystnaden och fick dem alla att sluta ögonen. När de öppnade dem igen hade Hanne satt sig på en stolsrygg vid bordsändan med fötterna på sitsen; hon stödde armbågarna mot knäna och stirrade intensivt på Severin Heger.

– Jag har gått igenom alla papper i ärendet, sa hon lågmält. Läst alla förhör, alla rapporter, gått igenom alla listor. Jag har varit på Niels Juels gate. Min egen rapport ligger som bilaga 16-2. När jag säger det här är det inte för att mästra någon. Jag säger det för att uppmuntra er. Det ligger mycket bra polisarbete i det här. Det som har gjorts fel, eller...

Stolsryggen knakade, men hon satt kvar. Hon formade en cirkel med händerna och höll upp dem mot ansiktet.

– Problemet är fokus. Det här fallet skiljer sej från alla andra. Som väl egentligen alla fall gör.

Hon försökte le, men ingen log tillbaka.

– Ni... Vi har koncentrerat oss på motiv. Det brukar vara knepigt. Men i ett fall där vi snubblar över motiv vart vi än går kunde det vara klokt att flytta fokuseringen. I stället för att fråga *varför*, för att få svaret på *vem*, borde vi fråga: *Varför just där?* Då närmar vi oss svaret på *vem*, men från en annan infallsvinkel.

– Hä, sa Karl Sommarøy, han torrsög på pipan och la ifrån sig kniven som han alltid lekte med.

– Vi bör fråga oss: Varför blev Brede Ziegler mördad utanför Polishuset? Vad gjorde han där? Ingenting tyder på att mannen forslades dit efter att han dödats. Han dog där och då. På Polishusets baktrappa. Han har alltså gått dit, gått in i en park som få av oss skulle vilja sätta en fot i efter mörkrets inbrott, gått in i den parken en sen söndagskväll när han till råga på allt, efter allt att döma, måste ha haft ont i magen. Är inte det jävligt *konstigt*?

Karianne Holbeck var den nästa som gav sig. Hon rynkade på näsan och skakade på huvudet.

– Konstigt, jo... Men det finns väl en logisk förklaring bara vi listar ut vem som gjorde det? Tror du inte det?

– Säkert!

Hanne klappade lätt i händerna, som i illa dold förtjusning över att äntligen ha en publik. Hon såg inte längre på Billy T.

– Den här Brede, fortsatte hon och hoppade ner på golvet. Han är en man... En man utan eko.

– Utan eko?

Karianne skakade oförstående på huvudet.

– Ja! Det ser du ju, Karianne! Tänk efter! Det är du som har haft ansvaret för sammanställningen av vittnesförhören och det har du egentligen gjort ganska bra, men du måste…

Hon lutade sig över bordet mot Karianne och sänkte rösten.

– Se på helheten. Du är frustrerad för att du *inte hittar någon helhet*. Allt spricker. Någon dyrkar Brede. Någon föraktar honom. Någon hatar honom, någon beundrar honom. En och annan hävdar att han var cynisk, alkoholiserad och elak. Andra säger att han var kulturell, bildad och duktig. Det har du grävt ner dej i och blivit frustrerad av. Lyft blicken i stället! Vad är det för profil vi ser egentligen? En man utan klangbotten. En man som… Om man ropar till honom får man…

– Inte något svar, sa Klaus Veierød eftertänksamt. Men det leder oss knappast närmare svaret på vad fan karln gjorde på vår baktrappa en sen och kall söndagskväll.

– Kanske inte, sa Hanne. Men kanske ändå. Vad jag vill komma fram till är först och främst att det är på tiden att sammanfatta. I alla fall när det gäller vad för slags människa den här berömda kocken egentligen var. Vad kallar vi människor som det talas om i så vitt skilda ordalag som Brede Ziegler?

Hon såg från den ena till den andra och slog ut med händerna i väntan på svar.

– Spännande typ, sa Karianne försiktigt och Hanne ryckte på axlarna.

– Psykopat, tillfogade Severin Heger i frågande ton.

– Oberäknelig, fastslog Klaus Veierød, ivrigare nu, han hade börjat anteckna för första gången under mötet.

– Oförutsägbar, föreslog en aspirant som hittills inte sagt ett ord, men som just avslutat en psykologikurs.

– Vart vill du hän, Hanne?

Annmari Skar såg på Hanne med kisande blick.

– Jag vill hit, svarade hon, vände sig mot blocket och bläddrade tillbaka till Severins teckning av baktrappan i fågelperspektiv. Jag vill fram till att Brede Ziegler aldrig skulle befinna sej just här en sen söndagskväll om han inte hade intresse av det. Han var en man som uppenbarligen aldrig gjorde något utan av egenintresse. De som talar om honom i smickrande ordalag är människor som han har tjänat på att bli omtyckt av. När vi betänker att mannen efter allt att döma måste haft smärtor, kanske inte så våldsamma, men ändå... På nåt sätt måste det ha varit viktigt för honom att vara just där. Han måste haft ett avtal. Han skulle träffa nån.

Alla vände sig hastigt om när Silje Sørensen kom tillbaka, andfådd och med en bärkasse som hon sträckte fram mot Hanne.

– Senare, sa Hanne och log. Sätt dej så länge.

– Brede Ziegler kunde också ha blivit hotad att gå dit, sa Klaus Veierød. Är inte det mer troligt? Nån kan ha tvingat dit honom, antingen direkt genom att rikta vapen mot honom, eller indirekt genom att de visste nåt om honom. Utpressning?

Hanne ritade en tjock ring runt trappan, vände sig mot Klaus och satte huven på tuschpennan.

– Just det, sa hon långsamt. Han kan ha pressats till att komma. Knappast med vapen. Bilen stod snyggt parkerad på Sverres gate. Att nån skulle ha hotat honom till att först parkera lagligt en bra bit bort från parken för att sen gå hela vägen till baktrappan, allt detta utan att någon såg nåt, hörde nåt, la märke till nåt... Tja. Men du har förstås rätt. Han kan ha blivit hotad på andra sätt. Att han *måste* komma, annars... det vanliga. Vilket inte rubbar min huvudsakliga slutsats. Han skulle träffa nån. Han hade ett avtal, ett avtal som han absolut inte kunde bryta. Och hör här... Skicka mina papper, är du snäll.

Hon pratade förbi Billy T. Han satt fortfarande och stirrade på något som ingen annan kunde se, men han hade i alla fall inte gått. Klaus Veierød tog den tjocka pappersbunten och skickade den vidare bortåt bordet.

– Här, sa Hanne och drog fram ett papper. Rapporten från mitt besök på Niels Juels gate. La du märke till nåt särskilt med badrummet, Severin?

– Badrummet?

Severin tänkte efter och tog av sig glasögonen.

– Jag… Vi var inte inne i badrummet. Det kom några från Securitas och det…

– Jag var i alla fall inne i badrummet, avbröt Hanne. Och hittade ett ovanligt läckert, stort våtrum utan lösöre av intresse. Inga mediciner. Tandkräm, rakgrejer. En tandborste. Det ska jag återkomma till. Men väggen, mina vänner, väggen över badkaret, den var väldigt ovanlig.

Det högg till i henne när Billy T. äntligen såg åt hennes håll. Han försökte hålla en min av halvintresserad likgiltighet. Samtidigt försökte han dölja blicken genom att rynka ögonbrynen, något som fick honom att likna en butter liten pojke.

– Väggen är prydd med en mosaik. Den är helt enkelt en miniatyr av fasaden på moskén på Åkebergveien. På pricken lik. Jag tog ett polaroidfoto och har jämfört. Helt och absolut likt. Så vitt jag kan bedöma i varje fall.

– Och vad då?

Karl Sommarøy gäspade och knep sig om den lilla hakan med tummen och pekfingret.

– Just det, sa Karianne tyst; det verkade som om hon hade hämtat sig någorlunda efter det våldsamma utbrottet. Vad har det med saken att göra?

– Kanske ingenting. Kanske är det en tilfällighet att mannen mördades bara femtio meter från originalet till sin badrumsvägg. Å andra sidan: Kanske inte.

Hon la händerna mot bordsskivan och fortsatte; rösten var annorlunda nu, mer intensiv, mer ute efter att övertyga.

– Brede Ziegler var en *show-off*. En fåfäng, grund och mycket duktig *show-off*. Om jag hade varit på besök hos Brede när han levde skulle jag ha blivit imponerad av badrumsväggen. Jag skulle ha skrutit hämningslöst om den. Nån kan ha gjort just det. Och så ville han visa originalet...

Hon hade tappat taget om dem. Karianne såg ned, Severin hade lagt av sig glasögonen för gott. Klaus slängde ifrån sig pennan och såg på klockan.

– Okej, sa Hanne och försökte le; hon förstod genast att det bara blev en oklädsam grimas. Vi låter det vara. Men det var en sak till med den där lägenheten som slog mej. Severin, vad var det mest påfallande med den, som du såg det?

– Att den var läcker, förstås. Opersonlig, men läcker. Snubben var sjukligt kändisfixerad. Och inte särskilt förtjust i sin fru.

Han flinade brett.

– I alla fall hade hon inte satt nån särskild prägel på stället.

– Precis!

Hanne klättrade upp på stolsryggen igen och satt och vippade med stövelhättorna mot bordskanten.

– En tandborste. Inga parfymer, ingen LadyShave. En säng utan sängkläder, snyggt avbäddad som på ett hotell där inte gästerna väntas förrän om en vecka. Vilde ska enligt papperna ha fått meddelande om makens död klockan fem på morgonen, så hon ska alltså ha tagit av sängkläderna innan hon går ner till centralstationen för att hinna med första tåget till Hamar.

– Du kommer snart att ramla, sa Silje Sørensen. Jag blir jättenervös av att du sitter så där.

– Hur fick ni egentligen tag i Vilde, Karianne?

– Jag ringde först hemnumret. Där svarade ingen. Sen ringde jag Vilde Veierland Zieglers mobiltelefon. Hon svarade och var tydligt sömndrucken. Jag sa att vi gärna ville tala med henne om nåt allvarligt och sa att vi kunde vara på Niels Juels gate om en halvtimme. Jag måste få tag i en präst först, så det tog väl närmare en timme innan vi kom iväg. När vi kom fram var hon vaken och hade klätt sej.

– Och varför hade hon inte svarat på första uppringningen?

Karianne flackade med blicken.

– Hon hörde den kanske inte. Hon sov och hade varit ute på stan. Som sagt. Hon sov. Trött.

– Eller kanske hon helt enkelt inte var där, sa Hanne lugnt. Jag för min del tror att hon bor nån annanstans. Inte på Niels Juels gate i varje fall. Den finns ingen kvinna i världen som sätter så lite spår efter sej.

Billy T. rörde på sig. Han vickade huvudet fram och tillbaka, som om han just hade vaknat. Han kliade sig på hakan och öppnade munnen flera gånger som om han gärna ville säga något men inte riktigt visste vad.

– Det börjar bli väldigt instängt här, sa Hanne. Vi kanske skulle ta en paus. Men innan dess... Jag har nåt som jag gärna vill visa er. Om det är okej för dej, Billy T.?

Han såg inte på henne men nickade svagt.

Hanne gjorde ett tecken till Silje som tömde kassens innehåll på bordet. Alla lutade sig fram för att titta på sakerna. De var ordentligt inpackade i plastpåsar med luftlås.

– Det här är de saker som hittades på brottsplatsen, sa Silje. En del är fortfarande på tekniska, som till exempel cigarettfimparna. Så jag tömde bara en askkopp. För illusionens skull, liksom.

Hanne skrattade lite och strök uppmuntrande över Siljes arm. Hon log brett och sneglade på de andra för att se om de hade lagt märke till godkännandet.

– Finn fem fel, på sätt och vis. Vad är det som är konstigt här?

– Ölburkar, mumlade Karl och fingrade på en av påsarna. Ett glasspapper från i somras. Cigarettfimpar. Kondomer. En näsduk. Använd och jävlig.

– Presentpappret, sa Karianne högt. Presentpappret hör inte

ihop med det andra. Det ser inte gammalt ut, heller.

– Nu tar vi den där pausen.

Alla vände sig mot Billy T.

– Men vi…

– Vi slutar nu. Vi har hållit på i tre timmar. Det går knappt att andas här inne.

Karianne frågade när de skulle ha nästa möte.

– I morgon, sa Billy T. Jag ska ge närmare besked.

Sedan gick han. Han vände ryggen åt dem alla och lunkade ut ur rummet. De andra samlade ihop papper och tomma läskedrycksflaskor. Silje la tillbaka brottsplatsfynden i plastpåsen och Karl avtalade lunch tillsammans med Klaus och Karianne.

De hade inte samlat ihop trådarna. De hade inte fördelat uppdrag. De hade knappt börjat se närmare på allt material som de trots allt hade samlat under tio dagars famlande utredning. Hanne tänkte på hotelsebreven, på Gagliostro och Sindre Sand. De hade inte ens närmat sig det egendomliga faktum att Brede Ziegler hittades med sextontusen kronor i plånboken. Hon tänkte på Marry. Gudarna visste vad hon höll på med nu.

Silje sysslade med plastpåsen. Föremålen las långsamt på varandra i ett prydligt system, som om hon packade ägg.

– Vi blev väl egentligen inte färdiga, sa hon. Vi har ju inte ens pratat om…

– Nej, sa Hanne Wilhelmsen och trädde ett gummiband runt pappersbunten innan hon stoppade den i en postväska från sjuttiotalet. Vi blev inte det. På långa vägar. Men Billy T. bestämmer. Det är han som är utredningsledare.

– Det borde ha varit du, viskade Silje.

Hanne låtsades inte höra. Hon måste hem för att kolla om lägenheten fanns kvar. Hon borde ha berättat för Billy T. om sin nya hyresgäst. Hon hade tänkt göra det. Det gick bara inte. Nu skulle det bli ännu svårare.

Vittnesförhör med Idun Franck.

Förhörsledare krimkom Hanne Wilhelmsen. Utskrift av kanslist
Beate Steinsholt. Det finns endast en kassett av det här förhöret.
Förhöret är upptaget på band onsdag 15 december 1999 med bör-
jan 15.30 på Polishuset i Oslo.
Vittne: Idun Franck, 060545 32033
Bostad: Myklegardsgate 12, 0656 Oslo
Arbete: Förlaget, Mariboesgt. 13, Oslo
Vittnet har underrättats om vittnesansvaret, förklarat sig villigt att
vittna. Vittnet har meddelats att förhöret tas upp på band och att
det senare skrivs ut.

Förhörsledaren: Det var personalia, så är det klart. Jag ser att du
är bland de yngsta som kan kalla sig krigsbarn.

Vittnet: Förlåt?

Förhörsledaren: Du är ju född två dagar innan freden kom. Din
spädbarnstid kan inte ha varit helt korrekt enligt barnavårds-
lagen. (*litet skratt*)

Vittnet: Ska det här med i förhöret?

Förhörsledaren: Allt ska med i förhöret, stort och smått, viktigt
och oviktigt. Det är vitsen med att använda bandspelare. Att
man efteråt kan veta vad som blev sagt, inte bara vad polisen väl-
jer att ta med i rapporten. (*paus*) Så långt har jag fått dokument-
erat att jag försöker småprata lite vänligt med ett vittne. Gör det
dig förvirrad?

Vittnet: (*harkling*) Nej… Förlåt, det var inte illa ment. Jag blev
bara lite överrraskad av att vi började prata om kriget. (*litet*

skratt) När jag var liten placerades alla händelser till antingen "före kriget" eller "efter kriget". Kriget var den stora tidsskillnaden. Det var bara lustigt att du skulle tänka så, nu nittionio menar jag. Men det är väl inte mitt födelsedatum som är anledning till att jag är här?

Förhörsledaren: Nej, naturligtvis inte. Vi har inte hållit något formellt förhör med dig än. Du har ju bara haft ett informellt samtal med polisen. Det finns ett skrivet referat av kommissarie Billy T. från det samtalet. (*pappersprassel*)

Vittnet: Så han har alltså en titel, även om han inte har något efternamn. Är det referatet som du har där? Då är du väl medveten om att jag inte kan berätta så mycket om Brede Ziegler. Jag har tagit en principiell ståndpunkt om meddelarskydd. Ja, du har väl läst motiveringen, eller ska jag upprepa den nu? Är det orsaken till det här förhöret att jag ska upprepa det mer formellt? Då vill jag gärna säga att jag har talat med förlagsdirektören och han är...

Förhörsledaren (avbryter): Nej, det är inte nödvändigt att du upprepar allt det där. Vi har det här i rapporten. (*harkling... kraftig nysning, snyter sig*) Förlåt, det är visst säsong för sånt. Får jag bjuda på en tablett? Var var vi... Jo. Det är ganska speciellt det där du har sagt om att ge meddelarskydd åt en kock som källa till en kokbok. Vi har skojat lite om det här i huset. Att vi ser fram emot att de hemliga recepten kommer ut i bokform, menar jag. Men vad jag ville säga var att vi när det gäller det här förhöret har bestämt att respektera din ståndpunkt när det gäller meddelarskydd. Vi är inte helt säkra på att du har rätt, men polisjuristen jobbar på den saken. Det återkommer vi till. I det här samtalet skippar vi allt som du har fått veta av Brede Ziegler i egenskap av redaktör. Det får vi eventuellt ta upp med häktningsdomstolen senare. Men vad jag undrar är om... (*liten paus*) Säg mig, har du läst juridik?

Vittnet: Va?

Förhörsledaren: Har du läst juridik?

Vittnet: Nej, naturligtvis inte. Jag är filolog, med ämnen som litteraturvetenskap, etnologi och engelska.

Förhörsledaren: Just det. Etnologi. Är det folklivsforskning eller något sånt? (*paus*) Intressant! Då undrar jag hur du kan veta allt det där juridiska. Du vet, allt du hänvisade till när Billy T. pratade med dig. Rättegångsbalken paragraf 125 och Europakonventionen för mänskliga rättigheter och sånt. De senaste dagarna har jag frågat alla jurister jag har träffat vad de tycker om rättegångsbalkens paragraf 125 och de har ingen aning om vad jag talar om. Var har du lärt dig allt det där?

Vittnet: Ja, hm, jo... (*litet skratt*) Jo, jag förstår vad du menar. Det är kanske lite konstigt. Men jag har en god vän som jag äter middag med ibland, han är advokat och expert på tryckfrihetsmål och sånt. Han har många tidningar som klienter. Vi har diskuterat lite. Och då lär man sig ju ett och annat.

Förhörsledaren: Imponerande precis lärdom. Är det länge sedan du lärde dig det där?

Vittnet: Länge sedan? Nej... Jag vet inte. Ett tag.

Förhörsledaren: Finns det fler tillfällen när du som redaktör på

Förlaget har vägrat lämna upplysningar till polisen om en för-
fattare? Med hänvisning till meddelarskyddet, eller för den sa-
kens skull med någon annan motivering?

Vittnet: Nej. (*liten paus*) Egentligen inte.

Förhörsledaren: Har det någon gång hänt att någon utanför Förlaget
överhuvudtaget har frågat dig om vad en författare har sagt till dig?

Vittnet: Nej, ja... Jag vet inte riktigt... Jo, på fester och sånt så
händer det ju att folk frågar hur kända författare egentligen är,
om de är svåra att ha att göra med och... och så.

Förhörsledaren: Vad heter din vän advokaten? Kan du ge mig
namnet?

Vittnet: Jo, ja... Men är det nödvändigt? De här middagarna...
(*harkling, hostning, ohörbart tal*) Jag tror inte att han precis be-
rättar om dem för sin fru. Ja, det är inte det att vi... Missförstå
inte, men jag vill helst inte att...

Förhörsledaren: Ja, jag förstår det. (*hostar*) Men kunde jag få
namnet?

Vittnet: Karl Skiold, på Skiold, Kefrat & Co.

Förhörsledaren: Tack. Det var bra att få det ordnat. Så är vi färdiga
med det. Är du gift? Skild?

Vittnet: Skild. För många år sedan.

Förhörsledaren: Barn?

Vittnet: Nej, inga barn. Men är det viktigt? Kan du verkligen få fråga mig om sånt?

Förhörsledaren: Besvärar det dig? Vi kan i princip fråga om vad vi vill vi. Så får det bli upp till dig om du vill svara.

Vittnet: Jag är barnlös. Är detta viktigt, frågade jag.

Förhörsledaren: Nej, viktigt är det inte. Bra att få veta, bara. Låt oss prata om Brede Ziegler.

Vittnet: Ja, men jag sa ju... Villkoren för det här förhöret.

Förhörsledaren: Vi är fortfarande överens om villkoren. Jag vill bara veta hur väl du kände Brede innan ni började samarbetet med den här boken?

Vittnet: Jag kände honom inte. Det vill säga... Jag hade hört talas om honom. Vem har inte det?

Förhörsledaren: Hade ni något privat umgänge efter att du hade börjat arbeta tillsammans med honom?

Vittnet: Nej, inte alls. Det var en rent professionell kontakt i samband med mitt arbete med boken. Vi jobbade alltid på mitt kontor. Jo, förresten... Bortsett från en gång. Jag var tillsammans med fotografen när hon skulle ta några bilder på *Entré*. Efteråt satt Brede och jag och pratade en lång stund. Vi åt lite, men restaurangen var stängd. Det var enda gången vi inte var på Förlaget, så vitt jag kan minnas.

Förhörsledaren: Fotograf, ja. Vad heter fotografen?

Vittnet: Suzanne Klavenæs. Vänta lite… (*prassel, paus*) Här är hennes visitkort.

Förhörsledaren: Tack. Om jag har förstått dig rätt så har alla samtal du haft med Brede i samband med boken på ett undantag när skett på ditt kontor. Är det så?

Vittnet: Ja.

Förhörsledaren: Och det är dessa samtal som du anser att du som redaktör har plikt att inte berätta om?

Vittnet: Ja, det är riktigt.

Förhörsledaren: Tänk dig för ordentligt nu. Finns det något annat tillfälle när du har varit på något annat ställe för att jobba ihop med Brede?

Vittnet: Nej. Det har jag ju svarat på. Vi jobbade alltid tillsammans på mitt kontor, bortsett från den enda gången på *Entré.* Det var förresten i oktober, tror jag.

Förhörsledaren: Och ni träffades inte privat? Röker du? Vi kan mycket väl röka här.

Vittnet: Ja tack, gärna. Nej tack, jag tar helst en av mina egna. (*prassel, klick från tändare?*) Jag har ju svarat på det du frågade om. Jag hade inget privat umgänge med Brede Ziegler. Jag kom i kontakt med honom för att göra ett jobb. Det var allt. Punkt och slut. Det här har jag redan svarat på. (*kraftig nysning, tre gånger, förmodligen från förhörsledaren*)

Förhörsledaren: Förlåt, men jag tror att jag håller på att bli förkyld. Du får också förlåta att jag frågar två gånger, men jag måste bara ta reda på hur långt du anser att din tystnadsplikt sträcker sig.

Vittnet: Jag förstår inte vart du vill komma.

Förhörsledaren: Vill komma? Jag vill bara att du svarar. (*oklart, snörvling*) Jag beklagar, men jag tror kanske att det är bäst att du inte röker i alla fall. Jag håller på att få nånting. Tack. Jo, du förstår, vi har ju undersökt allt i Bredes lägenhet mycket noga. Han bor fem trappor upp med hiss ända upp till lägenheten. Visste du det?

Vittnet: Ja. På Niels Juels gate.

Förhörsledaren: Bra. Det borde du faktiskt veta. Vi har som sagt undersökt allting väldigt noga och i trappuppgången och hissen finns det övervakningssystem. En videokamera som övervakar trafiken i huset. Vi har sett på filmerna för att utröna vilka som har besökt Brede Zieglers lägenhet de senaste veckorna innan han dog. Enligt videoupptagningen tog du hissen på Niels Juels gate tisdagen den tjugotredje november klockan 20.23. Lite senare samma kväll finns det en tydlig bild av dig när du går mot ytterporten. Klockan 21.13. Känner du några andra i huset?

Vittnet: Några andra? Finns det en bild av mig på Niels Juels gate, jag förstår inte… (*paus*)

Förhörsledaren: Jag vill gärna att du svarar mig. Efter vad du har sagt hittills så har du ingen tystnadsplikt när det gäller det jag frågar dig nu. Hälsade du på hos Brede Ziegler tisdagen den tjugotredje november?

Vittnet: Det var dumt av mig… Det var så obetydligt att jag fullkomligt hade glömt det. Jag förstår inte att jag kunde…

Förhörsledaren: Kunde vad då? Ljuga för polisen?

Vittnet: Ljuga? Nej, vet du vad! Först skickar ni upp en man på mitt kontor som inte presenterar sig ordentligt och nu beskyller ni mig för att ljuga! (*höjt röstläge*) Jag beklagar att jag har tagit fel, men det är väl att ta i att kalla det för en lögn. Här får jag frågor om något som verkade helt obetydligt när det hände och så är det plötsligt kriminellt att glömma bort det efteråt.

Förhörsledaren: Ska jag nu uppfatta det som att du var hos Brede Ziegler tisdagen den tjugotredje november?

Vittnet: Ja, har jag ju sagt. Jag hade bara glömt det. Det var fotografierna. Jag skulle leverera några fotoförslag till honom, jag hade bara fullständigt glömt det och det beklagar jag. Jag förstår att det verkar lite konstigt, jag är verkligen… Jag tycker det är tråkigt, men jag hade helt enkelt glömt bort det.

Förhörsledaren: Du var där i nästan tre kvart. Vad gjorde ni, kommer du ihåg det? Det är bara tre veckor sedan.

Vittnet: Var det så länge som tre kvart? Det verkade inte så. Jag minns det som ett mycket kort besök. Vi pratade bara lite om bilderna… Jo, nu minns jag att jag fick te. Det var mycket om och men med det där teet. Det måste ha varit det som tog sån tid. Det var sådant där Tsar Alexander-te som skulle serveras i en rysk kopp. Nej, alltså det var inget särskilt. Det var bara det där teet som måste ha tagit sån tid.

Förhörsledaren: Hur verkade Brede? Tyckte han att det var trevligt att du kom på besök? Hur var stämningen mellan er?

Vittnet: Jag har ju sagt att jag inte tycker det är rätt att tala om vad Ziegler sa till mig i samband med vårt arbete, jag måste be om...

Förhörsledaren (avbryter): Respekt? Jag vill gärna påminna dig om att du bör ha respekt för polisen. Här har du kommit med en alldeles ny upplysning först efter (*dunkljud, hand mot bordskiva?*) att jag konfronterar dig med bevis för att det du sagt tidigare inte är sant. Kan du vara så vänlig och berätta för mig om besöket i Brede Zieglers lägenhet tisdagen den tjugotredje november? Vad pratade ni om?

Vittnet: Inget speciellt... (*lång paus*) Ja, mycket om teet. Brede höll ett föredrag om all världens tesorter. Och ja; om kopparna. Han ville gärna att fotografen skulle ta bilder av dem, de kom visst från tsar Alexanders hov. Men bara för att jag hade glömt det här, så vill jag helst inte prata om boken... det är inte så farligt det där med kopparna, men princip är princip.

Förhörsledaren: Finns det någon som kan bekräfta att du gick hem till Brede Ziegler för att leverera bilder till honom?

Vittnet: Det är ju inte precis sånt man skaffar sig alibi för. Att leverera några bilder, menar jag. Som jag sa, det verkade ju inte som någon märkvärdighet när det hände, men... (*paus*) Nej, jag tror inte någon kan bekräfta att jag gick dit just för att lämna bilder. Är det egentligen så konstigt?

Förhörsledaren: Då är vi klara med det. Apropå alibier. Var befann du dig söndag kväll den femte december i år? Kommer du ihåg det?

Vittnet: Var jag befann mig? (*paus*) Jag var på bio. "Shakespeare in love". På nian. Filmen är två timmar och tio minuter lång.

Förhörsledaren: Så det kommer du ihåg exakt. Hur lång filmen var.

Vittnet: Ja, jag minns det väldigt väl. Jag minns att jag gick på nian. Jag hade bestämt med min syster att jag skulle titta in till henne om filmen slutade före elva. Jag kommer ihåg att jag såg på klockan när jag kom ut efter föreställningen. Den var tio över elva och jag bestämde mig för att gå direkt hem.

Förhörsledaren: Var du tillsammans med någon?

Vittnet: Tillsammans med? Nej. Å, ja. Jag förstår. Nej, jag var inte tillsammans med någon. Men det var en annan där, en som jag känner. Samir Zeta. Han jobbar hos oss. Vi pratade lite om filmen dagen därpå. På jobbet.

Förhörsledaren: Hur lång tid tog det för dig att komma hem? Var är det du bor förresten? Å ja, nu ser jag det. Myklegardsgate, det är här i närheten. I Gamlebyen, eller hur?

Vittnet: Jag minns inte riktigt när jag kom hem. Det var ju inte viktigt att komma ihåg det. Men jag tog spårvagnen. Jag brukar ta den till korsningen Schweigaards gate och Oslogate. Därifrån och hem tar det två minuter till fots. Jag tror jag fick vänta ett tag på spårvagnen den kvällen.

Förhörsledaren: Har du något mer att tillfoga? Är det något annat du har kommit på under förhörets gång?

Vittnet: Nej, jag tror inte det. Jag vill bara säga… (*lång paus*) Det att jag glömde att jag var i Bredes lägenhet… Jag förstår att det var mycket beklagligt. Jag hade bara totalt glömt bort det. Du måste tro mig.

Förhörsledaren: Du kommer att kallas till nytt förhör. Tack ska du har för att du kom som avtalat. Förhöret slutar klockan (*paus*) 16.10.

Förhörsledarens anmärkning:
Förhöret genomfördes utan pauser och det serverades kaffe. Vittnet reagerade märkbart när hon konfronterades med innehållet i videoupptagningen från Niels Juels gate. När hon tände cigaretten skakade hon lätt på handen. Under den delen av förhöret hade hon en hektisk röd fläck på halsen. För övrigt uttalade sig vittnet klart. Vittnet bör inkallas till nytt och utvidgat förhör så snart de juridiska omständigheterna kring hennes vittnesplikt har utretts. Rättsligt förhör bör övervägas.

35

BILLY T. HADE gått i fyra timmar. Han började vandringen
så snart han rimligtvis kunde komma ifrån; vid tvåtiden hade
det uppstått ett hål när alla andra tycktes vara upptagna med
sitt. Utan att veta vart han skulle, hade han begett sig norrut,
över Enerhaugen. Vid Tøyenparken hade han funderat på att gå
och simma men han stod inte ut med tanken på alla människor.
I stället gick han vidare, och först när han var en bra bit uppe på
Hovinveien, insåg han att han var på väg till Hanne Wilhelmsens
lägenhet. Han svängde tvärt av mot väster, förbi sjukhemmet i
Tøyen och stannade inte förrän han hade lagt hela Nydalen bak-
om sig och bara hade tio minuter kvar till Maridalsvannet. Se-
dan hade han gått västerut, över Nordberg och Sogn. Till slut
stod han handfallen, trött och våt om fötterna framför det låga
hyreshuset i Huseby där hans yngste son bodde. Pojkens mam-
ma blev förvånad över att se honom. Besöket var utanför alla av-
tal och en bekymrad rynka syntes mellan hennes ögon när han
snällt bad att få ha Truls tills i morgon. Han kunde följa pojken
till skolan. Truls blev glad över att se sin pappa och ännu lycklig-
are blev han när han fick veta att han ensam skulle få vara till-
sammans med farmor och pappa, utan syskon, utan Tone-
Marit. Pappas fru var okej, men hon kånkade alltid på den lilla
skrikande babyn.

Det var kväll och Truls sov.

Pojkens farmor kom in i sovrummet. Även hon hade blivit
förvånad över Billy T:s begäran; han ville gärna övernatta där,
tillsammans med pojken. Utan att säga något särskilt hade hon
bäddat sin egen säng med rena lakan. Billy T. protesterade inte,

trots att modern tycktes lida svårt av sin reumatism. Vädret var fuktigt och soffan hård och smal.

– Är det nåt på tok?

Han svarade inte, krökte bara kroppen ännu tätare kring pojken och drog täcket över dem bägge.

– Jajamensan, Tone-Marit ringde. Hon var orolig. Jag sa att du var trött och hade somnat innan du visste ordet av. Allt var bra. Jennys förkylning är bättre.

Hans mor rörde lätt vid hans huvud med fingertopparna; han kände värmen mot den sårbara huden som fortfarande var överkänslig efter alla dessa år med rakad hjässa. Han höll andan för att inte säga något.

Hon stängde dörren bakom sig och det blev mörkt. Billy T. borrade näsan i pojkens krusiga mörkbruna hår. Han luktade barn; tvål, mjölk och frisk luft. Billy T. blundade och kände att han föll. Han höll så hårt om den lilla kroppen att pojken gnällde i sömnen. Klockan blev nästan tre innan också Billy T. till slut föll i en drömlös dvala. Det sista han tänkte på var Suzanne; på hennes röst när hon för allra sista gången hade ringt och bett om hjälp.

36

KLOCKAN VAR FYRA på morgonen och Sebastian Kvie kände sig ganska trygg. När han kom gående nedför Toftes gate syntes knappt en människa. Österut låg Sofienbergparken våt och hotfull. Han sneddade över vägen för att komma bort från de mörka skuggorna under lönnarna. Han hade med flit undvikit Thorvald Meyers gate; till och med så här dags på dygnet kunde man riskera att träffa folk man kände i Grünerløkkas livligaste område. Han rundade hörnet vid Sofienberggata och försökte undgå ljuset från den obemannade bensinstationen.

– Skärp dej, sa han mellan sammanbitna tänder. Skärp dej och andas lugnt.

När han för första gången upptäckte att Claudio fuskade med vinet var Brede fortfarande i livet. Det var orsaken till att Sebastian inte hade sagt något. Trots att han hade svårt att tro det, fanns det alltid en möjlighet att Brede var med på det hela. Visserligen hade Sebastian aldrig sett Brede i närheten av vinkällaren; det var Claudios domäner. Men de kunde ha en överenskommelse. Sebastian skulle aldrig ha gjort något för att skada Brede. Om Brede var med på det hela skulle Sebastian knipa käft.

Och så blev Brede mördad.

Entré var känt för Bredes mat. Men också vinkällaren hade med tiden börjat bli berömd. Bara de senaste tre månaderna hade det kommit journalister från en fransk och två tyska vintidskrifter för att prova urvalet. Claudio hade näsa för vem som kunde det de skulle kunna. Han kunde lukta sig till en vinkännare på flera mils avstånd. Även om *Entré* naturligtvis hade en egen köksmästare blev han elegant åsidosatt vid sådana speciella tillfällen.

Sebastian hade hört att många av flaskorna i källaren var värda upp till tjugotusen kronor. Det billigaste vinet de sålde kostade gästerna fyrahundrafemtio kronor flaskan. Folk betalade glatt. Folk var idioter.

På sätt och vis hade Sebastian varit ganska imponerad över Claudios mod. När han bytte etiketter på flaskorna, så att innehållet på intet sätt stod i relation till priset så tog han en jätterisk. Systemet var ytterst sårbart. För det första måste Claudio hålla ordning i själva vinkällaren; han måste veta vilka flaskor som var äkta och vilka som innehöll det billigare vinet. Det gick säkert någotsånär bra. Värre måste det vara att se till att köksmästaren inte genomskådade systemet. Kolbjørn Hammer, en sjuttio år gammal man som liknade en engelsk butler i en tråkig film, var visserligen både servil och tystlåten och dessutom inte den smartaste Sebastian hade träffat. Men han kunde vin. Han kunde *jävligt* mycket om vin. Om en gäst klagade, antingen för att han faktiskt kunde sina saker eller för att göra intryck på sin dam, fanns det alltid en fara att Hammer skulle tillkallas för att smaka. *Han* skulle ögonblickligen upptäcka om etiketten inte stämde med innehållet.

Sebastian förstod inte hur systemet fungerade. Han kunde inte begripa hur Claudio hade vågat. Dessutom var det svårt att fatta var pengarna egentligen låg. Om *Entré* köpte in dyrt vin och förde upp det på utgiftskontot, bytte ut det mot billigare och sålde det dyrt, så skulle det självfallet löna sig. Men det kunde hur som helst inte vara tal om särskilt stora summor. Sebastian antog att Claudio inte kunde genomföra bedrägeriet konsekvent; snarare tvärtom. Och intäkterna skulle väl tillfalla *Entré*. Inte Claudio.

All osäkerhet hade fått Sebastian att hålla tyst. Han hade

överraskat Claudio en kväll efter stängningsdags, i somras någon gång. Claudio mumlade någonting om att etiketten hade fallit av. Men utrustningen i källaren verkade tämligen avancerad utan att Sebastian förstod särskilt mycket av det. Dessutom verkade det märkligt att tjugo vinflaskor skulle ha tappat etiketterna samtidigt. Men Sebastian hade lett, ryckt på axlarna och sagt god natt. Sedan hade han hållt tyst.

När Brede dog blev allt annorlunda.

Sebastian såg åt alla håll innan han smet in genom portgången. Han låste upp till restaurangen och stängde av larmet. Det hände ganska ofta att han var förste man på jobbet. Var fjortonde dag fick han den nya koden viskad i örat av Kolbjørn Hammer.

Sebastian hade blivit övertygad om att Brede inte hade något med vinfusket att göra. Han var inte sådan. Han jobbade hårt för det han önskade sig och snålade inte som Claudio. Brede kunde ha genomskådat det hela. Det stämde. Ekvationen gick ut. Brede hade upptäckt bedrägeriet och hotat Claudio till att antingen ge sig iväg eller bli polisanmäld.

Claudio hade mördat Brede.

Sebastian skulle söka efter utrustningen som han hade sett i källaren när Claudio påstod att "etiketten hade ramlat av". Han skulle klara upp ett fall som polisen bara vimsade runt i och inte förstod ett dugg av. Sebastian hade läst om mordet och utredningen i tidningen, han hade klippt ut artiklarna och sparat allesammans.

Entré såg helt annorlunda ut i mörkret. Endast skyltarna, som markerade nödutgångarna i var sin ände av lokalen, kastade ett svagt grönt ljus över de närmaste vita dukarna. Gatljuset utanför trängde knappt igenom gardinerna och Sebastian snubblade över en stol.

Han kände sig plötsligt som en idiot.

Han stod still och hörde pulsen dundra mot trumhinnorna. Nu, när ögonen hade börjat vänja sig vid det svaga ljuset, kunde han se att metalldörren ner till vinkällaren var låst med en slå och två hänglås. Han öppnade ögonen och knep igen dem två gånger och smög bort till bardisken. Frysen tittade på honom med små gröna ögon. Han andades snabbt och satte sig på huk vid hyllan där vinkylarna stod. Handen kom i kläm när han stack in fingrarna bakom trägallret. Claudios händer var mindre än hans. Nycklarna var inte där.

– Faan!

Han bet sig i tungan och svor en gång till. Sedan kände han efter lite bättre innan han tog fram en tändare och försökte kika in bakom hyllorna. Han fick inte ögat tillräckligt tätt mot väggen och brände sig i stället på hakan.

– Helvete också!

Nycklarna till vinkällaren var borta. De brukade alltid ligga just här. Claudio trodde uppenbarligen att det var hans lilla hemlighet. Sebastian hade aldrig pratat med någon annan om det, men han antog att det inte bara var han som hade lagt märke till Claudios dagliga besök nere i vinkällaren flera timmar innan den första gästen hade anlänt.

Han reste sig i sin fulla längd.

Hans första tanke, att nu var allt bortkastat, försvann lika fort som den kommit. Det här var beviset han behövde. I varje fall för sig själv. Claudio la alltid nycklarna här. Att de nu var borta kunde bara tyda på att Sebastian hade rätt. Claudio hade drabbats av panik. Han såg skräckslagen ut den dagen då den store polisen hade varit där och hade inte hämtat sig förrän långt fram på natten.

Sebastian ville hem. Han skulle försöka i morgon. Han skulle följa med lite bättre och se var nycklarna blev av. Det kunde bli svårt, eftersom han stod i köket hela kvällen, men han skulle söla efter stängningen och vara den siste som gick. Tillsammans med Claudio, kanske.

Han slog på larmet igen och låste bakdörren efter sig.

Strålkastarna som plötsligt skar genom mörkret och bländade honom fick honom att blixtsnabbt pressa sig in i den lilla avsatsen i portgången där dörren var infälld. Portgången var trång och bilen måste lyckligtvis ut på gatan igen för att kunna vända. Föraren kunde inte ha sett honom.

Sebastian stod stilla med munnen mot det smutsiga träverket. Han vågade inte ens andas förrän motorn tystnade, bildörren slog igen och de lätta stegen hade försvunnit. Långsamt lät han luften pressas ur lungorna och han slappnade av.

När han tittade fram från avsatsen kände han igen Claudios bil på bakgården. En Volvo stationsvagn. Bakluckan stod öppen. Sebastian småsprang bort mot soptunnorna; fem stora plastlådor som stank. Han behövde inte vänta länge.

Den kortväxta gestalten med det stora huvudet kom upp genom den uppslagna källarluckan. Han bar på en låda och rörde sig långsamt. När han försiktigt lät lådan glida in i bilens bagageutrymme, kunde Sebastian knappt höra ett ljud. Ett litet klirr bara, som av fulla flaskor som slog mot varandra.

Fem lådor bars ut från *Entrés* vinkällare. Sebastian stod för långt bort för att se om något stod skrivet på trälådorna.

Claudio la källarluckan på plats och låste med ett stort hänglås. Sedan stängde han bakluckan och körde långsamt ut genom porten. Inte förrän Claudio hade gått ut ur bilen och låst själva porten vågade sig Sebastian ut från sitt gömställe. Kläderna stank. Han hade just sett Claudio stjäla fem lådor vin från sig själv. Han fattade ingenting.

SILJE SØRENSEN BAR på en hemlighet. Hon borde dela den
med Tom, men tvekade. När hon kom hem i går kväll orkade
hon inte äta maten han hade lagat. Han hade väntat så länge
med middagen att det var skinn på gryträtten. Det äcklade hen-
ne och hon sköt tallriken ifrån sig med ett beklagande och en
långdragen gäspning. Tom blev bekymrad; han hade varit be-
kymrad länge. Som aktiemäklare i ett fondbolag hade han själv
långa arbetsdagar och förstod att Silje hade fått en fantastisk
möjlighet med att så snabbt få vara med på en mordutredning.
Men hon hade gått ner i vikt. Ringarna under ögonen hade bli-
vit tydligare de senaste veckorna. Dessutom mådde hon alltid
illa; han hade hört henne kräkas på morgnarna, bakom låst bad-
rumsdörr. Han kunde inte begripa att det var nödvändigt att ar-
beta tolv timmar om dagen, särskilt som lönen bestod av några
korvören och sura presskommentarer. Som om pengar någon-
sin hade varit ett problem, hade hon sagt och gått från bordet.

De hade inte grälat. Det var bara ett allvarligt samtal. Hon
borde ha sagt det till honom då. Trots att hon visste att han skul-
le slå näven i bordet. De hade försökt att få barn i ett och ett
halvt år. Silje visste att det inte alls var så lång tid. Tom var mer
otålig. Om hon berättade att hon var i åttonde veckan skulle han
omge henne med så mycket klemig omsorg att hon knappt skul-
le få lov att fortsätta att jobba. Det fick vänta.

I alla fall hade hon sovit gott i natt. Stämningen mellan dem
blev inte bättre efter den misslyckade måltiden i går kväll, men
han hade i alla fall dragit på mun när hon sa att hon skulle sova
länge. Det hade blivit fredag, den sjuttonde december och hon

skulle inte till jobbet förrän klockan tolv. Övertidsbudgeten sprängdes redan i juli och fram emot årsskiftet var alla tvungna att ta ut så mycket kompledigt som möjligt.

– Gomorron!

Silje kastade en blick på väckarklockan. Tio över tio. Hon kämpade sig upp ur täcket och la en kudde bakom ryggen.

– Så härligt, suckade hon över brickan som han satte framför henne.

Te, juice, mjölk. Två halva ciabatta med gorgonzola och italiensk salami. På brickan rullade ett tranpiller och en multivitamin omkring. Tom hade köpt färska tidningar och en röd ros som han plockat bladen av och satt i en rosvas som hotade att välta när han kröp upp i sängen och kysste henne på tinningen.

– Så härligt, upprepade hon och kräktes.

DOKTOR FELICE HADE inte mer än knappt börjat sin arbetsdag. Ändå kände han sig utmattad. Influensaepidemin härjade och han låg efter med pappersarbetet. Skjortan hade fått svettfläckar under armarna. I skåpet hängde två rena nystrukna. Den första han tog saknade en knapp och han drog förargat på sig den andra medan han andades genom näsan och tyckte sig känna lukten av sina patienter tvärs genom dörren.

Han borde ringa den där Billy T. Ju mer han tänkte på det desto säkrare blev han på att det var det rätta att göra. När han första gången hade gått igenom journalen, efter att polisen hade ringt, fann han upplysningen oväsentlig. Han tog inte med den i de journalutdrag han hade överlämnat till den storväxte polismannen. Konsultationen den gången hade ju inte lett till något och den kunde knappast tänkas ha med mordet att göra. Dessutom låg den många år tillbaka i tiden. Strängt taget visste han inte ens vad det hela handlade om. Men han hade ändå en aning. Det kunde vara viktigt.

En pappa kom in med en gnällig unge vid handen. Femåringen stannade strax innanför tröskeln och började vråla. Snor blandade sig med tårar och godiskladd som rann från mungiporna. Fadern svor. Han bannade och bad, men ingenting hjälpte. Grabben stod som fastspikad, bredbent och skrikande och Øystein Felice fick inte närma sig pojken.

– Vi ligger efter tidsplanen, sa fru Hagtvedt surt och skakade på huvudet när hon passerade det motsträviga barnet. Pappor...

Øystein letade fram en brandbil ur skåpet, log tillkämpat mot barnet och beredde sig på ytterligare en tio timmars arbetsdag.

HAN MATADE HENNE med sked. Havrevällingen smakade instängd barndom och hon vred sig bort efter tre skedar.

– Nåt måste du ha i dej, sa Tom bestämt. Lite till.

Hon vägrade och reste sig hastigt.

– Det var precis det här jag befarade, sa hon uppgivet. Du kommer att packa in mej i bomull de nästa sju månaderna. Jag är vuxen, Tom. Jag är gravid, inte sjuk. Nu får du ge dej!

Han halvlåg på sängen med en skål välling i ena handen och en sked i den andra. Han hade tagit av sig slipsen och rullat upp skjortärmarna. Ansiktet var blankt, kinderna hektiskt röda och flinet som bredde ut sig över hans ansikte skulle kunna betyda att ungen redan var född, för så där ett par minuter sedan. Det var uppseendeväckande nog att han hade väntat med att gå till jobbet tills hon hade vaknat. Att han dessutom hade ringt kontoret och tagit långhelg var revolutionerande. Tom var aldrig sjuk; aldrig borta från jobbet annat än tre veckor varje sommar och ett par dagar i julhelgen.

– Vet du om det blir en pojke eller flicka, frågade han och skrattade. Det gör det samma för mej, men vet du det?

– Dårfink, sa Silje snävt. Jag är i sjunde, åttonde veckan.

När hon kom tillbaka från duschen, med vått hår och siden-morgonrock, hade han bäddat och vädrat ordentligt. Den enda rosen låg prydligt på hennes huvudkudde. Hon gick bort till de franska fönstren och knöt skärpet. Den ena dörren stod fortfarande på glänt och hon öppnade den helt. Hon fick gåshud och utan att veta varför började hon gråta. Långt borta, nedanför åsen, bakom den stora eken som lutade mot öst och sopade garagetaket med sina grenar, hörde hon Oslo. Hon hade aldrig betraktat huset på Dr. Holms vei som en del av staden. När hon fick huset av sin far i tjugoårspresent kände hon först och främst skam. Det hade tagit lång tid för henne att vänja sig vid tanken; det hade alltid varit så. Hon var enda barnet och skulle överta farföräldrarnas gedigna villa. Fadern hade renoverat egendomen innan hon flyttade in. Själv bodde han i enfamiljshuset nedanför; familjen ägde drygt ett hektar storslagen adress och hade aldrig tänkt på att sälja.

När hon gick på polishögskolan tog hon aldrig med sig någon hem. Hon mumlade sin adress och skyllde på att det låg så långt bort. Hon ville inte att någon skulle få reda på att hennes sovrum var ungefär dubbelt så stort som de flesta av kurskamraternas lyor. Och att hon hade fem sådana.

Lyckligtvis hette hon Sørensen. Att fadern ägde Soerensen Cruise Line var liksom inte så uppenbart. Det hade varit mycket värre att heta Kloster eller Reksten. Eller Wilhelmsen, för den delen. Silje torkade tårarna, tänkte på Hanne och ville klä på sig för att gå till jobbet.

När Tom och hon gifte sig behöll hon Sørensen. Toms fulla identitet var Thomas Fredrik Preben Løvenskiold. Även om hans far egentligen kom från Danmark och inte hade något med godsägarfamiljen i Oslo att göra, förknippades namnet med en image som Silje inte ville veta av.

– Vad sägs om Catharina Løvenskiold, frågade Tom när han kom in med nybryggt te och hade två tidningar under armen; bara Aftenposten hade hamnat i soptunnan efter att ha blivit spydd på. Sätt dej i sängen, min vän. Min farmor hette Catharina. Eller Flemming, vad tycker du om det? Om det blir en pojke, alltså. Flemming Løvenskiold. Det är det väl fart på, älskling. Eller? Sätt dej nu.

– Jag tänkte mej nåt mer i stil med Ola Sørensen, sa Silje trött. Han stelnade till för ett ögonblick innan ansiktet sprack upp i ett stort leende som kom hans ögon att försvinna över de ovanligt höga kindbenen.

– Det där tar vi sen, vännen. Här! Tidningar och te. Tidningarna luktar kanske lite spya, men teet är nytt och gott.

Silje la sig motvilligt på sängen och tog VG. Tom hann precis rädda rosen från att krossas. Han stängde de franska dörrarna och gick bort till en panel vid badrumsdörren. En gasspis i täljsten och mässing blossade upp och han dämpade takbelysningen innan han tände lampan på hennes nattduksbord.

– Rena julstämningen, sa han milt, la sig vid hennes sida och öppnade Dagbladet.

Illamåendet var borta. Egentligen var det inte särskilt plågsamt. Bara på morgonen och på kvällen om hon hade sovit dåligt natten innan. Kanske hade hon tagit fel. Tom var tröttsamt omtänksam, men det skulle ändå vara en lättnad att slippa förställa sig. Dessutom var han otroligt rar. Hans begeistring över det kommande barnet var ännu större än den han hade visat när han friade för två år sedan; med diamantringen och femtio rosor och två flygbiljetter till Rom i innerfickan.

– Hör på det här, fnissade hon. Jag älskar de här läsarbreven.

– Älskar? Du har en rejäl hang-up! Vad säger du om Johannes? Han bet sig i pekfingret och blundade.

– Eller Christopher? Jag var så förtjust i Nalle Puh när jag var liten.

– Hör här!

Hon makade sig till rätta och läste från "Säg det med VG".

– Överskriften är "Mor Monsen och Mormonerna". Fantastiskt! Hör: *Vårt land översvämmas av främmande seder och bruk. Om en generation eller två finns det ingen som vet vad det vill säga att vara norsk. Vi måste ta upp kampen och värna om det som det tagit våra förfäder tusentals år att bygga upp.*

– Nej, klagade Tom. Inte en av de där. Snälla du!

Han försökte lägga armen kring hennes mage men hon föste undan honom och fortsatte:

– *Under kriget gick vi med gem i kragen för att visa motstånd. Låt oss nu bära en vit fjäder i rockuppslaget. En fjäder som symboliserar det rena, det norska, det oanfäktade.*

– Det där är rena rama rasismen, Silje. Det är inte ett dugg roligt.

– Det roliga kommer. Vänta bara. *Ta maten, till exempel. Maten är en viktig del av varje kultur och levnadssätt. Nu lurar kebab och hamburgare på varje gathörn. Fienden har belägrat oss! I denna ljuva juletid ska det dofta surkål och julbak i hem och kök. Själv bor jag i Majorstuen och en förmiddag när jag stod och bakade mina Mor Monsen-kakor ringde det på dörren. Två mormoner som ville "frälsa mig". De kunde inte ens tala norska! Som varje civiliserad person bjöd jag de objudna gästerna på nybakad kaka. När de frågade om det var alkohol i kakan insåg jag att kulturkampen måste föras på alla fronter. Vill vi ha månggifte och nykterhetsfanatiker i våra bostadsrättsföreningar? I Mor Monsen ska det vara två matskedar konjak samt 16 goda NORSKA ägg! Kom med! Bär den vita fjädern!*

Silje skrattade och daskade tidningen mot låret.

– Nån borde skriva en bok!

– Det är redan gjort.

Tom försökte dra täcket över henne. Hon puffade undan honom ännu en gång och tittade på läsarbrevet.

– "Proper Näve". Hon... Det är uppenbarligen en kvinna och hon kallar sig *proper näve*. Vad menar du med att det redan är gjort?

– Det finns en sån bok med hopplösa insändare. Den kom ut för inte så väldigt många år sen.

– Då borde det göras igen, sa Silje bestämt. Vad betyder egentligen proper näve?

Tom vältrade sig uppgivet på rygg och blåste upp kinderna.

– Kan vi inte snacka om ungen, sa han kinkigt. Det är tre kvart sen du talade om att jag ska bli pappa och så vill du bara roa dej med citat från förbannade rasister.

Silje for upp. Tom begravdes i täcken.

– Proper näve! Jag *visste* att jag just hade sett det uttrycket!

Fem minuter senare var hon klädd. Hon kände sig klarvaken, frisk och pigg. Tom låg kvar i sängen, sur och butter.

– Jag ska inte bli sen i dag. Jag lovar. Men just nu måste jag till jobbet.

Hon kysste honom på näsan och två minuter senare hörde han bilen starta. Varför hon insisterade på att köra en Skoda Octavia hade han aldrig kunnat förstå. Själv hade han två bilar; en Audi A8 och en häftig tvåsitsig BMW.

– Jag ska bli pappa, sa han långsamt. Jag behöver en stationsvagn.

Sedan skrattade han, lyckligt och länge.

40

TACK VARE SIN mor hade Billy T. kommit upp i tid för att följa Truls till skolan. Därefter hade han handlat julklappar. Det var ännu åtta dagar kvar till julafton och tanken på att den stressen var undanstökad gjorde honom en aning lättare till sinnes. Alla pojkarna fick samma sak. Verktygslådor i olika färger, fyllda med hammare och lövsågar, tumstockar, skruvar, spikar och skruvmejslar. De skulle vara sysselsatta till långt fram på annandagen. Tone-Marit fick nöja sig med en parfymflaska och till Jenny hade han helt enkelt köpt en ny barnsits till bilen. Han hade tretusentrehundra kronor kvar på kontot. De måste räcka långt in i ett nytt årtusende. Det skulle aldrig gå.

Han svängde av vägen och in på uppfarten till huset där Hanne Wilhelmsen bodde. När han var här senast hade ingen öppnat. Lägenheten var tom och grannarna hade inte sett Hanne på två veckor. När hon inte ens hade kommit till Cecilies begravning, hade de andra rått honom att låta henne vara. Ge upp, sa Tone-Marit, du får inte tag i henne. Ge upp. Han klarade inte det. Inte förrän han hade varit där en sista gång och fått hennes försvinnande bekräftat. Personalkontoret hade fått ett brev; det fick han veta två dagar senare. Han funderade på att efterlysa henne, men brevet fick honom att till slut följa Tone-Marits råd. De hade skjutit upp bröllopet till augusti, både av respekt för Cecilie och för att Billy T. aldrig hörde av Hanne. Hon skulle varit bröllopsvittne.

Det hade börjat snöa igen; stora våta sjok som smälte innan de nådde marken. De senaste dagarnas väder hade växlat mellan milt och kallt. Nu låg temperaturen kring noll och värmefläkten fungerade inte. Den gick heller inte att stänga av. Sur kalluft kom in från fläktsystemet. Han stannade bilen och satt och såg på fönstret på fjärde våningen.

Han skulle aldrig kunna släppa henne. Inte så länge hon var i Norge, i Oslo. Hos polisen. Den tid som hon var borta hade på sätt och viss varit en lättnad. I början, de första två månaderna efter att hon försvunnit, var hon allestädes närvarande. Allt han sa och gjorde, varje övervägande och vartenda avgörande var filtrerat genom föreställningen om vad Hanne skulle sagt och gjort. De pratade med varandra, långa samtal, gärna halvhögt när han trodde att han var ensam. Till slut kom han till ett stadium när han inte tänkte så mycket på henne. I varje fall inte kontinuerligt och han talade inte längre för sig själv. Han bar fortfarande på en namnlös saknad, men hon slutade att hemsöka hans drömmar. Ändå var hon där.

Som en som är död, hade han tänkt. Det var möjligt att leva med att Hanne var död. Det var i grunden bäst så, och han drömde inte längre om henne. Och så dök hon bara upp igen. Smärtan i att Hanne var tillbaka var större och mer ohanterlig än den som lamslog honom när hon försvann.

Klockan hade blivit halv fyra och han kunde ändra sig. Han kunde skicka Silje och Karianne på jakt efter Proper Näve. Eller Klaus. Han var tillräckligt erfaren. Billy T. startade bilen, kikade upp på fönstret på fjärde våningen igen och la in backen. Sedan ändrade han sig på nytt. Växellådan skrek när han la in ettan utan att trampa ur.

Hanne var den bästa han hade och hans utredning var i det närmaste förstörd. Utan henne skulle alltihop kollapsa. Hon hade sjukanmält sig i morse. Kanske var hon förkyld. Kanske ville hon bara slippa dagens möte. Han kände henne inte längre. Hanne skulle aldrig ha förödmjukat honom. Inte förr. Inte så som hon brukade vara, tidigare. Hon hade ofta hackat på honom; javisst, retat och plågat; ibland hade Hanne Wilhelmsen varit en pest. Men aldrig att hon hade förödmjukat honom. Inte som i går. Han kände henne inte längre. Han behövde henne och han måste lyfta fingret och ringa på dörrklockan.

– Vaskaru här?

Varelsen som öppnade dörren hade uppenbarligen just vaknat. Stripigt, färglöst hår stod åt alla håll och kanter och ansiktet var som en uttorkad flodfåra. Kring kroppen hade hon svept en alltför stor morgonrock, den skotskrutiga som Billy T. visste var Hannes.

– Haru tänkt svara ida eller skaru vänta tis ru går i pangsion?

Marry knep ihop ögonen igen över sin egen lustighet och visade en rad nakna tandhalsar i ett grin. Billy T. fick inte fram ett ord. I ren reflex tog han fram leget ur innerfickan. Två dygn med riklig tillgång på mat hade haft en förbluffande effekt på Marrys talförmåga.

– Äre mej eller hon du ska ha? Ja går inte frivilligt och hon ser inte ut å va särskilt pigg på å gå opp hon heller.

Sedan sjavade hon inåt tamburen.

Billy T. följde tveksamt efter.

– Vem är det, hörde han en nasal röst ropa inifrån vardagsrummet.

– Razzia, skrek Marry och tofflade in i badrummet.

Hanne låg på soffan med en pläd över sig och en kaffekopp i handen. Ett hav av pappersnäsdukar bredde ut sig över soffbordet.

– Hej, sa hon lågt. Hej, Billy T. Så… fint. Att du tittar in.

– Hon din väninna änte helt normal, hördes det halvkvävt bakom badrumsdörren. Hon änte som andra poliser.

– Vem fan är det där spöket, viskade han så högt han kunde. Har du blivit fullständigt galen?

– Hysch.

Hanne la pekfingret mot munnen.

– Hon hör som en örn, och...

– Hon änte galen, kom det från badrummet. Hon ä schnäll. Ja ska gå snart. Tat lugnt.

– Glöm inte nyckeln, sa Hanne.

Marry hade fått på sig nytt ansikte och arbetskläder i rekordfart. Laméjackan hade bytts ut mot en svart sak i konstläder och kjolen var så kort att Hanne kunde se ett stort hål i grenen på strumpbyxorna. Marry hade lindat en scarf runt halsen och hade utan att fråga försett sig med ett par högklackade skor som tillhörde Hanne. Hon visade fram nyckeln som hängde i en kedja kring halsen och stoppade ner den ordentligt i behån innan hon drog på sig ett par alltför stora handskar. Så gjorde hon honnör och haltade ut ur lägenheten utan att se på Billy T.

– Bor hon här? Har du låtit det jävla fnasket *flytta in*?

Han dunsade ner i länstolen och for blixtsnabbt upp igen när han upptäckte att det hängde en laxrosa spetstrosa över öronlappen.

– Den är ren, sa Hanne. Och Marry är inte ett jävla fnask. Hora, förstås, men inte jävlig.

– Fan heller, sa Billy T. Vad är det för ett slags liv du lever egentligen?

Han tog trosan mellan tummen och pekfingret och kastade den i ett hörn innan han satte sig igen. Sedan såg han sig skeptiskt omkring, som för att försäkra sig om att det inte kom fler överraskningar ut ur väggarna.

– Är du sjuk, frågade han ut i luften.

– Sjuk och sjuk. Förkyld, bara. Hade lite feber i morse, men jag tror den är borta nu. Täppt. Snorig. Det verkar inte som om du är särskilt förtjust över att ha mej på jobbet, så jag tänkte att...

– Vi har hittat en Proper Näve.

– Hotelsebreven.

Hanne snöt sig kraftigt och började samla ihop de använda pappersnäsdukarna i en plastpåse.

– Ja. Vi… Silje läste en insändare med samma signatur. Hon ringde VG, men de åberopade förstås tystnadsplikt. Vad annars. I det här fallet säger alla att… Vad det än gäller…

Han gned sig i ansiktet och frustade som en häst. Hans blick var matt; han hade knappast sovit. Hanne drog filten tätare under hakan och lutade sig tillbaka i soffan.

– Vi har fått hjälp med att leta, sa Billy T. Efter andra läsarbrev som den här damen har…

– Vet vi att det är en kvinna?

– Det framgår av flera inlägg. Hon är storproducent. Lyckligtvis fick vi också tag i adressen. För två år sedan skrev hon på MOMsidan i Dagsavisen om barn som bor i innerstan. Hon är emot det naturligtvis. Lustigt nog skriver hon också var hon bor. På Jacob Aalls gate. Här.

Han la en papperslapp på bordet utan att skjuta fram den mot henne.

– Om du känner dej tillräckligt frisk kan du ta med dej Silje. Om inte så skickar jag nån annan. Det bör göras i dag.

– Billy T., sa Hanne.

– Ja?

Han vände sig tvekande om i dörröppningen.

– Tack ska du ha. Jag är i Huset om en timme.

För ett ögonblick såg det ut som om han tänkte säga något. Munnen öppnade sig lite. Sedan ryckte han på ena axeln och gick sin väg. Det var knappt hon kunde höra dörren slå igen efter honom.

Hon hade fortfarande inte talat om för Billy T. vem Marry egentligen var. Nu hade det nästan blivit omöjligt att säga något.

41

DANIEL HADE TÄNT en rökelsesticka för att dämpa den påträngande lukten av gammal fukt. Det hjälpte inte särskilt. Söt och kvalmig luft klibbade sig mot hans kropp och han ville slita av sig skjortan. Han behövde en dusch, men fick inte lov att använda badrummet mer än en halvtimme på morgonen och en kvart på kvällen.

– Jag måste ha de där pengarna nu, Daniel. Du bara skiter i mej. Tusen kronor hit och ett par tusen dit... Det håller bara inte.

Eskild hade inte ens satt sig ner. Daniel plockade bort smutskläder från en fåtölj.

– Sätt dej då.

– Nej. Jag måste gå. Men du ser helt risig ut. Går du på nåt? Fan också, jag måste ha de där pengarna. Nu. Jag måste betala terminsavgiften före nyårsafton. För dej är det bara tjufyratusen spänn. För mej är det ett halvårs studier. Du kan inte vänta dej att jag bara ska finna mej, Daniel. Det var inte så här du sa.

Daniel visste mycket väl vad en termins studier betydde för Eskild. Han hade jobbat för att komma in på medicin så länge Daniel kunde minnas. Thale hade kallat honom doktor Eskild från han var tretton. Trots att han var svag i realämnena hade han kämpat sig till en studieplats i Ungern genom att ta om fyra ämnen på Bjørknes. Samtidigt hade han jobbat på kvällarna och Daniel hade knappt sett röken av sin kompis på ett år. När brevet från Budapest äntligen kom och Eskild kunde se fram emot fem års studier i utlandet hade de firat i fyra dagar.

Daniel skulle betala tillbaka allt han hade lånat när Eskild kom hem på jullov. Han hade kommit lite tidigare. Redan andra december hade han dykt upp; han hade opererat bort mandlarna på Ullevål efter att ha stått i kö i över ett år. Han var förbi av smärtor i halsen och verkade inte så upprörd över att pengarna inte fanns så där med en gång. Nu närmade det sig jul och Eskild var skitsur.

– Såna pengar är peanuts för vuxna människor. Kan du inte fråga din morsa eller moster. Tre dar till, Daniel. Tre dar. Har du inte hostat upp resten till dess så går jag direkt till Thale eller Taffa.

Eskild rättade till jackkragen. Ett stråk av medkänsla syntes i hans blick när han såg hur Daniel sjönk ihop vid tanken på att hans mamma eller moster skulle få reda på vilken knipa han hade försatt sig i. Han tog på sig en sur min och mumlade:

– Tre dar, alltså. Måndag.

Han var borta.

Daniel måste skaffa pengarna. Han kunde sälja en av sin morfars böcker. Han ville inte; han såg den gamle mannen framför sig i fåtöljen, med buskiga ögonbryn som små horn över de små isblå ögonen.

– Vad du än gör, Daniel, så sälj aldrig mina böcker. Gör vad du vill, men böckerna får du aldrig, aldrig sälja.

Daniel blundade och kunde känna den gamles torra fingrar stryka honom försiktigt över kinden. Stanken av svettblandad mögel och söt rökelse tvang honom upp ur sängen och han vacklade bort till väggen vid ytterdörren. Där stod fem lådor med morfars böcker. De borde antagligen inte vara här överhuvudtaget; dörren var försedd med ett gammaldags Yalelås som kunde petas upp med ett kreditkort eller en stekspade. Dessutom hade värdinnan egen nyckel.

Han tog den första boken han fick tag i ur den andra lådan.

Hamsuns *Svält* i en nästan orörd förstautgåva. Inte den. Morfar tyckte särskilt mycket om Hamsun. Då och då hade Daniel haft en misstanke att det inte bara var Hamsuns litteratur den gamle var förtjust i. Han hade låtit det vara. Daniel diskuterade aldrig politik med morfar.

I en egen liten ask, ordentligt inpackad i plast, låg *Sången om den röda rubinen*. Morfar hade sagt att han aldrig fick röra omslaget. Det var skyddsomslagets fläckfria tillstånd tillsammans med den särskilda dedikationen som gjorde den här förstautgåvan så speciell. En tecknad kvinna kikade på läsaren genom en smal springa; Daniel hade aldrig riktigt förstått symboliken. På titelbladet hade författaren skrivit *Till Ruth från Agnar*.

Morfar hade egentligen aldrig tyckt om *Sången om den röda rubinen*.

Daniel hade ingen aning om vad den var värd. Men han hade just läst höstens stora Myklebiografi och förstod att dedikationen var mer speciell än han tidigare hade anat.

Han la ifrån sig boken och la ordentligt locket på lådan. Fast klockan inte var mer än lite över halv fem måste han duscha. Värdinnan fick säga vad hon ville.

När han först hade bestämt sig för att sälja en eller två av morfars böcker, väntade han sig att känna en sorts lättnad. Den kom inte. Ändå stod han på sig. Han behövde tjugofyratusen kronor och han visste hur han skulle skaffa dem.

42

GÅRDSUTRYMMET VAR STORT, ljust och luftigt. Jordremsorna som på sommaren antagligen var välansade rosenrabatter, var nu täckta med säckväv och ett tunt lager smutsig snö. Här och där stack en taggig kvist upp genom det grova tyget. Hanne Wilhelmsen granskade fasaden mot den inre gården och utbrast:

– Proper Näve bor i alla fall propert. De här husen är byggda efter samma mönster som brittisk arkitektur. Nationalister har en tendens att dyrka det främmande, bara det är tillräckligt förnämt. Ska vi ta uppgång A, B eller C först?

– C, sa Silje bestämt. Vi börjar bakifrån.

Folk var tydligen fortfarande ute och handlade. Det var sista fredagen före jul och klockan var ännu inte fem. Ingen svarade när Hanne tryckte på de första knapparna. Efter en kort signal på den sjätte, svarade en djup mansröst.

– Vad gäller det?

– Det är från polisen, sa Hanne Wilhelmsen. Vi försöker få tag i en kvinna, som... Det ska bo en kvinna i det här huset, lite till åren, antagligen. Vi ska bara prata lite med henne, hon är en flitig insändarskribent och...

– Tussi Helmersen, sa mannen. Uppgång B. Lycka till, förresten. Käften går i ett.

Ett klickande tydde på att mannen var mer ordknapp än sin granne.

– Yesss, utbrast Silje. Bingo i första försöket!

– Vi får se, sa Hanne dämpat och småsprang efter kollegan till nästa uppgång.

Hyresgästernas namn var präglade med vita bokstäver på små svarta plattor bredvid ringklockorna. Tussi Gruer Helmersen måste ha bott längst i hela huset. Hennes namn var halvt utplånat, Hanne kunde inte riktigt se om mellannamnet var Gruer eller Gruse.

– Gruer, sa Silje. Det måste vara Gruer. Den sista bokstaven är i alla fall ett R.

Hon ringde på. Ingen svarade. Hanne ringde på. Det var fortfarande ingen som svarade.

– Fan, sa Silje besviket.

– Vad hade du väntat dej? Att hon skulle sitta snällt och prydligt och vänta på oss?

Hanne försökte med resten av uppgången. En barnröst svarade.

– Hej, sa Hanne. Är mamma hemma?

– Mmm.

– Säger du ja eller nej?

– Ja.

– Tror du jag kunde få prata lite med henne?

– Varför det?

– Hallå?

En kvinna hade tagit ifrån pojken luren. Hon släppte in dem och hade öppnat ytterdörren när de kom fem trappor upp. En liten pojke stod blygt bakom henne och tittade nyfiket fram vid sin mammas höft.

Hanne tog fram tjänstebeviset och presenterade både sig och kollegan. Pojken log brett och släppte taget om mammans lår.

– Ä ni riktiga poliser?

– Alldeles, sa Hanne Wilhelmsen och tog fram en liten polisbil ur jackfickan. Här. Den kan du få.

Silje såg förvånat på henne. Grabben sprang in i lägenheten medan han härmade sirénljud. Bilen susade som ett flygplan genom luften.

– Man ska vara beredd, mumlade Hanne och fortsatte: Vi letar egentligen efter fru Helmersen. Känner du henne?

– Om jag gör...

Kvinnan himlade med ögonen, torkade händerna på förklädet och bad dem stiga in. Rummet tydde på att mor och son gladde sig inför julen. Matbordet var täckt av glanspapper i rött och grönt, saxar, lim och nötpåsar. När ljuset från taklampan föll över hennes ansikte kunde Hanne se att hon hade guldglitter på hakan. Pojken satt på golvet och lekte med en katt. Polisbilen hade han parkerat i en löst flätad julgranskorg.

– Ursäkta stöket, sa hans mor och bad dem sitta. Te? Jag har redan gjort det så det är inget besvär. Jag heter förresten Sonja. Sonja Gråfjell. Det här är Thomas.

Hon log mot pojken.

– Och Tigerungen, sa Thomas och lyfte upp katten i frambenen.

– Tussi Helmersen, sa Sonja Gråfjell långsamt. Det är ganska lustigt att ni frågar efter henne. Jag har faktiskt varit inne på tanken att kontakta polisen. Om fru Helmersen, alltså. Men sen blev det liksom lite... dumt.

– Jaha, sa Hanne lugnt. Och varför det?

– Varför det blev dumt? Jo, jag menar...

– Nej. Varför skulle du prata med polisen om fru Helmersen? Sonja Gråfjell höjde rösten och såg mot pojken.

– Thomas! Kan inte du gå ut i köket och ge Tigerungen lite mat och mjölk. Det står en öppnad burk i kylskåpet.

Pojken tjurade och vände sig om utan att visa tecken på att vilja gå.

– Thomas. Du hörde vad mamma sa.

Han reste sig trögt och motvilligt, tog katten under armen och lufsade mot en dörr i andra änden av rummet.

– Hon tog livet av Thomas kisse, sa mamman lågt. Hon mördade Helmer med gift.

Hanne svalde och såg på Silje. Hon såg förvirrat mot köksdörren.

– Inte Tigerungen, förklarade Sonja Gråfjell ivrigt. Han är alldeles ny. Fru Helmersen dödade Helmer. Den förra katten. Thomas hade kommit hem från skolan och… Han är livrädd för fru Helmersen, den människan är hela kvarterets skräck, i alla fall för ungarna. Han såg henne ställa fram en tallrik med mjölk, eller kanske var det nåt annat. Själv var jag på jobbet och kom hem… Helmer var död och jag sa till min man att… Bjørn, alltså min man, sa att vi inte hade bevis och att det skulle vara… Är det straffbart att döda andras katter?

Hon talade andlöst, som om det var en lättnad att äntligen kunna dela med sig av sin upphetsning. Hon strök med handen över pannan och tittade från den ena till den andra i väntan på svar.

– Vi tar det från början, sa Hanne med ett leende. Thomas kom hem från skolan. Sen hände vad då?

Det tog mer än tio minuter att samla trådarna i historien. Thomas kom in igen från köket, bara för att bli påklädd och uttvingad på gården med Tigerungen.

– Det är i alla fall straffbart, sa Silje utan övertygelse. Att ta livet av andras katter, menar jag.

– Det kan falla under djurskyddslagen, sa Hanne. Dessutom är det definitivt en kränkning av annans egendom. Vet du möjligen var den där Tussi befinner sej?

– Jag har inte sett henne på flera dagar. Jag hoppas att hon har rest på semester.

Sonja Gråfjell rös till och pillade på en toarulleängel. Glorian av förgylld piprensare ramlade på golvet.

– Den tanten är helt enkelt ruskig.

– Det tycker jag också, mamma. Fru Helmersen är jätteruskig.

Pojken hade tydligen vänt om i trappen.

– Jag tror att hon fångar katter. Hon kanske är en sån… En sån häxa som äter djur. Jag rädda Tigerungen ut därifrån. Han sprang in dit för att dörren…

Han svalde det sista ordet och rodnade lite.

– Thomas, sa hans mamma ansträngt. Har du varit *inne* hos fru Helmersen?

Pojken nickade försiktigt.

– Men det var bara för att Tigerungen sprang dit in. Jag ville inte att fru Helmersen skulle fånga han. Men hon va inte hemma.

Grabben var inte längre lika blyg. De två polistanterna ville höra vad han hade att berätta, det kunde han se på dem. Han log triumferande och visade ett stort hål i överkäken där han just tappat framtänderna.

– Fru Helmersen har massa mediciner överallt, läspade han ivrigt. Mer än farmor. Mycket mer än på… apoteket till och med. Överallt. På bordet och på teven och byrån och överallt.

Han släppte katten och tog tre prövande steg in i rummet medan han sneglade på sin mamma.

– Vi har bara ett medicinskåp, vi. Med orm på. Det betyder att mediciner är farligt. Ormen.

Thomas drog ner blixtlåset i täckjackan. Hanne Wilhelmsen böjde sig fram och lutade armbågarna mot knäna.

– Är du alldeles säker på det här, Thomas? Att det finns massor av mediciner hos fru Helmersen?

– Ja.

Han nickade våldsamt.

– Står de liksom i rummet? Helt öppet?

– Mmm. Så där som…

Han tittade bort på teven och pekade på tre sparvar i konstglas.

– Så där som fåglarna. Nästan som prydnad.

Hanne reste sig snabbt och gick bort till pojken. Hon hade inte rört teet. Hon strök med handen över pojkens huvud.

– Du kan bli polis när du blir stor, du Thomas. En riktigt duktig polis. Tack för samtalet.

Hon nickade till Sonja Gråfjell och tecknade åt Silje att komma. När de väl var nere på gården slog Hanne numret till Polishuset på mobilen. Efter ett kort samtal klickade hon av och skakade uppgivet på huvudet.

– Annmari Skar säger nej till att ta upp dörren. Hon tycker inte att saken brådskar. Det får stå för henne. Jurister har som regel en konstig uppfattning om vad som är bråttom.

Hon snöt sig i en pappersnäsduk och smorde läpparna med mentolcerat.

– Vi får ta reda på Tussi då. Och fråga snällt om lov. Jag *ska* in i den där lägenheten. Eller hur, Silje?

Hon dunkade den unga assistenten mellan skulderbladen.

– Jo, sa Silje Sørensen. Det kan väl inte vara så svårt att hitta en typ som Tussi Gruer Helmersen.

Det var precis en vecka kvar till julafton och en mild vind kunde tyda på blidväder till jul.

43

DE ANDRA GÄSTERNA var för länge sedan färdiga med kvällsmaten. På långbordet i grovhuggen furu mitt i rummet stod ett begränsat urval mat; örtteer, havrevälling och frukt. Tussi Gruer Helmersen var på specialdiet och skulle bara ha potatisavkok. Koppen framför henne var halvfull och innehållet ljummet. Bredvid assietten låg en stor bunt tidningar. Fru Helmersen satte på sig glasögonen. Linserna fick hennes ögon att verka absurt stora i det smala ansiktet. Hon brydde sig inte om personalen som dukade av resterna efter en måltid som kostat mer än den mest överdådiga hotellbuffet. Hälsohemmet erbjöd sina gäster lite mat och mycket motion och krävde blodspengar för bägge delar.

Tussi Helmersen var klar med läsarbreven och övergick till kriminalreportagen. Eftermiddagstidningarna kunde fortfarande bjuda på två, tre sidor Zieglermaterial om dagen. Ett väpnat postrån i Stavanger var förvisat till en knapp halvsida långt inne i tidningarna och en otäck våldtäkt i Enerhaugen var knappast nämnd.

Fru Helmersen kikade ner i Dagbladet. ·

– *Från välinformerad källa*, mumlade hon medan fingret löpte längs texten. ...*har Dagbladet fått bekräftat att Brede Ziegler hade starka band och ekonomiska intressen i Italien. Hans ägarintressen i italienska investmentbolag är emellertid oöverskådliga.* Hah!

Hon såg sig förvirrat omkring som om hon letade efter en samtalspartner. Personalen var försvunnen. Utanför panoramafönstret kunde hon i det svaga kvällsljuset se tre av gästerna röra sig mot en skogsstig i bortre änden av en öppen äng. Hon reste sig till hälften, men ändrade sig och läste vidare.

– Polismästaren i Oslo är inte villig att kommentera ryktena om att den avlidne varit involverad i tvättning av valuta. Hans Christian Mykland avvisar frågeställningen som spekulativ. Kan jag tänka mej!

En ung flicka kom in med en trasa i handen. Tämligen oinspirerat lät hon trasan fara över buffetbordet, utan att se åt fru Helmersens håll.

– Från källor i Interpol har Dagbladet fått bekräftat att maffiamord ofta präglas av symbolhandlingar. Dessa källor bortser inte från att platsen för mordet på Brede Ziegler kan tolkas som en varning till norsk polis. Justitiedepartementet har i nära samarbete med ekobrottsmyndigheten stått i spetsen för flera internationella initiativ för att bekämpa tvätt av pengar som härrör från kriminell verksamhet.

Tussi log brett mot städerskan, klädd i kliniskt vitt.

– Se bara, sa hon upprört. Maffia. Det är det jag alltid har sagt.

Flickan ryckte på axlarna och skakade trasan i en enorm spis av grov granit.

– Matimporten. Man kommer inte undan maffian. Vad tycker ni om kronprinsen, unga dam?

– Han verkar ganska trevlig, sa flickan förläget.

– Trevlig? Läser ni inte tidningar? Norge kan riskera att bli utan drottning! Kronprinsen har varit på barer med *homosexuella*!

– Det står väl mest om tjejer han har varit tillsammans med, svarade flickan och blev ivrigare i sin städning.

– Ni ska inte ta så lätt på det, unga dam.

Tussi rättade till en turbanliknande mössa i lila ylle.

– Kronprinsen skulle stannat i det militära, som sin far. Tänka sej bara, att utbilda en kronprins i Amerika. Snart åker han väl för att studera i… Pakistan! Den pojken verkar bry sej mer om de här invandrargrupperna än om oss som byggde upp det här landet.

– Jag måste jobba, sa flickan tvärt.

– Ja, det är mycket arbete som återstår.

Mössan gled hela tiden ner i ögonen. Fru Helmersen drog den extra långt bakåt. Håret blev synligt, rött i topparna, grått innerst mot hårbotten.

– Tipstelefon, mumlade hon och bläddrade febrilt i VG. Som om det kommer att hjälpa polisen det minsta…

Hon vek ordentligt ihop tidningarna och smuttade på potatisvattnet. Hon var utsvulten och gladde sig vid tanken på chokladen som hon gömt undan i klädskåpet. I kväll skulle hon dessutom unna sig en halv påse potatischips.

Och en aldrig så liten jamare, bara för hjärtat. Och för att fira lite. Det hade hon verkligen förtjänat.

44

NÄR HON VÄL hade tänkt tanken hade hon inga motargu-
ment. I princip var hon fri. Hon kunde göra vad hon ville. Resan
hade bara tagit elva timmar. Det kändes som om hon hade varit
hemifrån i flera år.

Det kalla vattnet fick hennes hud att dra ihop sig. På väg ur
badkaret höll hon på att halka. Hon tog tag i duschdraperiet och
rev ner det. Tafatt blev hon stående med det muntert gula plast-
skynket i famnen.

De praktiska förberedelserna blev undanstökade på ett par
timmar; biljettbeställning och ett snabbt nedskrivet meddelande
till hemhjälpen. Först när hon ringde föräldrarna i Izmir för att
tala om att hon inte kom hem på semestern, kände hon ett styng
av dåligt samvete. Hon skyllde på en internationell konferens.
Nefis hade aldrig tidigare ljugit för sina föräldrar. Nu gick det
skrämmande lätt. Hon var fyrtiotvå år gammal och professor i
matematik vid universitetet i Istanbul, men kunde fortfarande
känna sig som en liten flicka som gjorde mamma och pappa be-
svikna. När hon passerade trettiofem gav de upp att få se henne
gift. Eftersom hon hade sju bröder, alla med fruar som ideligen
födde barn, hade föräldrarna med tiden lärt sig att leva med sin
lilla professor. Tre gånger om året reste hon troget hem till rollen
som ödmjuk dotter i det stora huset som alltid var fullt av folk
och oändliga måltider. Familjen firade alla muslimska högtider,
men mer som traditionsbärare än av ett påträngande religiöst
engagemang. Nefis tyckte om att vara hemma; hon trivdes i rol-
len som enda dotter och faster till sexton brorsdöttrar och fem
brorssöner. Detta var Nefis ena tillvaro.

Den andra låg i Istanbul.

Hon la till slut ifrån sig duschförhänget, hopskrynklat bakom toalettstolen. Rummet var tillräckligt dyrt för att hon skulle kunna strunta i förstörelsen. Hon lindade en handduk omkring sig och gick bort till fönstret.

Från fjortonde våningen i Oslo Plaza såg staden ut som en hoprafsad tillfällighet. Det var som om gatorna just hade stått under vatten; ett grått dis låg över allting och fick till och med neonskyltarna att verka blaskiga.

Nefis Özbabacan hade två liv.

I Izmir var hon dotter i huset.

I Istanbul var hon den internationellt erkända vetenskapskvinnan med egen lägenhet i den moderna delen av staden. Vänner och umgängeskrets kom från universitetsmiljön, som hon själv, förutom några diplomater från utländska ambassader. De frågade aldrig varför hon inte var gift. Eftersom hon var van vid att leva två liv hade det varit anmärkningsvärt okomplicerat att upptäcka ett tredje utrymme i tillvaron.

Hon klädde sig långsamt.

I receptionen hade de förklarat att detta var sista lördagen före julafton och troligen ett slags högsäsong för restaurangerna. Det kunde vara svårt att få tag i en taxi. Adressen hade de däremot utan problem hittat åt henne. Hon rös en smula när hon återigen insåg att hon hade rest från Istanbul utan annan grundval än en vacker natt i Verona och namnet på en kvinna som bodde i Oslo.

Hon var just färdigsminkad när telefonen ringde.

Taxin hade kommit.

45

VILDE VEIERLAND ZIEGLER lyssnade så intensivt till vattenplasket att hon inte uppfattade kyparens fråga. Först när han talade till henne för tredje gången såg hon förvirrat upp.

– Å, förlåt. Jag vill gärna vänta tills mitt sällskap kommer. Förresten...

Servitören hade redan vänt sig om.

– Kan jag få ett glas isvatten?

Det var Vilde som hade föreslagit att de skulle träffas på Blom. Restaurangen var ett ställe där de kunde prata i lugn och ro utan någon överhängande fara för att träffa någon de kände. De andra gästerna var mest utländska affärsmän. De hade lockats till en norsk konstnärsrestaurang som inga konstnärer längre hade råd att besöka. Det var glest vid borden och hon fick en känsla av att någon hade höjt volymen på fontänen mitt i rummet. Ljudet av rinnande vatten var så starkt att hon inte kunde tänka klart.

Claudio var fyra minuter försenad. När han satte sig var det som om någon plötsligt stängt av ljudet från fontänen.

– Vad är det egentligen vi ska prata om?

– Hej, till exempel!

– Hej.

Han vred sig på stolen och undvek hennes blick.

Han svettades redan kraftigt trots att han inte verkade andfådd. När han så småningom såg upp från den gula damastduken fäste han blicken någonstans mellan hennes mun och näsa.

– Har du sett fram emot det här?

Servitören dök upp med en karaff isvatten. Han hällde upp åt dem bägge och rekommenderade smörgåslistan. Vilde beställde två med räkor, utan att fråga Claudio.

– Nej.

Hon drack ett helt glas och lät därefter isbitarna långsamt klirra fram och tillbaka.

– Jag har inte sett fram emot det. Men jag måste ordna upp saker och ting. Nu när Brede inte längre kan bestämma allting för mej. Så är det för dej också, eller hur? Det är inte längre Brede som bestämmer.

– Hör på här nu!

Han strök en kritvit näsduk över pannan innan han lyfte blicken till hennes nästipp.

– Du borde kanske bry dej lite mer om vad Brede har bestämt. Är det inte vanligt att en änka respekterar sin mans sista vilja? Brede ville att jag skulle ta över *Entré* om det hände honom nåt. Det var så han ville ha det.

Vilde var van vid Claudios ovänlighet. De hade aldrig kommit överens. Med tiden hade det växt fram en tyst överenskommelse mellan dem; de skulle undvika varandra. Det gick inte längre. Brede var död och Claudio var inte bara sitt vanliga buttra jag. Han var rädd.

– Det passade ju bra för dej att Brede dog.

Hon stack gaffeln i en räka på smörgåsen som snabbt kommit in och höll den framför munnen.

– Då skulle du få ta hand om alltihop. Men så fick vi oss en överraskning bägge två.

Räkan försvann mellan läpparna och hon tuggade länge. Claudio Gagliostro lekte med en dillkvist utan att verka hungrig.

– Även om du tror det, Claudio, så är jag inte dum. Du borde veta att jag inte kommer att släppa ifrån mej nånting som är mitt. Så där utan vidare, menar jag.

– Jag tror inte att du är dum.

Han tittade bort mot två män som just hade satt sig några bord bort. Det var som om han inte riktigt visste om han kände dem och inte heller kunde bestämma sig för om det var trevligt att få något annat att se på än Vilde, som strök håret bakom öronen medan hon åt räkorna en efter en och lät brödet vara.

– Du är inte dum, upprepade han. Men du kan inte sköta en restaurang. Det vet du helt enkelt ingenting om. Och jag förstår fortfarande inte varför du ville prata med mej.

– Just det.

Han kände inte igen Vilde. Det arroganta leendet gjorde hennes blick hård. Han hade aldrig förstått att Brede valde Vilde. Visst var hon snygg, men snygga tjejer hade Brede alltid tillgång till. Vackra, unga och som regel dumma. I början, när Brede så smått hade börjat visa lite mer än ett frånvarande intresse för tjejen, hade Claudio trott att hans partner var inne i en fas. Han närmade sig femtio. Eftersom han aldrig hade haft någon fyrtio-årskris, trodde Claudio att förhållandet med Vilde inte var annat än ett sympton på Bredes försenade åldersfixering. Men varför de skulle gifta sig var en gåta. Brede ville absolut inte ha barn. En sen natt efter stängningstid, när de två kompanjonerna hade tagit ett glas i halvmörkret vid bardisken, berättade Brede att han var steril. Han hade fixat sig, sa han och skrattade. Skrattet var främmande, nästan ondsint, som om han hade spelat omgivningen ett allvarligt spratt och äntligen kunde berätta om det.

– Just det.

Claudio ryckte till och tappade citronklyftan som han suttit och lekt med.

– Va?

– Jag ville prata med dej om just det. Du har rätt. Jag har ingen aning om hur man sköter en restaurang. Därför vill jag erbjuda dej ett avtal. En nyordning, kan man säga.

Claudio lutade sig tillbaka i stolen och kisade mot Vilde. Han kände verkligen inte igen henne. De få gånger hon hade kommit in i restaurangen hade hon uppfört sig som en generad liten flicka. De hade knappt växlat ett ord, men av det lilla de hade pratat med varandra hade han dragit slutsatsen att hon var korkad.

– Jag har pratat med min advokat, sa Vilde lugnt. Hon har förklarat alltihop för mej. Eftersom vi kommer att äga *Entré* tillsammans är jag ganska beroende av att du fortsätter att sköta den. Som du själv säger: Jag kan inte sköta en restaurang.

Hon förställde rösten och talade med lätt italiensk accent. Sedan fnissade hon lite, som om hon plötsligt föll tillbaka i en gammal och väl inövad roll.

– Men jag vill ha min del av pengarna. Jag har faktiskt jobbat hårt för stället jag också. På mitt sätt.

Hon fnissade igen. Claudio kände sig förvirrad och erfor ett plötsligt raseri som fick honom att äntligen söka ögonkontakt. Han lutade sig över bordet.

– Vad menar du, fräste han. Har du… Jag ger blanka Madonna i vad du har gjort. Vad vill du egentligen? Eller borde jag kanske fråga vad din advokat vill?

Vilde la demonstrativt ansiktet i fundersamma veck.

– Du leker med mej, fräste Claudio. Du sitter fan ta mej och *leker med mej!*

Han reste sig så tvärt att stolen välte. Tafatt blev han stående och såg ner i golvet.

– Ta det lugnt, sa Vilde. Jag leker inte. Sätt dej.

Han kände det som om han fått ballarna i kläm, så bokstavligt att han tog sig till skrevet. Sedan reste han upp stolen igen och satte sig tveksamt medan han sneglade mot utgången.

– Jag behöver pengar, sa Vilde. Och jag behöver dem nu. Enligt min advokat så kommer arvskiftet att ta evigheter. Flera månader åtminstone. Jag har inte tid att vänta.

Claudio teg. Hon såg på honom, länge, som om hon väntade

sig att det var han som skulle hosta upp en lösning på det problem som de bägge var inblandade i.

– Min advokat säger att *Entré* är värt omkring fem miljoner, sa hon till slut och suckade högt. Det betyder att jag kan kräva dej på två och en halv om du vill ha alltihop. Minst.

– Två och en halv...

Han himlade överdrivet med ögonen och slog ut med armarna.

– Hur i helvete ska jag kunna skaffa...

– Jag har ett förslag, avbröt hon. Du ger mej en och en halv miljon nu. För den summan får du två procent av mina aktier. Det betyder att du är chef. Då har du femtioen procent.

– En och en halv miljon för två procent? När hela rasket är värt fem? Jag tror du är...

Hon avbröt honom igen, ilsknare nu:

– Vi sätter upp en överenskommelse. Om tre år är allt ditt. Alla mina aktier överförs till dej. Under förutsättning att jag får en miljon nästa år och ytterligare en fördelat på de två nästa. Sammanlagt tre och en halv miljon.

Hon lyfte glaset till en skål.

– Och vips, *Entré* is all yours!

En grupp japaner i grå kostymer kom in i restaurangen. Alla hade små namnskyltar på bröstet. Kyparen, två huvuden högre än sina gäster, förde dem till bordet alldeles bakom Vildes rygg. Hon sänkte rösten.

– Eller så kan vi sälja *Entré* meddetsamma. Det blir en bra slant till oss var.

Hon log brett och hällde upp mer vatten. Isbitarna hade nästan smält.

Claudio kunde inte sälja *Entré*. Han visste att det var för sent att börja på något nytt. Han var snart femtio och hade förlorat allt han ägde en gång för mycket. Det hade nästan knäckt honom. Ändå hade han rest sig, kämpat vidare och äntligen kommit igång med något som betydde något. *Entré* var målet och det enda han ville ha.

Claudio Gagliostro var bokstavligen född och uppväxt i restaurangbranschen. Han kom till världen på köksgolvet i sin morbrors restaurang i Milano. Bägge föräldrarna dog innan han fyllde två, paradoxalt nog efter en matförgiftning. De åt dåliga blåmusslor på en krog i Venedig på en starkt försenad bröllops-resa och lille Claudio fick bo kvar hos sin mammas bror. Mor-brodern gick i konkurs när pojken var fjorton och sedan dess hade Claudio klarat sig själv. Visserligen med växlande framgång och med god hjälp av en moral som var starkt präglad av en uppväxt som den fulaste pojken på gatan. Men han hade haft något som inga andra hade; den årliga resan till Norge. Hans mormor, som ursprungligen var från Holmestrand, hade läm-nat sin italienske man och därmed också sina barn efter åratal av misshandel, tre år före andra världskrigets utbrott. Sonsonen var hennes liv och glädje, trots att hon efter en kort och dyrbar kamp i rättsapparaten måste ge upp striden om vårdnadsrätten. Morbrodern gick generöst med på att skicka Claudio till Norge på sommarloven, fast han för egen del aldrig hade förlåtit sin mor att hon lämnade honom som barn. Pojken förstod att ut-nyttja sitt sommarspråk. Redan som åttaåring stod han på *Piazza del Duomo* och plockade ut norska turister på intuition och ett skarpt öra. Han var ovanligt tålmodig. Det kunde gå dagar mellan varje offer. Den lilla, mörka pojken med det underliga huvudet som förbluffande nog talade norska, var Milanos dyraste turistguide. Han nekade sig inte heller att stjäla från sina kunder. De anmälde honom aldrig.

Claudio Gagliostro kunde inte förlora *Entré*.

– Jag måste ha pengarna till jul, sa Vilde. Du har inte många dar på dej.

När hon lyfte blicken och såg på honom genomfors hon av en rysning.

– Du ska få dina pengar, sa han hånfullt. Brede är död. Att han gjorde den tabben att gifta sej med dej ska inte ta knäcken på mej. Låt du din advokat sätta upp ett avtal. Jag ringer dej.

När han återigen reste sig, den här gången verkligen för att gå, kände han sig lugnare.

– Du ska få pengarna, sa han torrt. Trots att de inte är dina.

46

LÄGENHETEN SÅG UT som en bombad bordell. Hanne fann ett visst lugn i att beskrivningen faktiskt stämde, i varje fall nästan. Trots förbudet att rota på andra ställen än i köket hade Marry uppenbarligen varit runt och känt sig som hemma. Kläder och föremål låg strödda över golv och möbler och från tvättmaskinen kom det ljud som tydde på att något var allvarligt fel. Lödder sipprade ut längs packningarna. Mellan luckan och duschen rann en bred flod av vitt skum. Hanne stack in huvudet och blundade uppgivet när hon fick syn på Yesflaskan som låg omkullvält och tom på tumlaren.

Förkylningen hade blivit värre. Hon orkade inte städa. I stället bidrog hon till oredan genom att tömma ett skåp på jakt efter en gammal träningsoverall. Måtte det vara någonting på teve. Något som kunde få henne att somna. Det ringde på dörren.

– Helvete också!

Hanne hade upprepade gånger tjatat på Marry om nyckeln. Hon masade sig upp ur soffan och tassade ut i tamburen. Utan att fråga vem det var tryckte hon på porttelefonen och ställde ytterdörren på glänt. Hon var halvvägs in i en dålig deckare på teve och småsprang tillbaka till soffan.

Ljuden från tamburen var främmande. Någon försökte vara tyst. Det kunde inte vara Marry; hon lät som en vandrande skrammelorkester. Hanne satte sig upp och kände en stöt av rädsla när hon ropade:

– Hallå? Vem är det?

Ingen svarade.

I ett huj var hon ute i tamburen.

Kvinnan framför henne såg ängslig ut. Hon var klädd i en fotsid sämskskinnsrock och knallröda handskar. När hon såg Hanne sträckte hon fram handen.

– I found you, sa hon lugnt.

Det small från badrummet. Det lät som om tvättmaskinen exploderade.

47

TANDVÄRKEN HADE KOMMIT tillbaka. Billy T. gick om-
kring i lägenheten med en gurglande belåten dotter på armen
och ett gammaldags grötomslag kring huvudet. Jenny kiknade
och grep efter knuten uppe på hans hjässa. När han vred sig un-
dan gick det hål på plastpåsen som han ordentligt hade knutit
fast med en kökshandduk. Barnet fick gröt på fingrarna och
smaskade förnöjt i sig maten.

– Dada, sa Jenny.

– Dada mej hit och dada mej dit, sa Billy T. med honungsröst
och grep efter telefonen som hade ringt i en evighet.

– Jah!

Jenny kletade gröt på luren. Han försökte sätta henne ifrån
sig på soffan, men hon skrek till och fäktade efter hans arm.

– Ma-ma, skrek Jenny och spottade grå gegga.

– Ett ögonblick, stönade Billy T. och hoppades att den som
ringde hade tålamod. Mamma är inte här, din dummer. Kom här.

Till slut fick han henne att intressera sig för en trasdocka.

– Hallå? Är du kvar?

– Hejsan. Det är doktor Felice. Du verkar upptagen.

– Det är bara min dotter som gärna vill delta i samtalet. Hon
är nio månader gammal så jag antar att det inte är ett brott mot
tystnadsplikten om hon hör vad du säger.

Øystein Felice skrattade inte.

– Jag vet inte ens om det här är viktigt.

Han tvekade så länge att Billy T. trodde att förbindelsen var
bruten.

– Hallå?

– Ja, jag är kvar. Jag ville bara berätta något som jag har tänkt på efter ditt besök. Något som inte står i papperna som du fick av mej. Jag vet som sagt inte om det är viktigt, men jag…

– Ett litet ögonblick bara.

Billy T. slet av sig omslaget och tog sig åt kinden. Jenny hade tröttnat på trasdockan och var på väg att hasa sig ner från soffan. Hon tog överbalansen och dunsade i golvet. I fallet drog hon med sig grötpåsen. Ungen låg med bar stjärt i kall gröt. Ansiktet blev mörkrött. Billy T. höll andan medan han väntade på skriket. Det tog honom två minuter att trösta henne och hon log inte förrän han hade skalat pappret av en lakritsstång som pojkarna hade glömt. Tone-Marit skulle mörda honom.

– Äntligen, sa han uppgivet till doktor Felice. Jag är ledsen.

– Det gör inget. Så där har jag det halva dan.

– Vad gällde det, sa du?

– Det kom en förfrågan från Ullevål för många år sen. Som rörde Brede Ziegler, menar jag. Det kan ha varit nittiotre eller fyra. Jag tyckte det var ganska konstigt då, eftersom det strängt taget inte var helt korrekt att ställa den till mej. Det gällde en förundersökning om en donation.

– Va?

– Då och då får ju folk förfrågan om de är villiga att donera organ. Benmärg till exempel. Jag har aldrig varit med om att förfrågan har gått genom mej. Ett par gånger har däremot mina fasta patienter fått frågor åt det hållet.

– Men varför…

– Jag blev som sagt lite förvånad och tog omedelbart kontakt med Ziegler. Han blev arg och det…

Jenny hade slickat i sig en del av lakritsstången. Hon hade ännu bara två tänder, två pärlor som glimmade vitt i allt det svarta. Som en bäver med underbett slipade hon sig effektivt nedför stången medan hon jollrade och log.

– Ja, sa Billy T.

– Det var lite lustigt. Att han blev så rasande, menar jag. Folk tar vanligtvis mycket allvarligt på en sån förfrågan. Det kan ju faktiskt röra sig om att rädda livet på en annan människa.

– Sa han nåt?

– Bara nånting om att det måste handla om ett missförstånd. Jag skulle avvisa det hela. Det var allt.

Billy T. satte ifrån sig Jenny på golvet, lät henne krypa som hon ville, blundade och tänkte att han fick tvätta hela lägenheten senare.

– Jag tror inte att jag förstår riktigt, sa han i luren. Det är förstås fint att du ringer om det här, men det du berättar säger mej ingenting annat än det vi redan visste. Ziegler var en jävla egoistisk skitstövel, *pardon my french*!

– Det är möjligt. Det har jag ingen förutfattad mening om.

– Men...

– Jag menar ingenting annat än att en sån förfrågan nästan alltid kommer på nån släktings vägnar. En nära släkting. Eftersom Ziegler inte hade några syskon och han trots allt inte var osams med sin mamma, så kan det bety...

– Jenny!

Lakritsstången kunde användas som krita. Väggen var vit. Han ropade så högt att han skrämde henne och en kisspöl spred sig långsamt under den bara rumpan.

– Men vad *betyder* det då?

– Det är inte mitt jobb att vara polis. Min... okvalificerade uppfattning, kan man kanske säga... är att Brede Ziegler kan ha ett barn.

– *Barn?*

– Ja. Ett barn. Men jag vet förstås inte.

Billy T. sa ingenting. Även i andra änden av linjen var det tyst.

– Tack, sa Billy T. till slut och visslade långsamt. Vilde.

– Vafalls?

– Du sa att karln hade steriliserat sej. Trots att han skulle gifta sej med en ung, fertil kvinna.

– Ja, men jag förstår inte riktigt…

– Det behöver du inte heller. Tusen tack för att du ringde. Jag ringer dej igen. Ganska snart.

Han la telefonen på soffbordet och lyfte upp dottern. Hon var våt och luktade kiss, lakrits och gammal gröt. När han kastade henne upp i luften och fångade henne igen tjöt hon lyckligt.

– Dada, sa Jenny.

– Dada ska bombsäkert vara härifrån till julafton, sa Billy T. och bestämde sig för att inte ringa Hanne.

48

– Pappa! Ta emot mej!

Grabben kunde vara ungefär sex år. Han hängde i knävecken från en gren som var precis för svag för hans vikt. Långsamt sjönk han mot marken. En medellång man i röd allvädersjacka och gammalmodiga glasögon tog livtag på pojken och kastade honom över axeln. Ett pyre i grön overall klamrade sig fast vid mannens ben och ville också bli lyft. Tio meter bort på den asfalterade stigen stod en kvinna och höll i en tom sittvagn medan hon talade i mobiltelefonen.

Akerselva flöt vinterトrög under Bentsebrua och drog med sig en sur, grå dimma som spred sig över slätten nedanför Sagene kyrka. Området var i det närmaste folktomt. Klockan var lite över elva på söndagsförmiddagen den nittonde december och Hanne tvärstannade.

– *Shit*, sa hon dämpat.

– *What?*

Det hade verkat som en god idé att ta taxi till Maridalsvannet och promenera hela vägen längs älven ned till Vaterland. Det skulle ta en dryg timme i rask takt och sedan kunde de äta lunch i stan. Få natten på avstånd, tänkte Hanne. I varje fall slutet av den.

När Nefis kom tillbaka från toaletten vid fyratiden på morgonen och nyktert rapporterade att det satt en gammal dam på toa bakom olåst dörr och tog sig en spruta, började Hanne gråta. Sedan skrek hon. Marry satt med beslöjad blick och händerna för öronen och log saligt.

När Hanne tog sig an Marry på obestämd tid räknade hon

med att bli bestulen. Konstigt nog hade ingenting försvunnit. Marry tog sig stora friheter när det gällde lån, men lämnade alltid tillbaka. Det viktigaste för Hanne var ändå att Marry förstod allvaret i förbudet mot knark i lägenheten.

– Jag är polis. Du får inte förvara eller använda någonting här i huset. Förstått?

Marry hade nickat, korsat sig över halsen och mumlat all världens heliga eder när regeln repeterades med jämna mellanrum de tre första dagarna. Naturligtvis höll hon inte ord. Hanne upptäckte det inte förrän i natt. Marry höll sig för öronen. Allt hade gått fint om inte den där turkiska människan hade andra toavanor än Hanne och hur i helvete kunde Marry veta det!

Nefis tog det bra. Hon log blekt och godtog Hannes stammande förklaring till Marrys hemvana närvaro utan annat än ett uppgivet drag över ögonen.

Hanne däremot, körde Marry på dörren med de få ägodelar hon hade. Visserligen beslagtog hon inte nyckeln, men den temporära avhysningen var i alla fall en markering. Efteråt vände hon upp och ned på huset i jakt på olagligheter. I toalettcisternen låg det två doser inpackade i plast och bakom bokhyllan i gästrummet hittade hon fyra sterila kanyler. Hon spolade ner heroinet och sköljde efter med klor. Kanylerna låste hon in i medicinskåpet. Därefter åt Nefis och Hanne en ovanligt tidig frukost.

En promenad skulle friska upp.

– *Shit*, upprepade Hanne.

Familjen på fyra personer gick inte att undvika. Det var Håkon Sand, Karen Borg och ungarna och Hanne upptäckte dem innan de såg henne. Ett ögonblick tänkte hon dra med sig Nefis ner till älven. Desperat letade hon med blicken efter något som kunde motivera en plötslig avvikelse över den gyttjiga planen. Hon hittade ingenting annat än ett par sovande gräsänder.

– Hej, sa Håkon förläget.

Det verkade som om han ville ge henne en kram. Han tog ett nästan omärkligt steg framåt medan armen lyfte sig, men stelnade. Glasögonen immade igen från näsroten över de stora glasen. Blicken försvann och han vände ansiktet mot Karen.

– Länge sen, sa Karen oförsonligt och satte Liv i vagnen.

Ungen protesterade. Hans Wilhelm gömde sig bakom fadern.

– Hej, Hans Wilhelm! Så stor du har blivit. Känner du inte igen mej?

Hanne satte sig på huk, mest för att hon ville bort. Pojken stirrade generat i marken och gjorde inget tecken till att vilja prata med henne. Hon reste sig igen och höll upp handflatan mot Nefis.

– Det här är Nefis. En... bekant från Istanbul. Hon har... aldrig varit i Norge förr.

Håkon och Karen nickade avmätt mot kvinnan i sämskskinnskappa, röda handskar och ett par alltför stora klumpiga pjäxor.

– Vi måste nog se till att fortsätta, sa Karen och försökte komma förbi dem på stigen. Ha det bra.

Hanne flyttade sig inte. Hon log mot Liv, som log brett tillbaka och stack en smutsig spade i munnen.

Det här var människor som en gång hade stått henne nära. Håkon var så annorlunda än Billy T., mer hängiven, mer direkt i sin kärlek, mycket mindre konkurrerande än den skrytsamma kollegan. Mer tolerant. Hon saknade honom. Det slog henne när hon såg honom stå med ett tafatt grepp om sonens vante, i en sliten och fånig allvädersjacka, lite för korta jeans med knän, immiga glasögon och med begynnande vikar i hårfästet; hon längtade verkligen efter honom. Inte som med Billy T. En försoning dem emellan, så som hon önskade och ville, måste innebära ett medgivande också från hans sida, ett erkännande att han också hade ansvar för det som hände. I Cecilies säng, med Cecilie på sjukhuset, döende; de hade förbrutit sig och hon mindes knappt något annat än att hon skrubbade huden till blods i duschen efteråt.

Hanne hade gjort orätt mot hela sin omgivning, och hon visste det. Ingen lät henne glömma det heller, tycktes det. Med Håkon var det annorlunda. Inför honom kunde hon sätta sig ner en kväll och förklara. Inte be om ursäkt. Bara berätta hur allt hade varit, varför hon måste göra som hon gjorde, vad som hade styrt henne; tvingat henne. Han skulle nicka och kanske räta på glasögonen. Håkon skulle brygga nytt kaffe och sörpla i sig det med onyttigt mycket socker i. Hon ville ta på honom, hålla honom, berätta för honom att hon hade drömt om honom, ofta. Hon ville se honom le och allt skulle vara som förr.

– Förlåt, sa Karen bistert. Jag vill förbi.

Karen var Cecilies. Mer Cecilies än Hannes och Hanne steg åt sidan utan att släppa Håkon med blicken. När han passerade såg hon hans ögon genom de matta glasen. Han ryckte lite på axlarna och gjorde ett försiktigt tecken med tummen mot örat och lillfingret mot munnen, en telefon, omärkligt; Hanne var inte ens säker på att hon hade sett rätt.

– *Some friends*, mumlade Nefis. *Who are they?*

När Nefis dök upp i går kväll blev lägenheten italiensk. Kaoset omkring dem blev latinskt och excentriskt. Smörgåsarna med Jarlsberg och leverpastej blev delikatesser. Vinet från en papp-kartong smakade solrikt och exklusivt. Natten fram till Marry var ett återupplivande av Verona, men närmare nu, så som det skulle vara; hemma, i Oslo, bland Hannes saker och i hennes värld.

Nu visste hon inte om hon orkade.

Fötterna klistrade sig vid asfalten och hon hade ont i axlarna. Hon vände sig mot den lilla familjen som försvann mot Bentsebrua och snart skulle vara utom synhåll, och såg brottstycken av sin egen tunga historia.

– *I barely know them,* sa hon och tillfogade. *It was all a long, long time ago. Let´s go.*

På mindre än fem minuter hade hon inte bara förnekat sina vänner. Orden som hon presenterade Nefis med satt som ett svidande sår i halsen.

– Fan, sa hon tyst och började gå. Fan i svartaste helvete.

– *I hate these boots of yours,* sa Nefis och tittade ner på de lånade pjäxorna innan hon småsprang efter Hanne. *And I don´t exactly like your friends either.*

Måtte bara Marry hålla sig bort ett tag.

49

HUSET PÅ BIDENKAPSGATE höll på att renoveras. En byggnadsställning höjde sig från marken gott och väl över taknocken. Järnkonstruktionen var täckt av grön presenning som prasslade svagt i nattvinden. Sebastian Kvie kikade under den grova plasten och konstaterade att ställningen var färdigmonterad och att arbetet med att installera nya fönster hade kommit igång. Remsor av rosa isoleringsmaterial låg överallt och även i halvmörkret syntes de nymålade vita fönsterramarna tydligt. Sebastian hade tur. Ögonblickligen smed han en ny plan. I stället för att ringa på dörren och konfrontera Claudio med allt han visste, skulle han klättra upp till lägenheten och se om det gick att komma in genom fönstret. Det var tämligen dunkelt för honom vad han skulle göra sedan. Han hade ju också sex stora starköl inombords förutom två Gammel Dansk som en kompis hade bjudit på för att han hade födelsedag. Egentligen var den planerade uppgörelsen med chefen en ren impulshandling. Men det var en strålande impuls, tyckte Sebastian. Det var på tiden att någon gjorde något för att få Claudio att erkänna sina ogärningar. Polisen var helt ute och cyklade. Det hade han läst i tidningen. De skulle få annat att skriva om nu.

– Ogrningr, hickade Sebastian belåtet.

Presenningen gjorde det omöjligt att se vart han skulle. Bara han började klättra skulle det bli enklare. Han visste i alla fall vilken av lägenheterna som var Claudios. Brede hade en gång tagit med honom för att hämta något hos sin kompanjon. Eftersom Claudio bodde fyra trappor upp utan hiss hade Sebastian erbjudit sig att springa upp medan Brede väntade i bilen.

Trots att byggjobbarna hade tagit bort stegen från gatuplanet till ställningens första avsats, gick det bra att svinga sig upp. Sebastian tränade två gånger i veckan på gymmet; han ville inte lägga sig till med kockmage innan han var trettio. Plankorna under honom knakade och han försökte stå så stilla som möjligt. Endast det evinnerliga prasslet från presenningen la sig över ljudet från en och annan bil som passerade på Ullevålsveien, hundra meter mot nordost. Fönstren i lägenheten han nu stod framför, var täckta av tjock plast. Sebastian klättrade vidare.

Väl uppe på femte våningen blev han stående för att hämta andan. Pulsen slog mot trumhinnorna och när han upptäckte att presenningen bara var fäst vid stålställningen med små nylonklämmor och utan vidare kunde lossna, blev han rädd. Dittills hade han av någon anledning uppfattat allt det gröna som en solid vägg. Den verkade inte längre lika betryggande. Sebastian vacklade.

Det lyste från fönstret längst bort.

Sebastian tog ett stadigt grepp om staget och försökte förflytta sig bort över plankan. Den gnisslade gällt av metall mot metall i fästena. Fönstren här uppe var ännu inte utbytta. Han tryckte näsan mot det första. I mörkret där inne kunde han skymta konturerna av en bänk och när han såg bättre efter fick han syn på ett kylskåp. Enligt beräkningarna skulle detta vara Claudios lägenhet. Han tryckte knytnäven mot fönsterramen. Den lät sig inte rubbas.

– Vad fan hade jag trott, mumlade han och ville egentligen ned igen.

Vinden hade ökat och han frös.

Nästa fönster var större. Han klev över ett tvärstag i knähöjd och försökte hala upp sin Swiss Army-kniv ur fickan. Han var säker på att han hade kommit ihåg att ta den med. Han hade alltid med sig den kniven; den hade varit morfars och kom till användning nästan varje dag.

Han hann precis se en skugga i rummet där inne innan han föll. Kraften från fönstret som öppnades var kanske inte så stor, men den kom plötsligt. Ramen träffade Sebastian på vänster axel. Han föll utåt med hela sin tyngd. Överkroppen tippade över räcket mot presenningen och drog benen med sig. Han slog huvudet i plankan på nästa våning och bröt armen när han försökte ta emot sig på den tredje. Utanför andra våningen i huset vid Bidenkapsgate var presenningen fäst särskilt stramt och hans fall bromsades något. Sedan lossnade allt och Sebastian föll i asfalten med axeln före.

– *Santa Maria*, sa Claudio, som sprang nerför alla trapporna i bara pyjamasen medan han skrek: En olycka! En olycka! Föll ner från min ställning, denna inbrottstjuv!

Han lyfte på presenningen.

En smal strimma blod rann från Sebastians mungipa. Pojken var medvetslös, kanske död.

– Han andas, sa Claudio hysteriskt till en granne i blå morgonrock som stod och höll en trådlös telefon i höger hand. Han andas, Sebastian! Vi måste ringa ambulans!

– Jag har ringt allt som går att ringa, viskade grannen. Är han död?

– Nej, han andas, säger jag ju. Han… Jag såg nån utanför fönstret, utanför mitt fönster, och…

Claudio pekade upprört uppåt huset, som om grannen inte visste var han bodde. En kvinna i tjugoårsåldern, med ringar i näsan och bägge läpparna, korsade gatan och böjde sig nyfiket över Sebastian. Ljudet av sirener närmade sig.

– Fy fan, va blek han är, sa hon imponerat. Har du sett? Damp han ner?

Hon böjde huvudet bakåt och drog i presenningen.

– Väck, skrek Claudio. Gå väck!

En ambulans, en polisbil och två brandbilar kom ungefär

samtidigt runt hörnet. Gatstumpen badade i blåljus och nu var alla vakna. Folk hängde ut genom fönstren i grannhusen och det hade redan samlats åtta nattvandrare kring Sebastian. Grabben andades fortfarande och var fortfarande medvetslös.

Det tog polisen fem minuter att konstatera att ingenting brann, få iväg brandbilarna och mota bort folk. Bara Claudio och den morgonrocksklädde grannen fick stanna kvar innanför avspärrningen av röd och vit plast. En ny patrullbil parkerade mitt på gatan och en uniformerad man i trettioårsåldern drog Claudio längre åt sidan.

– Var det du som ringde?

– Lever han?

Claudio slet sig loss från det fasta greppet om armen och sprang tillbaka till Sebastian. Tre män i vita rockar stod böjda över pojken. Polismannen fick hjälp av en kollega och försökte fösa bort Claudio.

– Lever han, upprepade han och slog vilt omkring sig. Lever Sebastian?

Sebastian kom till medvetande. Han öppnade ögonen och hade tydligen svårt att fokusera blicken. Han jämrade sig inte, klagade inte; stirrade bara förvånat omkring sig som om han inte kunde begripa vad alla människor runt honom egentligen gjorde. Sedan fick han syn på Claudio.

– Han knuffade mej, viskade han högt.

Ambulanspersonalen ryckte till.

– Claudio puffade ner mej.

Ögonen föll ihop och ambulanspersonalen monterade nackstödet.

– Bor du här?

Polismannen var inte längre fullt så vänlig. Claudio nickade och svalde och nickade igen medan han pekade upp i luften, som om han bodde i himlen.

– Låt oss gå upp till dej, sa polismannen bestämt.

– Upp till mej?

– Ja. Vad heter du?

Claudio redogjorde apatiskt för namn och – tämligen onödigt – adress. Han registrerade knappt att polisen upprepade allt i polisradion.

Ambulansen var på väg att svänga upp för Wessels gate och försvinna.

Claudio svettades inte längre. Han hackade tänder och hela kroppen skakade.

– Jag vill inte upp, gnällde han. Vi kan prata här.

Det ville inte polisen.

– Här?

En äldre polisman pekade på dubbelfönstret till Claudios vardagsrum. Han var andfådd efter att i det närmaste släpat italienaren efter sig fyra trappor upp. En kollega stod i dörröppningen, som för att förhindra eventuella flyktförsök. Claudio Gagliostro såg inte ut att vara i stånd till något sådant. Han satt apatisk på en pinnstol iförd en tvärrandig pyjamas som, med hänsyn till omständigheterna, fick honom att se ut som en straffånge.

– Mmm. Ja.

– Vad hände?

Claudio svarade inte.

– Hal-låå!

– Jag sov.

Claudio drog i flanellpyjamasen som för att bevisa att han talade sanning.

– Jag sov, upprepade han. Sen hörde jag några ljud. Firman som... Vi fick en lapp i brevlådan om att vi måste vara på vår vakt mot inbrottstjuvar nu när ställningen är uppe. Jag vaknade av några ljud och gick hit ut för att kolla. Sen öppnade jag fönstret och...

Han suckade och skakade nästan omärkligt på huvudet.

Polisen lutade sig ut genom det öppna fönstret utan att röra vid något.

– Har du nån förklaring till att grabben sa att du hade knuffat honom?

Mannen pratade ut genom fönstret och Claudio var inte säker på att han hade hört rätt.

– Jag känner honom, sa han högt. Sebastian jobbar hos mej!

– De här vinlådorna, sa en civilklädd polis från hallen; han stack bara in huvudet och tittade på Claudio utan att presentera sig. Varför har du så mycket vin stående?

Claudio hade klamrat sig till hoppet. Långväggen i hallen var i det närmaste tapetserad med vinlådor. Som de stod kunde de i ett gynnsamt ögonblick tas för en sorts dekoration. Lådorna var av trä och en del av dem var riktigt gamla.

– Jag tror vi åker ner till polishuset, Kaglistro.

Polisen i fönstret gick emot honom medan han pratade lågmält i radion som var fäst i en stropp vid axeln.

– Gagliostro, mumlade Claudio. Kan jag… kan jag få ta på mej nåt annat?

– Självklart.

En kvart senare satt Claudio Gagliostro i en radiobil på väg till Grønlandsleiret 44. Han visste ännu inte om han var anhållen för något. Han hade klätt sig i jeans och en linneskjorta som redan var våt under armarna. Sockorna var för tjocka för de eleganta skorna, men han märkte inte pressen på tårna. Han såg på klockan och hoppades att han skulle vara klar på Polishuset i tid för att hinna få åtminstone ett par timmars sömn innan måndagen kom igång.

Det han inte heller visste, var att polisen hade fått sina nödvändiga fullmakter från vakthavande intendent. De var igång med att vända upp och ned på hans lägenhet.

I KORTA ÖGONBLICK kände hon ett slags medvetande. Då såg hon sig själv utifrån, i fågelperspektiv, som om hon satt högt uppe på den motsatta väggen och halvt ointresserat betraktade sig själv. Golvet var grönt. Hon försökte gripa tag i gräset, men skrapade bara fingrarna till blods. Något sa henne att det gröna var betong, men hon mäktade inte hålla kvar vetskapen tillräckligt länge för att förstå var hon befann sig. Hjärnan skvalpade från sida till sida inne i kraniet. Först kändes det ganska behagligt, men sedan blev hon rädd att hjärnsubstansen skulle rinna ut. Hon stack ett finger i varje öra innan hon snabbt drog ut dem igen. De skrek. Fingrarna hade skrikit och hon försökte fokusera på sina fingeravtryck. Hon la dem mot läpparna för att trösta.

– Ecstasy, sa en arrestvakt till en annan. Fy för helvete. Fattar inte att de törs.

Det var måndag morgon den tjugonde december och polisen hade haft en storstilad promillekontroll vid vägtunneln i Sinsen. När Vilde Veierland Ziegler ramlade ut ur bilens förarsäte kunde polismännen knappt begripa hur hon överhuvudtaget hade lyckats hålla bilen på vägen.

Arresten var överfylld. En svettig polisjurist på intendentvakt satt i ett spartanskt rum och gjorde sitt bästa för att stöka undan bötfällningen av stamgästerna. Några stod med böjt huvud och mössan i handen, bokstavligt talat, medan andra skrek och bar sig åt och ropade på advokat.

– Läkaren kommer snart, sa arrestvakten till Vilde, innan han vände sig till kollegan. Nästan ingen vits med att ta blodprov på den här. Behöver bara videofilma tjejen.

Vilde körde bil. Hon brummade och höll fast i en imaginär ratt. Claudios ansikte växte sig stort framför henne. Hon slog på vindrutetorkarna och försökte tänka på Sindre. Han försvann. Claudio blev större. Hans ögon rann över av svart gegga innan de upplöstes och rann nerför kinderna som varm asfalt.

Vilde skrek.

Skriket överröstade alla andra ljud i arresten och fick fler fångar att instämma. En kakofoni av vrål, ylanden och gälla skrik ekade mellan betongväggarna och fick den underbemannade vaktstyrkan att ropa på förstärkning. Vaktchefen grep efter telefonen medan han gläfste åt två aspiranter:

– Se för helvete till att få tag i jourhavande psykdoktor! Den där varulven i nummer tjugo ska bort härifrån!

Han kastade en blick på armbandsuret. Klockan var ännu inte nio på morgonen.

– God jul, stönade han och knäppte upp byxknappen. God jävla jul.

51

– Med sin *dotter*? Var han *pervers*?

Karl Sommarøy tänkte på sina egna små döttrar och gjorde en grimas.

– Men varför?

Billy T. slog ut med armarna.

– Allt stämmer! Fråga: Varför skulle en barnlös kille som står inför ett äktenskap med en ung kvinna i sina bästa år sterilisera sej? Svar: För att han inte ville ta risken att göra henne med barn.

– Eller för att han inte ville ha barn överhuvudtaget, sa Karl skeptiskt och strök eftertänksamt det glatta piphuvudet mot kinden.

– Fråga, fortsatte Billy T. opåverkad av kollegans invändning. Varför bodde frun i en liten kvart när de hade en lägenhet stor som en fotbollsplan mitt i stan? Svar: För att Brede Ziegler faktiskt tyckte det var ganska motbjudande att ha sin dotter i den äkta bädden. Trots allt.

– Men du har fortfarande inte gett mej nåt motiv.

Billy T. drog sig i örsnibben.

– Har ingen aning, sa han i lätt ton. Men jag ska ta reda på det. Vi får ta in den unga änkan och höra vad hon vet. Följ med mej förresten.

Han log. Något sådant hade Karl Sommarøy inte sett på länge. I alla fall inte sedan Hanne Wilhelmsen kom tillbaka.

– Kan inte, sa han. Jag har över trehundra övertidstimmar till godo och har lovat tanten att hänga med och shoppa. Jag lever inte länge om jag inte är hemma om en halvtimme. Du får ta med dej nån annan.

Billy T. åkte ensam till Sinsen.

Vittnesförhör med Tussi Gruer Helmersen.

Förhörsledare krimkom Hanne Wilhelmsen. Utskrift av kanslist Rita Lyngåsen. Det finns endast en kassett av det här förhöret. För-höret är upptaget på band måndag 20 december 1999 på Polis-huset i Oslo.

Vittne: Helmersen, Tussi Gruer, 110529 23789

Bostad: Jacob Aallsgt. 3, 0368 Oslo

Pensionär.

Vittnet har underrättats om vittnesansvaret och förklarat sig villigt att vittna. Vittnet har meddelats att förhöret tas upp på band och att det senare skrivs ut.

Vittnet är medvetet om att hon hörs som ett led i utredningen av mordet på Brede Ziegler.

Förhörsledaren: Nu har jag satt på bandet. Innan vi sätter igång ordentligt så vill jag gärna att du bekräftar delar av personalia. Tussi är ditt riktiga namn, är det så? Det du står uppförd i folk-registret under?

Vittnet: Ja. Ni förstår, jag är född i en tid när myndigheterna lät folk vara i fred med sig och sitt. Mitt namn är så som mina för-äldrar ville ha det. Det fanns inte sådana där departement och sådant på den tiden. Eller vem det nu är som bestämmer nu för tiden. Ni förstår, jag är född i maj. När min mamma kom hem från BB med mig hade min far pyntat vardagsrummet med hästhov. För att fira den stora händelsen, förstår ni. Min far hade inte mycket pengar, men han hade fantasi. Tussilago farfara är hästhov på latin. Hästhov från far. Fattar ni? Jag är alltså inte uppkallad efter en åsna. Bevare mig väl, jag är ju inte…

Förhörsledaren (avbryter): Tack, det räcker. Vi måste bara se till att få rätta personalia. Det var fint att du kunde komma hit så snabbt…

Vittnet (avbryter): Det skulle bara fattas! Så fort jag såg lappen på dörren så kom jag hit. Var vänlig att ta kontakt med polisen, stod det. Riktigt hövligt! Ja, ni ska bara veta att jag kom till stan med Valdresexpressen i dag på morgonen, men så fort jag såg lappen kom jag hit. Jag ställde bara mina väskor i tamburen. Jag tittade inte ens till mina krukväxter, även om de säkert är väldigt törstiga och ja… (*ljudet av en dörr som stängs? paus*) … här är jag!

Förhörsledaren: Fint. Vet du varför polisen vill prata med dig?

Vittnet: Varför. Ja, det är väl för att polisen tror att jag kan veta ett och annat som är av intresse.

Förhörsledaren: Jaha. Men vet du vad polisen vill prata med dig om?

Vittnet: Va? Ja, det är ju så mycket. Jag följer med vad som händer, ska jag säga er. Mycket noga. Och då är det ju lite av varje man kan veta. Kunde jag få påfyllning av det där goda kaffet ni har?

Förhörsledaren: Kaffe? Javisst. Varsågod. (*plask, paus*) Polisen har fått upplysningar om att du förvarar en stor mängd medikamenter hemma. Finns det någon speciell anledning till det?

Vittnet: Det var det fräckaste jag har hört! Är det någon som har berättat för polisen om mitt hem! Det är aldrig någon hemma hos mig så det ni har fått veta är rent struntprat. Fråga mig ni så ska ni får svar.

Förhörsledaren: Vi är faktiskt mycket intresserade av att få se er lägenhet, fru Helmersen. Betyder det att du samtycker till husrannsakan?

Vittnet: Husrannsakan? Det var väl att ta i! Men ni kan bara komma hem till mig när ni vill, unga dam. Jag ska bjuda er på kaffe och Mor Monsen. Jag har rikligt med sådana kakor i frysen. Ni förstår, jag håller på traditionerna och bakar till jul, jag…

Förhörsledaren: Betyder det att du går med på husrannsakan? (*pappersprassel, kort paus*) Kan du vara vänlig att underteckna här?

Vittnet: Ja, gärna. Det blir ju nästan som en skriftlig inbjudan, det här. Inte sant? (*liten paus, skratt*)

Förhörsledaren: Tack. Men det här med medicinerna… Stämmer det? Använder du mycket piller?

Vittnet: Ja, tyvärr. I min ålder…

Förhörsledaren (avbryter): Fru Helmersen, det var fint att du kom så snart. Men det hade varit en stor fördel om du kunde svara lite kort. Försök att koncentrera dig på det jag frågar. Vem är din läkare? För jag utgår ifrån att du får de här medicinerna från en läkare?

Vittnet: Min läkare? Jag kan säga er att det är inte lätt att hitta en duglig läkare nu för tiden. Så jag går till lite olika. Man kan säga att jag fortfarande är på jakt efter den bästa. Vet ni vad, häromdagen hade jag beställt tid på Bentsebru vårdcentral. Läkaren var svart som kol! Som om jag skulle vilja låta mig behandlas av en sådan där hottentott! Hade det inte varit för…

Förhörsledaren (avbryter): Betyder det att du får medicin utskriven av flera läkare?

Vittnet: Ja, men det har jag ju redan sagt. Unga dam, ni kanske borde höra upp lite bättre.

Förhörsledaren: Jag försäkrar dig att jag hör på mycket noga. Proper Näve, säger det dig något?

Vittnet: Ja, naturligtvis. Ett sådant härligt uttryck, inte sant. Som tyvärr inte används längre. Den milda handen som slår för att uppfostra. I all välmening. (*litet skratt*) Lite som jag.

Förhörsledaren: Lite som du? Säg mig, skriver du brev som är undertecknade Proper Näve?

Vittnet: Jag är en skrivande person. Det ska ni veta. Det är så mycket i det här samhället som man måste varna för. Jag vet inte hur bra ni har följt med, men de här skolreformerna, för att inte tala om den här absurda idén med en Polisdirektion. Något sådant skulle direkt leda till...

Förhörsledaren (avbryter): Fru Helmersen! (*paus*) Jag är ledsen... Tror du att du skulle kunna försöka svara på det jag frågar? Det här är ett polisförhör. Förstår du det? Kan du svara mig på frågan om du undertecknar dig med Proper Näve.

Vittnet: Bli nu inte så där, unga dam. Nu när vi hade det så trevligt... (*paus, pappersprassel*) Ja, naturligtvis. Proper Näve är mitt alias. Det tror jag att ni känner till. Jag har ju skrivit mycket i tidningarna, kan nästan räknas som en fast skribent i huvudstadspressen. Det är väl därför ni frågar, eller hur? För att ni känner

Proper Näve som en uppmärksammad debattör?

Förhörsledaren:
Jag kan försäkra er, fru Helmersen, att polisen inte brukar kalla in kulturpersonligheter till småprat. Jag vill gärna visa dig några brev. Frågan är om de har skrivits av dig. Vänta lite... *(lång paus)* Förhörsledaren förelägger vittnet beslag av dokumenten 17/10/3, 17/10/4 och 17/10/5. Känner du till någon av dessa? Det här, till exempel, här där det står "Kockens bröd, den andres död".

Vittnet: Nej, men så spännande! Tror ni att det är någon som har stulit mitt alias?

Förhörsledaren: Jag tror ingenting. Jag vill bara veta om det är du som har skrivit det här brevet.

Vittnet: Det är ganska elegant. Formuleringen, alltså. Tycker ni inte? Men vet ni vad, jag skriver i tidningarna. Det är nog inte jag. Men det är ju en berömd pseudonym. Någon kan ha stulit den. Tycket ni att jag ska anmäla det? *(skratt)* Stöld av konstnärlig verksamhet, vad säger ni, fru polis?

Förhörsledaren: *(markant suck, paus)* Jag säger att du ska svara... *(skarpt ljud, slag mot bordsskiva?)* ...på mina frågor, fru Helmersen. Kände du Brede Ziegler?

Vittnet: En ytterst obehaglig person! Men kände och kände... Offentliga personer har ju en viss kännedom om varandra, vet ni ju.

Förhörsledaren: Nu ställer jag en helt precis fråga och jag vill ha ett helt precist svar. Har du träffat Brede Ziegler?

Vittnet: Jag skulle inte drömma om att gå på hans restaurang, det ska ni bara veta. Det där så kallade moderna köket, som inte innebär den minsta respekt för...

Förhörsledaren (avbryter): Jag varnar dig, fru Helmersen. Om du inte ger mig några ordentliga svar nu, så avbryter jag det här förhöret och kräver rättsligt förhör inför häktningsdomstol.

Vittnet: Ska jag i rätten? Det vill jag väldigt gärna. Vad säger man till domare nu för tiden. I min ungdom, när jag faktiskt vid flera tillfällen fungerade som nämndeman, sa man Ers Nåd...

Förhörsledaren (avbryter): (*högljutt*) Fru Helmersen! Har du träffat Brede Ziegler eller ej?

Vittnet: Men lilla frun! Inte bli så upprörd nu. Allt går så mycket lättare om ni bara hör på. Jag har ju redan svarat att jag inte har träffat honom.

Förhörsledaren: Så du har aldrig träffat Brede Ziegler?

Vittnet: Nej. Men för inte så många år sedan hade jag nöjet att tillbringa en weekend med...

Förhörsledaren (avbryter): Det är noterat, fru Helmersen. Sedan vill jag gärna veta vad du gjorde söndag kväll den femte december.

Vittnet: Femte december? (*paus*) Det är ju den kvällen som Ziegler mördades. Unga dam, misstänker ni mig för något? Eller vill ni bara avskriva mig ur ärendet? Som ni säkert hör så kan jag min polisjargong.

Förhörsledaren: (*trumljud, fingrar mot bord? Paus*) Var var du på söndagskvällen?

Vittnet: Men gud bevare mig! Jag gör ju så gott jag kan, fru polis! Söndag, söndag... (*paus, lätt hostning*) För två veckor sedan. Låt mig se... (*paus*) Jo, det ska jag faktiskt säga er, unga dam. Jag gjorde något högst ovanligt. Jag gick en lång kvällspromenad. Jag satt och skrev på en artikel om muslimer. Ni håller väl med mig om att muslimernas intåg i detta land är en fara för vår kultur och grundläggande kristna värden, jag... Kunde jag få lite vatten, tror ni? Nu har jag ju pratat så mycket. Ja, tack, tack. (*paus, tydliga klunkljud*) Då fann jag det nödvändigt att ta detta monster i närmare betraktelse. Det här bygget som det skrevs så mycket om på sin tid, ni vet. Så jag promenerade från mitt hem, motion är sunt, vet ni, och ända till Åkebergveien. Men jag tog bussen hem igen. Det var ordentligt blött den kvällen. En kall vind gjorde det nödvändigt att ta en aldrig så liten konjak när...

Förhörsledaren (avbryter): Vilket monster?

Vittnet: Moskén, den förfärliga moskén, ni vet.

Förhörsledaren: Moskén på Åkebergveien. Jaha. Och vad var klockan då?

Vittnet: Nej, det kan jag verkligen inte säga riktigt säkert. Men det var sent. Ganska sent, skulle jag tro. Ni förstår, jag har problem med att sova. Så jag tänkte att en kvällspromenad för sömnens skull borde göra gott. Och så fick jag samtidigt ta mej en titt på det där åbäket.

Förhörsledaren: Vad menar du med sent? Var det efter midnatt?

Vittnet: Tja. Ni frågar så svårt. Klockan måste ha varit någonting mellan… (*paus*) …tio på kvällen och midnatt då. Något sådant.

Förhörsledaren: Och ungefär hur länge var du vid den där moskén.

Vittnet: Det är omöjligt att säga.

Förhörsledaren: Försök.

Vittnet: Jag anar en sarkasm i er röst, unga fru polis. Det klär er inte, om jag får tillåta mig att säga det.

Förhörsledaren: Försök att uppskatta hur länge du var utanför moskén på Åkebergveien mellan klockan tio och midnatt den femte december.

Vittnet: En kvart kanske? Det här blir rena gissningen. Jag kan inte begripa…

Förhörsledaren: Såg du några andra där?

Vittnet: Såg några andra? Men lilla frun, vi talar om den allra värsta östkanten! Folk rantar ju omkring i den delen av stan så man skulle kunna tro att de inte har några hem att gå till.

Förhörsledaren: Såg du många (*markant höjning av rösten på "många"*) människor där?

Vittnet (mumlar otydligt): Många och många. (*ohörbart*) … tog taxi hem.

Förhörsledaren: Du sa buss.

Vittnet: Buss eller taxi, det spelar ingen roll. Huvudsaken var att jag kom tryggt hem.

Förhörsledaren: Vi måste ta en liten paus, fru Helmersen. Klockan är 13.35. (*skrap av stolsben, bandspelaren stängs av*)

Förhörsledaren: Klockan är nu 13.55. Förhöret fortsätter. Vad för slags knivar har du hemma?

Vittnet: Knivar? Det var då en underlig fråga. Jag har förstås en rad olika. En bra kniv kan aldrig värderas nog i ett kök. God mat fordrar goda råvaror, men också adekvat utrustning, brukar jag säga. När jag ska filéa använder jag ett arv efter min far, som var en sann...

Förhörsledaren (avbryter): Vet du vad en Masahiro är för något?

Vittnet: Ja, vet ni vad. Det är ju själva juvelen i kronan, om jag får uttrycka mig så. Dessvärre sträcker sig inte min skamligt låga pension till inköp av ett sådant redskap, men var och en som... Den är förresten japansk. Ja, dessa japaner! De är sannerligen folk som vet vad de vill. Och så håller de sig hemma, inte minst. Kommer hit på semester men reser raka vägen hem. Som en civiliserad ö mitt i barbariet har de...

Förhörsledaren: Vi måste tyvärr ta en liten paus igen.

Vittnet: Det var då förfärligt så orolig ni är, fru polis! Ni borde försöka med johannesört och...

Förhörsledaren: Klockan är 14.05.

(*bandspelaren stängs av*)

Förhörsledaren: Klockan är nu 14.23. Tycker du om katter, fru Helmersen?

Vittnet: Det var då en konstig fråga. Från knivar till katter och däremellan ideliga pauser. Men vill ni ha min ärliga mening, så ska ni få den. Katter är några förfärliga skapelser. I hyreshus skulle det vara absolut förbud mot husdjur, jag har ofta...

Förhörsledaren (avbryter): Har du tagit livet av grannens katt? Familjen Gråfjell Berntsens katt?

Vittnet: Nej, vet ni vad! Sitter ni här och beskyller mig för mord! Familjen Berntsen, ja. Jag känner mina pappenheimare. Men mord... Nu får ni passa er, fru polis. Jag skulle inte drömma om att ta livet av en levande själ. Inte ens en katt.

Förhörsledaren: Jag måste nu göra dig uppmärksam på att du inte längre förhörs som vittne i utredningen av mordet på Brede Ziegler. Du har under förhörets lopp givit så speciella upplysningar att polisen finner skälig grund att misstänka dig för att ha med själva mordet att göra. Du är anhållen för mord, och/eller mordförsök eller för att ha medverkat därtill. Detta är anhållningsbeslutet. Det utfärdades under den senaste pausen vi hade. Till rapporten: Den anhållna blir förevisad...

Vittnet (avbryter): Anhållen... Menar ni att jag är misstänkt! Men vi pratade ju om katter och nu pratar ni plötsligt om Ziegler!

Förhörsledaren: Jag upprepar. Den anhållna blir förevisad anhållningsbeslutet. Du har inte någon skyldighet att svara på frågor. Vill du fortfarande göra det, nu med status som anhållen?

Vittnet: Men kära ni, jag besvarar så gärna frågorna, jag har ju pratat halva dagen!

Förhörsledaren: Som anhållen har du rätt till att ha advokat närvarande vid förhöret. Vill du ha advokat närvarande eller ska vi fortsätta? Jag har några få tilläggsfrågor.

Vittnet: Naturligtvis vill jag svara, men jag har veterligen inte mördat Brede Ziegler. Det är katten ni egentligen vill veta om, eller hur? Jag gjorde hela huset en tjänst när jag tog livet av kräket. Det var för allas bästa.

Förhörsledaren: Hur tog du livet av katten då?

Vittnet: Arsenik. Jag använder det mot råttorna i källaren också. Mycket effektivt, ska jag säga er.

Förhörsledaren: Arsenik? (*mycket högt*) Det är väl ingen av dina läkare som ger dig arsenik?

Vittnet: Man skulle nästan inte kunna tro att ni är polis. Arsenik får man väl inte från läkare, det får man från veterinären. Det är bara att säga att man har hand om en häst och att den har blivit lite matt i pälsen och vips, så får man arsenik. Apoteket i Ås är alldeles utmärkt.

Förhörsledaren: Det var en ovanligt intressant upplysning. Den ska vi återkomma till senare. Men jag vill gärna återgå till Brede

Ziegler. Har du, eller har du inte, skickat hotelsebrev till Ziegler undertecknade Proper Näve? Jag vill påminna dig om att det här är en allvarlig situation, fru Helmersen.

Vittnet: Nej, vet ni vad! Jag har erkänt kattmordet, det är allt jag har att säga. Nu vill jag hem. Jag är en gammal dam, ni kan inte hålla på att plåga mig på det här sättet!

Förhörsledaren: Betyder det att du inte vill svara på fler frågor?

Vittnet: Inte ett ord över mina läppar! Jag vill gå hem. Jag är på kur och jag vill gärna dricka mitt örtte.

Förhörsledaren: Det går dessvärre inte. Du har anhållningsbeslutet framför dig. Som du ser står det på pappret att det är av utredningsskäl. Vi kommer att häkta dig tills vi har fått göra husrannsakan hemma hos dig. Polisen anser att det föreligger fara för undanröjande av bevis. När vi har gått igenom din lägenhet ska vi besluta om du kan släppas ut igen. Jag måste tyvärr föra ned dig i häktet nu, fru Helmersen.

(oväsen, vittnet upprepar flera gånger "vet ni vad")

Förhörsledarens anmärkning:
Förhöret avslutat klockan 14.50. Den anhållna blev serverad kaffe och vatten under förhöret. Förhöret avbröts flera gånger för konsultation med jurist. Den anhållna fördes ned till cellen. Förhörsledaren ska se till att den anhållna får nödvändig läkartillsyn eftersom hon har upplyst om att hon behöver medicinsk behandling. En patrull har skickats till den anhållnas bostad för husrannsakan.

52

DET VAR SOM om en förbannelse vilade över morfars böcker. Daniel hade använt helgen till att ställa dem i något slags system. För varje titel han rörde vid, kände han morfars blick i nacken. Om än gubben hade spelat bort gård och grund så hade tydligen böckerna varit heliga. Det måste ha varit väldigt frestande för den gamle mannen att omsätta den inbundna förmögenheten. Särskilt när skulden växte över skorstenen på huset där hans barn hade växt upp och där hans fru hade skött om trädgården till ett lyckat och praktfullt botaniskt mästerverk. Det hade tagit henne över trettio år. Köparen av egendomen var en byggmästare som omedelbart hade lagt både hus och trädgård i grus för att smälla upp fyra radhus.

Daniel hade bestämt sig.

Han stod innanför dörren till Ringstrøms antikvariat. Till höger låg grammofonavdelningen. Daniel kunde gå till Beatles-hyllan, plocka fram *The White Album*, köpa plattan och sedan gå hem med morfars två böcker under armen. Han kunde fortfarande välja.

En man i slitna jeans kom fram bakom ett förhänge innerst i lokalen. Den handskrivna skylten med texten "Endast personal" höll på att lossna från det tjocka draperiet. Mannen såg ut som om han knappt hade varit ute ur lokalen i hela sitt liv. Han var gråblek och verkade inte bry sig om att maskorna löpte i den stickade tröjans resårer.

Bokhandlaren sneglade ointresserat på Daniel innan han hjälpte en gammal dam som var på jakt efter Garborgs *Bonde-studenter*. Daniel blev villrådigt stående och såg på. När damen

tassade vidare med boken begravd i en omfångsrik shopping-
vagn var det tomt på kunder i butiken.

– Och så du då, sa mannen vänligt. Vad kan jag hjälpa dej
med?

– Jag har ett par böcker, mumlade Daniel och märkte att han
rodnade. Jag bara tänkte… Jag tänkte att jag skulle… Priset. Hur
mycket är de värda?

– Få se.

Daniel halade fram den platta kartongen som låg innerst mot
ryggen i ryggsäcken för att inte bli skadad. Han tog försiktigt av
locket ooch packade upp den översta boken ur plastomslaget.

– Här, sa han tyst.

Bokhandlaren drog ned glasögonen från huvudet. Hans hän-
der var långa, med smala, vana fingrar som han långsamt drog
över det felfria bandet.

– Fram over Polhavet, sa han, mest för sig själv. Från arton-
hundranittiosju. Trevlig liten bok. Mycket fint exemplar. Den är
faktiskt…

Han tystnade. Boken han höll i handen var nummer åtta i en
specialupplaga på hundra exemplar. Bokhandlaren kände myck-
et väl till utgåvan, men hade aldrig sett ett exemplar. När han såg
dedikationen kikade han på Daniel innan han såg ner igen och
läste:

– *Til Hjalmar Johansen, med Varm tak for at De modig blev
med paa Færden. Fridtjof Nansen.*

Daniel stirrade på boken, som om han just hade upptäckt
den och inte helt förstod vem den tillhörde.

– Få se den andra, sa bokhandlaren bryskt och nästan slet till
sig den undre boken.

– *Men livet lever*, sa han med hård röst. Knut Hamsun nitton-
hundratrettiotre. Vackert exemplar. Låt oss se vad du har hittat
på för artigheter här då!

Trots att bokhandlaren av någon anledning var ganska rasande
– näsvingarna vibrerade lätt och en lila fläck hade börjat synas
bakom varje öra – så var hans händer mjuka och nästan kärleks-
fulla när de tog i boken.

– Hr. Reichskommisar Josef Terboven; tag imod denne Bog,
med Tak og Håb om fremtidig Hjelp. Nørholm Januar 1941. Knut
Hamsun.

Daniel log försiktigt.

– Förstår du vad du har gjort, fräste bokhandlaren och höll
upp boken i vädret, som om han tänkte daska till Daniel med
den.

– Gjort?

– Du har förstört en helt underbar förstautgåva med ditt
klotter. Och var har du egentligen fått tag i böckerna? Va?

– Jag har... Det var min morfar som...

Daniel svettades. Lukten av damm och böcker fick honom att
vilja nysa, men han vågade inte och måste snörvla kraftigt.

– Amatör, gläfste mannen. Hamsun skulle ha skrivit en sån
dedikation på tyska! Han talade en utmärkt tyska och i januari
fyrtioett hade han just varit hos Terboven för att be om...

Plötsligt blev han tyst. Han öppnade boken igen och lyfte de-
dikationen mot ögonen medan han vippade sidan mot ljuset
från taklampan. Daniel kände svetten rinna från armhålorna
och det kliade outhärdligt i näsan. Han nös kraftigt, upprepade
gånger. Snoret rann och han gnuggade tröjärmen mot näsan. De
styva yllefibrerna fick honom att nysa igen. Bokhandlaren slog
ihop Hamsunboken, tog upp *Fram over Polhavet* och granskade
även den i flera minuter. Hans röst var totalt förändrad när han
till slut utbrast:

– De här böckerna är värda en liten förmögenhet, unge man.
Var snäll och vänta lite så ska jag hämta de nödvändiga papperna.

Daniel kunde knappast andas. Han rotade i ryggsäcken efter

astmamedicinen. Han måste ha glömt inhalatorn hemma och fick allt svårare att andas. Mannen lät vänta på sig. Daniel ville gå, han måste få luft. Dammet la sig i mun och hals och gjorde det helt omöjligt att dra efter andan annat än i korta drag. Men bokhandlaren hade tagit med sig morfars böcker. Daniel måste ha dem tillbaka och stönade fram ett hest:

– Hallå! Jag måste… få…mina böcker… tillbaka.

Först när två uniformerade poliser syntes i dörröppningen förstod Daniel varför allt tog sådan tid. Bokhandlaren kom äntligen ut från de bakre environgerna och gav böckerna till den ene polisen.

– Det får finnas gränser, sa han indignerat när Daniel fördes ut till den väntande polisbilen. Jag är inte *så* lättlurad!

53

– Där är du ju!

Annmari Skar satt ensam i kantinen. En julgran, som lika gärna kunde vara från förra året, lutade sig dystert över stolen på andra sidan bordet. Någon hade roat sig med att fylla de översta prydnadskorgarna med kondomer. Andra hade gjort sig besvär med att rita ansikten med korrekturlack på de röda kulorna; ett av dem var anmärkningsvärt likt polismästaren.

– Jag har letat efter dej överallt!

Silje Sørensen borstade granbarr av stolen och satte sig mitt emot polisjuristen.

– Du kan bara inte tro vad jag har att berätta. Jag hittar inte Billy T., men det här är så viktigt att...

– Inte en till, suckade Annmari Skar uppgivet.

– En till?

– Glöm det. Tills vidare. Vad gäller det?

Hon torkade sig om munnen, sköt resterna av den oaptitliga omeletten ifrån sig och gjorde en grimas ned i koppen.

– Det här kaffet är tillräckligt dåligt när det är nybryggt. Så här dags...

– Sindre Sand är riktigt illa ute, avbröt Silje Sørensen. Jag har just förhört honom, på gammaldags sätt, alltså... jag orkar inte vänta på... Det tar för lång tid med utskrifterna och... Han har ljugit om...

Hon drog efter andan och skrattade till.

– Alltså, började hon om. Jag har förhört Sindre Sand. Hans tidigare berättelse läcker som ett såll.

– Jaså.

Annmari Skar masserade sig själv i nacken.

– Det finns en lucka i hans alibi. Som i en logdörr, det är helt absurt att vi inte har upptäckt det tidigare. Jag har…

Hon sköt över förhöret till polisjuristen. En minut senare hade intresset växt betydligt på andra sidan bordet.

– Hade han liksom *glömt* att han stack iväg från NRK i över en halvtimme?

– Han säger max tjugo minuter. Andra säger runt en timme. Som du ser hade de en paus i inspelningen. Han hoppade på Vespan för att köpa cigaretter på bensinstationen på Suhms gate. Där träffade han, enligt vad han själv sa, en gammal skolkamrat som…

– Som han förstås inte minns namnet på, sa Annmari Skar med ett svagt leende. Den historien har vi hört några gånger

– Förnamnet då. Lars. Eller Petter. ”Eller nåt sånt”, som han sa.

Silje skrattade upprymt och la till:

– Han säger att det var så pinsamt att inte komma ihåg hans namn att han inte frågade. De ska ha gått i parallellklasser i små-skolan. Vi kan förstås kolla det, men det tar tid. Jag tänkte först att vi kunde få användbar information från videobandet i bensinstationen, men det visar bara att Sindre kommer in tjugo minuter i elva och går ut igen två minuter senare. Den här påstådda kamraten stod visst utanför området. Men hur som helst så har…

– …Sindre en logdörr i sitt alibi.

Annmari Skar strök håret bakom öronen. Silje la för första gången märke till att den knubbiga polisjuristen var vacker. Det fanns en anstrykning av något onorskt över henne; stora bruna ögon och latinsk hy. Silje skakade på huvudet och fortsatte tvek-samt:

– Även om det verkar övermåttan kallblodigt att köpa cigaretter innan man sticker iväg för att mörda en kille, för att sen åka tillbaks till en teveinspelning, så...

– Den som mördade Brede kan mycket väl vara kallblodig, sa Annmari Skar torrt. Men du har ju mer här!

Ögonbrynen lyftes lätt när hon bläddrade vidare i förhörsprotokollet. Silje la märke till ett ärr över Annmaris öga; det gav ögonbrynet en sorgsen vinkel och fick henne att verka mer bekymrad än överraskad.

– Det här är väldigt bra, Silje, sa hon allvarligt.

Silje Sørensen strålade. Det var Hanne Wilhelmsen som hade viskat i hennes öra att det kunde vara värt att se lite närmare på Sindre Sand.

– Inte för att jag tror att han egentligen har gjort det, hade hon sagt med en axelryckning i fredags kväll. Men jag har läst förhöret flera gånger. Och det stinker. Alltför äppelkäck. Alldeles för säker. Om du har ont om tid i helgen och inte har mycket emot att jobba gratis, så kolla den killen. Medan vi väntar på Tussi. Det är bra polisjobb att hålla alla möjligheter öppna. Kom ihåg det, Silje!

Silje hade ingenting emot oavlönat jobb. Efter ett halvhjärtat försök att få tag i Billy T. på lördag förmiddag, hade hon satt igång utan klarsignal. Efter två dagar med ensam spaning, som i stort sett bestod i att ringa till folk de redan hade pratat med, var samvetet mycket mindre plågsamt. Billy T. skulle i alla fall ha hejdat henne. Om inte annat så av hänsyn till övertidsbudgeten. Silje gav blanka fan i budgetar. Hon led inte längre av illamående. Tvärtom kände hon sig på strålande humör när hon på söndagskvällen hade skrivit en rapport på fem sidor, med nio bilagor, snyggt utskriven och inlagd i en grön pärm med sirligt präntad innehållsförteckning. Hon hade strukit försiktigt med handen över det gröna pappret och skrattat högt. Silje Sørensen tyckte om att jobba vid polisen. Hon trivdes alldeles utmärkt och föll i djup sömn när hon till slut kom hem och snubblade i säng bredvid en alltmer bekymrad äkta man. Lyckligtvis upptäckte han inte att hon hade satt väckarklockan på fyra.

Sindre Sand hade inte bara ljugit om sina förehavanden på söndag kväll den femte december. Mannen på bensinstationen kunde mycket väl existera. Det var just sådana saker som vittnen hade en tråkig tendens att glömma. Det var okej. På sitt sätt.

Värre var det för den unge mannen att han hade synts tillsammans med Brede Ziegler på lördagskvällen.

– På flera ställen!

Annmari Skar slog handen mot pannan.

– Hur har det kunnat gå oss förbi? Hur i *helvete* har vi lyckats bortse från det?

– Minns du inte vad Hanne Wilhelmsen sa när vi…

Annmari såg missnöjt på Silje.

– Hanne säger så mycket, sa hon tvärt. Du ska vara försiktig med henne, Silje. Hon är faktiskt inte helt igenom god.

– Men hon *är* god.

Annmari svarade inte.

– Uppriktigt sagt, sa Silje med ovanligt hög röst. Ser du inte att du blir manipulerad av Billy T.? Vad har Hanne Wilhelmsen gjort dej egentligen?

– Glöm det.

– Nej! Jag är skittrött på att alla går omkring och behandlar Hanne som om hon hade… AIDS eller nåt sånt. Jag är inte dummare än att jag förstår att Billy T. och hon har ett eller annat ouppgjort, men det angår väl inte oss!

– Alla faller för Hanne Wilhelmsen, sa Annmari Skar. Alla blir nog lite…

Hon tvekade. Plötsligt öppnade sig hennes ansikte i ett överraskande leende.

– Alla blir helt enkelt förälskade i henne.

– Förälskade!

Silje kände sig varm och kall om vartannat och reste sig till hälften ur stolen.

– Ja, förälskade, sa Annmari påstridigt. Hanne Wilhelmsen är suveränt skicklig. Rent polisiärt, menar jag. Kanske den bästa. Hon har dessutom en särskild förmåga att imponera på de yngre här i huset. De känner sej privilegierade, uppmärksammade. Det blir som om drottningen själv skulle ha...

– Jag ska säga dej en sak, polisjurist Skar!

Silje hade rest sig helt nu och lutade sig över bordet, stödd på handflatorna.

– Jag är en lyckligt gift och dessutom *gravid* kvinna. Jag älskar min man och känner ingenting, jag understryker *ingenting*...

Hon slog i bordet så det small. Glaskulan som liknade polismästaren dinglade förskräckt till och en diskplockare stannade upp där han var på väg att bära bort en bricka med kaffekoppar.

– Du är rätt och slätt... Du är...

Kväljningarna sköljde genom kroppen och hon svalde tungt.

– ... gammal, tillfogade hon. Du är rätt och slätt för gammal, Annmari.

– Jag har inte fyllt fyrtio än.

De vände sig bägge mot diskpojken, som på en hemlig signal. Han stod med brickan i händerna och gapade. Annmari började skratta. Hon skrattade högt; sedan ännu högre, länge. Silje stirrade häpet på henne och verkade osäker på om hon skulle sätta sig igen. Ryggen värkte och hon sjönk ner på stolen.

– Förlåt, sa Annmari Skar till slut. Men du känner inte Billy T. som jag gör. Han var förkrossad när Hanne reste. Fullkomligt förstörd. Visste du till exempel att hon skulle vara hans bröllopsvittne, men inte gav ett ljud ifrån sej? Han väntade i det längsta. Dagen innan han gifte sej frågade han sin syster i stället.

Silje lyfte långsamt på huvudet och höll upp handflatorna som om hon inte ville höra mer.

– Du har rätt, fortsatte Annmari. Det angår inte oss. Men det är svårare för mej än för dej. Okej? Bra. Vad var det egentligen hon sa?

– Sa? Vem?

– Hanne. Du började allt det här med att säga att det var hon som...

– Å ja. Jo. Hon sa att vi hade stirrat oss blinda på söndagen den femte. Att vi borde ha varit mer noga med lördag och fredag och torsdag... Med veckan och veckorna före mordet. Det var vi inte. Inte förrän Hanne kom tillbaka. Därför fick vi inte de här upplysningarna förrän nu.

Hon pekade på den hopslagna pärmen.

– Jag funderade på att skaffa ett åklagarbeslut i natt. Men så bestämde jag mej för en kanske lite originell variant.

Hon såg generat bort, som om hon hade gjort sig skyldig till ett grovt tjänstefel.

– Jag ringde honom klockan fem i morse och bad honom komma till förhör.

– Du gjorde vad för nåt?

– Är det förbjudet?

– Nej.

Annmari Skar fingrade på sin kaffekopp.

– Och så kom han då, fortsatte Silje lättsamt. Och där satt vi. Han medgav inte att han hade träffat Brede på lördagskvällen förrän jag slog på stora trumman. Det är lite oklart var och varför, men... Han har ljugit om Vilde också och jag måste...

– Hör här, sa Annmari Skar och såg på armbandsklockan. Nu *måste* jag gå. Jag lovar att jag ska... Var är han nu?

– Han sitter i arresten. Jag tänkte att du kunde skriva ut ett beslut och sen...

– Jag ska säga dej nåt, sa Annmari och lutade sig över bordet. Diskplockaren hade tagit med sig brickan och försvunnit.

Silje och Annmari satt ensamma i den stora kantinen. Från köket hördes avlägsna ljud från diskmaskinen och redskap som sattes på plats.

– Vår bakgård börjar likna värmestuga för samtliga vittnen i Zieglerfallet.

– Vad menar du?

Annmari halade fram en lista ur jackfickan och läste.

– Claudio Gagliostro. Rättegångsbalkens paragrafer två tre tre jämför paragraf fyrtionio. Plus två fem sju, subsidiärt tre ett sju.

Hon såg upp från pappret och tog upp ett par glasögon ur väskan medan hon förklarade:

– Mordförsök och stöld, subsidiärt häleri. Vilde Veierland Ziegler: Vägtrafiklagens paragraf tjugoett, jämför paragraf tjugotvå, jämför paragraf trettioett. Framförande av fordon i påverkat tillstånd, med andra ord. Tussi Gruer Helmersen: Paragraf...

Hon dängde listan över dagens gripna i bordet och himlade med ögonen.

– Den tanten är i alla fall skvatt galen. Din väninna... Förlåt, Hanne... Hon bara skakar på huvudet och säger att för säkerhets skull måste vi gå igenom lägenheten, men att fanskapet med all sannolikhet bara vill göra sej intressant. Tills vidare sitter hon här på ett tämligen konstruerat anhållningsbeslut, men vad fan ska vi göra när...

– Sitter alla de där människorna hos polisen? Vad i hela världen har hänt? Sindre Sand, Claudio, Vilde och...

– Och så den där Tussi. Jag får ont i huvudet vid tanken på morgondagen. Vi kan ju knappast begära dem häktade allihop. Det...

– Men du håller kvar Sindre?

– Ja, jag håller Sindre. I alla fall tills vidare.

– Du är en pärla, sa Silje och snappade åt sig papperna. Jag lägger kopior på ditt bord. Ha det bra.

Hon störtade på dörren utan att lägga märke till att hon hade håret fullt av granbarr. Klockan hade blivit fem på måndag eftermiddag och hon måste ringa Tom och säga att hon inte skulle komma hem till middag. Inte i dag heller.

54

– Inte fan! Jag vill ha mina skor!

En kollega till Marry krökte sina nakna tår mot betonggolvet, som för att suga sig fast. Den imiterade minkkappan var full av nakna fläckar. Hon hade redan fått den bruna påsen med personliga tillhörigheter utlämnad till sig. För hennes del rörde det sig om tre förpackningar med kondomer och ett litet fotoalbum. En vakt försökte puffa ut henne från arrestmottagningen.

– Skorna, tjöt hon och klamrade sig fast. Jag vill ha mina skor.

En man stod böjd över den röda bommen vid inskrivningen och spydde.

– Jävla gris, fräste vaktchefen.

Det verkade som om personalen höll på att tappa kontrollen. Hanne Wilhelmsen höll sig för öronen och lutade sig över skranket.

– Är det ingen som kan ge damen här ett par skor? Hon kommer att frysa ihjäl.

Hon kände vaktchefen som en sansad man. Nu kastade han skrivplattan i golvet och skrek:

– Det här är inte Frälsningsarmén, kriminalkommissarien! Hon där hade inga skor när hon kom och får inte heller några när hon går. Förstått!

Han skrek åt vakten som fortfarande höll i den pälsklädda horan.

– Få ut den jävla kärringen! Och du...

Han hämtade andan och riktade ett pekfinger mot Hanne Wilhelmsen, som om han hade tänkt skjuta henne.

– Var så vänlig och blanda dej inte i mina affärer! Det här är fan ta mej inte längre en polisarrest utan helvetets förgård när fan har tagit ledigt.

Utbrottet hjälpte. Han strök sig över den blanka hjässan och mumlade något ohörbart innan han sänkte rösten och uppgivet tillfogade:

– Hanne, kan du inte lugna ner din arrestant i nummer sju. Hon gör uppror där inne.

Hanne bestämde sig för att det var viktigare att hålla sig väl med vaktchefen än att ordna skor till ett frysande fnask. När den tunga järndörren mellan mottagningen och själva arrestavdelningen öppnades, överfölls hon av ljud och lukter. En svettig ung vakt var uppenbarligen nära gråten och smet förbi Hanne som om han äntligen såg möjligheten till flykt.

Fem timmar i en kal cell hade satt sina spår på Tussi Gruer Helmersen. Läppstiftet hade försvunnit ner i rynkorna och bildat ett rött stjärnmönster kring de smala läpparna. Den lila turbanen hade använts som näsduk och hade svarta sminkfläckar. Under ögonen låg en blandning av mascara, kajal och ögonskugga.

– Kamrater, skrek hon i falsett med ansiktet tryckt mot gallret i dörren. Skyldiga och oskyldiga! Låt oss samlas i en gemensam...

Även om hon inte kunde se sina åhörare så gav de eftertryckliga ljud ifrån sig. Några bad om lugn och ro. Andra stämde in med uppmuntrande tillrop. En våldsamt berusad man gjorde i byxorna och roade sig kungligt med att beskriva konstverket. Nederst i korridoren hördes en djup basröst, taktfast och upprepat:

– Snutjävel. Snutjävel.

När Hanne Wilhelmsen låste upp och gick in till Tussi, tystnade den fångpolitiska apellen.

– Ni måste släppa ut mej härifrån, viskade hon förtvivlat. Det här blir för mycket för mej! Snälla fru polis.

Hanne förklarade att de bara väntade på ett par förhör med grannarna.

– Det är snart över, fru Helmersen. En timme kanske, sen får du säkert lov att gå.

– En timme...

– Under förutsättning att du sätter dej snällt på britsen där och är alldeles tyst en stund.

Tussi tassade över betonggolvet och satte sig rätt upp och ned med händerna i knät. Blicken var hjälplöst förvirrad och Hanne tvekade lite när hon låste celldörren bakom sig. Det skulle vara förbjudet att sätta gamla människor i fyllcell.

Barn också, tänkte hon när hon kastade en blick in i nästa cell.

Pojken var nog så vuxen, i kroppen. Men ansiktet som lyftes mot henne fick henne att stanna upp. Grabben kunde väl vara runt tjugo. Han grät tyst.

– Vad heter du, frågade Hanne, utan att veta varför.

– Daniel Åsmundsen, snyftade han och torkade snor med ärmen. Kan du hjälpa mej?

– Vad behöver du hjälp med?

– Kan du ringa nån åt mej?

– Ringa nån, upprepade Hanne medan hon såg sig om efter en vakt. Du har rätt att ringa din familj och meddela att du är gripen. Har ingen sagt det till dej?

– Nej.

Han snörvlade och reste sig stelt från betongbritsen. Det verkade som om han inte riktigt visste om han fick lov att gå mot celldörren.

– Jag ska ringa dina föräldrar, sa Hanne kort. Vad heter de? Kan du ge mej numret?

– Nej!

Grabben var framme vid dörren. Hanne såg att hon hade

tagit fel på åldern; han kunde närma sig tjugofem. Han hade stora blå ögon i ett runt ansikte, men skuggan av skäggstubb var tydlig över käkarna.

– Ring inte min mamma! Ring… Om du kunde ringa min moster, Idun Franck. Hon har telefon tjugotvå…

– Idun Franck? Känner du… Är Idun Franck din moster?

– Ja. Känner du henne?

Pojken log lite på försök. Hanne låste upp celldörren och drog Daniel Åsmundsen med sig genom en korseld av rop och skrik från de andra fångarna. Nu hade alla mostrar som det skulle ringas till.

– Jag tar nummer åtta med till förhör, sa hon kort till vaktchefen.

– Ta tio av dem för min del, svarade han och vände sig till en polisaspirant. Vart i helvete tog psykdoktorn vägen?

Det skolösa fnasket stod fortfarande mitt på golvet och skrek efter skor. Hon hade skrapat tårna till blods mot golvet. Personalen gick i stora cirklar omkring henne. Hon hade blivit en del av inventariet, en ändamålslös stolpe mitt på golvet som var till hinder för alla, men som ingen längre kände sig manad att göra något åt.

– Här, sa Hanne. Ta mina.

Hon drog av sig stövlarna, de från Texas med sporrar och hälbeslag av silver.

– Tack, mumlade den pälsklädda förvånat. Oj, va fina!

Hon drog dem på sig med mycket besvär och log triumferande mot vaktchefen bakom disken. Han såg inte ens åt hennes håll. Sedan suckade hon belåtet och klev ut i förjulkvällen med en brun papperspåse under armen och huvudet högt. Det var knappt någon som la märke till att hon försvann.

55

HANNE WILHELMSEN hade inte riktigt föreställt sig Idun Francks lägenhet så som den såg ut på måndagskvällen den tjugonde december. När förlagsredaktören förhördes fem dagar tidigare, var hon klädd i matchande färger, håret var rent och blankt; det var överhuvudtaget något delikat tilldragande över hela den medelålders kvinnan. Dessutom hade hon, trots de obehagliga frågorna, förmedlat en mental styrka som underströk det attraktiva hos henne.

Julkaktusen i fönsterkarmen skulle mått bättre i öknen. Den hängde missmodigt med det stora huvudet och var omgiven av torra, vissna blommor. Luften i lägenheten var instängd och det låg smutstvätt överallt. Idun Franck var hektiskt rödkindad när Hanne och Silje Sørensen kom upp för trapporna till tredje våningen. Hon hade uppenbarligen använt sekunderna från att de ringde på porttelefonen tills de kom upp till att få undan det värsta. Det stod fortfarande en använd kaffekopp på soffbordet. Askfatet luktade illa och borde ha tömts för två dagar sedan.

– Sätt er ner, sa Idun Franck och såg missmodigt på sitt vardagsrum utan att bry sig om att ta bort den stora handväskan i den ena fåtöljen och tidningsbunten i den andra. Hanne och Silje satte sig bredvid varandra i soffan.

– Kaffe, kom Idun Franck plötsligt på och försvann ut i köket.

– Tar inte det för lång tid, viskade Silje. Kaffet, menar jag.

Hon kliade sig på magen.

– Jag har tyvärr ingen mjölk, sa Idun Franck högt och ställde tre koppar på bordet. Jag hann inte handla på väg hem i dag. Nu är det bara elva dagar kvar.

– Elva dagar?

Hanne Wilhelmsen tog upp Unni Lindells *Drømmefangeren* från ett litet sidobord och bläddrade planlöst i den.

– Till jordens undergång, sa Idun Franck med ett snabbt leende. Om man ska tro domedagsprofeterna. Det ska man kanske inte. Har du läst den?

Hanne skakade på huvudet.

– Nej. Jag har inte tid till sånt.

– Jag har ofta undrat om poliser läser kriminalromaner, sa Idun Franck; hon hade fått en ny ton i stämman, ett ansträngt röstläge som gjorde att hon lät yngre. Eller om ni får nog av sånt i jobbet. Vad vill ni, egentligen?

Silje tog upp den tomma koppen och rullade den mellan händerna. I köket sörplade kaffemaskinen högljutt och från grannen kunde hon med knapp nöd höra *O helga natt.*

– Jussi Björling, sa hon tyst.

– Ska vi prata om Jussi Björling?

Utan att vänta på svar försvann Idun återigen ut i köket.

– Här var det inte precis julstämning, viskade Silje. Det är ju stökigt hos oss också ibland, men inte så…

Hon strök ett finger över soffbordet.

– …skitigt!

Tre av väggarna i vardagsrummet var klädda med bokhyllor från golv till tak, vägg till vägg. Ändå fanns det inte plats till allt; vid dörren till den lilla balkongen stod det tre höga staplar med överblivna böcker.

– Böcker dammar, sa Hanne och ryckte på axlarna; hon tänkte med fasa på hur hennes egen lägenhet hade sett ut när Nefis kom på fredagskvällen.

– Här, sa Idun och hällde upp. Mjölk är det dåligt med, som sagt. Socker?

Hon lyfte bort tidningsbunten och satte sig.

– Jag ser att du har mycket böcker, sa Hanne och såg sig leende omkring. Är några av dem värdefulla?

– Menar du rent litterärt? Ja, definitivt.

Idun log blekt och viftade ursäktande med högerhanden.

– Förlåt. Nej, jag har väl några få exemplar som kunde inbringa ett par tusen på auktion. Inte mer än så.

Hanne lyfte på rumpan och drog fram en gul lapp ur bakfickan.

– Är det nån annan i din familj som samlar på böcker? Då menar jag riktigt värdefulla böcker? Antikvariska.

Idun Franck förstod tydligen ingenting. Hennes min tydde på uppriktig förvåning, ett helt annat uttryck än den ansträngt vaksamma blicken hon hade mött dem med.

– Min far, började hon försiktigt. Han hade en mycket värdefull samling. Vi vet inte hur värdefull, men den är nog värd flera hundra tusen. Om inte mer. Det är Daniel, min systerson, som...

Hon klippte av resten av meningen genom att bita sig i underläppen. En svag rodnad syntes över den urringade tröjan.

– Det är just Daniel vi kom för att prata om, sa Hanne lätt och log.

– Daniel? *Daniel?*

Idun grep hårt om koppen utan att lyfta den mot munnen.

– Har det hänt nåt med Daniel? Var är han? Är han...

Tårarna trängde fram under ögonlocken och läpparna darrade.

– Ta det alldeles lugnt, sa Hanne och tänkte att för att vara moster var hon en väldig hönsmamma. Daniel är frisk som en nötkärna.

Silje halade fram två genomskinliga plastpåsar märkta "beslag 1" och "beslag 2" från en omfångsrik väska.

– Har dessa tillhört din far, frågade Hanne medan Silje la

böckerna ordentligt bredvid varandra, som om de skulle säljas till en inte alltför ivrig köpare.

Idun Franck kastade en kort blick på paketen.

– Det tror jag säkert. Kan jag få öppna dem?

Hanne nickade och Silje tog ut böckerna ur påsarna och räckte dem till Idun.

– Hamsunboken har en speciell historia, sa hon och slog ihop boken. Min far var høyesterettsadvokat. Han försvarade justitie-minister Riisnæs under landsförräderiprocessen. Mannen var spritt språngande galen och bedömdes som otillräknelig. Så vitt jag vet satt han på Reitgjerdet ända fram till slutet på sjuttiotalet. Han gav min far den där boken fyrtiosex. Hur han hade fått tag i den fick vi aldrig veta. Att den var värdefull har vi inte tvivlat på. Min far var faktiskt lite tveksam om han skulle behålla den. Den kunde ju vara stulen. Men...

Hon ryckte på axlarna.

– ...det är ju så länge sen. Den här...

Försiktigt öppnade hon *Fram over Polhavet*.

– Jo. Min pappa köpte den när jag var liten flicka. Länge sen, det också. Vid det här laget.

Leendet var svagt men axlarna hade sjunkit något. Hon verka-de på sätt och vis lättad, utan att hon egentligen vågade visa det.

– Då är allt i bästa ordning, sa Hanne och klappade sig själv på låren. Daniel greps när han försökte sälja de här böckerna i dag. Men...

Hon slog ut med armarna och log brett mot Idun Franck.

– När du nu har intygat att Daniel varken försökt sälja tjuv-gods eller försökt sej på förfalskning så är det vi som är skyldiga honom en ordentlig ursäkt.

– Är Daniel... Sitter Daniel i arrest?

– Ta det lugnt. Ett litet missförstånd, bara. Nu ska jag raka vä-gen tillbaka till Polishuset och släppa ut din systerson.

Hanne och Silje hade kommit ända ut i trappuppgången innan Idun Franck yttrade sig igen.

– Är det vanligt, sa hon och avbröt sig. När ni har gjort något sådant som att arrestera en ung man för...

– Gripa, rättade Hanne. För stöld, häleri och/eller bedrägeri,

– Precis. Sänder ni då ut två poliser för att tala med vittnen på kvällstid? Vanligtvis, menar jag.

– Service, sa Hanne kort. Grabben stod ju inte i kriminalregistret. Det är meningslöst att han ska sitta inlåst hos oss mitt i julruschen för nåt han inte har gjort.

– Men kunde ni inte...

Hanne puffade på Silje och de var redan nere på nästa trappavsats där de knappt hörde fortsättningen:

– ...bara ha ringt?

Ingen av dem svarade, men när de väl var ute på gatan, slog Hanne ett ilsket hål i luften.

– *Shit!* Jag glömde en sak.

Hon ringde på porttelefonen.

– Har Daniel gjort av med mycket pengar på sistone, frågade hon när Idun äntligen svarade.

– Nej... Daniel är väldigt ordentlig med pengar. Men han bjöd mej på en tur till Paris för några månader sen. Han sa att han hade sparat länge för att ge mej en fin present. Det var bara vi två och vi hade det så...

Idun Franck började gråta. Ljudet blev till ett torrt knaster genom högtalaren och Hanne mumlade ett halvhjärtat förlåt och småsprang efter Silje.

– Människan gråter, sa Hanne dystert och snodde scarfen ett extra varv om halsen.

– Det förstår jag väl, sa Silje. Jag håller med. Vad var det egentligen för mening med att vi skulle störta in i hennes hem... Två stycken! Du kunde ju bara ha ringt, Hanne. Struntsak.

Hon kikade från sidan på sin kollega.

– Du har lovat mej att se på allt jag har på Sindre Sand, sa hon. Du sa att du skulle titta på det i kväll. Det är ganska fantastiskt, han...

– Annmari sa att han skulle upp i rätten i morgon.

– Ja. Du kommer att få...

– Vi väntar, sa Hanne och la armen om hennes axlar. Om han ska upp i rätten så har du ju fått respons. Då behöver du väl inte min synpunkt. Okej?

Silje Sørensen vred sig undan.

– Nej, sa hon stött. Inte okej alls. Vi kunde ha använt den senaste timmen till att... Jag fattar inte varför vi skulle kasta bort värdefull tid på...

– Det är nåt med Idun Franck, avbröt Hanne. Eller kanske...

Hon tvärstannade. De hade kommit in i parken väster om fängelset och söder om Polishuset. Ett tätt snöfall hade täckt över de leriga, öppna fläckarna från dagen innan. Hanne lät blicken svepa över fängelseväggen. Blicken stannade inte förrän hon fick syn på baktrappan där Brede Ziegler hittades död för femton dagar sedan.

– Eller...

Silje hade stannat. Hon drog upp axlarna mot kylan och slog fötterna mot varandra medan hon gäspade långdraget.

– Kanske är det egentligen Daniel det är nåt med, sa Hanne. Nånting. Jag kan bara inte begripa vad det är. Om... *I´ll race you!*

De sprang och skrattade, snubblade och knuffades, kastade snö och la krokben ända tills Silje daskade vanten i metalldörrarna in till Oslo Polisdistrikt.

– Jag har blivit gammal, klagade Hanne och kippade efter luft. Gå hem med dej! Jag vill aldrig se dej mer!

Daniel släpptes före midnatt. Han ringde varken sin moster

eller mamma innan han la sig. Innan han somnade kom han på att morfars böcker låg kvar på Polishuset. Han kunde hämta dem i morgon. Han skulle i alla fall inte kunna sälja någon av dem.

Klockan fem på morgonen vaknade han av sin egen gråt.

56

MARRY KOM INTE krypande tillbaka på sina knän, hon kom haltande. Att Hanne kunde bli så till sig bara för en liten spruta övergick Marrys förstånd.

– Ja krusarnte nån, mumlade hon men haltade ändå vidare mot Lille Tøyen.

Det var långt från Bankplassen till Hannes lägenhet. Marry hade inte pengar till taxi. Pensionen var försenad, vilket innebar att utbetalningsblanketten irrade omkring mellan adresser som hon för länge sedan lämnat bakom sig. Det var tidig måndagskväll. De två nätterna i friska luften hade varit svårare att uthärda än någon som Marry kunde minnas. Natten till söndag hade hon funnit ett varmluftsgaller bakom soprummet till en bensinstation så där vid femtiden på morgonen. Hon hade haft hallucinationer om rena lakan och varm mat och för första gången i sitt liv varit riktigt rädd för att dö. Sprutan i Hannes badrum var ett misstag. Nästa gång skulle hon se till att gå ner i källaren. Nyckeln hängde på en krok bakom ytterdörren, i ett litet hus med ett målat hänglås på. Marry hade redan varit där. Hon hade försett sig med ett par stövletter, men bara till låns. De var för stora och efter nästan tre dygn utomhus kunde hon lika gärna ha traskat omkring i pumps. Klockan var ännu inte nio på kvällen. Trafiken på Bankplassen var hopplös. Familjefäderna vimlade fortfarande omkring med kärringar och ungar för att handla till jul och det var för tidigt för stupfulla julbordsgäster som skulle avsluta kvällen med ett billigt nyp. Några småtjejer hade dykt upp på hennes hörn. Marry orkade inte bråka. Hon hade problem med att fokusera blicken; det var svårt att se om de var tre eller fyra.

– Inte fan att ja krusar nån, sa Marry grinigt och drog efter andan när hon fiskade upp nyckeln ur behån och låste upp.

Hemtamt haltade hon ut i köket. Hon öppnade kylskåpet. Hon gjorde en sur min åt en skål svarta oliver. Blicken for vidare till en laxsida som fick de sorgliga resterna av en tandgård att vattnas.

Efter nästan fyrtiofem år på droger hade Marrys barndomsminnen försvunnit i ett grått dis. Det enda hon verkligen kom ihåg var familjen som hade tagit hand om henne när hon var sju till nio år. De hade ett rökeri. Mamma Samuelsen var snäll och rund som en tunna. Hon hade köpetänder från Tromsø och en stor famn och tog sig an fyra föräldralösa ungar i brist på egna. På kvällen, när pappa Samuelsen kom in i rummet och fyllde det med en tung doft av rökt lax, la han laxskinn på en stekpanna över den öppna elden i spisen. Ungarna fick äta sig mätta på sprött fiskskinn och fet lax, med varm choklad att dricka till. Marry lärde sig läsa och skriva. Pappa Samuelsen skrattade och klappade i händerna när lilltösen korrigerade hans räkenskaper med anilinpenna; hon log förtjust med blå läppar och fick två karameller för insatsen.

Så dog mamma Samuelsen och ungarna måste flytta. Pappa Samuelsen grät och bar sig åt, men Överheten gav sig inte. Marry hade fått två goda år i sitt liv, från hon var sju till två dagar innan hon fyllde nio.

Marry ställde fram laxen, fyra potatisar, två ägg, en lök och en halv kopp grädde på köksbänken. Hon hade fortfarande nylonpälsen på sig. Hon frös fortfarande som en hund.

– Skvallerbyttan, mumlade hon när hon fick syn på Nefis i dörröppningen.

– *Hello. How are you?*

Marry bara skakade på huvudet. Det var bara flax att ingen var hemma när hon kom. Hon hade hoppats att hinna äta och kanske bli varm innan hon blev utkastad igen. Livets goda var något som kom och gick för Marry och som aldrig varade länge.

– Ödet tar och ödet ger, sa hon och bestämde sig för att låtsas som ingenting.

Människan satte sig vid köksbordet. Marry vände ryggen åt henne och skramlade med skålar och kastruller utan att det fick degostjejen att gå. Fiskskinnet fräste i smöret i pannan. Marry hällde mjölk i en kastrull och hittade kakao i ett överskåp. Sedan knäckte hon två ägg bredvid skinnstrimlorna.

– Smells good, sa Nefis.

– Va ere damen vill. Hon fårnte nåt. Näsfisa.

Marry flinade mot äggen. Sedan öste hon ett berg av potatissallad och tre bitar fisk överströdda med sprödstekt skinn på tallriken innan hon toppade det hela med två stekta ägg. När hon satte sig för att äta gick Nefis ut ur köket. Maten var god; det godaste Marry hade smakat sedan hon var nio år, så när som på två dagar.

– Och detta har ja laga själv, suckade hon belåtet och somnade med mat i munnen.

– Faan, mumlade hon när hon vaknade av att Nefis kom tillbaka.

Ärmen på nylonpälsen låg mitt i potatissalladen. Nefis tog ett bestämt tag i henne och ledde ut henne i badrummet. Där började hon dra av henne kläderna.

– Ja säljer mej inte te flator, sa Marry och lät sig sänkas naken i badkaret.

Skummet täckte henne till halsen. Hon kände en ovanlig värme, annorlunda än den heroinet gav henne. Hon blundade, men öppnade ögonen igen när näsfisdamen tydligen inte tänkte gå. Hon sorterade kläder. Plötsligt höll hon upp ett par mjuka jeans mot henne. Marry nickade slött. Hon förstod ingenting, men tjejen kunde göra vad hon ville så länge hon fick ligga i fred. Nu var det en blus som Nefis skulle visa fram. Marry nickade och log lamt. Sedan blundade hon igen.

– *What about this?*

Marry lyfte ena ögonlocket. Nefis visade henne ett läckert set underkläder. Behån hade spetsar och trosorna var kritvita och högt skurna.

– Yess, sa Marry och förstod äntligen vad tjejen ville.

Nefis pekade på högen med Marrys smutskläder på golvet och lät fingret vandra mot tvättmaskinen.

– *Wash,* sa hon med stora munrörelser. *Tomorrow: Shopping!*

Shopping. Äntligen ett ord med mening i. Julen kom tidigt i år och Marry log lyckligt medan Nefis triumferande höll upp klädseln de enats om; läckra märkesjeans, en lila blus med grå tröja över, och allra innerst; världens vitaste underkläder. Nefis kastade en blick på nylonpälsen på golvet. Ur ärmen stack fliken av en sidenscarf.

– *Nice. Same colour as the blouse.*

Scarfen var grön och lila och passade perfekt.

Marry såg hänryckt på Nefis. Det var varmt i badkaret. Vattnet var rent och doftade sommar. Hon hade lust att klä på sig de nya kläderna meddetsamma, men orkade inte resa sig. I stället lyfte hon blicken mot Nefis ansikte. Nefis var den vackraste människa Marry någonsin sett. I varje fall sedan hon var två dagar från att fylla nio och måste flytta från pappa Samuelsen. Det var så länge sedan. Det var ett helt annat liv och Marry ångrade att Nefis inte hade fått smaka på maten.

– Aj låv jo, flämtade hon tyst.

Det var Marrys allra första mening på engelska. Hon var säker på att det var det rätta att säga till en ny vän.

57

NÄR RÅDMAN Bengt Lund kom in i den trånga rättssalen i Oslo Tinghus tisdagen den tjugoförsta december klockan 13.27, var det som om journalisterna hade bestämt sig för att göra vågen. Bakom det låga skranket som skilde de få publikplatserna från själva rättslokalen, satt de svettiga mediarepresentanterna packade som sardiner. Det blev en dygd av nödvändigheten att resa sig i tur och ordning, för att överhuvudtaget visa rättens ordförande tillbörlig respekt.

Rådman Lund lyfte inte blicken. I stället stirrade han intensivt på en pc-skärm som var nedfälld i bordsskivan, harklade sig och läste långsamt:

– Oslo häktningsdomstol har fattat beslut. Jag läser bara slutet: Lyckta dörrar. Jag tillåter fotografering i tre minuter innan dörrarna stängs. Under tiden går jag ut. Tre minuter.

När den ena av de två försvararna, advokat Osvald Becker, stegade bort till Annmari Skar, blev polisjuristen upptagen med att bläddra i de tjocka pärmarna som låg staplade mellan henne och Billy T.

– Åklagarn, sa advokat Becker högljutt och log i blixtregnet. När släpptes den här Tussi Gruer Helmersen?

Adokaten hade ett påfallande högt röstläge. Osvald Becker pep; han hade med tiden blivit beryktad för sin plågsamt gälla röst. Den utgjorde en märklig kontrast till advokatens omfångsrika yttre. Annmari Skar försökte fästa blicken på en neutral punkt. Hon hittade en fläck på Beckers mörka kavaj och svarade torrt:

– I går. Klockan sjutton och trettio. Hon är fri från misstanke.

Advokat Becker lyfte på ögonbrynen och vände ansiktet till hälften mot journalisterna, som antecknade flitigt, och fotograferna som, i brist på de anklagades närvaro, brände av det de hade av film på det tämligen ointressanta motivet.

– Försatt på fri fot. Ser man på. Du stora värld.

Skrattet var lika enerverande som rösten. Han la manhaftigt ena handflatan mot skranket och strök den andra över hjässan.

– Hon är alltså fri från misstanke. Jag trodde annars att polisen roade sej med att anhålla så många som möjligt i det här fallet. Konstigt att det bara är två som ska upp här i dag. Konstigt.

Annmari Skar hade aldrig kunnat fördra mannen. I sitt stilla sinne unnade hon Claudio Gagliostro en advokat som inte var fullt så upptagen med att posera för pressen. Anklagade nummer två hade haft större tur. Advokat Ola Johan Boe hade varit fast anställd försvarsadvokat i Högsta Domstolen i flera år och höll sig med en alltigenom saklig ton. Mannen hade ett milt väsen, utan att man kunde tvivla på klarsyntheten i de små plirande ögonen.

Till slut var salen tömd på alla utom protokollföraren, de två försvarsadvokaterna, polisjurist Skar, Billy T. och en vaktmästare, som använde väntetiden till att fylla vatten i plastmuggarna. Luften var tjock och instängd trots att seansen än så länge bara varat en knapp halvtimme. Lokalen var fönsterlös. Annmari Skar kunde förnimma en begynnande huvudvärk. Rådman Lund återvände och gjorde tecken att parterna kunde bli sittande, sköt energiskt in stolen mot domarbordet och vek upp skjortärmarna innan han stökade undan formaliteterna.

– Det här ärendet representerar, sa Becker, som hade rest sig utan att be om ordet, en utredning som jag under hela min karriär, och jag understryker *hela min karriär*, aldrig har sett maken till.

Han lyfte handen innan han la den mot hjärtat, som om han svor på sanningshalten i det han just hade sagt.

– Jag anser mej föranlåten att redan nu göra rätten uppmärksam på att det finns anledning att rikta stark kritik mot polisen. Stark kritik. Jag måste få…

Rådman Lund avbröt.

– Advokat Becker. Jag tillåter mej att redan nu ge er en varning…

Han trummade lätt med vänster hands fingrar mot bordet.

– Inga festtal, tack. Den här rätten känner till er långa karriär. Ni hänvisar till den i snart sagt vartenda mål som ni har haft för undertecknad. Jag förmodar emellertid att även ni har varit ung en gång…

Annmari Skar växlade en blick med advokat Boe. Hon kunde svära på att den äldre kollegan drog på munnen.

– …och då slapp mina föregångare kanske höra om varaktigheten av er karriär som ett fristående – och om jag får lov att säga det: tämligen irrelevant – argument till förmån för era klienter. Jag har också blivit underrättad om att ni ännu inte fyllt fyrtio år.

Advokat Boe hade fortfarande ett knappt märkbart leende på läpparna. I lojalitet med sin otursamme kollega bad han i alla fall om förståelse för att försvararna måste få tillfälle till kritisk granskning av polisens arbete. Rådman Lund grymtade och vände sig mot Annmari Skar.

– Apropå det, polisjurist Skar…

Blicken var kisande, nästan sarkastisk.

– Låt mej bara försäkra mej om att jag har läst rätt i papperna. Det finns alltså två misstänkta i samma fall. Bägge är anhållna för att ha tagit livet av samma man, men på olika tidpunkter. Är det så jag ska förstå polisens påstående?

Annmari Skar rodnade aldrig. Nu kände hon hur det brände under huden. Hon reste sig till hälften men kunde inte riktigt bestämma sig. Hon blev stående med höfterna i en konstig vinkel.

– Anhållne nummer två är bara misstänkt för försök, sa hon

halvhögt och blåste i luggen. Mordförsök, menar jag. Men om den döde hade levt tillräckligt länge så skulle han ändå ha dött av det första försöket som inte fullbordades eftersom han senare, efteråt... Den döde, alltså... Han blev senare...

Hon satte sig hastigt ner och avslutade kort:

– Jag kommer till det när jag ska göra min framställan.

– Det hoppas jag verkligen, sa rådman Lund torrt. Det ser jag faktiskt fram emot. Kan vi få upp anhållne nummer ett, Claudio Gagliostro, från källaren?

Inom loppet av några få minuter kom Claudio in i rättssalen, eskorterad av två uniformerade polismän. Han snubblade förvirrat fram till vittnesbåset och irrade med blicken från sida till sida. Svetten rann i pannan och han flåsade som om han höll på att få ett astmaanfall.

Rådman Lund mätte honom med vänligt intresse.

– Ni är misstänkt för, började han; sedan följde paragrafhänvisningarna i rasande tempo innan han såg upp och drog av sig glasögonen. Det betyder att ni är misstänkt för att uppsåtligt ha tillfogat Brede Ziegler ett dödligt knivhugg i hjärttrakten natten mellan den femte och sjätte december i år. Dessutom att ni natten till måndagen den tjugonde december, alltså i går, har försökt vålla Sebastian Kvies död genom att stöta och/eller knuffa ut honom från en byggnadsställning på Biedenkapsgate två. Vidare är ni misstänkt för försnillande och/eller häleri av en okänd mängd årgångsvin.

Rådman Lund bet i glasögonskalmen och plirade mot den misstänkte.

– Förklarar ni er skyldig eller icke skyldig?

– Min klient förklarar sej icke skyldig, han...

Advokat Becker var på fötter innan Claudio hann uppfatta domarens fråga. Rådman Lund lät honom inte avsluta meningen och vevade irriterat med vänsterhanden medan han gläfste:

– Jag antar att er klient har talförmåga, advokat Becker!

– Oskyldig!

Claudio nästan skrek. Rösten var skrovlig och djup, som om han just hade vaknat.

– Icke skyldig, rättade domaren och nickade till kanslisten som förde protokoll.

– Han *ser* jävlar i mej skyldig ut, viskade Billy T. mot Annmari Skars öra. Jag vet fan ta mej inte om han *är* skyldig, men se på honom.

– Lägg av, fräste hon tillbaka. Håll käft och ge mej vartenda papper som jag behöver *innan* jag behöver det.

När formalia var undanstökade, fick polisjuristen ordet för utfrågning av den misstänkte. Domaren lyfte lätt på ögonbrynen när Annmari Skar avstod. Hon räknade med att Claudios egen advokat skulle göra jobbet åt henne. Det stämde. Även på de mest enkla och välvilligt ledande frågorna från advokat Becker lyckades Claudio Gagliostro motsäga sig själv. Han stammade, hakade upp sig och tog sig för pannan. Hans norska blev allt sämre och mot slutet av genomgången skulle man kunna tro att han hade kommit till landet för bara några få månader sedan. Det var som om hela mannen gick i upplösning. Kroppsvätskor rann nerför skjortbröstet; snor, tårar och svett blandades till en seg gröt som fick Claudios ansikte att skina och domaren att förvånansvärt nog generat slå ned blicken i sina papper.

– Det här har han väl sett förr, mumlade Billy T. knappt hörbart.

Han kände sig själv beklämd. Inte för att han bevittnade en pinsam förnedring av en annan människa, men för att han inte trodde på den anhållnes skuld. I varje fall inte när det gällde mordet på Brede Ziegler. Det var för mycket som inte stämde. Claudio Gagliostro var en amoralisk myglare. Han skulle antagligen inte ha någonting emot att svindla sin egen bror, om han

324

hade haft någon. Men mördare? För svag, tänkte Billy T. och drack ett glas vatten. För feg. Dessutom: Det var Brede som var själva dragplåstret på *Entré*. Knappast någon visste vem Claudio Gagliostro var. Även om italienaren måste ha svävat i den villfarelsen att han vid Bredes död skulle ärva kompanjonens andel i restaurangen, så skulle han förlora på gungorna vad han vann på karusellen. *Entré* var ännu inte ett år gammal och även om stället hade byggt upp ett fantastiskt renommé på rekordtid, så skulle det mesta rasa ihop utan Brede Zieglers namn och närvaro. Claudio var en svindlare. Så mycket var Billy T. säker på. Men mannen var inte alls dum. Och tämligen säkert inte någon mördare.

Annmari Skar ansåg något annat.

– Jag talar sant, hulkade Claudio och baddade näsan med en klump genomblöt pappersnäsduk. Jag var överhuvudtaget inte där i det polishus den söndag. Hemma var jag! Hemma! Och det där andra, med Sebastian… Olycka! *Accidente!*

Orden kom stötvis. Han flämtade efter andan och blundade medan han vände ansiktet mot taket. Adamsäpplet for upp och ner och Billy T. var för ett ögonblick rädd att mannen skulle kvävas.

– Men, Gagliostro…

Rådman Lund bläddrade fram till ett papper som han uppenbarligen hade märkt på förhand. Han tog på sig glasögonen och tittade på italienaren i vittnesbåset.

– Det framgår av protokollen att det har beslagtagits en icke obetydlig summa pengar i er lägenhet. Fjortontusenvåhundrafemtio kronor, för att vara exakt. De fjorton tusenlapparna var nya och i sammanhängande serieföljd. Det står här att…

Han lät ett knubbigt pekfinger söka sig till texten och citerade:

– ”Serienumren på fjorton tusenlappar som hittats i den

misstänktes lägenhet måndagen den tjugonde december är efterföljande serienummer till sexton tusenlappar som hittades på den döde Brede Zieglers kropp natten till måndagen den sjätte december". Lite klumpigt formulerat, kan man säga, men både ni och jag förstår vad polisen menar. Har ni någon förklaring till detta, Gagliostro?

Den misstänkte genomgick en plötslig förändring. Det var som om han äntligen lyckades skärpa sig. Kanske hade kroppen blivit tom på vätska. Han höjde axlarna och böjde sig aggressivt framåt. Till och med rösten verkade mer samlad; den blev mörkare medan språket återigen blev mer flytande.

– Okej, herr domare. Ett aldrig så litet fall av skattefusk. Det händer då och då att Brede och jag tar ut pengar från banken. Och så skriver vi en falsk faktura på "betalt kontant"...

Claudio viftade ivrigt med två fingrar i luften.

– ...för att sen dela pengarna. Det kan jag lika så gott erkänna. Men jag har inte, jag har *inte*...

Han slog bägge knytnävarna i vittnesbåset. Smällen blev kraftigare än han hade förutsett och han ryckte till av sitt eget utbrott.

– ...mördat någon, la han spakt till.

Penningbeviset hade varit Annmaris trumfess kvällen innan. Hon hade klappat i händerna när Klaus Veierød med andan i halsen kom in till henne med rapporten om sedlarnas serienummer. Billy T. hade bara ryckt på axlarna. Att två nära samarbetspartners bägge hade pengar som uppenbarligen hade tagits ut från samma bank samtidigt, betydde mycket lite. Han hade gjort sig lustig över teorin att Claudio skulle ha mördat Brede för att stjäla hälften av pengarna han hade på sig. Annmari körde honom på dörren när han upprepade att Claudio var ett blindspår. Han fick order om att ställa upp pigg och nyter klockan sju nästa morgon, *utan* det upp och nedvända korset i örat och *med* slips. Då hade han sex timmar på sig att lära sig rapporterna utantill inför häktningsförhandlingen.

– Utantill, hade hon fräst tre gånger och smällt igen dörren efter honom.

Billy T. hade sin egen teori om pengarna. Ju mer han tänkte på den, ju bättre var den. Polisjurist Skar fick gärna köra sitt eget lopp. Billy T. kunde alltid sitta som bisittare och nickedocka i Oslo Byrett några timmar. Han skulle använda natten till sitt eget arbete.

Annmari Skar reste sig till slut för att redogöra för bakgrunden till polisens häktningsframställan. I rätten låg hennes röst alltid lägre än vanligt. Hon talade långsamt, som om hon föreställde sig att protokollföraren antecknade varje ord hon sa. Hon höll på i tre kvart. Innehållet höll knappt för fem minuter av rättens tid.

– Polisen står fast vid sin begäran, avslutade hon och slog ned bordsskivan i plant läge innan hon satte sig.

Advokat Becker slängde slipsen över axeln som för att ge ett intryck av att han var i farten. Han talade snabbt och så högt att rådman Lund efter några minuter avbröt för att göra honom uppmärksam på att det var knappt en meter mellan advokatens skrank och domarbordet; kunde advokaten vara vänlig att dämpa sig lite? Det kunde han uppenbarligen inte och kollegan Boe flyttade sig tre platser längre bort vid det långa skranket. Ändå höll han diskret handen för högerörat.

– Polisens begäran är ett skott i mörkret, skrek Becker. Det är uppenbart att man efter mer än två veckors utredning har haft ett desperat behov av handgripliga resultat. Det närmar sej jul, ärade rätt, och pressen dräglar. Dräglar!

Han gjorde en talande gest mot dörren. Billy T. undrade om advokaten talade så högt i hopp om att journalisterna där ute skulle höra honom.

– Hårstrån, sa Becker och log brett mot rådman Lund. Polisen har hittat hårstrån från min klient på den dödes kläder. Jaha. Jag är tämligen säker på, herr ordförande, att om ni fick polisen till att undersöka er egen rock, skulle det dyka upp hårstrån från de flesta som ni delar garderob med. Garderob med!

Han knäppte med högra handens fingrar och satte plötsligt upp en förklarad min.

– Aha! Så enkelt!

Han lyfte plastglaset till munnen, och hade inte längre lika bråttom. När han druckit ur allt, hällde han upp mer från en glaskaraff. Sedan log han igen, ett brett leende som blottade en uppsättning ovanligt vita, jämna tänder i det runda, nästan barnsligt mjuka ansiktet.

Nu hade han till slut dämpat rösten något.

– Så ser vi, ärade rätt, så ser vi att polisen företar en högst anmärkningsvärd manöver för att etablera skälig grund till misstanke. Högst märkvärdig. Min klient ska alltså, förutom att för två veckor sedan ha knivmördat Brede Ziegler, ha försökt att ta livet av Sebastian Kvie i går natt…

Han log igen, den här gången följt av ett kluckande litet skratt.

– Sliddersladder. Jag upprepar…

– Ni behöver *inte* upprepa sliddersladder, advokat Becker. Det vore dessutom en fördel om ni höll er någorlunda lugn medan ni talar.

Advokat Becker hade börjat knalla omkring men lät sig tillrättavisas och ställde sig i något som liknade stram givakt. Långsamt drog han ner slipsen från axeln och granskade mönstret i några sekunder innan han la den till rätta över bröstkorgen.

– Nödvärn, skrek han så plötsligt att till och med de två uniformerade polismännen, som hade suttit med halvslutna ögon och uppenbarligen inte brydde sig om vad som blev sagt, hoppade till. Ja, sannolikt handlar gårdagens incident på en byggnadsställning i centrala Oslo om en ren och skär olyckshändelse, men om det verkligen är så att min klient ska ha puffat Sebastian Kvie, så är det ett skolexempel på nödvärn. För vad är det åklagaren egentligen hävdar? Jo, hon påstår att min klient ska ha suttit vaken hela natten, iklädd sin pyjamas av randig flanell, och väntat på att hans offer ska klättra upp på en ställning för att placera sej framför hans fönster på femte våningen. Femte våningen! Är detta normalt beteende för ett offer? Att klättra uppför husväggar för att placera sej lägligt till för en knuff? Va?

Den ene av de uniformerade männen försökte kväva ett skratt. Han böjde sig manhaftigt fram och stödde underarmarna på de särade låren medan han vände huvudet ned mot sitt skrev. Axlarna skakade ljudlöst.

– Titta, sa advokat Becker och pekade på den unge mannen. Det här är så skrattretande att polisens egna inte kan tro det! Polisens egna!

Advokat Becker hade blivit rödmosig av upphetsning. Hans klient verkade däremot lugnare nu. Han sneglade beundrande upp på advokaten och hade slutat att svettas.

Advokat Becker talade länge. Annmari var förvånad över att han fick hålla på. Visserligen gick målet bra för honom, men i glädjen över att ha mycket att lägga fram, tappade han fullständigt förmågan att begränsa sig. När han för tredje gången började redogöra för garderobsteorin för att undergräva polisens hårstråbevis hade rådman Lund slutligen fått nog.

– Då tror jag att rätten känner sej informerad, sa han bestämt.

När Sindre Sand efter pausen tog plats i vittnesbåset, slog det både Annmari och Billy T. att grabben såg ovanligt fräsch ut för att ha varit vaken större delen av natten och dessutom tillbringat ett och ett halvt dygn i arresten. Skjortan verkade fortfarande nystruken och någon måste ha sett till att den unge mannen hade fått möjlighet att raka sig.

– Icke skyldig, sa han eftertryckligt efter de inledande formaliteterna. Men jag är villig att vittna.

– Du har under loppet av de senaste veckorna avgett flera vittnesmål till polisen, började Annmari Skar. Bland annat har du förklarat att du... inte kunde fördra Brede Ziegler?

Hon såg på Sand för att få formuleringen godkänd. Han ryckte likgiltigt på axlarna.

– Det skulle vara anledningen till att du inte haft kontakt med honom på länge, fortsatte hon. Vidare har du förklarat att du tidigare hade sällskap, i det närmaste var förlovad, med Zieglers änka, Vilde Veierland. Henne har du inte heller talat med på länge, sa du under förhören.

– Jag sa att...

– Ett ögonblick bara. Både rätten och jag vet vad du sa, Sand. Du har själv signerat de här utskrifterna.

Annmari gav Billy T. ett lågmält besked och fick ett protokoll i utbyte. Sedan strök hon sig över näsan med tummen och pekfingret och satt kvar så en lång stund.

– Varför ljög du, sa hon med ens.

– Jag har inte ljugit. Jag har inte sett Vilde på jättelänge. Inte sen... jag minns inte.

– Varför?

Hon lutade sig tillbaka i stolen och la armarna i kors.

– Varför är det så farligt att medge att du har träffat Vilde flera gånger på sista tiden?

– Jag har inte träffat henne, sa Sindre Sand trotsigt.

Annmari bad Billy T. om ytterligare ett dokument och citerade fyra rader från ett protokoll där Egon Larsen, en granne till Vilde Veierland Ziegler på Sinsen, berättade att han hade observerat den misstänkte i området vid tre tillfällen. Vid ett tillfälle hade Sindre Sand blivit sedd när han gick in i porten där Vilde bodde.

– Egon Larsen har hand om kantinen på Sogns Yrkesskola, Sand. Han känner igen dej.

– Han måste ha tagit fel. Det är flera hundra elever där uppe. Jag gick ut Sogn förra året. Han har tagit fel.

Annmari lutade sig fram över skranket och försökte fånga hans blick. Han hade fortfarande något överlägset över sig, det var som om han antingen inte förstod det allvarliga i sin situation, eller helt enkelt struntade i det. Annmari Skar hade sett det förr. Hon visste att oräddheten i den trotsiga blicken han gav henne inte satt djupt. Grabben kunde möjligen orka hålla masken genom en hel förhandling. Han kunde lika gärna klappa ihop totalt om några sekunder.

– Tar då alla de andra vittnena också fel, Sand? Låt mej se…

Hon tog sig tid att hitta pappret, trots att det redan var uttaget ur pärmen och låg lätt synligt framför henne.

– …en, två, tre, fyra… fem. Fem vittnen berättar att du var borta från NRK i Marienlyst under den tidpunkt som Brede Ziegler mördades. Någon hävdar att du var borta så länge som en timme. Är det så att…

Advokat Boe avbröt sällan sin motpart. Märkvärdigt nog var också hans röst ovanligt tunn.

– Ett ögonblick, sa han myndigt. Kanske åklagaren kunde stoppa här och förklara vart hon egentligen vill att detta ska leda? Hon har just, och med stort engagemang, talat för att det är den anklagade Gagliostro som på skälig grund kan misstänkas för att ha knivhuggit Ziegler. Jag har problem med att se att det är försvarligt att slösa rättens tid på att göra sannolikt att även min klient var närvarande på brottsplatsen. Sindre Sand är väl inte misstänkt för knivmordet?

Hans röst var låg. Han hade alltid ett förvånat uttryck i ansiktet, med lätt uppspärrade ögon bakom de guldbågade glasögonen. Nu såg han mer förundrad ut än någonsin.

Rådman Lund såg på Annmari.

– Jag är benägen att hålla med advokat Boe. Det här verkar lite märkligt. Ni får antingen redogöra för vad ni vill uppnå med dessa frågor, eller så får ni begränsa dem till det häktningen verkligen gäller. Om ni anser er vara inne på något nytt i ärendet så får polisen undersöka det utanför min sal. Vi ägnar oss inte åt utredning här i rätten.

Han avslutade med att uppgivet se på sitt armbandsur. Klockan hade blivit halv sju på kvällen.

Annmari var rasande. Det var vidrigt att bli avbruten mitt i förhöret med en anklagad och hon hade verkligen inte heller väntat sig det. Inte av advokat Boe.

– Jodå. Jag ska ge en redogörelse. Jag tillåter mej att understryka att detta är ett mycket allvarligt fall, sa hon retligt. Men om rätten och försvaret inte inser…

Hon fick ett varnande pekfinger från domarbordet. Rådman Lund fann sig uppenbarligen inte i insinuationen att han inte skulle förstå. Särskilt inte från en trettio år yngre åklagare. Annmari suckade djupt och fortsatte:

– Sindre Sand är misstänkt för mordförsök. Han har enligt polisens uppfattning tillfört Brede Ziegler stora mängder gift i form av paracetamol. Denna förgiftning skulle med stor säkerhet ha lett till döden. Vi står inför den speciella situationen att offret blev knivhuggen innan han…

– Ja, jag inser detta.

Rådman Lund kliade sig i huvudet.

– Vad jag däremot *inte* förstår är varför ni på liv och död ska ställa frågor om var *denne* anklagade…

Han pekade hastigt på Sindre Sand.

– …har befunnit sej medan en *annan* person ska ha mördat

Ziegler? För ni kan väl inte på allvar mena att jag ska häkta Gagliostro om ni samtidigt är av den uppfattningen att Sand här mördade mannen?

– Åklagarmyndighetens teori, började Annmari; nu talade hon så långsamt att det nödvändigtvis måste uppfattas som en provokation. Bygger på en indiciekedja. Jag vill med mitt förhör påvisa att den anklagade Sand konsekvent har givit oriktiga upplysningar till polisen. Tills vidare är alltså min poäng bara att *mannen har ljugit!*

Hon slog handflatan löst i bordet och såg på rådman Lund som om han var ett envist barn som absolut inte ville förstå. Domaren lyfte nästan omärkligt handen till en ny varning.

– När det gäller misstanken om mordförsök, fortsatte hon utan att se på domaren. Så bygger den för det första på att den anklagade har ett starkt motiv. Det har han erkänt. Från den anklagades synpunkt har Brede Ziegler tagit ifrån honom en förmögenhet, en flickvän och möjligen också karriärmöjligheter. Därnäst har Sand ljugit om sin kontakt med Vilde Veierland Ziegler. Vi kan bevisa att han har träffat Vilde flera gånger de senaste veckorna, och att han dessutom…

Hon tog ivrigt emot papperna som Billy T. hade letat fram.

– …har ljugit konsekvent när det gäller det enkla faktum att han tillbringade större delen av kvällen och natten mellan den fjärde och femte december tillsammans med Brede Ziegler. Alltså under en period då det är mycket sannolikt att Ziegler fick i sej det gift han senare skulle ha dött av.

Rådman Lund satt orörlig. Annmari hade gått längre än att redogöra för häktningsframställan. Hon var redan på god väg att plädera. Rådmannen såg ut att låta det passera.

– Dessa omständigheter sammantagna, la hon till, betydligt snabbare nu. De kan inte bara avfärdas som tillfälligheter. De bildar ett mönster, där det är en, och endast en person, som både har motiv och möjlighet att förgifta den döde.

Hon lämnade tillbaka papperna till Billy T. och lutade sig tillbaka i stolen. Sedan strök hon bort håret i pannan och frågade:

– Får jag ställa mina frågor nu?

Advokat Boe reste sig långsamt innan domaren hann svara.

– Om det tillåts mej, började han. Så vill jag gärna få foga några få kommentarer till det åklagaren just har sagt. Eftersom ordföranden så välvilligt lät min ärade motpart föra en talan något utanför schemat, så utgår jag ifrån att även jag kan stjäla några få minuter av rättens tid.

Han log svagt mot domarbordet och lyfte ett papper i höfthöjd innan han fortsatte.

– Utredningsprotokollen visar tydligt att Brede Ziegler var en man med stor bekantskapskrets, men få eller inga vänner. Han var...

Advokaten strök sig långsamt över skägget och såg ut som om han inte var riktigt säker på vilket ord han skulle välja.

– Illa omtyckt, sa han slutligen. Han levde dessutom i ett, milt uttryckt, underligt äktenskap. Som jag ser det, kan det inte alls uteslutas att mordoffret också var en självmordskandidat. Han kan helt enkelt ha tagit en överdos paracetamol av egen fri vilja.

Annmari öppnade munnen för att protestera. En blick från domaren fick hennes käkar att slå ihop.

– Åklagaren gör stor sak av att min klient har ljugit, fortsatte advokat Boe. Det är förståeligt, även om också polisens representanter med tiden borde ha skaffat sej den kunskapen att folk inte nödvändigtvis är förbrytare för att de ljuger. Vi människor ljuger faktiskt väldigt ofta. Inte så bra förstås, men så är det alltså. Min klient har erkänt att han talat osanning om sin kontakt med Brede Ziegler den aktuella lördagskvällen. Han var helt enkelt rädd. Naivt och dumt. Det kan vi alla vara överens om. Men för att illustrera vad jag vill komma fram till vill jag gärna hänvisa till dokument 32-4.

Ljudet av pappersprassel hördes genom rummet.

– Det gäller den här fru Helmersen. I förhör i går, måndag, insisterade hon på att ha varit i närheten av brottsplatsen vid tidpunkten för mordet. Närmare undersökningar som gjorts av polisen visar att hon rätt och slätt hittar på. En granne hade grälat med damen flera gånger under samma kväll, eftersom hon spelade...

Han lyfte det översta arket och lät fingret löpa över sidan.

– *Sommar i Tyrolen*. Där har vi det. Vittnet ringde på sammanlagt fyra gånger under den aktuella tidpunkten för att fru Helmersen spelade så högt att han kunde följa librettot i sitt eget rum. Plågsamt, givetvis. Fru Helmersen ljög alltså. Men ingen hävdar att hon tog livet av Ziegler av den anledningen.

Advokat Becker reste sig när kollegan satte sig ner.

– Ordförande. Ordförande, jag ber om ordet.

– Jag är inte frestad att ge er det, för att vara ärlig. Det här är inte er klient.

– Men det är viktigt, herr ordförande. Det håller på att ske en skandal här. En skandal som också berör min klient. Det måste påpekas. Polisen slår ju omkring sej åt alla håll! Det är på tiden att vi frågar vad som hände med Vilde Veierland Ziegler. Det är ju henne den anklagade påstås ha ljugit om! Varför är inte hon här? Det är ju veterligen den unga damen som ärver alla Zieglers pengar och därmed har det bästa motivet av alla.

– Jag håller med advokat Becker, sa rådman Lund långsamt. Det skulle vara intressant att veta lite mer om den där änkan. Finns det några nyare förhör med henne? Där hon eventuellt bekräftar den anklagades påstående att de inte har träffat varandra på länge?

Det hade ännu inte gjorts någon rapport på Vilde Veierlands sammanbrott. Försummelsen kunde ännu försvaras; med knapp nöd.

– Hon är… indisponerad.

Annmari harklade sig och ryckte nästan omärkligt på axlarna. Billy T. visste inte om gesten var avsedd som ett beklagande. Kanske försökte hon bagatellisera det hela.

– Vilde Veierland Ziegler greps av en slump i en trafikkontroll. I går morse. Hon är anhållen för att ha kört bil i starkt påverkat tillstånd. Narkotika. Hon sattes i arresten på Polishuset i väntan på läkare som kunde ta blodprov.

Billy T. fingrade på slipsen och såg i golvet. Han hade kastat bort fyra värdefulla timmar på att leta efter Vilde dagen innan. Då satt hon redan i arresten. Han hade byggt upp ett fruktansvärt raseri som skulle drabba den första bästa han träffade när han hade upptäckt fadäsen. När han vid närmare eftertanke insåg att bristen på samverkan faktiskt var hans eget ansvar, hade han hållit käft.

– Under väntetiden fick hon ett psykotiskt sammanbrott, fortsatte Annmari lågmält. Och är nu inlagd på psykiatrisk klinik. Hennes läkare säger att hon inte är i stånd att vittna. Inte nu och inte på ett bra tag. Vi skulle förstås gärna…

Advokat Becker avbröt i falsett:

– Just det! Det är just det jag har sagt! Skandal. Här kommer alltså polisen fram med en uppseendeväckande upplysning som har förtigits ända till…

Han drog upp kavajärmen och stirrade vilt på klockan.

– …klockan åtta. Klockan är åtta tisdag kväll, det är snart jul och jag upprepar: polisen förtiger viktiga upplysningar. Vi har alltså en änka som är narkoman och enda arvinge och som polisen totalt ignorerar. Allt detta medan misstanken med all kraft kastas på min klient utan att man har så mycket som ett *fingeravtryck* som knyter honom till mordet. Ett fingeravtryck!

Rådman Lund såg kyligt på honom och gav honom tecken att sätta sig.

– Men vi har ett hårstrå, sa han torrt. Det är väl mer än vi kan säga om änkefru Ziegler.

– Med all respekt, ärade rätt, men nu håller det här på att…

Advokat Ole Johan Boe skakade svagt på huvudet. Ett fint nät av röda ådror hade börjat framträda ovanför det välansade skägget.

– Såvitt jag vet var det du som började, slapp det ur Annmari Skar. Jag skulle just…

Ett brak fick dem alla att äntligen kasta en blick på Sindre Sand som hade stått stilla i vittnesbåset i över en halvtimme. Ingen hade kommit på att erbjuda mannen en stol, trots att åtminstone kanslisten hade lagt märke till att han hade blivit åtskilligt blekare. Nu föll han långsamt omkull och drog med sig vittnesbåset i fallet. De två poliserna var hos honom i ett synkroniserat språng och lyckades hindra den stora trälådan från att falla över honom. Ett ögonblick senare hade Sindre satt sig upp på golvet med huvudet mellan knäna.

– Vatten, erbjöd den ene polisen. Res dej inte riktigt än.

Sindre mumlade:

– Jag skiter i allt. Låt mej gå. Ni ger ju fan i mej i alla fall.

Domaren såg frågande på advokat Boe, som tvekade några sekunder innan han nickade lätt. Domarklubban slog i bordet. Alla reste sig.

Pausen hade ingen uppfriskande verkan på någon av dem. Rådman Lund hade kavlat ner ärmarna när han kom tillbaka och hade dragit åt slipsen under en mörk kavaj. Klockan var halv tio innan de så småningom var färdiga med häktningsförhandlingen.

Advokat Boes framställan hade varit dräpande. Han höjde inte rösten som advokat Becker och han upprepade inte sina huvudpunkter. De var för bra för sådant och Annmari kände sig utmattad och tom när rådman Lund omsider avslutade med att förklara att domen skulle avkunnas nästa morgon.

Hon vände sig mot Billy T.

– Om de här två släpps så är det ditt fel, fräste hon med sammanbitna tänder. Du och din helvetes röriga utredning. Jag hoppas du har lärt dej ett och annat i dag!

Sedan marscherade hon ut med bara handväskan över axeln. Billy T. kunde själv se till att få tillbaka de sorgliga resterna av utredningen till polishuset. Nästan tvåtusen sidor.

Han visste att hon hade rätt. Han hade ingen översikt över det som stod där. Det fanns ingen röd tråd i materialet. Inga övergripande teorier. En massa skott i mörkret, som advokat Becker mycket riktigt hade skrikit. Billy T. försökte ändå sätta tillbaka papperna där de hörde hemma, som om en viss ordning skulle kasta nytt ljus över fallet.

Den onda tanden värkte som besatt.

58

BILLY T. STIRRADE på den unga kvinnan i sängen. Ansiktet gick nästan i ett med de vita lakanen och det var svårt att se om hon överhuvudtaget andades. Det var mörkt i rummet. Bara ett svagt blåvitt ljus trängde in från korridoren genom den halvöppna dörren. Han tog en stol och satte sig. En väggklocka med stora siffror på vit botten sa honom att natten redan gått två timmar in på onsdagen den tjugoandra december. Det var två dagar kvar till julafton. Han hade i det närmaste slutat sova.

Läkaren hade skrattat torrt och irriterande. Vilde Veierland Ziegler skulle inte kunna förhöras. Inte på länge. Vakter utanför hennes dörr var fullständigt inaktuellt. Så vitt läkaren kunde förstå var Vilde inte häktad. En anhållan för rattonykterhet kunde knappast legitimera vare sig polisens slöseri med resurser eller den väsentliga extra belastning det skulle bli för både patienten och för sjukhuset att ha uniformerad personal rännande i korridorerna. När Billy T. bad att få träffa Vilde, sa läkaren nej. Patienten behövde lugn och ro. Billy T. ryckte på axlarna, låtsades gå mot den låsta slussen ut från avdelningen, men gjorde en U-sväng i korridoren så fort läkaren var utom synhåll. En sköterska hade bryskt frågat honom vad han ville, men hon gav sig när han visade legitimation och mumlade något om doktor Frisaks samtycke.

Billy T. ville inte ha poliser i korridoren för att vakta Vilde. Han ville ha dem där för att uppsnappa varje tecken på hennes bättring. Han *måste* få ett förhör. Han behövde det *nu*.

Vilde Veierland Ziegler var Bredes dotter. Billy T. var övertygad. Läkaren hade vägrat att svara på frågor om Vildes sjukdomshistoria, om hon till exempel någon gång hade behövt en organdonation. Det fanns inget rättsligt stöd för sådant, slog doktor Frisak bombastiskt fast. Billy T. svor i sitt stilla sinne på att så snart den här utredningen var över så skulle han läsa juridik på fritiden. Det gjorde uppenbarligen alla andra. Han satt på en stol vid kvinnans sjukbädd och hade mest av allt lust att undersöka hennes kropp efter ärr. Hans arm lyftes mot det tunna täcket, men han lät den falla.

Allt löste sig. I alla fall det mesta.

Italienspåret ledde ingenstans. Ekorotelns rapport fastslog att en preliminär genomgång av Brede Zieglers engagemang i Italien inte gav anledning till vidare efterforskning från norsk sida. Det fanns förstås gränser för hur långt de hade tillåtits att undersöka saken, både av tidsmässiga och juridiska skäl. Men ändå; allt såg ut att vara i sin ordning.

Inget att anmärka.

Så stod det skrivet, nederst på den fyra sidor långa rapporten som kom med internposten i morse.

Då måste det vara Vilde.

Brede levde i ett märkligt äktenskap. När polisen först upptäckte lyan på Silovägen, var det fort gjort att komma på att Vilde i stort sett aldrig varit i lägenheten på Niels Juels gate. Det äkta paret träffades överhuvudtaget väldigt lite, trots att bröllopet bara låg drygt ett halvår tillbaka i tiden. Dessutom hade Brede valt att sterilisera sig. Vilde var bara tjugofyra år och knappt i stånd att göra ett så allvarligt val inför framtiden. Antagligen hade hon inte ens vetat om ingreppet. Brede hade helt på egen hand sörjt för att han inte skulle bli far till sitt eget barnbarn.

Men varför?

– Varför, viskade Billy T. och försökte pressa fram lite fuktighet i sina torra ögon. Varför gifta sej med sin egen dotter?

Brede Ziegler hade varit en notorisk ungkarl. Han hade mas-

sor av kvinnor. Han ville inte ha barn. Han ville inte ha någon
fru heller; tycktes det i alla fall. Och så gifter han sig plötsligt
med sin egen dotter.

– Fan, mumlade Billy T. och gäspade; det hjälpte lite mot
känslan av att ha sandpapper bakom ögonlocken.

Claudio hade avslöjat hemligheten. Billy T. visste inte hur och
hade ännu inte vågat förhöra mannen om saken. Gagliostro
hade försökt sig på utpressning. Det måste vara så. Pengarna
hade inte gått från Gagliostro till Brede, som italienaren påstod.
De hade gått den andra vägen. Brede hade betalt Claudio för att
hålla käft. På det sättet blev serienumren logiska. Billy T. skulle
förhöra karln tills han bröt samman. Men inte än. Först måste
han tala med Vilde.

Frågan var om hon hade vetat det hela tiden. Att mannen
hon hade gift sig med var hennes egen far. Antagligen inte. Nå-
got måste ha hänt. Någonting hade kommit fram. Brede Ziegler
blev avslöjad.

Hur?

Var det Vilde som hade tagit livet av Brede? Under en nattlig
promenad för att reda ut det hela. Masahirokniven var lätt, hug-
get var plötsligt. Hon kunde ha gjort det. Alibiet kunde vara
falskt. Väninnan kunde ljuga. Alla kunde ljuga. Vilde kunde ha
fått någon annan att göra det. Sindre Sand kunde ha gjort det.
Vem som helst kunde ha gjort det. Annmari var en skit. Hanne
var en svikare. Jenny grät och allt var rött; han måste skynda sig
och hinna med tåget till Bahamas. Han hade inga kläder på sig.
Han försökte springa till tåget där han hörde Jenny gråta, men
benen ville inte och allt var rött och i ett fönster såg han Hanne
och Annmari som skrattade åt honom. Suzanne stod framför tå-
get. Hon hade fångat upp Jenny och släppte ner barnet mellan
skenorna innan hon hoppade efter.

– Det här är faktiskt mycket allvarligt, kommissarien.

Billy T. rycktes ur sömnen och gned sig i ansiktet.

– Umpff, kraxade han. Förlåt.

– Jag gjorde tämligen klart för er att patienten inte fick störas, sa doktor Frisak. Men det var tydligen inte tillräckligt. Det här ser jag mej tvungen att rapportera. Kunde ni i varje fall vara så vänlig att lämna sjukhusområdet? Det här är en sluten avdelning och ni uppehåller er här utan tillstånd.

Billy T. reste sig stelt och utan ett ord passerade han läkaren och försvann. Han kunde lika gärna ta sig till Polishuset.

59

ANNMARI SKAR UTTRYCKTE som regel ilska med en överdriven, skenbar behärskning. Hon talade om möjligt ännu långsammare än i rätten, som om orden kom ut ur hennes mun i jättestora, lättlästa bokstäver. Nu talade hon visserligen långsamt, men med behärskningen var det sämre.

– Har du varit i Vildes lägenhet utan blå lapp? Utan tillstånd? Är du *spritt…språng…ande…ga…len?*

Hon högg blicken i Billy T. och drog djupt efter andan, tre gånger. Sedan lutade hon sig tungt tillbaka i stolen och såg uppfordrande på polismästaren. När han inte sa något, lutade hon sig plötsligt framåt igen, och lyfte det blå arket upp i luften. Hon höll det i ytterkanten mellan tummen och pekfingret, som om pappret var en illaluktande disktrasa.

– Jag *vägrar* att underteckna. Jag fuskar inte.

Med en smäll la hon pappret framför polismästaren.

– Och till rå…ga på allt…i…hop, fortsatte hon. Så är det första jag får höra i morse ett utförligt och mycket formellt klagomål från en doktor Frifant eller Frilynt…

– Frisak, sa Billy T.

– Jag ger sjutton i vad han heter! Saken är den att du helt olagligt har tagit dej in till en patient mitt i natten, stick i stäv mot sjukhusets bestämmelser och utan så mycket som en skugga av ett tillstånd. Vad ger du mej för det?

Det sista var riktat till polismästaren. Hon lutade sig tillbaka med armarna i kors över bröstet. Blicken vilade på det redan ifyllda beslutet om husrannsakan på blått papper. Endast juristens underskrift saknades. Annmari suckade tungt, innan hennes röst plötsligt på nytt skar genom den tryckande tystnaden i polismästarens tjänsterum.

– Och först *nu*, sa hon; rösten darrade och Hanne kunde svära på att ögonen var blanka av tårar. Nu, i dag, berättar du att det finns saker som tyder på att Brede Ziegler har ett barn. Låt mej se...

Hon räknade på fingrarna med överdrivna rörelser.

– Lördag, söndag, måndag, tisdag, onsdag. Fem dagar. Fem dagar och en alldeles för *jäv...lig* häktningsförhandling efter att du själv får upplysningar som är milt sagt betydelsefulla för fallet, finner du det för gott att dela din kunskap med mej. Med alla oss andra.

– Jag har pratat med Karl, sa Billy T. surt.

– Karl! *Karl!* Det är *jag* som är jurist i det här fallet. Det är faktiskt *jag*...

Hon slog sig på bröstbenet med knytnäven.

– ...som får ta smällen för din... din...

– Ärligt talat!

Billy T. höjde rösten och spärrade upp de rödkantade ögonen.

– Det är väl inte första gången en utredare ber att få en blå lapp antedaterad! Det kan väl omöjligt vara så mycket att bråka om!

Annmari satte händerna för ansiktet och vaggade sakta från sida till sida. Alla stirrade på henne, som om de undrade om hon tänkte eller grät. Hanne tyckte sig höra några försiktiga snarkljud, som om polisjuristen egentligen skrattade åt alltihop. Polismästaren borde snart säga något. Hans Christian Mykland var tyst. Han släppte inte Annmari Skar med blicken. Efter en stund såg hon upp och drog efter andan.

– Polismästaren. Jag skulle gärna vilja rapportera från häktningsförhandlingen i går. Det var en mardröm.

Mykland klippte med ögonen.

– Men det gick ju bra… Fyra veckors häktning med brev-och besöksförbud för bägge misstänkta var ju precis vad vi hade bett om.

– Det var på håret, och egentligen bara för att den ene miss-tänkte ljög och den andre svettades som om han hade en upp-dämd sjö av dåligt samvete som bara måste forsa ut där och då. Dessutom är häktningsbeslutet överklagat. Gudarna må veta vad hovrätten säger. Men det var…

Hon drog efter andan och svalde tungt.

– *Pinsamt!* Det var helt enkelt smärtsamt att presentera en så dålig utredning och en sån svag beviskedja. Det tog inte försva-rarna lång tid att upptäcka att vi har gripit och anhållit folk på vinst och förlust. Vi har bara en sak att göra. Vi får helt enkelt inte göra fler fel. När du…

Återigen darrade hennes pekfinger åt Billy T:s håll.

– …vimsar omkring på nätterna för att bevisa att Vilde står bakom mordet på sin man för att han egentligen är hennes far, samtidigt som du sitter tillsammans med mej när jag begär två andra personer häktade för mordet, så förlorar jag den sista rest av förtroende för …

Hon snappade efter luft.

–…dej.

Det började gå upp för Hanne varför Annmari hade ringt efter henne. Hon kände sig varm och kall om vartannat och la benen i kors för att inte resa sig och gå.

– Det här är ingen lekstuga, sa Annmari; för första gången fick hon en ton av beklagande i rösten. Vi måste vara proffs. För närvarande är du inte tillräckligt proffsig, Billy T. Jag ber att du avgår som spaningsledare till fördel för Hanne Wilhelmsen.

Hanne hade blivit lurad. Hon stirrade på Billy T. för att signa-lera att hon inte visste om det här i förväg. Han hade slutit ögonen och gick knappt att känna igen. Mustaschen hängde sorgligt misskött under näsan och han hade uppenbarligen inte haft tid att raka skallen på flera veckor. En gråsprängd krans av hår kring hjässan fick honom att se tio år äldre ut än han var.

– Det kommer inte på tal, sa Hanne lugnt. Ingen diskussion. Helt uteslutet.

Polismästaren tycktes först nu har kommit på att det var han som ledde mötet och att de satt i hans rum. Han harklade sig med en löst knuten näve framför munnen.

– Polisjurist Skar och jag har dryftat situationen, sa han lågmält. Och jag håller med om att det vore bra om du återgick till din gamla befattning nu. Det skulle ju i alla fall ha skett efter nyår. Det är bara en dryg vecka dit. Det är i grunden helt odramatiskt. Och det är en begäran. Inte en order.

– Jaha, sa Hanne och reste sig. Begäran avslås.

Innan hon nådde fram till dörren vände hon sig tvärt.

– Vet ni vad det är för fel på er?

Hon tittade växelvis på Annmari och polismästaren.

– När något blir så svårt att det bränner lite under fötterna så letar ni efter en syndabock. Jag har sett det förr och kommer nog att se det igen. Ni borde stötta Billy T. Han har ett svårt jobb. Dessutom…

Hon stack tre hål i luften i riktning mot den blå lappen, som hade lagt sig till rätta mitt på det ovala bordet.

– Nån borde skriva under den där lappen. Nu.

Sedan gick hon sin väg, utan att se på Billy T.

60

– Kom det fram nåt nytt av det där koordineringsmötet i morse?

Silje Sørensen viftade mot rökmolnen i Hannes rum men satte sig ändå med fötterna hemvant på bordet.

– Inte nåt särskilt. Sindre Sand, hur går det med honom?

– Han vägrar att uttala sej. Det har ju blivit så modernt…

Silje tog cigarettpaketet och läste högt:

– Tobak skadar din hälsa allvarligt.

– *Tell me something I don´t know*, sa Hanne halvsurt och drog till sig paketet. Hur går det med paracetamolspaningen?

– Ett tekniskt team finkammar hans lägenhet och en hel grupp aspiranter går igenom alla stans apotek för att se om de kommer på nåt. Vilket de säkert inte gör. De registrerar inte försäljning av Paracet. Som bekant är det ett receptfritt läkemedel.

Hon gäspade bakom en smal hand med mörkröda naglar.

– Saker och ting tar tid. Men vi får bukt med honom förr eller senare. Vi får se hur han reagerar på att sitta inlåst i fyra veckor utan besök.

– Jag skulle ha stått ut i precis en halvtimme, sa Hanne och bjöd på en tablett från en ihjälklämd ask. Stackars Tussi Helmersen blir aldrig sej själv igen efter sina sex timmar i vår bakgård.

– Det ska vi alla vara glada för, sa Silje. I alla fall lille Thomas. Hans mamma ringde mej i morse för att tacka. Fru Helmersen har tagit kontakt med en fastighetsmäklare. Hon ska flytta ut på landet, säger hon nu. Så var det ju bra för nåt, det hela. Förresten *var* det hon som hade skrivit de där hotelsebreven. Fingeravtryck överallt, visade det sej. Hon hade en fin liten hatvägg i vardagsrummet, med urklipp av alla offentliga personer som nån gång har uttryckt sej positivt om vad som helst utanför Norges gränser. Thorbjørn Jagland, till exempel, hade fått horn i pannan. Hon slipper ifrån med böter. Eller åtalseftergift, sa Annmari. Ingen vits med att förfölja tanten för ett erkänt kattmord och några fåniga hotelsebrev. Det *jag* har lärt mej av det här, är att vårt största problem i alla utredningar är alla blindspår som vi blir inveclade i. Är det alltid så?

– Alltid. Alla har nåt att dölja. Alla ljuger, i alla fall i den mening att de aldrig berättar hela sanningen. Hade alla andra än den skyldige talat sanning i alla fallen, så skulle vi haft världens enklaste jobb. Och då kanske det inte hade varit nåt kul längre.

Silje skrattade kort och kliade sig diskret på magen.

– Men nu ska Tussi flytta. Bra för Thomas. Otroligt vad en tid i häktet kan resultera i. Han, din den där Daniel var inte så glad han heller.

Hanne svarade inte. Hon tappade en otänd cigarett på bordet, som om hon inte helt hade bestämt sig för att tända den.

– Det var förresten nånting med henne, Idun Franck, sa Silje och nappade till sig tändsticksasken. Det var precis som om hon…

Hanne var inte säker på om det var medvetet. När Silje Sørensen skakade på huvudet och såg i taket med sned blick, såg hon ut som ett betänksamt barn.

– …bar på en hemlighet!

– Hemlighet, sa Hanne och räckte fram handen. Hit med tändstickorna. Alla har hemligheter.

– Rök inte.

– Kom igen. Hit med dem. Har inte du hemligheter?

– Det är farligt att röka. Dessutom är det förbjudet här.

– *Det* är i varje fall ingen hemlighet. Kom igen då. Ge mej tändstickorna.

Hanne reste sig halvvägs från stolen och försökte ta tag om

Siljes handled. Den unga kollegan sträckte armen över huvudet och skrattade medan hon skakade på asken.

– Jag har två, sa hon. För det första är jag rik.

Hanne satte sig igen, öppnade en låda, tog fram en tändare och tände en ny cigarett.

– Rik? Jaha.

– Stenrik, viskade Silje och fnissade. Jag menar, jag har verkligen en väldig massa pengar. Men jag säger det inte till nån. Inte här i huset, menar jag.

– Nävisst, sa Hanne torrt. Du går bara omkring i dräkter som kostar tiotusen kronor, skor som kostar ungefär hälften och smycken som vi kunde ha sålt och byggt ett nytt riksfängelse för. Vad är din andra hemlighet. Ska du ha barn?

Silje Sørensen var en snygg kvinna. Hon var liten, nästan docklik. Hanne hade tidigare undrat om kollegan hade låtit mäta sig med stilettklackar för att uppfylla kravet på minimilängd för att komma in på polisskolan. Dragen var regelbundna, näsryggen hade en svag böjning som underströk det nyfikna uttrycket i blicken.

– Nu ser du efterbliven ut, sa Hanne.

– Men, började Silje och stängde munnen.

– Du kliar dej på magen. Köp en bra kräm och smörj in dej ofta. Dessutom luktade det spyor efter dej på toaletten i morse. Anorektiker? Mnjee… gravid? Troligen. Elementärt, min kära Silje. Men…

Det var som om upplysningen om Siljes graviditet plötsligt hade drabbat henne som en katastrof. Hon stelnade helt med handen halvvägs mot munnen, med cigaretten fortfarande vippande mellan läpparna. Till slut måste hon blunda mot röken och utbrast:

– Har du sett Daniel Åsmundsen, Silje?

– Sett? Släpptes inte han i går?

– Jag menar *sett!*

Hanne fimpade cigaretten i den illaluktande askkoppen. Sedan störtade hon på dörren. När hon kom tillbaka efter tre minuter höll hon något bakom ryggen. Hon böjde sig mot Silje. Det var bara en decimeter mellan deras ansikten när hon upprepade, intensivt:

– Har du nånsin i ditt liv sett Daniel Åsmundsen?

Silje drog sig bakåt utan att tänka på det.

– Det tror jag inte, sa hon långsamt. Varför det?

– Guskelov hade de vett att plåta grabben. Jag vet fan inte om de tog fingeravtryck, men fotot låg i alla fall i akten. Titta!

Hon dunsade ner i sin egen stol och la ett foto med en ung mans ansikte framför Silje.

– Se på den här grabben. Är det nåt bekant över honom?

Silje tittade länge på bilden. Daniel Åsmundsen såg ung ut. Hon visste att han var över tjugo, men av bilden att döma kunde han lätt passera som tonåring. Kanske var det rundningen över kinderna som gjorde honom yngre, eller möjligen ögonen, som stirrade vidöppet in i kameran.

Hon lyfte fotografiet mot ansiktet och kisade.

– Det är nåt bekant med det ansiktet, sa hon försiktigt. Jag är ganska säker på att jag inte har sett honom förr, men ändå är det nåt…

Hon stack pekfingerknogen i munnen och sög ljudligt.

– Titta här, sa Hanne och vände sig mot pc-skärmen, som till slut hade kopplats in av datakunnig personal. Om det är som jag tror så kommer upplysningarna från folkregistret att visa… Bingo!

– Vadå?

– Daniel Åsmundsens mor heter Thale Åsmundsen. Är inte det hon skådespelerskan, förresten? Hon på Nationaltheatret? Skit samma…. Men se här. Fader: Okänd!

Hon knöt nävarna och slog dem på tangentbordet i begeistring. Upplysningarna försvann i ett kaos av obegripliga tecken.

– På morgonmötet hos polismästaren framgick det att Brede antagligen har en unge nånstans. Billy T. hade snackat med… Skit i det. Och om du ser på det här fotot så…

– Uppriktigt sagt. Du sa förresten att det inte hände nåt spännande på det mötet, och så kommer du här och säger att…

– Titta! Se på fotot en gång till!

Silje tog upp bilden igen. Sedan smackade hon lätt med tungan.

– Brede Ziegler, sa hon. Daniel Åsmundsen liknar Brede Ziegler. Men…

Hon stirrade fortfarande på fotot. Samma runda ansikte som fadern, samma näsa; lite för bred, lite för stor, med vida, ovala näsborrar.

– Vad hjälper oss detta, frågade hon spakt och såg upp. Kanske är Daniel Brede Zieglers son, men vad har det med mordet att göra?

– Ingen aning, sa Hanne och flinade brett. Men hämta din miljonärspäls. Vi ska ut.

61

BILLY T. SATT med knäna pressade mot bordsskivan och var rädd att stolen inte skulle tåla hans hundrasju kilo. Han fick kramp i låren av att försöka göra sig lätt. Dessutom var han inte hungrig.

– Varför ska de kalla en norsk krog för *Frankie´s*, frågade han surt och smuttade på ölet; skummet la sig i mustaschen och fick honom att motvilligt slicka sig om munnen. Kan de inte hitta på nåt norskt? Som *Sult*, till exempel? *Sult* är bra.

– Hade vi gått dit, hade vi ändå inte fått bord. De försöker liksom få det till att det är hipt med köer. Urbant och ungt och demokratiskt och sånt skit. Sanningen är att de tjänar grova pengar på att folk knappt hinner torka sej om käften förrän nästa gäst står och pickar en på axeln. Här på *Frankie´s* däremot…

Severin Heger log mot ägaren, en smärt kvinna från Bergen som svansade mellan borden.

– Carpaccio och spagetti alla vongole till bägge, bad han och lämnade ifrån sig menyn.

– Jag ska fan ta mej inte ha nån vångelspagetti, sa Billy T.

– Jodå. Och ett vitt italienskt.

Damen föreslog ett märke och Severin gav sig in på en lång diskussion. Billy T. gäspade. Han försökte glömma morgonmötet. Det gick inte. Han hade gått som i trans hela dagen. Hade inte Hanne reagerat som hon gjort, skulle han ha lämnat in sin avskedsansökan. Direkt. Då fick hellre ungarna svälta ihjäl. Vad Tone-Marit skulle ha sagt kunde han inte ens föreställa sig. Han hade knappt pratat med henne på flera veckor. Han kom sent hem, grymtade både till henne och ungen, och var uppe och hemifrån i gryningen.

– Jag har inte råd med det här, klagade han när kvinnan hade gått.

– Jag bjuder, sa Severin och skålade. Usel dag? Nåt du vill snacka om?

– White Christmas, sa Billy T. och nickade slött mot de stora fönsterrutorna där snön drev förbi i stora sjok.

Om köldgraderna höll sig skulle till och med innerstaden vara täckt av snö om några timmar. Billy T. gäspade och ångrade att han hade köpt verktyg till pojkarna. De skulle bli besvikna. Dessutom måste han skaffa ytterligare en julklapp till Jenny. Ett jävla bilsäte höll bara inte.

– Du tar fel, sa Severin Heger plötsligt, som om han hade stått vid en majkall fjord och äntligen bestämt sig för att kasta sig i. Vilde kan inte vara Bredes dotter.

Billy T. tömde resten av glaset. När han ställde det ifrån sig, skakade han sakta på huvudet.

– Och det har du kommit på, sa han kort.

– Ja.

– Hur?

– Vildes far heter Viktor Veierland. Ingenjör. Han är fortfarande gift med Vildes mor. Vivian Veierland heter hon.

– Har dom hängt upp sej på v i den familjen, eller? Och vadå? Ett äktenskap har väl aldrig varit nåt hinder för folk att få barn. Med andra, menar jag.

Kyparen hällde upp vin och tog bort ölglasen.

– Men hör nu här, sa Severin uppgivet. Vilde är född sjuttiosex. I Osaka i Japan, av alla ställen. Pappan hade ett jobb där mellan sjuttiofyra och sjuttiosju. På den tiden var de aldrig i Norge. De sparade pengar, förklarade mannen. Hela idén med tiden där var att spara ihop till ett hus här hemma. Karln var för övrigt ganska trött på mina frågor. De var aldrig i Norge under den tiden, Billy T. Du fattar lika bra som jag vad det innebär. För säkerhets skull, och för din skull, kollade jag om det fanns något som helst som tydde på att Ziegler skulle ha tagit sej en avstickare till Japan på den tiden. Nix. Han har aldrig varit i Asien överhuvudtaget.

Spagettin kom på bordet.

– Okej, okej!

Billy T. höll upp handflatorna och himlade med ögonen.

– Du behöver väl inte hamra in det, va. Min teori har kollapsat som en...

Han klaskade gaffeln i maten och slängde tygservetten på golvet.

Severins mobiltelefon spelade en digital *Kärringen med käppen*.

– Hallå?

Billy T. var svimfärdig. Ögonen föll ihop. Det var som om rummet började snurra kring sin egen axel. Snön utanför fönstret skiftade färg; nu verkade de virvlande flingorna violetta i den grälla gatubelysningen. Han kippade efter andan. Pengarna, tänkte han slött. Varför går en snubbe omkring i Oslo med sexton tusen kronor på sig mitt i natten? Varför gick han omkring i Oslo överhuvudtaget? Han hade ont, det var söndagskväll. Brede Ziegler borde ha varit på sjukhuset. Eller hemma. Hanne hade rätt. Han måste ha träffat någon. Ett avtalat möte. Billy T. försökte äta, men spagettin gled av gaffeln. Han försökte hjälpa till med skeden, men händerna uppförde sig som de inte längre var hans. Han blev sittande och gapade mot den nästan orörda tallriken.

– Det var Karianne, sa Severin uppgivet och stoppade tillbaka mobiltelefonen i den bruna axelväskan. Sebastian Kvie dog för tre kvart sen. Stackars, arma jävel.

Det var precis två dygn till julafton. Billy T. orkade inte tänka på något annat än att verktygslådorna till pojkarna var fullständigt fel.

62

NÄR KVINNAN ÖPPNADE dörren verkade det som om hon hade väntat dem. Eller snarare väntat *på* dem. Även om lägenheten hade en inredning som såg ut att ha kulturmärkts 1974, var den ren och prydlig. En grop i den ena fåtöljen avslöjade att någon just hade suttit där, men teven var inte på. Det var alldeles tyst i lägenheten och det låg varken böcker eller tidningar framme. Det var som om hon hade förstått att de var på väg och bara suttit och väntat. När Hanne Wilhelmsen visade legitimationen nickade hon lätt och borstade bort osynligt damm från byxlåret.

– Jag har försökt att göra det rätta, men jag tog fel.

Det var det allra första hon sa. Inte hej. Hon bad dem inte heller att komma in. Hon bara gick mot vardagsrummet och tog det för självklart att de skulle följa med. Soffan var hemsnickrad och klädd i ett blommigt Marimekkotyg. Kronbladen hade en gång varit mörklila. Nu hade de bleknat till en svag, ljus syrénfärg och på flera ställen lyste stoppningen igenom. En enorm yuccapalm i hörnet mot gatan tjänstgjorde som julgran, pyntad med hemgjorda korgar, två blå glaskulor med fusksnö och en slinga med ljus som inte fungerade. Innanför vardagsrummet kunde Silje skymta ett kök med orange väggar och grönt kylskåp.

– Om ni inte hade kommit till mej, skulle jag ha sökt upp er, sa kvinnan lugnt. Det är inte rätt mot Daniel, så som allt har blivit.

Hannes blick fick Silje att stänga till munnen om frågorna hon hade. I stället lutade hon sig tillbaka i soffan och blev sittande medan hon fingrade på diamantringen.

Thale Åsmundsen verkade oberörd av tystnaden som följde. Hennes ansikte var rentvättat. Det var som om hon hade lagt kvar sina ansiktsdrag på teatern och inte hade fler uttryck kvar till privat bruk. Hon satt hopkrupen i fåtöljen med benen under sig. Håret var blankt och halvlångt, men inte i närheten av att kunna kallas en frisyr. Hon förde en tekopp till munnen. Det tog lång tid innan hon till slut ställde den ifrån sig.

– Det började med att jag träffade Freddy, sa hon lugnt. Ni vet förstås att det är Brede Zieglers riktiga namn. Freddy Johansen. Jag tyckte egentligen inte om honom.

För första gången kom det ett slags uttryck i det blankskrubbade ansiktet; ett drag av något som Hanne tolkade som självironi.

– Men jag var bara arton. Det hela var en sorts protest. Mot pappa och dessutom mot Idun. Hon är mycket äldre än jag och var redan fil kand. Pappa ville att jag skulle läsa juridik. Men jag sökte in på teaterskolan i stället. Och blev ihop med en icke-akademiker. Det blev en liten skandal hemma i Heggeli. Vilket jag var helt nöjd med.

Ironin var borta. Ändå tvivlade Hanne. Det kunde verka som om kvinnan i de gröna sammetsbyxorna snuddade vid en gammal sorg, men så ryckte hon lätt på axlarna och fortsatte:

– Så var det. Egentligen var det slut mellan oss ett bra tag innan jag blev gravid. Jag förstod det bara inte. Freddy var milt sagt...

Ett leende gled knappt märkbart över munnen och hon gömde ansiktet i koppen ett ögonblick.

– ...ointresserad, kan man säga. Nå. Det struntade jag i. Jag ville ha barnet. Sista gången jag träffade Brede på den tiden var sjuttiosju; på gatan. Jag var höggravid. Han sa hej och fortsatte. Utan att fråga. Han ringde mej aldrig. Undersökte inte om han blivit pappa till en flicka eller pojke. Jag skickade ett brev, för

356

ordningens skull. Berättade att pojken var född. Och att han hette Daniel. Han svarade aldrig. Det var lika bra. Freddy brydde sej inte om vem han var. Han brydde sej bara om vem han skulle bli. Det hade jag fattat för länge sen. Vill ni... Vill ni ha en kopp?

Hon höll frågande upp sin egen framför dem. Silje nickade, men Hanne viftade avvärjande med handen och ljög:

– Vi har just druckit en balja kaffe. Nej tack.

– På den tiden när jag gav upp Freddy hade han faktiskt också gett upp sej själv.

Thale Åsmundsen skrattade kort och glädjelöst. Hanne var inte ens säker på att hon hade för avsikt att skratta. Kanske snörvlade hon bara.

– Han hade börjat i kocklära för att komma till sjöss. Men så upptäckte han det mondäna kroglivet. Ville bli fin, han också. Han uppfann sej själv igen. Det var då han blev Brede Ziegler.

Nu lät skrattet mer äkta.

– Tänk bara! Freddy Johansen blev Brede Ziegler. Man skulle kunna tro att det var han som var skådespelare, inte jag. Jag har faktiskt sett det själv...

Hon sträckte fram fötterna och gjorde en grimas, som om benen hade somnat.

– Jag har sett hur han kunde stå framför spegeln och öva sej på olika roller. Har ni sett Woody Allen-filmen? Zelig?

Hanne nickade. Silje skakade på huvudet.

– Sån var Brede. Några kvällar på Ung Höger; överklass med lodenrock och fin tröja. En kväll på Club Sju, och vips... blev han en känslig hippie. Hans bästa roll var i alla fall världsvan med konstnärliga anlag. Där blev han riktigt duktig med tiden. Jävla posör!

Det var överraskande att hon svor. Det passade inte in i det torra, oengagerade tonfallet. Hanne Wilhelmsen frågade försiktigt:

– Men blev du inte ledsen över att han överhuvudtaget inte brydde sej om ungen?

Nu såg Thale Åsmundsen uppriktigt förvånad ut.

– Ledsen? Varför skulle jag bli det? Inte ville jag ha Freddy Johansen och Brede Ziegler ville jag inte ta i med tång. Freddy var som… Känner du till narcissusmyten?

Hon fäste blicken på Hanne, som om hon hade gett upp Silje Sørensen. Hanne ryckte på axlarna.

– Lite. Det var han som blev förälskad i sin egen spegelbild, eller hur?

– Just det. Det var precis så han var. Och jag hade inget intresse av att bli Freddys Eko. Dessutom hade jag Idun. Hon var den enda som verkade uppriktigt lycklig över att Daniel föddes. Han kallade henne Taffa, nästan innan han sa mamma till mej.

Med ens reste hon sig.

– Jag är hungrig, sa hon okonstlat. Jag brukar alltid äta så här dags. Efter föreställningen. Ja… Antingen jag spelar eller inte. I kväll är jag ledig, men hungern…

Hon log svagt och tassade barfota ut i köket. Silje grep Hanne om handleden.

– Hon borde ha advokat, vi borde…

– Ssch. Vi äter.

Köksbordet var målat orange, som väggarna. Thale Åsmundsen satte fram en tekanna och tre koppar i keramik.

– Jag orkar inte använda min tid till att hitta på nya saker. Jag tycker om rutiner. Att saker är som de alltid har varit.

Silje såg fascinerat på henne. Inte bara hennes hem, utan hela hennes gestalt såg ut som en lämning från hippietiden. Thale Åsmundsen hade helt klart ett vackert ansikte, men hon var osminkad, okammad, iklädd säckiga sammetsbyxor, barfota och med en vid skjorta i indisk batik. Silje hade sett henne som Fröken Julie i en svensk teveteaterföreställning och kunde inte fatta att detta var samma människa.

– Man kan gott säga att Idun och jag delade på jobbet som

mamma, sa Thale Åsmundsen och knäckte tre ägg i en panna. Daniel och jag äter alltid ägg och varm choklad. Det har blivit en sorts… Tja. Fast Daniel förstås bodde här så var han nästan lika mycket hos henne. Så snart jag vågade släppa ut honom på egen hand, tog han själv spårvagnen till Gamlebyen. Och när Daniel blev sjuk…

Hon strök håret från pannan med baksidan av handen; hon hade fett på fingrarna.

– Då var det hon som tog ledigt när jag inte kunde. Det var i grund och botten helt… Okej?

Hon såg på dem båda med lätt höjda ögonbryn, som om hon undrade om de tyckte att hon var okänslig.

– Men Freddy… eller Brede Ziegler vid den tidpunkten… Honom tänkte jag inte på förrän jag blev tvungen. Daniel behövde en ny njure. Min passade inte.

Äggen fräste i pannan. Hon plockade fram ett cigarettpaket ur bröstfickan och tände en cigarett utan att fråga om det besvärade någon. Hanne tog fram sitt eget paket och höll henne sällskap.

– Egentligen, sa Thale och tänkte sig för. Egentligen var det den enda gången jag hade något som kunde likna äkta känslor för honom. Jag hatade honom. I två veckor. Vi skickade en förfrågan genom sjukhuset och hans läkare, om han kunde låta undersöka sej med tanke på donation. Han avvisade det hela. Tog inte ens kontakt. Men…

Hon vippade över äggen på tre brödskivor. Chokladen höll på att koka över.

– Men det ordnade sej, sa hon lättsamt och bärgade den bruna drycken. Iduns njure passade. Daniel fick Taffas njure och i dag är han frisk. Daniel vet om alltihop. När han fyllde arton berättade jag vem som var hans far. Och hur han hade uppfört sej. Att han inte var nåt att ha. Var så god.

De åt. Thale hällde ketchup på ägget och Silje måste svälja för att inte kräkas. Hon sköt tallriken ifrån sig med en mumlande ursäkt.

– För att vara helt ärlig så ger jag sjutton i om ni tar den som mördade Freddy, sa Thale Åsmundsen. Men jag vill att Daniel ska ha pengarna. Arvet. Han har rätt till det, tycker du inte?

Återigen såg hon på Hanne.

Silje förstod ingenting. Hon harklade sig och la servetten över maten. Hon la märke till att Hanne inte släppte Thale med blicken. Silje tyckte tystnaden var väldigt obehaglig och slog utan att tänka på det lätt med kniven mot bordskanten. Thale, däremot, tände en ny cigarett och drog ett djupt bloss innan hon sände en perfekt rökring mot taket.

– Är jag okänslig, tycker du?

– Du förstår att jag måste fråga, sa Hanne Wilhelmsen. Var befann du dej söndag kväll den femte december i år?

Thale log svagt, som om frågan var helt irrelevant.

– Jag var toastmaster på ett femtioårskalas, parerade hon lugnt. Söndag är spelfri och min kollega Lotte Schweigler firade födelsedagen hemma med över tjugo gäster. Festen började klockan sju och jag gick inte hem förrän vid femtiden nästa morgon. Hon bor i Tanum i Bærum. Det är ganska långt dit. Från Polishuset, menar jag.

Silje hade tagit fram ett anteckningsblock och försökte vara diskret. Det var svårt; tystnaden i rummet gjorde att den halvtorra tuschen hördes raspa mot pappret. Hanne smygtittade på armbandsklockan. Halv elva snart. Hon reste sig, som för att markera att hon hade kommit fram till sista frågan.

– Jag förstår inte riktigt det här med arvet, sa hon. Du har uppenbarligen inte brytt dej om pengar tidigare. Brede Ziegler har knappast betalt nåt underhåll eftersom du aldrig uppgav honom som far. Varför är det så viktigt nu? Så viktigt att du hade tänkt komma till oss för att berätta om den här... den här hemligheten?

– Daniel lider av att inte ha några pengar. Jag ser det på honom. Idun berättade för mej att ni tog honom häromdagen.

Det låg ingen anklagelse i tonen, snarare ett kort konstaterande; som om det inte plågade henne det minsta att sonen orättfärdigt hade tillbringat flera timmar i en cell.

– Daniel skulle aldrig försökt sälja sin morfars böcker om han inte verkligen behövde pengar. Dessutom...

Hon började gå mot ytterdörren, som om hon betraktade besöket som avslutat.

– ...är det väl på tiden att Freddy betalar för sej. Eller hur?

Den här gången såg hon på Silje Sørensen. Den unga poliskvinnan mumlade något ohörbart och stoppade ner anteckningsblocket i väskan. Hon höll på att välta en liten bronsskulptur av ett spädbarn i fosterställning; den stod på en avlutad byrå i tamburen.

– Fin, sa Hanne och strök försiktigt över den äggformade babyn. Underbar skulptur.

Thale Åsmundsen gav henne ett av sina sällsynta varma leenden.

– Ja, inte sant? Jag fick den av Idun när jag väntade Daniel.

Hanne la märke till ett familjefoto bredvid spegeln över byrån. En äldre man satt i en länstol i mitten, omgiven av två kvinnor och en ung man. Thale, Idun och Daniel log mot fotografen, den gamle mannens blick var tung och allvarlig.

– Familjefoto?

Hanne knackade lätt på glaset.

– Ja. Det är faktiskt det sista fotot vi har av oss alla tillsammans. Det togs på pappas åttioårsdag förra vintern, strax innan han dog.

Hanne böjde sig fram och studerade bilden. Silje hade redan

öppnat ytterdörren och trampade otåligt; halvvägs bortvänd medan hon knäppte jackan.

– Det här är alltså taget för mindre än ett år sen, sa Hanne lågt, utan att ta blicken från fotografiet.

– Ja.

Hanne Wilhelmsen blev inte lättad. En svag värme brann under ansiktshuden. Hon försökte att räta på ryggen, men blev stående framåtböjd för att granska den knappt årsgamla bilden. Daniel log brett, som om ingenting kunde göra honom illa. Han var ung, stark och omgiven av människor han tyckte om. Hanne lät fingret glida över ramen, en smal svart list kring ett glas som var sprucket i ena hörnet. Kanske hade bilden en gång fallit i golvet. Den hängde en smula snett och hon rättade försiktigt till den. Till slut reste hon sig i sin fulla längd. Hon vände sig mot Thale. Hanne borde varit lättad. I stället övermannades hon av en stor, oförklarlig besvikelse.

Trots att fallet nu var löst.

63

KLOCKAN VAR TVÅ, natten till lillejulafton 1999. Snön hade
lagt sig på gatorna. Fortfarande virvlade en och annan flinga i
luften, men den senaste timmen hade himlen klarnat. Mark-
veien hade varit julpyntad i ett par månader redan, med tvär-
gående ljusgirlanger mellan lyktstolparna. Fuskstjärnor och
plastmånar lyckades ändå inte överträffa de äkta varorna; Hanne
Wilhelmsen tittade uppåt och fick syn på Karlavagnen som
långsamt rullade mot Torshov. Av gammal vana lät hon blicken
hitta Polstjärnan, knappt synlig mot norr. Butikerna slösade
med ström. Snön verkade varmt gul i allt ljus. I morgon skulle
den försvinna i gråblött slask.

Billy T. var inte längre sur. Han verkade apatisk. När hon
ringde för att prata med honom var han inte avvisande. Bara lik-
giltig. Hon fick inte komma hem till honom. Tone-Marit och
Jenny sov. Själv hade han slutat med sådant, fick hon ett intryck
av. Han ville inte heller träffas på Polishuset. När hon föreslog en
promenad i Løkka, kom det ett knappt hörbart ja innan sam-
talet bröts.

Han hälsade inte. En svag huvudrörelse när han kom ut från
sin port visade att han hade sett henne, på andra sidan gatan,
under en lyktstolpe. Han gick inte emot henne. I stället traskade
han iväg på motsatta trottoaren. Hon måste småspringa för att
hinna ikapp honom. Det var mitt i natten och han frågade inte
ens vad det gällde. Han var ordentligt klädd. Kragen på skeppar-
kavajen var uppfälld. Mössan hängde ned över ögonen. Runt
alltihop hade han virat en stor röd halsduk. Han borrade hän-
derna i fickorna och sa ingenting.

– Du kan inte sluta att vara polis, sa Hanne.

En en och en halv meter hög vinthund av porslin stirrade blint på dem från ett överdekorerat fönster; en av de vise männen i röd klädsel satt grensle på en ren med älghorn. Hanne försökte sakta ner farten.

– Du kan vara förbannad på mej. Det kan jag inte neka dej. Men ge inte upp allt annat bara på grund av mej.

Han tvärstannade.

– På grund av *dej*?

Han snörvlade och måste torka snor med jackärmen.

– Den var bra. Som om du betyder nånting alls i det här sammanhanget.

Han började gå igen. Han traskade ut i övergångsstället över Sofienberggata utan att se sig för. En taxi tutade och fick en otäck sladd. Billy T. lät sig inte störas av något. Han sneddade över Olaf Ryes Plass.

– Kan vi inte sätta oss?

Hanne tog tag i hans jacka. De stod vid den runda bassängen mitt på torget; den var halvfull av snö och skräp. En lös hund skuttade emot dem. Boxern skakade av köld medan den optimistiskt viftade på svansen och stack upp sin trubbiga nos mellan Hannes ben.

– Schas, sa hon och viftade bort den. Här. Jag tog med de här.

Hon la två tjocka tidningar på bänken.

– Alltid redo, sa Billy T. och klappade hunden. Vår flickscout.

Men han satte sig. Först sköt han underlaget längre bort. Sedan vände han sig bort från Hanne. Han stirrade mot *Entré*. De vinterkala träden skymde något av utsikten, men han kunde se att någon höll på att släcka alla lampor efter en lång kväll. De hade alltså fortfarande öppet. Trots att den ene ägaren var mördad och den andre satt häktad misstänkt för mordet. Billy T. snörvlade igen och lät blicken följa boxern som svansade från

364

buske till buske medan den gnällde hjärtskärande och skalv ända ut till svansspetsen. Den fick vädring på något och galopperade uppför Thorvald Meyers gate innan den rundade hörnet och försvann in på Grüners gate mot Sofienbergparken.

– Kan vi aldrig bli vänner igen?

Hanne lät honom sitta ytterst på bänken. Hon ville flytta sig närmare men lät bli. Hon såg inte ens på honom, utan släppte ut frågan i luften tillsammans med ett gråvitt moln som genast försvann. Kanske ryckte han på axlarna. Det var inte lätt att säga.

– Jag kan förstås säga förlåt en gång till, sa hon. Men det hjälper väl inte. Allt jag kan säga till mitt försvar är att jag förstår att jag har behandlat dej illa. Och att jag inte gjorde det för att såra dej. Jag kunde bara inte annat. Jag var inte i stånd att…

Hon avbröt sig. Billy T. lyssnade inte. Han hade slutit ögonen och hans läppar rörde sig ljudlöst och nästan omärkligt, som om han var mitt inne i en kontemplativ bön.

– Har du aldrig gjort nåt som du ångrar, Billy T.? Har du aldrig svikit nån? Jag menar, *verkligen* svikit?

Hennes röst brast. Alla ljusskyltar omkring henne flöt ihop i ett stjärndis och hon blinkade kraftigt. Tårarna sved som is mot kinden.

Han svarade fortfarande inte. Men läpparna hade slutat röra sig.

– Jag ångrar, Billy T. Jag ångrar verkligen. Så mycket. Men jag kan inte bara klippa ut det förflutna och bränna upp det. Det ligger där. Allt det dumma. Alla gånger jag har sårat människor som jag bryr mej om. All… All ångest. Jag är alltid så rädd, Billy T. Jag är så rädd för att nån ska…

Hon rotade i fickorna och hittade ett paket pappersnäsdukar.

– Jag har alltid varit rädd för att nån ska se mej. Alla går omkring och tror att jag skäms över att vara lesbisk. De tror att jag gömmer… *det*. De fattar inte att jag hela tiden anstränger mej för att gömma hela mej. Jag törs liksom inte. För mej är det lika farligt om nån får veta att jag… tycker om att bli kliad på ryggen. Eller att det bästa jag vet är pannkakor med sirap och bacon. Det är *jag* alltihop, och det är mitt. Mitt. Mitt.

Nu grät hon. Hon försökte samla sig, drog djupt efter andan och borrade naglarna i handflatan inne i vanten. Tårarna rann i alla fall.

– Skit i det, sa hon hårt och reste sig. Zieglerfallet är i alla fall löst. Det var därför jag behövde prata med dej.

Äntligen såg han på henne. Långsamt lyfte han ansiktet mot henne och puffade bort scarfen från hakan. Det högg i henne när hon såg hans ögon. De var som om de inte hörde hemma i det smutsiga, välkända ansiktet; blekblå stirrade de på henne som om han aldrig hade sett henne förr.

– Va, sa han hest. Vad menar du med löst.

Det tog bara fem minuter att förklara. Det hela var ändå så självklart. Lösningen var i sig själv en himmelsskriande anklagelse mot Billy T, mot sättet han hade lett utredningen på, mot allt han hade gjort. Hanne klarade inte längre av att se honom i ögonen. Hon märkte att hon försökte försköna det hela, hon försökte ge honom poäng som det inte alls fanns täckning för.

– Så ligger det till, sa hon till slut och slog fötterna mot varandra, mest av förlägenhet. Vi gör gripandet i morgon bitti. Eller vad tycker du?

Hon pressade fram ett leende. Han vacklade när han reste sig. Rörelserna var stela när han började gå; han tänkte tydligen gå hem. Efter ett par steg vände han sig om.

– Du frågade om jag har svikit nån. Det har jag.

Han ville berätta för henne om Suzanne. Han ville ta hennes hand och sätta sig ner igen på den kalla bänken, hämta värme från Hannes kropp och ögon och händer och anförtro henne att hela utredningen gick snett när han mindre än ett dygn efter mordet träffade en kvinna i dörren till *Entré*.

Suzanne var bara femton när han träffade henne. En bråd-mogen och vacker tjej från fin familj. Själv var han en gänglig elev på Polisskolan och hade redan fyllt tjugotvå när han störta-de in i en förälskelse som han inte kunde hantera. En sak var att deras förhållande var straffbart. Det hade i sig skrämt skiten ur honom, så snart den första bländande begeistringen hade lagt sig. Rädslan sköt med tiden bort honom; drog honom undan. Han var polisaspirant och de rökte hasch. Han flydde. Bytte tele-fonnummer. Flyttade från en adress till en annan och till en tredje medan Suzanne blev allt sjukare. Mellan de psykotiska ut-brotten hittade hon honom. Han förstod aldrig hur. Hon ringde, helst på natten. Hon skickade brev. Anklagande, kärleksfulla brev där hon bad om hjälp. Hon sökte upp honom; rymde från sjukhuset och rev naglarna till blods på hans ytterdörr. Billy T. flyttade igen. Till slut, efter två år i rädsla för att bli avslöjad, straffad, utstött från polisen i vanära, blev det alldeles tyst.

Han hade glömt Suzanne för att han måste. För sin egen skull och han hade inget val. Det var så han hade känt det.

– Jag har...

Det gick inte. Han drog efter andan ett par gånger och ville så gärna tala. Hennes ansikte lyste framför honom; till slut blev det som om hennes ögon var det enda han kunde se. Den kalla luf-ten rev i lungorna när han andades, men han kunde inte tala. Han skulle aldrig kunna berätta om Suzanne, fast han i två veck-or hade sett sig över axeln vart han än gick. Historien om sveket mot Suzanne var hans egen och kunde inte delas med någon. I stället drog han Hanne intill sig.

– Tack, var allt han kunde säga, med läpparna mot Hannes is-kalla vänstra öra.

64

HON HADE STÄDAT sitt rum. De överflödiga böckerna som tidigare hade stått staplade överallt var borta. Muminpappan satt överst på en hylla, stödd av en frodig krukväxt. Arbetsbordet var tomt, sånär som på en uppskuren colaburk fylld med pennor. Anslagstavlan var tom. På en krok bakom dörren hängde en vinterkappa i mörkblått ylle. Hon tog den när hon fick syn på dem. Hon såg bättre ut nu. Kinderna hade fått färg och håret kastade en svag reflex från tre stora stearinljus på ett avlastningsbord i den smala korridoren.

– Ska vi gå, frågade hon och tog på sig kappan.

Billy T. och Hanne Wilhelmsen nickade.

Innan hon följde med dem drog hon ut namnskylten från metallskenan på glasväggen till kontoret. Ett ögonblick stod hon och såg på sitt eget namn. Sedan lät hon de lösa bokstäverna rinna ner i handen och stoppade dem i fickan.

Anhållningsförhör med Idun Franck (I.F.) Förhörsledare krimi-
nalkommissarie Hanne Wilhelmsen (H.W.) och kriminalkommiss-
arie Billy T. (B.T.). Utskrift av kanslist Rita Lyngåsen. Det finns allt
som allt tre kassetter av det här förhöret. Förhöret är upptaget på
band torsdag 23 december 1999 kl. 11.30 på Polishuset i Oslo.
Anhållen: Idun Franck, 060545 32033
Bostad: Myklegardsgate 12, 0656 Oslo
Arbete: Förlaget, Marieboesgt. 13, Oslo
Den anhållna samtycker till att förhöret tas upp på band och senare
skrivs ut som rapport. Tills vidare anhållen för överträdelse av
brottsbalkens § 233, 2.

H.W.: Som anhållen i ett brottmål har du vissa rättigheter. Jag
vill gärna ha med på bandet att du är informerad om detta. Du
har rätt att vägra att uttala dig. Du har rätt till bistånd av försvar-
are under förhöret. Närvarande är offentlig försvarare, advokat
Bodil Bang-Andersen. Du har också tillkännagivits anhållnings-
beslutet... (*paus, pappersprassel*) Det är det du har framför dig.
Du är misstänkt för överlagt mord på Brede Ziegler söndag kväll
5 december 1999. Vill du besvara frågorna?

I.F.: (*hostning*) Ja, jag vill besvara frågorna. (*hostning*) Jag vill
bara säga att jag egentligen inte behöver advokat. Jag vill svara
och jag vet vad jag gör.

Advokaten: Jag tror inte att du helt förstår vad det här innebär.
Du är misstänkt för överlagt mord. Säg det du har tänkt säga, så
tar vi frågan om straffsatsen senare. Jag ber om respekt för detta,
Wilhelmsen. Inga frågor om straffsatsen. Bara det faktiska.

I.F.: Men det är ju väldigt enkelt. Jag har ju...

Advokaten: Jag tror att vi gör det så.

H.W.: Det är okej. Vi gör som din advokat säger. Men nu sätter vi igång. Jag vill gärna fortsätta, utan avbrott. (*rassel mot högtalaren, otydligt*) Den anhållna förevisas beslag nummer 64. Kan du tala om vad detta är?

I.F.: Det är… Kan jag få lite vatten? (*klirr*) Tack. Det är en scarf. Min scarf.

H.W.: Är du alldeles säker? Hur känner du igen den som din scarf?
I.F.: Mönstret. Indiskt mönster i grönt och lila. Jag köpte den i London för länge sedan. Men det tog lite tid innan jag mindes att jag hade tappat den. (*knappt hörbart, viskning*) Ni hittade den där, eller hur?

H.W.: Det är faktiskt inte vi som ska svara på frågor, Idun Franck. Var tror du att scarfen upphittades?

I.F.: Utanför Polishuset, eller hur? (*tyst, lång paus*) Men jag förstår… (*otydligt tal, skrapljud*) …ingenting. Varför har ni inte gripit mig tidigare om ni hade scarfen? Jag har väntat länge på er. Den där gången då du och hon den andra kom hem till mig, trodde jag… Det har varit några förfärliga veckor. Först ville jag bara bort. Natten till måndag efter att allt hände satt jag vaken och bestämde mig för att gå till polisen. Anmäla mig. Men sedan… Det var liksom så… *orättvist*. Jag skulle straffas för något som… Så jag gick till jobbet och tänkte att det här med tystnadsplikten kunde hjälpa mig att inte bli invecklad i allt för många lögner. Sedan… (*rösten försvinner, paus*) Men jag förstod det i går.

H.W.: Vad förstod du igår?

I.F.: Att jag skulle bli anhållen. Thale ringde mig. Hon berättade att ni hade pratat om Daniel och Brede. Förr eller senare måste ni ju komma på den historien. Det hade jag räknat med. Thale var märkvärdigt upprörd över ert besök. Hon brukar ta sådant… Nå, hon har knappt… Hon var så… detaljerad. Återgav hela samtalet. Ord för ord, var mitt intryck. Om ägg och choklad och till och med att… Och att du tittade så länge på familjefotot. Från pappas åttioårsdag, menar jag. Då visste jag att ni skulle komma. Jag mindes plötsligt vad jag hade på mig den dagen. Den grå sidenklänningen. Och scarfen.

H.W.: Okej. Låt oss gå tillbaka till början. Var du tillsammans med Brede Ziegler på kvällen den femte december i år?

I.F.: Ja. Vi hade bestämt att träffas utanför moskén på Åkebergveien klockan elva.

H.W.: Varför det? Utomhus? Och så sent en vinterkväll?

I.F.: Det var från början ett fullständigt idiotiskt avtal. Jag försökte trassla mig ur det, men Brede insisterade. Han ville absolut att vi skulle titta på den nya mosaiken som är lagd på moskén. Den gav uttryck för hans… "skönhetssinne", som han uttryckte det. Jag sa att det inte passade. Jag skulle bort den kvällen. På kyrkokonsert. (*litet skratt*) En tillfällighet kan dyka upp som en lustig joker i leken, eller hur? En kollega på jobbet sa att han hade sett mig. Men han tog fel. Måste helt enkelt ha förväxlat mig med någon annan. När Billy T. senare frågade mig var jag hade varit den kvällen så grep jag bara Samir Zetas replik ur… Så hade jag ju mitt alibi fixat. Det kom till mig, av en tillfällighet.

Jag hade sett filmen veckan innan. Jag visste allt om vad den handlade om, hur lång den var, att jag inte hann hälsa på min syster och... I alla fall... (*paus, ljud av vatten som hälls i glas?*) Brede godtog inte att jag var upptagen. Han skulle alltid göra en stor affär av de enklaste saker. "Nattljuset ger byggnaden mer karaktär". (*något tillgjord röst*) Det var så han uttryckte det. Han hade en lång och helt knasig idé om byggnadens läge i förhållande till Polishuset och fängelset och gjorde en stor grej av att moskén faktiskt blev upplyst av alla ljusen just kring fängelset. Och dessutom hade han en överraskning åt mig, sa han. Ja... Så blev det så. Vi skulle träffas på Åkebergveien klockan elva, alldeles ovanför Polishuset.

H.W.: Vad hände sedan?

I.F.: Jag såg honom inte när jag kom. Jag tänkte gå hem igen när han ropade på mig nedifrån Polishuset. Från trappan där man hittade honom. Han hade ställt sig i lä för vinden. Dessutom hade han en underlig teori om att man borde närma sig mosaik-väggen lite nedifrån, så att... Nåväl. Jag gick ner till honom och vi pratade lite om mosaiken. Han verkade emellertid ganska matt. Sjuk, nästan. Han gjorde några underliga grimaser då och då, som om han hade ont. Kom inte med det extatiska föredrag som jag hade väntat mig. Vi hade diskuterat mosaiken förr och vi var inte överens. Han ville använda den som ett genomgående tema i boken. En symbol, liksom. På att han var öppen mot världen, forntiden, framtiden och det andliga. Det låter knasigt, eller hur? Det var också det jag försökte tala om för honom, i till-rättalagda vändningar. Av någon idiotisk anledning trodde han att jag skulle bli övertygad om han fick visa mig själva huset. Det är ju stiligt, men...

H.W.: Det är något jag inte riktigt förstår här. Vi har… Vi har anledning att tro att Brede Ziegler hade… goda hälsomässiga skäl att inställa mötet. Du säger själv att han verkade dålig. Varför var det så viktigt för honom att träffa dig? Just då?

I.F.: Jag tror… Jag vet inte riktigt om ni fattar vad Brede Ziegler egentligen var för slags person. Han hade ett helt extremt behov att… Vad ska jag säga… Regissera! Regissera sitt eget liv. Om någon hade invändningar mot hans sätt att tänka, klarade han inte att göra som vi andra. Ge sig, alltså. Kanske till och med medge att andra har rätt. Det verkade som en sorts sport… Nej, mer än det. Det var *(markant höjd röst)* tvingande nödvändigt för karln att ha rätt. Vi hade kommit så långt med bilderna till boken att det egentligen var för sent att använda mosaiken som genomgångstema i alla fall. Han förstod det. Han var inte dum, Brede Ziegler. Han var bara… Han ville övertyga mig och han måste göra det då. Den söndagen. Måndagen därpå skulle vi göra upp strategin för det fortsatta arbetet som skulle göra det omöjligt med större förändringar. Jag tror att ingenting kunde hejda honom.

H.W.: Låt oss återgå till det som hände. Du sa att han hade en överraskning?

I.F.: Överraskningen? *(tystnad)* Den skulle visa sig bli ganska fatal. Det var kniven. Kniven som han dödades med. *(tystnad, längre paus, otydliga ljud, tal?)* Kan jag få röka?

H.W.: Den anhållna får cigaretter. Billy T., kan du hämta ett askfat? Okej, det finns ett här. Då kan vi fortsätta. Kniven?

I.F.: Det var kniven som var överraskningen. En present till mig.

Han hade den med sig, inslagen i presentpapper och allt. Jag vet inte vad han inbillade sig. Det var närmast på gränsen till mutor. Att jag skulle gå med på det fåniga mosaiktemat om han ställde sig in med presenter. Det hela... (*lång paus*)

H.W.: Det hela vad då?

I.F.: Det utgick från en episod några dagar innan. Suzanne Klavenæs hade tagit en bild av några råvaror på en flat sten på stranden. Fisk och fänkål och... Ja, råvaror. Fotot var väldigt lyckat, särskilt ljuset. Vi pratade om möjligheten att använda den som försättsbild. Den som är klistrad på insidan av... Hur som helst så blev Brede fullständigt ifrån sig. Ytterst i bildkanten kunde man se skaftet på en kniv. Det visade sig vara fel kniv. Den syntes knappt, ändå ställde han till med ett himla liv och hotade att dra sig ur hela projektet om vi inte refuserade fotot. Jag blev ganska otålig, milt sagt. Jag menar, det kräver ibland ganska mycket att umgås med de här författarna... I alla fall. Han gav mig en lektion om köksredskap.

B.T.: Men det här var några dagar tidigare, sa du. Vad hände söndag kväll?

I.F.: Han tog fram paketet. Började öppna det medan han sa att konstnärer alltid måste ha de bästa verktygen om konsten ska få själ. Det var helt olidligt att höra på, det var ju bara en kniv! Han drog till och med en parallell med hur en första klassens violinist behövde en Stradivarius för att nå sitt mål. Det värsta var att jag ju hade hört alltihop förut. Men jag sa ingenting. Tänkte att det var bäst att få det överståndet så jag kunde gå hem. Han höll på med det där tjafset medan han tog av pappret. Under var det en ask i guld med svarta japanska tecken på. När han lyfte på locket höll han fram asken mot mej. Så jag skulle ta kniven. Han sa att jag skulle känna på den. Känna hur lätt den var. Jag gjorde som han sa.

H.W.: Du höll alltså kniven i handen. Hade du handskar på?

I.F.: Ja, jag hade handskar på mig. Jag ville ju bara därifrån. Och jag ville inte alls ha den där kniven. Men Brede hade tagit av sig ena handsken, antagligen för att knyta upp snöret. Han hade tappat den på marken, eller på trappan, rättare sagt. Jag skulle just böja mig ner för att ta upp den, men så tog jag alltså kniven när han räckte fram den till mig.

Advokaten: Tänk dig noga för, Idun, innan du fortsätter. Det här är viktigt…

B.T.: Försvaret ska inte avbryta förhöret. Du kan…

I.F.: (*avbryter, talar högt*) Det är inte nödvändigt. Börja inte med det där! Jag vill tala om hur det var. Jag stack kniven i honom. Okej. Är det klart? Jag stack kniven i honom! Herregud, hade det inte varit för den förbannade kniven hade jag nöjt mig med att ge honom en örfil. Jag… Vi stod på trappan, jag stack honom, han gurglade lite och så sjönk han ihop. Det gick så otroligt fort. Jag måste ha träffat något vitalt organ. Av någon anledning så torkade jag av knivskaftet med en pappersnäsduk. Idiotiskt, jag hade ju handskar och jag… Det märkliga var att det kom så lite blod. Ur honom, menar jag. När jag kom hem hittade jag blod-fläckar på handskarna, inte något mer. De handskarna har jag kastat. Tillsammans med asken, som jag av någon anledning tog med mig. När han föll ihop… Jag skakade honom. Men det var för sent. Han var död. Dog nästan meddetsamma. (*paus, hark-*

375

ling, gråt?) Sedan sprang jag hem. Jag sprang hem. Helt enkelt. (*tyst, ljud av tändsticka som tänds*) Det måste ha varit just då som jag tappade scarfen. När jag skakade honom. Men jag märkte det inte.

B.T.: Men jag förstår inte riktigt det här... Du berättar att du stod och pratade med Brede Ziegler. Du var småirriterad på honom. Han skulle ge dig en present. Du får kniven i handen och så sticker du den i honom. Men varför? Varför gjorde du det? För att du var irriterad över att mannen ville visa dig en moské?

I.F.: Jag kan inte förklara det. Det bara blev så.

B.T.: Du har väl flera gånger i livet varit tillsammans med människor som inte är dina favoriter utan att du sticker kniven i dem av den anledningen. Du har ju inte gjort dig skyldig till ens en fortkörning.

I.F.: Nej, men det är väl inte så många jag har träffat i mitt liv som jag tyckt så illa om som Brede. Ni har ju pratat med Thale. Ni vet vad han gjorde mot vår familj.

B.T.: Jo. Vi förstår att du var förbannad på honom. Men du har låtit honom vara i fred i över tjugo år, så varför dödade du honom just nu?

I.F.: (*mycket högljutt*) Det bara blev så, säger jag ju! Han stod där, framför mig... Han hade gett mig en kniv, det var som om han bad om det... (*gråt*)

Advokaten: Jag föreslår att vi tar en paus. Min klient är alldeles utmattad. Hon måste få samla sig lite.

H.W.: Det är okej. Vi tar en paus. Förhöret avslutas, klockan är…
12.47.

(Bandspelaren stängs av.)

H.W.: Klockan är 13.23, förhöret med Idun Franck fortsätter.
Den anhållna har varit på toaletten. Hon har erbjudits mat men
vill inte äta. Kaffe serveras. Är du klar att fortsätta?

I.F.: Ja, jag är klar att fortsätta.

B.T.: Låt oss gå tillbaka till hur du känner Brede Ziegler. När träffade du honom första gången?

I.F.: När jag träffade honom första gången? *(skratt)* Det beror på
vem du menar. Freddy Johansen träffade jag för nästan tjugofyra
år sedan. En gång. Det räckte. Brede Ziegler träffade jag första
gången i augusti i år. På Förlaget. Han kände inte igen mig. Det
var kanske inte så konstigt. Tjugofyra år sätter sina spår och så
har jag fått ett annat namn. Jag var gift några år. Jag har redan
berättat för er om boken. Det var min idé att jag skulle hjälpa
honom med skrivandet. Förlaget tyckte det var en lysande idé,
men Brede var lite skeptisk. Han ville helst ha ett lite större
namn. Och någon som kände till Italien. Han bad faktiskt om
Erik Fosnes Hansen. Som om han har tid till sådant… Spökskrivare för en… Nja. Jag frågade ett par personer. Skribenter. På
ett sådant sätt att jag visste att de skulle säga nej. Så att han måste nöja sig med mig. Brede hade ingen aning om att jag är syster
till Thale och jag nämnde det inte.

B.T.: Men visste du att Brede var far till Daniel?

377

I.F.: Jag har alltid vetat att Freddy Johansen var Daniels far. Men han försvann ju och vi har aldrig saknat honom. När han återuppstod som Brede Ziegler så hade han liksom inte med oss att göra. Inte förrän Daniel blev sjuk.

B.T.: Hur då sjuk?

I.F.: När Daniel var fjorton blev han allvarligt sjuk. Han måste få en frisk njure transplanterad för att överleva. Thale undersöktes, men passade inte som donator. *(paus, höjd röst)* Det här har ju Thale berättat för er!

H.W.: Berätta det i alla fall.

I.F.: Vi var desperata. Jag bad sjukhuset skicka en förfrågan till Brede Ziegler. Samtidigt lät jag undersöka mig, men chanserna var små eftersom Thale inte dög. Så gick det i alla fall. Daniel kunde ta emot min njure. Han blev frisk. Men Brede… *(rösten försvinner, gråt)* Han gitte inte ens svara! Jag har aldrig haft höga tankar om vare sig Brede Ziegler eller Freddy Johansen, men att han var beredd att bara låta sonen dö… *(lång gråt, mummel, otydligt tal)* Det kan jag aldrig förlåta.

H.W.: Berätta om Daniel.

I.F.: Jag är hans moster. Han är min systerson. Jag tycker om honom. Ni har pratat med Thale så ni vet att vi liksom har delat honom mellan oss. Uppfostrat honom tillsammans, så att säga.

H.W.: Ja, det vet vi. Men berätta om honom. Ordentligt. Pratade du med Daniel i går?

I.F.: Hur vet du det? Det var det värsta, att prata med Daniel. (*häftig gråt*) Jag kommer att förlora honom och han behöver mig fortfarande...

Advokaten: Idun, betyder det att du inte har sovit i natt? Jag vill gärna ha med det i förhöret. Att min klient lider av stor sömnbrist. Vi kan ta en paus om du vill det.

I.F.: Nej, jag vill gärna berätta... (*snyter sig?*) Jag har ofta blivit tillfrågad om jag har barn. Då svarar jag nej, för det har jag ju egentligen inte. Det passar sig liksom inte att vara en moster som är helt upphängd på sin systerson. Men jag har ofta tänkt på det som att Daniel är född två gånger. Först av Thale och sedan av mig. När han fick min njure. När vi höll på att förlora honom gick det upp för mig att Daniel är den enda i mitt liv som jag har varit riktigt nära. Alltid. Så länge han har levat. Jag har egentligen inte önskat mig något annat barn. (*dämpat*) Jag behöver lite mer vatten, tack. Men det är inte bara det... Att han fick njuren och att jag passade honom mycket när han var liten. Det är... Det är så... Man brukar säga att ett barn behöver både mor och far. Två föräldrar, eller hur? Daniel har inte någon far, han har Thale, men hon är... Vad ska jag säga... Väldigt nykter. Daniel har behövt mig för att jag inte bara ser världen ur en praktisk synvinkel. Det Thale har av själ, lägger hon i sina roller. Annars är hon väldigt snusförnuftig. Hemma hos mig har Daniel fått släppa ut sina känslor. Sina undringar. Han är en känslig pojke, och... Jag har försökt visa honom att världen är lite större än bara praktiska göromål och teaterkonst. (*kort skratt, längre paus*) Jag ska ge er ett exempel. Daniel vet att Brede är hans far. Han fick veta det av Thale på sin artonårsdag. Nyktert. Hon tyckte att han hade rätt att veta det, men det var ingenting att prata om. Nu, när Brede är död, så har jag sett att Daniel har varit förvirrad och olycklig. Av naturliga orsaker (*kort skratt, hicka?*) har jag inte velat prata med Daniel om hans fars död. Men jag har ju sett vad det har gjort med honom. Han har verkat ganska desperat och han är för ung för att bära det ensam. Thale vill ju inte ta upp det för det är tal om ett arv. (*litet skratt*) Men jag har varit lite för mycket hönsmamma när det gäller Daniel. Det som har plågat Daniel mest på sista tiden är inte hans fars död. Han är förstås ledsen; Bredes död tog ifrån honom hans sista hopp om att någonsin få en far. Men när jag pratade med honom i natt fick jag ur honom varför han ville sälja pappas böcker. Alldeles efter pappas begravning bjöd Daniel mig på en resa till Paris. Han sa att det var hans tur att göra något för mig. Jag förstod att det var viktigt för honom att jag tog emot, men jag tänkte egentligen inte så mycket på var han hade fått pengarna ifrån. Han sa att han hade sparat länge. Det visade sig att han lånade pengar av en kamrat. Kamraten hade just fått studielån och Daniel tog glatt emot dem. Han var ju helt säker på att arvet efter morfar fanns alldeles runt hörnet. (*paus*) Daniel grät mycket i natt. Han skämdes för att första gången han skulle göra något vuxet och slösa pengar på mig, så var det på kredit. Han skulle aldrig be mig om pengar för att betala min egen present, även om han var på väg att förstöra hela utbildningen för sin kamrat. Men jag ordnade det i morse. Pengarna fördes över till Eskild innan ni kom.

B.T.: Vet Daniel att du tog livet av hans far?

I.F.: Nej, det klarade jag inte av att tala om. Daniel får bara leva med att han har föräldrar som har gjort hans liv väldigt svårt, jag hoppas bara att han… (*häftig gråt*) … kommer vidare.

B.T.: Men jag förstår fortfarande inte. Du hade all anledning att hata Brede när han stack ifrån Thale och ungen för över tjugo år sedan, du hade all anledning att hata honom när han svek Daniel när han var sjuk. Men varför var det just nu som du dödade honom?

I.F.: Jag lärde känna honom. Han var värre än jag trodde. Det var ju mitt jobb, eller hur? Att lära känna honom för att göra boken. Jag skulle liksom komma honom inpå livet. Porträttera mannen. Jag borde naturligtvis aldrig ha gjort det. Men jag var nyfiken. Märkligt nog gjorde jag det också för att ge honom en rättvis chans. Jag hade egentligen inte trott att han kunde vara så cynisk som jag hade fått intryck av genom åren. Jag hade en idiotisk tanke… Om jag kunde se honom från hans eget perspektiv så skulle jag kanske kunna förstå honom. Det var förfärligt naivt, men egentligen… (*gråt*) Det hela var ett slags… (*lång paus*) …present? Till Daniel. Jag skulle lära känna Brede så att jag kunde förmedla en förståelse för varför fadern hade gjort som han gjorde. Jag kunde inte tro att Daniel kunde ha ett upphov som inte hade några goda kvaliteter. Men när jag pillade under ytan så fanns det ingenting där. Brede Ziegler hade en enda drivkraft. Det som gagnade honom själv.

B.T.: Han hade ju lyckats en hel del.

I.F.: Det imponerade i och för sig på mig vad han hade lyckats med. Han hade en våldsam längtan efter succé. Han hade ju lyckats bra på alla sätt, men han klädde det alltid i något… pompöst. Till exempel detta med att han var konstnär och att kokboken skulle uttrycka själ, skönhet och jag vet inte vad. Det fanns liksom inga ord som var för stora för honom. Inte när det gällde honom själv. Men något gott ska jag säga om honom: på ett område visade han faktiskt äkta känslor. I alla fall en smula.

När han pratade om Italien var det med en viss värme. Men det var faktiskt det enda jag upptäckte som han brydde sig om och som inte bara handlade om honom själv. Tänk bara! (*skratt*) Att älska ett land när han hade en son som han bara gav fan i!

B.T.: Vet du något om Italien? Om vad han höll på med där?

I.F.: Nej, egentligen inte så mycket. Han blev bara annorlunda när han pratade om Italien. Begeistrad, liksom, utan att vara fånig. Jag har räknat ut att han reste dit precis när Daniel föddes. Det bästa hade varit om han hade stannat där! Men han kom alltså tillbaka, som Brede Ziegler. Han hade jobbat som kock några år på en restaurang i Milano och köpte senare ett ställe tillsammans med honom som nu är delägare i *Entré*. Han talade om några investeringar och att han ville bosätta sig i närheten av Verona. Bara *Entré* blev en succé så han kunde sälja den med god förtjänst. Jag har tänkt att han tyckte om Italien för att han kunde vara Brede Ziegler där i fred, utan att vara rädd för att Freddy Johansen skulle hinna ifatt honom. "Jag blir en mer hel människa i Italien." Det är ett typiskt Brede-uttalande. Som om han visste vad en hel människa är för något.

H.W.: Varför ljög du om ditt besök på Niels Juels gate? I förhöret med dig den femtonde december nekade du till att ha varit hemma hos honom. Det var inte sant. Varför...

I.F.: (*avbryter*) Jag ljög inte! Jag hade helt enkelt glömt bort det! Jag har varit så rädd, så förfärligt... Det hade försvunnit för mig. Jag talade sanning, men du trodde mig inte.

B.T.: Låt oss återvända till den där kvällen utanför Polishuset. Som du har förklarat, hade du inte planerat att döda Brede. Du har också förklarat att du är bekymrad för hur det nu ska gå för Daniel. (*paus*) Jag tror att Ziegler måste ha sagt något. Gjort något... Jag tror att... Varför dödade du honom där och då? Han måste ha...

I.F.: (avbryter) För Daniels skull ångrar jag verkligen det jag gjorde. (*gråt*) Jag vet inte... (*hicka och snörvling, mummel, otydligt tal*) ...hur han kommer att ta det. Jag har trots allt mördat hans far! (*häftig gråt, olika ljud*)

H.W.: Här har du en pappersnäsduk. (*paus*) Kan du svara på det Billy T. frågar? Du har ju bara berättat att ni stod och pratade med varandra och så stack du honom. Det är viktigt att vi förstår varför du gjorde det. Vad du tänkte när det hände.
I.F.: Men förstår ni inte! Jag har ju hållit på i evigheter med att beskriva den mest obehagliga person jag någonsin har mött!

H.W.: Vi förstår mycket väl att du inte tyckte om honom, men vi förstår inte varför du dödade honom. Sa han något till dig? Sa han något du inte tålde att höra?

I.F.: Ja! Han sa något! Han sa något som var så cyniskt att det svartnade för mig. Det låter som en kliché, eller hur? Men det var så det kändes. Jag gick in i ett stort och ögonblickligt mörker. Jag hade aldrig trott att jag skulle vara i stånd till något sådant, jag har aldrig ens lekt med tanken. Hade det inte varit för den (*höjer rösten*) förbannade kniven, hade jag bara slagit honom, klippt till honom i magen eller ansiktet och ingenting hade...

H.W.: (*lång paus, lågmält*) Vad sa Brede Ziegler innan du dödade honom?

I.F.: (*snyter sig kraftigt, fortsätter lågmält*) Jag minns det faktiskt ordagrant. De senaste två veckorna, när jag har hållit på att tappa koncepterna, har jag tänkt på det där samtalet. Det påminner mig om varför och hur jag kunde döda en annan människa. Det hände när han gav mig kniven. Jag tyckte hela ceremonin var barnslig och ville hem. Jag hade flera gånger märkt att han var gniden, så där med småsaker. Så när han packade upp kniven från det mycket eleganta pappret så frågade jag om det hade varit köksrea på IKEA. Jag ville bara uttrycka att jag inte ställde upp på den lilla showen. Men jag har ju redan berättat att han var pompös, han kunde liksom inte tona ner en föreställning. Även om publiken inte var intresserad. Det var då han sa det. Det som blev början på det förfärliga. (*förvränger rösten till ett djupare, långsammare läge*) "Om du känner mig rätt så vet du att jag aldrig fuskar. Den här presenten är inte något IKEA-krafs. Det är världens bästa kniv." Jag blev så... (*paus*) Jag svarade: "Jag känner dig bättre än du anar, Brede. Jag vet att du fuskar. Du fuskade dig ur ett faderskap en gång." Han såg på mig med ett... (*ropar*) ...motbjudande leende och svarade: "Faderskap? Talar vi inte om knivar?" Jag kände ett helt oresonligt raseri. Jag har aldrig känt något liknande förr och sa något som: "Minns du inte att du är far? Du fick faktiskt veta att du fick en son en gång i tiden! Ett barn som idag är en ung man på tjugotvå år och som heter Daniel!" Det var då det hände.

H.W.: Hände? Var det då du dödade honom?

I.F.: Nej. Det var då han sa (*förvränger rösten igen*): "Tjugotvå år? Ja, men då är det ju inte ett barn längre. Punkt och slut." (*lång paus*)

H.W.: Jag tror inte att jag helt...

I.F.: (avbryter med mycket hög röst) Förstår? Han log! Det där leendet. Det där motbjudande, frånstötande, egoistiska leendet! Som om hela hans förnekande av sin egen son, av min Daniel, inte spelade någon roll, eftersom Daniel blivit vuxen. "Ja, men då är det ju inte något barn längre. Punkt och slut." Hela Daniels barndom, hans sjukdom, hela hans... Hela Daniels *(ropar)* existens! ... var något som kunde borstas bort som... *(våldsam gråt, paus)* Det var då det brast för mig. Det var då jag förstod att jag stod inför en ond människa. Jag kan faktiskt inte säga det på något annat sätt. Till dess hade jag betraktat honom som grund, ytlig, osympatisk. Men alldeles innan jag högg kände jag att Brede Ziegler helt enkelt var ond. *(mycket lång paus)* Jag... *(dämpad ostadig röst)* Det är väl Eli Wiesel som har sagt det tror jag. Att motsatsen till kärlek är inte hat, men likgiltighet. Det var så han var, Brede Ziegler. Fullständigt likgiltig. Också inför Daniel, sin egen son. Min Daniel.
(en minut av bandet är utan ljud)

H.W.: Då har jag bara en fråga till i den här omgången. Vad har du för skonummer?

I.F.: (knappt hörbart) Trettioåtta. Vanligtvis.

H.W.: Tack, Idun. Vi avslutar förhöret nu. Klockan är 17.32.

Förhörsledarens anmärkning (H.W.):
Den anhållna fick konferera med sin försvarare i ett angränsande rum, både före och efter förhöret. Advokat Bodil Bang-Andersen meddelade att hennes klient samtycker till fyra veckors förvar i häkte med brev- och besökskontroll. Den anhållna ber att hennes syster, Thale Åsmundsen, meddelas att hon är gripen. Den anhållna förs ned till häktet klockan 18.25. Hon överförs till Oslo distriktsfängelse så snart häktningsdom föreligger.

65

DET VAR DEN konstigaste julgran Hanne hade sett. Den var klotrund och alldeles för stor för lägenheten. Toppen böjde av mot taket så att stjärnan låg på sidan. Den pekade mot en exklusiv julkrubba som hade placerats på teven. Trädet var pyntat med frukt och grönsaker, allt ifrån apelsiner till gurkor och en fin klase vindruvor innerst vid stammen. Dyrbara glasfigurer i sidenband och misslyckade flätade korgar hängde sida vid sida. Mest intryck gjorde ljusen. Trädat strålade. Nefis och Marry måste ha köpt ljus till fem granar; de gröna ledningarna var virade runt och runt och fick hela granen att se ut som en skinande julklapp. Vid foten låg sju paket. Klockan var redan tolv på natten och bägge sov.

På soffbordet låg en lapp från Marry.

Kära Hanne. Vi har pynta trät och shoppat som fan. Det står mat i kylskåpet som jag har lagat till dej. Vi har shoppa mat tills i morron också. Lutfisk och revben och allt såm ä gott. Nefis är faktist snäll. Hon är muslimit och begriper inte jul. Men sjysst i alla fall. Henne ska vi va rädda om. Sov gått.
Marry.

Beklagar det dära me skarfen. Jag skulle ha sagt det förut. Men den va så varm och sjön i kylan.
Marry en gång till.

Hanne log och la lappen i en låda. Hon klädde av sig och smög sig naken ner i sängen. När hon kände värmen från Nefis rygg mot magen, började hon gråta; tyst för att inte väcka henne. Hanne kunde inte minnas när hon senast hade glatt sig inför jul-afton.

Antagligen var det här första gången.

66

"H.W. Nästa gång du ligger på avgörande bevis, kan du vara vän-
lig att ta med det till Kammarn? Det skulle underlätta utredningen
betydligt. Det skulle också vara bra om du inte hade viktiga vittnen
boende hemma hos dig. I alla fall inte utan att meddela utred-
ningsledningen.
   Billy T."

Hanne Wilhelmsen rev ned Post-It-lappen från dörren. Hon
blev inte ens arg, trots att meddelandet måste ha suttit där länge
nog för de flesta andra på avdelningen att ha sett det.

   Hon borde inte ha tagit med Marry hem. I alla fall skulle hon
ha talat om det. Hon skulle ha gripit Marry när hon hittade hen-
ne; omedelbart och utan vidare. I stället hade hon lockat och lu-
rat med henne hem till sig; med mat och småprat, som om Mar-
ry var en herrelös hund hon plötsligt hade fattat ett oförklarligt
tycke för. Hon skulle ha blivit ordentligt förhörd. Då hade de
kanske lagt märke till scarfen. De skulle ha frågat henne var den
kom ifrån. En grön och lila sidenscarf stod i gräll kontrast till
laméjackan och Marrys trasiga strumpor. Någon skulle ha frågat
henne. Helt säkert, tänkte Hanne och bet sig i läppen.

   När hon fick syn på scarfen på familjefotot hos Thale, kände
hon igen Marrys enda acceptabla klädesplagg. I samma ögon-
blick insåg hon vad hon hade gjort. Det var inte bara Billy T:s fel
att utredningen hade skurit sig. Hanne Wilhelmsen hade emel-
lertid fått anledning att rätta till alltihop igen. Lösningen var
hennes förtjänst. Alla visste det. Alla räknade henne det till godo.

   Billy T. fick nöja sig med att skriva spydiga lappar.

– Gjort är gjort, mumlade hon och stoppade den gula lappen i fickan.

– Hej, Hanne. Det där var onödigt.

Silje Sørensen nickade mot hennes byxficka där en flik av lappen fortfarande syntes.

– Den har suttit där hela dan. Alla har sett den.

Hanne gjorde en obestämd, snabb grimas.

– Skit i det. Hur går det med Sindre?

– Erkände. Till slut.

– Berätta.

Det närmade sig lunchtid, julafton 1999. Det låg en ovanlig stämning över Polishuset; det var som om själva byggnaden hade suckat av lättnad över att det blev jul även i år. Doften av glögg och pepparkakor tycktes vidlåda alla människor som gick fram och tillbaka i korridorerna, alla drog efter sig ljuvliga doftsläp av helgkänsla. Folk hade bättre tid. Några log, andra hälsade. Åter andra utväxlade små paket. Hanne hade själv fått ett rött paket av Erik Henriksen. Hon hade knappt sett honom sedan den allra första dagen, när hon stod framför hissen på bottenvåningen och helst av allt ville vända om. Han flinade, gratulerade och kastade ifrån sig julklappen. Den låg fortfarande oöppnad i Hannes rum. Så länge den låg på skrivbordet, i knallrött glanspapper med rosett i guld och glitter, var den en påminnelse om att allt, en gång för länge sedan, hade varit mycket annorlunda än nu.

Silje och Hanne tog trapporna upp till kantinen. Polisorkestern spelade *Ett barn är fött i Betlehem* i foajén; sorgligt och vackert, med en alltför dominerande kornett.

När Hanne fick höra hur Brede Ziegler hade bjudit ut Sindre Sand på stan lördagen den fjärde december, slog det henne att hon fortfarande inte fick något grepp om den berömde restaurangmannen. Kanske hade Idun Franck rätt.

Brede Ziegler kunde rätt och slätt ha varit ond.

Hanne hade sällan mött onda människor. Mördare och dråpare, våldtäktsmän och svindlare; hon hade haft fullt upp med den sortens människor i över femton år. Ändå kunde hon vid närmare eftertanke inte komma på att hon hade mött en verkligt ond människa.

Brede Ziegler hade ringt Sindre. Lätt och obesvärat. Han föreslog en runda på stan. Inte på krog, ingen egentlig invitation; det skulle uppenbarligen inte kosta Brede mer än drinkarna han köpte till sig själv. Sindre hade sagt ja. Mest för att en sorts nyfikenhet överskuggade raseriet han kände; ilska och förnedring över att Ziegler ringde honom i en lättsam, vardaglig ton efter att ha förskingrat alla hans pengar och stulit flickan som han skulle gifta sig med.

Självfallet låg det något bakom. Efter två drinkar erbjöd Ziegler Sindre ett jobb. Eländigt betalt, visserligen, men han skulle få optioner på aktier i ett nyetablerat företag. Något projekt i Italien. Om han fick stället på fötter, med löfte om kraftigt ekonomiskt stöd och en hel hög anställda, så skulle han kunna utkvittera en liten förmögenhet med tiden. Så skulle de liksom vara kvitt.

– Sindre säger att det hela var typiskt för Brede Ziegler, sa Silje. För så gott som ingenting skulle han få en ivrig, ung och duktig norrman att skapa något som huvudsakligen skulle komma att tjäna Bredes intressen.

Hon fnös.

– Grabben hade faktiskt planlagt det hela, la hon till.

De hade stannat på sjunde våningen. De lutade sig över galleriet med underarmarna mot räcket. Polisorkestern hade dragit igång med *På logen sitter nissen* i foajén. Hanne fick syn på polismästaren där nere, i full uniform. Han delade ut mandariner till de anställda. En fotograf snubblade omkring honom och tog bilder stup i ett. Polismästaren vekade irriterad och vände sig tvärt om för att ge en chokladkaka till ett litet barn i sällskap med en vuxen man. När han satte sig på huk, tappade han balansen och drog med sig femåringen i fallet. Fotografen löpte amok med kameran.

– På logen sitter nissen, sa hon torrt.

– Sindre hade köpt tre paket Paracet dagen innan, fortsatte Silje. Han visste att han måste gå till flera apotek. Genom en artikel i *Illustrerad Vetenskap* hade han fått reda på...

En artikel i *Illustrerad Vetenskap*, tänkte Hanne matt och stirrade på tumultet där nere. Två män i uniform hade fått polismästaren på fötter. Ungen skrek som besatt.

– Ett mordförsök baserat på en högst förenklad artikel i en populärvetenskaplig tidskrift, mumlade Hanne. De slutar aldrig att förvåna oss.

Sindre hade börjat med två tabletter i en gin tonic på Smuget före tolv. Tabletterna var pulvriserade på förhand. Brede märkte ingenting. Sindre fortsatte. När morgonen kom, söndagen den femte, hade Brede Ziegler fått i sig nästan trettio tabletter Paracet.

– Det värsta är, sa Silje och rös till. Att de fem sista tabletterna tog han frivilligt. Brede och Sindre hade hamnat hemma hos Sindre, bägge skitfulla. Brede hade ont. Han hade just sagt nåt om att Vilde inte var mycket att ha. Hon vissnade för fort... Nej: kronbladen ramlade av. Så var det. Det var det han sa. Han var skittrött på hela tjejen och menade att hon var mindre intelligent. Drack för mycket. Gjorde ingenting.

– Jag kommer aldrig att fatta varför han gifte sej med tjejen, sa Hanne.

– Det gjorde han antagligen inte själv heller. En sorts kris, kanske? Han närmade sej femtio och Vilde var ung och vacker. Vet inte.

Silje suckade och bet sig lätt i pekfingret.

– Sindre, däremot, har aldrig kommit över henne. Så småningom började han misstänka henne för att ligga bakom mordet. Det var därför han så envist höll fast vid att han inte hade sett henne på länge, trots de överväldigande bevisen vi hade för motsatsen. Han ville inte göra henne mer intressant för oss. Naivt.

– Milt sagt.

– När Brede började prata illa om Vilde, blev Sindre övermodig. Brede klagade på magont och huvudvärk och Sindre gav honom fem Paracet. Som karln svalde utan vidare. Med whisky. Det måste ha varit allra första gången som han tog ett piller.

Hon rös igen.

– Sindre var inte ens säker på om Brede skulle dö. Han ville bara plåga honom, säger han. Tortera honom, på sätt och vis. Det värsta är att han har rätt. Folk reagerar olika på paracetamol. Även om Brede Ziegler måste ha känt sej ganska vissen på söndagen så behövde han inte nödvändigtvis haft så stora smärtor. Men tydligen tillräckligt för att försöka få tag i doktorn. Han kan ha trott att det hela kom sej av festandet kvällen innan. När måndagen kom och Sindre läste i tidningen att Brede hade knivmördats kvällen innan kunde han nästan inte tro sin egen tur. Det gjorde honom övermodig. Självsäker. Det såg du ju i första förhöret. Och… Han talade sanning om luckan i sitt alibi. Sindre, alltså. Han köpte cigaretter och träffade en gammal skolkamrat utanför bensinstationen. Vi hittade honom till slut.

Flickungen där nere hade låtit sig tröstas med en stor påse med någonting spännande i. Orkestern hade tagit paus. Doften av pepparkakor och glögg var intensiv nu och förträngde den vanliga lukten av bonvax, stress och polisuniformer. En svartklädd nunna väntade på nytt pass vid disken och Hanne log svagt.

– Visste du att många nunnor klär sej i grått, sa hon ut i luften.

– Va?

– Ingenting. Var i Italien var det som Sindre erbjöds jobb?

Silje rynkade pannan.

– I Vilana… Nej, vad säger jag! Äh… Vad heter det nu igen?

Hon slog sig lätt mot tinningen med handflatan.

– Verona, förstås. Romeo och Julia. Alldeles utanför Verona. Det var ett kloster av nåt slag.

Hanne Wilhelmsen kände en skön värme i kroppen. Längs ryggraden rann det något iskallt genom allt det varma, och hon kunde förnimma den friska strömmen av vatten genom en bassäng med feta karpar.

– Vad hette stället, sa hon dämpat.

– Minns inte.

– Villa Monasteria, eller hur?

Hanne rätade på ryggen och masserade baken med bägge händer.

– Ja, utbrast Silje förtjust. Villa Monster… ja, det du sa. Brede köpte det för ett par månader sen och ansåg att det hade en fantastisk potential. Han skulle använda miljoner till renovering och skapa ett exklusivt hotell.

Silje vände in diamanten mot handflatan och hejdade sig.

När Hanne blundade kände hon de ängsliga nunnornas blickar mot sitt ansikte. Hon hörde Il Direttores snabba steg mot golvet när hon kom in i ett rum. Hon mindes att alla hade slutat att prata med henne.

Hon visste att de hade tagit henne för en annan än den hon var.

EGENTLIGEN HADE HON inte planerat att gå. Silje hade insisterat. Även om Billy T. var konstig och hade uteblivit, fanns det ingen anledning för Hanne att inte komma. Ett meddelande från receptionen hade fått henne att ta en sväng till kontoret först.

Håkon Sand hade ringt.

Hon ringde tillbaka, omedelbart för att inte modet skulle svika henne. Han ville ingenting. Inte egentligen. Inte ville han träffa henne och inte heller bjuda henne till den traditionella jullunchen som Hanne och Cecilie alltid hade deltagit i; juldagen från tolv till tolv. Han undrade bara hur hon hade det. Var hon hade varit hela den här tiden. När hon la på kunde hon inte minnas vad de hade talat om. Men de *hade* talat. Han *hade* ringt.

Om det fanns ett slut på allt här i världen, tänkte Hanne, så fanns det kanske också en ny början.

För en gångs skull förstummades inte sorlet av röster när hon kom in i rummet. Ansiktena vände sig vänligt mot henne och Severin Heger drog ut en stol.

– Sätt dej, bad han. Annmari, skicka hit en mugg glögg!

Flera av polisens fasta välgörare hade skickat kartonger med tårtor, kakor och två stora chokladaskar. Karianne Holbeck hade grädde på hakan och skrattade åt en vits som Karl Sommarøy uppenbarligen hade använt en lång stund för att berätta. Någon hade hämtat en cd-spelare. Anita Skorgans röst skorrade ur de dåliga högtalarna och Hanne böjde sig mot Severins öra.

– Stäng av musiken. Det låter hemskt i den där apparaten.

– Nejdå, sa han lätt och lyfte muggen. Skål! Och grattis!

– Varför i helvete har du släppt Gagliostro?

Klaus Veierød stod plötsligt i dörröppningen. Han var fest-klädd, i en mörk kostym som var blank på knäna. Slipsen häng-de löst om halsen och håret var rufsigt. Han viftade med en bil-nyckel utan att någon förstod vad han menade. Han satte blick-en i Annmari Skar. Polisjuristen sänkte gaffeln och svalde om-sorgsfullt innan hon log mot honom.

– Det finns inte längre nån fara för undanröjande av bevis, sa hon lugnt. Han har definitivt inte mördat Brede Ziegler och när det gäller Sebastian Kvie, är jag rädd att det hela slutar med att målet läggs ned. Försvaret har rätt. Sebastian klättrade upp på en byggnadsställning mitt i natten. Gagliostro kan knappast ha sut-tit där i pyjamasen och väntat på honom. Tvivelaktigt fall, om du frågar mej.

Hon lyfte muggen till munnen.

– Är du på det klara med en sak, fräste Klaus och drog upp en liten plastpåse ur de vida byxfickorna. Här är bandet från Brede Zieglers telefonsvarare. Billy T. beslagtog det redan dag tre, när han och vår vän här…

Han såg hånfullt på Severin som ryckte på axlarna och log brett.

– …var i Zieglers lägenhet. Vår helt *förträfflige* kriminal-kommissarie Billy T….

Han stirrade vilt omkring sig. När han inte fick syn på Billy T. drog han handen genom håret och frustade som en häst.

…hade *glömt* att han tagit ut det ur apparaten. Precis som han hade *glömt* att framkalla tre filmrullar som han… *beslagtog* i offrets kylskåp. Men för att börja från början…

– Vi vet det redan, avbröt Annmari Skar; fortfarande alldeles lugnt. Det låg ett meddelande från Gagliostro där. Om att han räknade med att träffa honom klockan åtta som avtalat. Karln *har* förhörts om det. Han erkänner det nu. Brede hade upptäckt vinsvindeln. Gagliostro lider uppenbarligen av nåt vi kan kalla vinkleptomani. De två pratade med varann på söndagskvällen. Brede hotade att anmäla Claudio och kasta ut honom från hela företaget. Till slut enades de i alla fall. Claudio skulle lämna tillbaka flaskorna innan de öppnade nästa dag och Brede skulle få pengar. Ett slags kompensation. Han fick sextontusen kronor till att börja med. Claudio lyckades lura i honom att han inte hade mer. Brede gick därifrån klockan halv elva. Du har naturligtvis rätt i att vi borde ha... Det här bandet borde vi ha lyssnat på tidigare. Men det skulle inte ha betytt varken till eller ifrån för lösningen av fallet. Snarare tvärtom. Det skulle ha stärkt misstanken mot Claudio. Betänkligt. Och...

Återigen log hon lättsamt och nästan utmanande omkring sig.

– ...han hade inte mördat sin kollega. Bara fuskat och bedragit och ljugit.

– Och den karln har du släppt!

Klaus viftade frenetiskt med bilnycklarna, fortfarande utan att någon förstod varför.

– Ja. Han blir nog åtalad för både svindel och mycket annat smått och gott. Falskt vittnesmål, bland annat. Han var ju inte anhållen än, när han blev förhörd första gången. Men alla bevis är säkrade. Lägenheten är genomgången. Han kunde väl få slippa ut. Det är jul, Klaus! Sätt dej nu ner och ta lite tårta!

– Jag ska till svärmor, fräste han. Bilen har gått åt helvete och svärmor väntar i Strømmen. Jag har för fan inte hittat nån julklapp till frugan än och hade dessutom glömt att det var jag som skulle fixa kalkonen till i morgon.

Han glodde rasande på nycklarna, som om de var orsaken till alla hans problem. Sedan drog han fram tre kuvert från innerfickan och slängde dem på bordet.

– Här är bilderna som ni beslagtog, snäste han till Severin.

Bara ett jävla hus. Ett grått hus med små dvärgar omkring. Och torrt, gult gräs.

Sedan vände han på klacken och gick. Både bilnycklarna och fotografierna låg kvar. När dörren slog igen bakom honom satte sorlet igång igen. Efter några minuter var den glada stämningen tillbaka. Karianne skrattade högt och länge och Silje hade fullt sjå med att tacka nej till Severin, som försökte pracka på henne både glögg och russin och mandlar. Anita Skorgan hade kommit fram till *Gladelig Jul* och tre aspiranter stämde i från kortsidan av bordet.

Hanne drog till sig fotokuverten. Fingrarna skakade när hon öppnade det första. Alla omkring henne var upptagna med sitt och hon la bunten framför sig utan att riktigt våga se på den.

Bilderna måste ha tagits i höstas. Gräset var vissnat, men fortfarande lyste en och annan envis blomma röd i allt det brungula. Himlen var låg och grå. Alla bilderna måste vara tagna samma dag. Hanne anade regn i luften över den gruslagda gårdsplanen. Den ansiktslösa dvärgen som stod vänd mot kapellet från sydsidan, och som hon hade låtit händerna stryka över varje gång hon gick förbi, var fuktmörk på hatten.

Villa Monasteria var fotograferat medan hon bodde där. Hon hade aldrig lagt märke till någonting. Händerna var lugnare när hon långsamt bläddrade igenom bunten.

Daniel skulle ärva klostret. Det återstod bara en DNA-test och tre fjärdedelar av Bredes dödsbo var hans, hade Annmari förklarat i morse. Hanne hade funnit en sorts tröst i det; som om all världens förmögenhet kunde gottgöra att Taffa måste i fängelse. Pojken var otröstlig. Han hade suttit i hennes tjänsterum i över två timmar. Han hade inte sagt så mycket, men ville inte heller gå. Till slut reste han sig stelt och tog henne i handen. När han önskade henne god jul, kunde hon knappast svara.

Daniel Åsmundsen skulle inte komma att bygga swimming-pool vid Villa Monasteria. Han skulle älska dammen med det glasklara vattnet. Kanske hade inte heller han hört talas om färskvattenräkor. Han skulle strosa genom bambudungen; gröna stammar på ena sidan, svarta på den andra. Sedan skulle han sätta sig på murkanten vid den ovala dammen och betrakta karparna, den tröga klungan som plötsligt och blixtsnabbt gjorde utfall mot något han knappt kunde se.

– Riktigt, riktigt god jul, Hanne.

Silje kysste henne lätt på håret. Hanne vände sig halvvägs om och när Silje tog hennes hand hade hon inte lust att släppa den.

– God jul till dej också, sa hon tyst. Ha det riktigt fint.

– Ska du vara ensam i kväll?

Hanne tvekade; det var som om svaret satte sig fast i halsen. Sedan svalde hon tungt och tvingade sig att säga något.

– Nej, vi blir tre. Min käresta, en väninna och jag. Det blir säkert fint.

– Säkert, sa Silje lätt. Där är Billy T. förresten.

Hon släppte hennes hand och gick.

De andra hade också rest sig, några ganska ostadigt. Två flaskor vodka stod tomma bredvid grytan med glögg. Tårtfaten var tomma, stearinljusen nedbrunna. Billy T. såg på henne över Severins axel, mellan huvudena på två fulla aspiranter. De struntade totalt i honom. Han ålade sig förbi dem och räckte ut handen mot henne.

– Jag tänkte att du ville ha det här, sa han generat. Det är ju julafton.

Sedan vände han om och försvann lika snabbt som han hade dykt upp.

Hanne Wilhelmsen väntade tills alla hade gått. Cd-spelaren var tyst. Polisorkestern hade för länge sedan packat ihop sina instrument. Till och med från bakgården var det tyst; de allra flesta i det stora Polishuset hade åkt hem och lämnat Oslo åt sig själv för ett dygn eller två.